© 2019 Fandango Libri s.r.l.
Viale Gorizia 19
00198 Roma

Tutti i diritti riservati

ISBN 978-88-6044-590-2

Copertina:
Elaborazione grafica di Francesco Sanesi

www.fandangoeditore.it

La citazione di R. Kipling contenuta a p. 341 è tratta da *Il libro della giungla*, Einaudi Ragazzi, Torino 2009, trad. di Piero Pieroni

Giaime Alonge
Il sentimento del ferro

Giugno 2019

A Anna.

Giaime A

Tu sterminerai tutti i popoli che il Signore tuo Dio ti dona: il tuo occhio non avrà misericordia.

Deuteronomio 7, 16

C'è bisogno di una nuova droga che conforti e aiuti la nostra dolorosa specie.

Aldous Huxley, *Le porte della percezione*

PARTE PRIMA

Materiale umano

1

Fronte orientale, 9 settembre 1941

Lontano, sulla linea dell'orizzonte, la città di Lenin era in fiamme. La notte precedente, l'aviazione tedesca aveva attaccato i quartieri del centro, sganciando più di seimila bombe incendiarie. L'aria era tersa quella mattina e le colonne di fumo che si alzavano dall'immenso rogo dei Magazzini Badajev erano visibili anche a grande distanza. Le avanguardie del gruppo di armate Nord erano già a Ligovo, uno dei sobborghi meridionali. Gli invasori avevano installato un osservatorio di artiglieria sulla torre dello stabilimento Pishmac e i loro cannoni tiravano sulla strada che conduceva a Leningrado, ingombra di civili in fuga. Dal Baltico al Mar Nero, come una gigantesca onda di carne e acciaio, la Wehrmacht dilagava nell'immensità della pianura russa. *Lebensraum*, "spazio vitale", nel linguaggio del Partito. Le terre dell'Est sono *Raum* – pura superficie, luogo astratto, geometrico – perché sono *vuote*, prive di una dimensione culturale, senza un popolo nel vero senso del termine, abitate solo da *Untermenschen*, selvaggi che la razza ariana è chiamata a sottomettere. Dopo la guerra, i nativi verranno deportati altrove, e qui si insedieranno coloni tedeschi, contadini-soldato che vegleranno sulla frontiera asiatica, e finalmente anche in queste plaghe desolate arriverà la Storia. Lo spazio orientale è un foglio bianco su cui la Germania può e deve scrivere a suo piacere. Nelle direttive impartite da Heinrich Himmler in qualità di commissionario del Reich per il rafforzamento della germanicità, lo stesso paesaggio dovrà diventare tedesco.

Contro l'alba diafana, un trimotore Ju 52 volava verso le linee dell'Armata Rossa. Trainava un aliante da trasporto tattico Gotha. La doppia coda e la grande volta di vetro della cabina di guida davano all'aliante un aspetto futuribile, che ammoniva gli avversari circa l'assoluta vanità della loro resistenza. I due velivoli erano accompagnati da una coppia di caccia Messerschmitt Bf 109. La Luftwaffe aveva quasi azzerato la presenza dell'aviazione nemica in quel settore, ma il comando aveva comunque assegnato una scorta. L'ordine era arrivato direttamente da Berlino. Si trattava di un'operazione con priorità assoluta. La formazione sorvolò una colonna di carri armati che procedeva attraverso un campo di grano. I contadini non avevano fatto in tempo a mietere il raccolto e i carri si lasciavano dietro una lunga scia nel mare degli steli maturi. Gli aerei volavano bassi. Il pilota del trimotore riuscì a distinguere il comandante del carro di testa che sporgeva fuori dalla torretta del suo Panzer con tutto il busto, le braccia tese ai lati della botola, come fosse stato in parata sull'Unter den Linden. Poi lo Ju 52 iniziò a salire di quota, trascinandosi dietro il grosso aliante. I caccia lo seguirono agili.

Era una giornata ancora estiva, ma nella fusoliera del Gotha, a duemila metri di altezza, faceva freddo. Il maggiore Kurt Stainer fu scosso da un brivido e si strinse nelle braccia. Gli occhi chiusi, il mento reclinato sul petto, era a un passo del sonno. Accanto a sé, percepiva in maniera indistinta la presenza rassicurante del sergente Vogt, che masticava un pezzo di Brezel. Mangiava sempre prima di entrare in azione. Vogt era con lui dall'inizio della guerra, come diversi altri componenti del plotone, in tutto una ventina di uomini. Molti però erano nuovi, rimpiazzi arrivati da poco. La tensione di questi ultimi era palpabile. Solo un anno prima avevano pensato di essere invincibili. Il 10 maggio del 1940 avevano espugnato la fortezza belga di Eben-Emael, i cui cannoni avrebbero potuto ostacolare l'avanzata delle truppe del feldmaresciallo von Bock lanciate verso la Francia. In poche ore, con un'azione ardita e spettacolare, settantotto *Fallschirmjäger* avevano avuto la meglio su una guarnigione di più di mille soldati. Poi era venuta Creta. Sui suoi altopiani sassosi, l'Australian and New Zealand Army Corps, insieme a ciò che restava dell'esercito greco, aveva opposto una resistenza tenace, e il mito dei paracadutisti tedeschi era andato in pezzi. Lì era morto Manfred Grüber, che Steiner conosceva sin dall'infanzia. Avevano fatto insieme tutte le scuole, dalla prima elementare in avanti, e insieme si erano arruolati. Era caduto in cima a una collina brulla, battuta dal vento, di fronte allo spettacolo del mare azzurro della Baia di Suda. A Creta, la 7ª Divisione aviotrasportata aveva subito perdite molto pesanti, tanto che non era stata in grado di prendere parte al successivo attacco all'Unione Sovietica. Solo ora, tre mesi dopo l'inizio dell'operazione Barbarossa, i *Fallschirmjäger* entravano in linea. Una leggera gomitata di Vogt costrinse il tenente ad aprire gli occhi. Erano quasi sull'obiettivo. Lo Ju 52 rilasciò l'aliante, che continuò la propria corsa silenziosa, sempre sorvegliato dai Messerschmitt.

Il pilota si dimostrò abile. Andò a posarsi su un piccolo prato, stretto tra un ruscello e un bosco di conifere, invisibile dalla posizione che avrebbero dovuto espugnare. Mentre scendevano a terra e si preparavano alla marcia di avvicinamento, Steiner vide che lo Ju 52 e i due caccia avevano virato per tornare alla base, da dove il secondo gruppo doveva già essere decollato.

Nascosto nell'erba alta, il tenente Steiner spiava con il binocolo gli uomini dell'NKVD intenti a caricare su di un camion grosse casse di legno. Gli agenti dei Servizi Segreti di Stalin lavoravano in fretta. Sapevano di avere poco tempo. La serra distava dagli edifici in muratura solo qualche decina di metri, e questo poteva rappresentare un problema. Gli era stato ordinato di evitare in ogni modo danni alle piante e ai campioni sperimentali. Fu felice di aver portato di propria iniziativa una mitragliatrice in più al posto del mortaio. Imbracciò l'MP40.

"Fuoco!", gridò Steiner.

Il plotone di paracadutisti era disposto a semicerchio, con le due mitragliatrici agli estremi dello schieramento. Tiravano stando al coperto, calmi, precisi. Buona parte dei proiettili andò a segno.

Il maggiore Remizov si era buttato a terra dopo i primi colpi ed era strisciato fino al camion, trovandosi davanti al naso un oggetto del tutto inatteso. Era una maschera di legno e cuoio, con un lungo becco aguzzo. Ne aveva viste di simili in un servizio del cinegiornale, che mostrava la vita delle popolazioni della Siberia e dell'Asia Centrale. Doveva essere caduta da una delle casse. Remizov e la maschera si erano fissati per un lungo istante, poi l'ufficiale dell'NKVD era balzato sull'automezzo. Lo aveva messo in moto, solo per rendersi conto che le pallottole dovevano aver bucato gli pneumatici, perché il camion non si muoveva. Allora era sceso, si era infilato sotto il veicolo e aveva puntato la sua mitraglietta sui crucchi, che iniziavano a uscire dai cespugli. Avanzavano a piccoli gruppi, coprendosi a vicenda. Dai lati, le due mitragliatrici spazzavano con furia il terreno. Remizov tirò il grilletto. La raffica prese in pieno uno dei paracadutisti, che cadde bocconi. Gli vide dischiudere le labbra. Forse lanciò un grido, o un'imprecazione, ma il maggiore non lo udì. Il frastuono degli spari copriva ogni altro rumore. O forse aveva solo aperto la bocca in un'espressione infantile di stupore, che ben si addiceva ai tratti fanciulleschi del suo volto. Remizov inserì un caricatore nuovo e fece ancora fuoco.

Il tenente Steiner correva verso il nemico sparando alla cieca. Alle sue spalle, come sempre, Vogt lo seguiva. Una raffica zampillò a meno di un metro.

Remizov stava per aggiustare il tiro, ma uno dei *Fallschirmjäger* lo vide, nascosto dietro alla grossa gomma sgonfia. L'ultimo pensiero del maggiore non fu per la moglie, o per il figlio appena nato che non avrebbe mai conosciuto, e neppure per il compagno Stalin. L'ultima immagine che gli balenò nella mente, prima di morire, fu quella strana maschera a forma di uccello.

Ormai aveva raggiunto il corpo principale della stazione sperimentale. I russi sembravano aver abbandonato ogni resistenza. Qua e là, giacevano i corpi degli uomini dell'NKVD. Steiner ricaricò la pistola mitragliatrice ed entrò nell'edificio. In lontananza, gli parve di sentire il motore di un'automobile. Il secondo aliante, con il Kübelwagen e il gruppo delle SS, doveva essere atterrato.

La grande sala del laboratorio era immersa nell'ombra. I passi del tenente risuonavano secchi sul pavimento di legno. Sulla sinistra, un bancone correva lungo la parete. Era coperto di provette e strumenti scientifici. Arrivò al fondo della stanza e, sotto il tavolo, scorse una forma bianca, schiacciata contro il muro. Steiner si chinò. La donna avrà avuto una trentina d'anni. Stringeva le ginocchia al petto, e lo fissava con gli occhi sgranati, da dietro un paio di lenti tonde incorniciate da una montatura di metallo. Steiner abbassò la canna della mitraglietta e allungò la mano verso di lei, facendo segno di venire fuori. Un gesto garbato, trattenuto. La donna esitò un istante. Quando uscì dal suo nascondiglio, Steiner si accorse che teneva in pugno una semiautomatica. Sbalordito, cercò di parlare, ma non fece in tempo.

Vogt entrò di corsa nel laboratorio. Il tenente giaceva sul pavimento. A qualche passo da lui, la donna puntava la pistola nel vuoto, i muscoli del braccio e della mano contratti, sul viso un'espressione di incredulità. Una sottile voluta di fumo saliva dalla bocca dell'arma. Vogt emise un gemito profondo, come un guaito, e vuotò tutto il caricatore contro la donna.

Irruppero due paracadutisti. Alla vista del corpo senza vita del loro comandante, ammutolirono. Guardavano il sergente in attesa di una spiegazione per quell'evento incomprensibile. Vogt volse gli occhi sul bancone. C'era un barattolo di vetro pieno di piccoli semi marroncini. Le SS avevano raccomandato di non toccare niente. I *Fallschirmjäger* dovevano limitarsi a eliminare i difensori e mettere in sicurezza la stazione sperimentale. Il sergente affondò la mano sporca di grasso della pistola mitragliatrice nel contenitore, prese un pugno di quei chicchi di colore bruno e se li lasciò scivolare tra le dita. Era per quella roba che il tenente Steiner era morto?

All'improvviso, i due soldati scattarono sull'attenti. Il sergente alzò la testa. Un gruppetto di ufficiali delle SS era entrato nel laboratorio. I teschi argentati sui loro berretti brillavano nella penombra della sala. Studiavano i campioni allineati sul bancone, senza degnare di uno sguardo i paracadutisti, quelli vivi come quello morto. Contro voglia, il sergente Vogt sbatté i tacchi e fece il saluto militare.

2

Mérida, Messico meridionale, 25 giugno 1982

Mr. Johnson e Mr. Huberman camminavano pigramente per le sale deserte del Museo Histórico y Arqueológico de Yucatán. Nelle teche polverose, con etichette scritte a mano, reperti di ogni sorta raccontavano la storia della regione, dalla civiltà dei Maya al Ventesimo secolo. L'organizzazione della collezione tentava di trasmettere l'idea che, pur tra dolori e sofferenze, un principio di progresso guidasse il mondo. Ma la serie di invasioni straniere e rivolte represse nel sangue finiva con l'imporre una lettura di segno opposto. In ogni caso, i due gringo non sembravano molto interessati né ai fasti né alle miserie di quel popolo. Lanciavano occhiate occasionali e distratte alle vetrine, parlando fitto tra loro, a bassa voce. Johnson era sui quarant'anni, alto, carnagione di un pallore molliccio tutto anglosassone. Il camiciotto bianco e la cravatta Regimental facevano pensare a un impiegato di banca. Accanto agli addetti del museo, scuri e tracagnotti, pareva appartenere a un'altra specie animale. La presenza di Huberman, invece, era meno incongrua. Anche lui aveva marcati tratti nordici, ma la camicia di produzione locale dai colori vivaci, la candida coda di cavallo che gli ricadeva sulla schiena, e il braccialetto di rame con un'incisione in sanscrito lasciavano immaginare un poeta beat rifugiatosi in un angolo di mondo esotico. Huberman aveva superato i settanta, ma la postura era eretta e il passo sicuro.

15

"Quest'incontro è a dir poco fuori protocollo", diceva Johnson.

"Me ne frego del protocollo. La Compagnia mi sta scaricando."

"Si è spinto molto in là. Troppo, secondo alcuni."

"Se mi avessero fornito i fondi che avevo chiesto, non sarebbe accaduto."

Johnson si fermò e fissò Huberman dritto negli occhi.

"Lei non si rende conto. Le risorse della Compagnia sono limitate. E il nostro settore è tutt'altro che prioritario."

"Certo, l'America Centrale è una piazza secondaria. Gli affari importanti si fanno in Europa e in Medio Oriente. Però se i rossi si prendono il Salvador, alla sede centrale tutti si mettono a starnazzare."

"In Salvador abbiamo una posizione molto solida."

Huberman riprese a camminare.

"Per il momento, Mr. Johnson, per il momento", commentò a denti stretti.

Dopo la frescura delle sale del museo, riparate da spesse mura di pietra, il sole e la polvere delle vie cittadine si rivelarono intollerabili. L'aria era così calda, spessa, che sembrava quasi di poterla toccare. La fronte di Johnson si coprì all'istante di goccioline di sudore. Il gringo si asciugò con un fazzoletto e inforcò un paio di Ray-Ban a specchio che teneva nel taschino del camiciotto.

"Conosce un posto dove mangiare senza rischiare l'intossicazione alimentare?", domandò.

"C'è una *taquería* qui dietro. Ci sono stato ieri sera. Non è male."

Johnson emise un verso gutturale che indicava scarsa convinzione.

"Venga, Mr. Johnson, mi permetta di introdurla in quel mondo misterioso e stuzzicante che si distende oltre le porte dei McDonald's."

Johnson tornò a grugnire e seguì Huberman giù per lo scalone. Di fronte al museo, stravaccato su una panchina all'ombra di un albero, un uomo pareva dormire, un panama dalle larghe falde calato sul volto. Quando Johnson e Huberman ebbero svoltato l'angolo, l'uomo sollevò il cappello, si alzò e gli andò dietro.

Il locale era piccolo e ben curato. Una mezza dozzina di tavoli di fòrmica, quasi tutti liberi. Un corto bancone di legno, su cui pendevano trecce di peperoncini. Un frigorifero della Coca-Cola vecchio e rumoroso. Il padrone emerse dalla cucina con un vassoio di *tacos* imbottiti di carne e ananas, e un piatto di *puerco pibil*, che depositò di fronte ai clienti, accanto alle due bottiglie di Corona. Johnson lanciò un'occhiata sospettosa al maiale marinato in foglie di banano. Huberman lo ignorò e prese le posate avvolte nel tovagliolo di carta. Mentre le srotolava, la forchetta gli cadde a terra. Si chinò per raccoglierla. Proprio in quel momento, l'uomo col panama si affacciò alla porta del ristorante, lanciò dentro qualcosa e corse via. Era una granata a frammentazione M26.

Un lancio perfetto. La bomba a mano esplose proprio sopra il tavolo occupato dai due gringo. Johnson fu investito da una pioggia di schegge che gli spappolarono il viso. Tutt'intorno, pezzi di metallo rovente falciavano voraci qualunque cosa incontrassero.

La *taquería* era avvolta dal fumo. Huberman tentò di alzarsi, ma non ci riuscì. Il tavolo gli era crollato addosso, e con esso il corpo di Johnson. Da qualche parte, gli arrivavano le urla del padrone del ristorante. Su tutto, dominava il lezzo dolciastro della carne umana bruciata. Era un odore che Victor Huberman conosceva.

3

Litzmannstadt, Wartheland, 18 ottobre 1941

Shlomo Libowitz correva a rotta di collo giù per la via, procedendo a zigzag tra i passanti, che lo fissavano esterrefatti. Sull'anca gli sbatteva il tascapane con dentro le patate e lo strutto che aveva comprato al mercato nero. Quei colpi ritmici gli trasmettevano una sensazione piacevole, la certezza fisica che la sua famiglia avrebbe avuto da mangiare, quanto meno per un paio di giorni. Si lanciò un'occhiata alle spalle. Il caporale dell'Ordnungspolizei era sempre alle sue calcagna. Doveva aver superato la quarantina, e la mole era notevole. L'inseguimento andava avanti da circa dieci minuti. Shlomo valutò che il crucco fosse in grado di reggere al massimo altri due o tre isolati. Certo, se si fosse fermato e avesse imbracciato il fucile, le cose si sarebbero potute mettere male. Ma il ragazzo contava sul fatto che il poliziotto non avrebbe sparato in una strada piena di gente. Molti erano polacchi, la cui vita valeva solo poco di più di quella di un ebreo. La loro stessa città, virtualmente, non esisteva più. Łódź era stata ribattezzata Litzmannstadt, e annessa al Reich insieme a tutto il resto della Polonia occidentale. Però, a passeggio sui marciapiedi c'erano anche alcuni soldati della Wehrmacht in libera uscita e diversi *Volksdeutschen*, tedeschi etnici, discendenti di antichi coloni emigrati in varie parti dell'Europa dell'Est, dalla Lettonia alla Romania, che nei secoli avevano costruito piccole isole di cultura tedesca nello sterminato mare slavo, e che alla fine del 1939 erano stati "rimpatriati" per germanizzare le terre polacche appena annesse. Nella tassonomia razziale nazista, i *Volksdeutschen* erano inferiori ai *Reichsdeutschen*, nati entro i confini storici della Germania, ma in ogni caso non li si poteva ammazzare impunemente per strada. Shlomo sperò che il poliziotto se lo ricordasse e, con la forza dei suoi sedici anni nelle gambe, accelerò. Scansò una coppia di anziani, saltò il cagnolino di una signora, svoltò a sinistra, e si ritrovò nella grande piazza circolare, disseminata di chioschi e banchetti, dove molte volte era stato insieme a suo padre. Prima della guerra, lui e Baruch venivano in città abbastanza spesso per vendere oche e uova. A Shlomo quel viaggio piaceva molto e lo aspettava sempre con ansia. Anche a suo padre piaceva. Per entrambi rappresentava l'unica, preziosissima, occasione di evadere per qualche ora dallo shtetl in cui i Libowitz vivevano da generazioni, un villaggio miserabile, perso in quella sconfinata distesa di fango che era la campagna polacca. La cittadina era abitata da due comunità, una ebraica e l'altra cattolica che si ignoravano a vicenda, ma che condividevano, senza neppure rendersene conto, un'esistenza medievale, immersa nelle nebbie di una cultura arcaica e bigotta, che si trattasse del giudaismo ortodosso, oppure del cristianesimo superstizioso del mondo contadino. Da ragazzo, Baruch aveva desiderato emigrare in America, ma i suoi genitori si erano opposti. Poi aveva preso moglie, e Miriam aveva voluto restare accanto alla madre anziana. E quando questa era morta, erano arrivati i bambini, prima Shlomo, poi Esther, che la difterite si era portata via a tre anni. Miriam non si era mai ripresa davvero da quel dolore. Sotto il peso delle responsabilità e delle sciagure, i sogni di fuga di Baruch Libowitz erano scoloriti. Ma in qualche modo erano passati a Shlomo. E questo aveva unito padre e figlio in un'alleanza silenziosa e tenace.

Shlomo andò a sbattere contro un arrotino ambulante, che stava affilando un coltello da cucina sulla piccola mola montata sopra il telaio della sua bicicletta. Nell'urto, la lama schizzò via, e per poco non ferì il proprietario, il padrone della gastronomia all'angolo. Shlomo si voltò. Nella folla, intravide il cappotto verde del poliziotto. Il crucco era ostinato. Tra gli insulti dell'arrotino e del suo cliente, Shlomo si alzò e riprese a correre. Infilò un vicolo e raggiunse la piazza accanto. Nel gennaio del 1938, abbarbicato a un lampione, ci aveva ascoltato un discorso di Vladimir Ze'ev Jabotinsky, il grande capo della destra sionista. Era stato introdotto da un giovane dirigente dall'aria fanatica, Menachem Begin, il quale non aveva strappato molti applausi. Jabotinsky, invece, era un oratore travolgente. Piccolo di statura, un paio di occhialini che gli conferivano un'aria da preside di liceo di provincia, con il suo eloquio aveva ipnotizzato le migliaia di persone che si assiepavano sotto il palco. Una frase in particolare aveva colpito Shlomo. *Liquidare la Diaspora, prima che la Diaspora liquidi voi.* All'epoca, il significato di quelle parole gli era sembrato oscuro. Ora lo comprendeva a pieno. Attraversò la piazza. Il poliziotto stava perdendo terreno. Shlomo imboccò una via che conduceva al ghetto. Quando la cuoca del signor Gottlieb, titolare di uno dei più prestigiosi studi legali della città, era venuta al mercato a reclamare a gran voce l'oca per la cena che l'avvocato avrebbe offerto ai suoi soci di Varsavia, Baruch aveva scoperto che, anziché fare il giro delle consegne, Shlomo stava perdendo tempo al comizio. Suo padre era andato a scovarlo tra il pubblico di Jabotinsky e l'aveva trascinato via in malo modo. La brutta figura con i Gottlieb era imperdonabile, ma il vero problema era che Baruch votava per il Bund, l'Unione Generale dei Lavoratori Ebrei, e dunque avversava il sionismo. Anche quelli del Bund, come i sionisti, volevano rompere con il passato, cancellare l'immagine tradizionale dell'ebreo pio e remissivo, e sostituirla con un "nuovo ebreo", coraggioso e a suo agio nel mondo moderno. Ma per i bundisti quella palingenesi doveva aver luogo in Europa, non in mezzo al deserto, in una terra dove gli ebrei non abitavano più da duemila anni. Jabotinsky poi, agli occhi di Baruch, era un sionista doppiamente sospetto, in quanto fondatore della corrente revisionista, che presentava inquietanti affinità con il fascismo. Passione per le parate e le uniformi militari, pratiche antisindacali, odio verso il socialismo. Shlomo correva lungo il marciapiede, cercando con lo sguardo il tombino. Finalmente lo vide, una dozzina di metri più avanti. Accelerò l'andatura e gli fu sopra in un soffio. *Liquidare la Diaspora, prima che la Diaspora liquidi voi.*

Shlomo stava sollevando a fatica il disco di metallo, quando con la coda dell'occhio vide il caporale dell'Ordnungspolizei. Era ansante, il volto paonazzo e stravolto dalla fatica. Però ce l'aveva fatta. Il tedesco si sfilò il fucile dalla spalla e lo puntò sul ragazzo. Per un lungo istante, Shlomo lo fissò paralizzato, come un gatto abbacinato dai fari di una macchina. La pallottola passò alta, e andò a schiantarsi contro un'edicola votiva di una Madonna nera. Il poliziotto tirò indietro l'otturatore. Il bossolo schizzò fuori in una nuvoletta di fumo. Il rumore secco della seconda cartuccia che veniva inserita nella camera di scoppio risuonò lugubre nel vicolo. Shlomo chiamò a raccolta le forze residue. Il tedesco si passò la manica del pastrano sugli occhi, per asciugare il sudore che colava da sotto l'elmetto, e prese la mira. Shlomo gettò di lato il tombino e si lasciò cadere nel pozzetto. Il colpo gli fischiò sulla testa. *Liquidare la Diaspora, prima che la Diaspora liquidi voi.*

Il buio denso della fogna inghiottiva la luce della piccola torcia tascabile di Shlomo. Ma il ragazzo, dopo numerose incursioni fuori dal ghetto, ormai aveva imparato a orizzontarsi in quel mondo cieco e viscido. Avanzava con cautela, cercando sulle pareti i segni che lui, o altri come lui, avevano lasciato per aiutare a orientarsi. C'erano anche dei fori di proiettile. Ogni tanto, i tedeschi si calavano laggiù per dare una lezione agli ebrei che osavano trasgredire alle leggi del Reich. Ma non accadeva spesso. Lì sotto faceva davvero schifo, tanto che persino l'aria fetida del ghetto gli risultò piacevole, quando emerse dal chiusino.

Shlomo camminava deciso lungo la via che brulicava di gente. La folla era immensa. Un'orda stracciata e maleodorante che chiedeva la carità, contrattava, litigava, complottava, malediceva. Tutti avevano qualcosa da vendere, ma ben pochi erano in grado di comprare. Meno di un'ora prima, Shlomo aveva percorso strade piene di tram e sale cinematografiche, con la merce in bella vista nelle vetrine dei negozi e la gente seduta nei caffè. Ora sembrava un sogno. Shlomo scavalcò un cadavere steso sul marciapiede. Era nudo, avvolto in fogli di giornale. Per seppellire i morti – il cimitero ebraico era stato inglobato nel perimetro del ghetto, sul confine orientale – bisognava pagare una tassa, e molte famiglie non potevano permetterselo. Nel momento in cui il corpo era in strada, spettava al Consiglio ebraico occuparsene. E gli abiti erano preziosi, non si poteva lasciarli al defunto.

D'un tratto, si trovò circondato da una turba di bambini scalzi. Due attaccarono discorso, mentre un terzo cercava di aprirgli il tascapane. Shlomo si voltò di scatto e afferrò il piccolo borseggiatore per i polsi. Erano scarni in maniera inverosimile. Il bambino lo fissò con aria di sfida. Shlomo lo spinse via. Quando un ragazzino poco più grande tentò di trattenerlo, gli rifilò un manrovescio. Si dispersero berciando, come uno stormo di uccellini molesti. Quello di Łódź era stato il primo ghetto istituito dai tedeschi. Era stato inaugurato nell'aprile del 1940. All'inizio, aveva ospitato solo i 160.000 ebrei locali, circa un terzo degli abitanti della città. In seguito, ne erano arrivati da tutto il Wartheland. Tra di loro, anche Shlomo e i suoi genitori, deportati nel maggio del 1941. E di recente erano giunti dei convogli da altri paesi, dalla Germania, dall'Austria, persino dal Lussemburgo. Alcuni non parlavano l'yiddish, e quasi si potevano scambiare per *goyim*. Nel ghetto ormai erano stipate 250.000 persone. La razione pro capite stabilita dalle autorità di occupazione era di 700 grammi di pane alla settimana. Tra la fame e le malattie, il tasso di mortalità si aggirava attorno alle 2.500 unità al mese. Ma la contabilità malthusiana non tornava. I vivi erano sempre in eccesso rispetto allo spazio e alle risorse disponibili.

L'alloggio dei Libowitz constava di un'unica stanza. Il bagno era in comune con altre cinque famiglie, ed era causa di tensioni e litigi continui. Quando Shlomo entrò in casa, suo padre gli andò incontro e gli strappò di mano il tascapane, famelico. Shlomo lo lasciò fare, ma Baruch si vergognò di quel gesto selvatico e restituì la borsa al figlio.

"La prossima volta ci vado io", bofonchiò.

Lo diceva dopo ogni spedizione nella zona ariana. Ma sapeva benissimo che lui non ce l'avrebbe mai fatta, e la volta dopo toccava di nuovo al ragazzo. Shlomo fece un cenno di assenso e il padre gli sorrise, grato per la sua complicità in quella piccola bugia.

"Lo strutto è arrivato a settanta złoty al chilo", disse Shlomo mentre vuotava il contenuto del tascapane sul tavolo.

Baruch iniziò a sbucciare le patate. Shlomo si tolse giacca e cappello, e si andò a sedere accanto alla madre. Miriam era stesa sul pagliericcio, come sempre. Il giorno in cui erano arrivati a Łódź, dopo un viaggio lungo e faticoso, si era messa a letto, e non si era più alzata. Il ragazzo le prese le mani, per richiamare la sua attenzione.

"Ho portato da mangiare", sillabò con dolcezza.

La donna fece di sì con la testa, ma non si poteva dire se avesse davvero compreso, o anche solo se avesse riconosciuto il figlio. La pelle tirata e giallastra, lo sguardo vacuo, era persa in un mondo di ombre. Talvolta invocava il nome di Esther. Più spesso intavolava lunghe conversazioni con la madre, o con la sorella Ruth, che viveva a Białystok, e della quale non avevano notizie dallo scoppio della guerra. Si lamentava della vicina, la signora Zuckerman, che era una pettegola. Oppure, descriveva in ogni dettaglio l'abito che si era fatta fare per il Bar Mitzvah di Shlomo. Era stata una spesa ragguardevole, ma il commercio delle oche andava bene e potevano permetterselo. Anche Baruch si era comprato un completo nuovo. Era stata fortunata, aveva trovato un buon marito, un uomo onesto e lavoratore, che non l'aveva mai picchiata e non le aveva fatto mancare nulla.

Shlomo spostò lo sguardo su suo padre, seduto al tavolo, nella luce grigia che filtrava dalla piccola finestra. Pelava le patate con estrema lentezza. Sia perché faceva attenzione a non sprecarne neanche un frammento, sia perché ogni tanto le mani erano scosse da tremiti, ed era costretto a fermarsi. Aveva quarantadue anni e sembrava già un vecchio, con le spalle ingobbite e i capelli grigi. I soldi stavano per finire. E anche se ne avessero avuti di più, prima o poi i crucchi lo avrebbero beccato, e per i suoi genitori sarebbe stata la fine. Shlomo si sentì serrare la gola. Si domandò se nel mondo di fuori qualcuno sapesse. Gli inglesi, il governo polacco in esilio, la dirigenza sionista in Palestina. Bisognava avvisarli. Bisognava che intervenissero. Al più presto.

Liquidare la Diaspora, prima che la Diaspora liquidi voi.

4

Mérida, Messico meridionale, 28 giugno 1982

Il ventilatore cigolava monotono e impotente nell'aria calda. Dalla strada, oltre il grande cortile interno, arrivavano frammenti del basso continuo della città. Una sirena dei pompieri. Un martello pneumatico. La campana di una chiesa. Dopo un lungo intervallo di quiete, passò un camion. Victor Huberman immaginò che si trattasse di uno di quei veicoli sgangherati con le cabine addobbate di santi e madonne, pieni di scritte di buon augurio sul parabrezza, come "Gesù è il mio copilota", oppure "La vergine di Guadalupe veglia su di me". Erano pensieri torpidi, immagini che si facevano strada a fatica. Huberman stava per riaddormentarsi, quando all'improvviso colse una presenza nella stanza. Non era la solita infermiera, un'*india* silenziosa di cui si accorgeva giusto nel momento in cui gli cambiava il sacchetto della fleboclisi. Era qualcuno di goffo e molesto, che cercava in tutti i modi di attirare la sua attenzione.

"Sono un giornalista."

Huberman era sveglio, ma ignorò il seccatore, determinato ad aspettare che si stancasse. Si chiese come mai lo avessero fatto entrare. Probabilmente aveva dato una mancia a qualcuno. Maledetti ispanici. Erano tutti così, dal Rio Grande alla Terra del Fuoco. E il giornalista sembrava intenzionato a mettere a frutto l'investimento, perché si chinò su di lui e al contempo alzò la voce.

"Sono un reporter del *Diario de Yucatán*."

Era così vicino che Huberman poteva sentire l'odore della sua acqua di Colonia.

"Abbiamo raccolto delle informazioni e vorremmo una sua dichiarazione in merito. Risponde al vero che Andrew Johnson, funzionario del consolato americano, con il quale si trovava al momento dell'attentato, era in realtà un agente della CIA?"

Huberman era immobile. "È morto?", domandò in un sussurro, continuando a tenere le palpebre abbassate.

"All'istante. L'esplosione gli ha portato via la testa. La polizia ha impiegato due giorni per identificare il corpo."

La polizia. Poco dopo il suo arrivo in ospedale, erano comparsi alcuni agenti. Avevano cercato di interrogarlo, ma i medici, che si accingevano a estrargli una scheggia di granata dalla schiena, avevano opposto un netto rifiuto. Gli agenti avevano insistito. Huberman aveva biascicato qualche frase senza senso. Gli agenti si erano arresi, promettendo di ritornare non appena il paziente fosse stato nelle condizioni di rispondere alle domande.

Il cronista attendeva che il vecchio riprendesse a parlare. A fronte del suo silenzio, lo incalzò: "È vero che lei ha partecipato all'operazione Condor?".

Victor Huberman spalancò gli occhi. Il giornalista era un messicano di pelle chiara, un ventenne con l'aria smunta da seminarista. Il suo direttore non doveva attribuire grande importanza al servizio, se aveva mandato quel ragazzino. Però, rimaneva il fatto che qualcuno, qualcuno che non era la polizia di Mérida, e neppure quella federale, si stava interessando a lui. Huberman si sforzò di mettere a fuoco. Doveva agire in fretta, ma temeva che il corpo non gli rispondesse. Provò a tirarsi su. Gli risultò più facile del previsto. Si sfilò l'ago dal braccio. Il messicano sgranò gli occhi. "Signor Huberman...", balbettò.

Il vecchio scese dal letto e andò ad aprire l'armadio. I suoi vestiti erano una palla di stoffa sporca di polvere e sangue. Sfilò il passaporto e il portafogli dalle tasche dei pantaloni. I contanti erano spariti, ma i traveller's cheque erano ancora al loro posto. Richiuse l'anta di compensato e si girò a guardare il ragazzo. Aveva più o meno la sua taglia.

"Spogliati", gli disse Huberman. Il tono non era aggressivo. Aveva pronunciato quella parola con la tranquillità gelida di chi è abituato a impartire ordini.

"Prego?"

"Togliti i vestiti."

Il giornalista non ebbe il tempo di replicare. Con uno scatto sorprendente per un uomo della sua età, per di più ferito, Huberman gli sferrò un calcio nei testicoli e, quando il messicano si piegò in due per il dolore, lo colpì con le mani giunte sulla nuca. Il cronista stramazzò al suolo.

La camicia di tessuto acrilico puzzava di sudore, ma di certo era meglio che andare in giro in pigiama. Huberman uscì dalla stanza, raggiunse l'ascensore e schiacciò il pulsante. Se quel reporter aveva detto il vero e Johnson era morto, forse la Compagnia lo riteneva in qualche modo responsabile. L'uccisione di un operativo è sempre una faccenda complicata, soprattutto quando viene resa pubblica dai mezzi d'informazione. Doveva andarsene alla svelta. L'ascensore raggiunse il pianterreno e Huberman fece per uscire, ma una terribile fitta alla schiena gli impedì di muoversi. Gli girava la testa. Si appoggiò alla parete dell'ascensore, bloccando la porta con la mano. Trasse un respiro profondo. Dal corridoio sentiva arrivare della gente. Si costrinse a muoversi. A piccoli passi, ma con un'andatura ragionevolmente disinvolta, arrivò nell'atrio e sgattaiolò fuori dall'ospedale.

All'esterno ritrovò il caldo e la polvere delle strade di Mérida che qualche giorno prima aveva affrontato in compagnia di Andrew Johnson. Lo conosceva in maniera superficiale, e non gli era mai piaciuto un gran che, però era pur sempre un combattente caduto per la causa. Meritava rispetto. Con lo sguardo cercò una stazione dei taxi. Perché il giornalista gli aveva chiesto di Condor? Era roba vecchia. Forse aveva tirato a indovinare, senza sapere che nel suo curriculum c'erano cose più interessanti. S'infilò nella Ford verde con la carrozzeria piena di ammaccature e si accasciò sul sedile. Aveva camminato per poche decine di metri, ma si sentiva stremato. Si asciugò il sudore dalla fronte con il palmo della mano.

"Dove?"

Vuoto. Huberman non riusciva a ricordare il nome dell'albergo.

"Dove?", ripeté l'autista.

Huberman si concentrò. "Imperial", esclamò con entusiasmo.

La macchina si staccò dal marciapiede e andò a unirsi al corteo lento e rumoroso del traffico pomeridiano.

L'hotel aveva ben poco di imperiale. Era un edificio anonimo, costruito in economia, per la clientela locale e i turisti dai mezzi limitati. L'uomo alla reception lo accolse con uno sguardo stupito. Alla televisione avevano detto che non si sarebbe ristabilito in fretta. E invece era già in piedi. Gli faceva le sue felicitazioni. Huberman tagliò corto e chiese di cambiare un traveller's cheque. Alle sue spalle, il tassista lo osservava dubbioso, ma quando vide le banconote passare in mano al cliente, mise su un sorriso soddisfatto.

Huberman disse che intendeva salire in camera a prendere il suo bagaglio. Il portiere rispose che avevano dato via la stanza. Avevano immaginato che sarebbe stato a lungo in ospedale. Ma non doveva preoccuparsi per la sua roba. Era stata sistemata nella valigia da una delle donne delle pulizie, e messa al sicuro nell'ufficio del direttore.

"È venuta la polizia?", domandò Huberman.

L'uomo disse che due agenti si erano presentati il giorno dopo l'attentato. Avevano voluto vedere la camera. Si erano trattenuti una mezz'ora. Non sapeva se avessero prelevato qualcosa.

"Mi faccia portare il bagaglio."

"Subito."

In verità, non c'era nulla di prezioso, o di particolarmente compromettente, che potesse attirare l'interesse dei poliziotti, a eccezione di una modesta quantità di bottoni di peyote essiccati, che infatti mancavano all'appello. Erano funghi di ottima qualità, provenienti dallo stato di Coahuila, ma non la si poteva definire una perdita grave. Victor Huberman richiuse la valigia.

"Mi chiami un taxi."

La macchina arrivò all'Imperial dopo una decina di minuti. L'autista sistemò la valigia e si affrettò ad aprire la portiera a quel vecchio gringo dall'aria patita. Sembrava uno che poteva finire lungo disteso sul marciapiede da un momento all'altro. Il tassista si augurò che non si pisciasse addosso, o roba simile.

"All'aeroporto", disse Huberman.

L'autista annuì e mise in moto.

"Torna a casa?", chiese distrattamente.

"Sì, a Los Angeles", mentì Huberman.

Da Mérida non c'erano voli diretti per Tegucigalpa. Doveva andare fino a Città del Messico. Sarebbe stato un viaggio massacrante, soprattutto con una ferita suturata di fresco e schegge di metallo ancora conficcate nelle gambe. Victor Huberman strinse i denti, e si disse che si era trovato in situazioni peggiori.

Il taxi uscì dal centro urbano e imboccò la strada per l'aeroporto. L'autista fece un commento sulla bellezza del paesaggio circostante. Huberman lo ignorò. Quando la macchina si fermò di fronte al settore degli imbarchi, sotto la grande insegna dell'Aeroméxico, erano quasi le sette di sera. Huberman acquistò il biglietto con un traveller's cheque e salì sull'ultimo volo della giornata per la capitale. Si addormentò prima ancora che l'apparecchio si staccasse da terra.

5

Protettorato di Boemia e Moravia, 18 ottobre 1941

In testa al convoglio 9228 c'era una locomotiva a tre cilindri di produzione Škoda. Sulla fiancata, sotto una mano frettolosa di vernice, si intravedeva ancora l'acronimo delle Ferrovie dello Stato cecoslovacche. La motrice doveva trainare più di trenta vagoni e la velocità era ridotta. Il fuochista diede un ultimo tiro avido alla sigaretta, macchiandosi le labbra con il nero del carbone che gli ricopriva le mani, e lanciò il mozzicone fuori dalla cabina di guida. Si stavano avvicinando a un passaggio a livello. Le sbarre erano già abbassate. Una corriera e un carro di contadini attendevano di proseguire. Il macchinista tirò la cordicella della sirena, e per qualche istante le orecchie dei due ferrovieri furono sature del fischio di vapore. Era la prima volta che prestavano servizio su quello che i tedeschi chiamavano un "treno speciale". Il consiglio dei colleghi era stato di badare al lavoro e non fare domande.

Sotto molti punti di vista, il 9228 era davvero un treno speciale. I suoi viaggiatori ci erano saliti sotto la minaccia dei fucili, dopo essere stati privati, attraverso un'operazione metodica, della maggior parte dei propri beni materiali e di ogni diritto che la civiltà liberale, a partire dal secolo precedente, avesse riconosciuto all'individuo. Nel marzo del 1939, la Wehrmacht aveva occupato quanto era rimasto della Cecoslovacchia dopo la Conferenza di Monaco. Il giorno seguente, il Führer in persona era giunto a Praga. Aveva alloggiato al Castello, la residenza storica dei re di Boemia. In uno dei suoi saloni, Hitler aveva firmato il decreto che istituiva il Protettorato. Subito gli ebrei erano stati espulsi dalle professioni e dai commerci, si erano visti bloccare i conti correnti, avevano perso case e aziende, che erano state "arianizzate", ossia assegnate a nuovi proprietari di sangue germanico. E infine, erano venuti il lavoro coatto e il trasferimento nei ghetti.

Ma per altri versi, il treno speciale 9228, partito da Praga alle 7:50, con destinazione Litzmannstadt, era assolutamente ordinario. Come qualunque altro convoglio ferroviario, era stato organizzato da impiegati del ministero dei Trasporti. La pratica era passata da un ufficio all'altro, e a poco a poco il 9228 aveva preso forma. Un funzionario aveva studiato il percorso, un altro elaborato l'orario, un terzo stabilito il numero dei vagoni, e un quarto selezionato la motrice. Rischi di intasamento e contrattempi dell'ultima ora erano stati affrontati con telefonate e telegrammi rimbalzati tra le diverse stazioni della linea. E come su qualunque altro treno, anche sul 9228 si pagava un biglietto. La Reichsbahn applicava la tariffa base della terza classe: quattro Pfennig a chilometro. I bambini tra i quattro e i dodici anni pagavano la metà. I più piccoli viaggiavano gratis. Il biglietto era di sola andata per gli ebrei, e di andata e ritorno per le guardie, di norma una quindicina per convoglio. Se si trasportavano almeno quattrocento persone, era possibile negoziare una tariffa di gruppo, come per qualsiasi comitiva. Non per nulla, talvolta nell'operazione entrava un'agenzia di viaggi, il Mitteleuropäische Reisebüro, che mentre si occupava dei "treni speciali", proponeva anche visite nelle città d'arte e soggiorni sul Mar Baltico. Il conto veniva presentato all'Ufficio centrale per la sicurezza del Reich, guidato da Reinhard Heydrich, dal settembre del 1941 anche viceprotettore di Boemia e Moravia. L'Ufficio saldava attingendo ai fondi requisiti agli ebrei.

Il 9228 si fermò in una cittadina poco prima del confine con la Germania, per caricare alcune famiglie rastrellate nei dintorni, e far passare un convoglio militare diretto al fronte. Mentre il treno era in sosta, nel fragore dei vagoni scoperti carichi di Panzer e di cannoni che sfilavano sul binario accanto, un ragazzo riuscì a sgusciare fuori e si mise a correre verso il bosco. Due uomini dell'Ordnungspolizei scesero bestemmiando dalla carrozza delle guardie. Intanto, i loro commilitoni si erano messi a ribattere le assi di legno inchiodate sulle finestrelle dei carri bestiame. Il ragazzo era una silhouette nera contro il verde umido della campagna. I poliziotti lo abbatterono al terzo tentativo.

Nel vagone c'erano più di cento persone a dividersi pochi metri quadrati. Sedersi era impossibile. E come servizi igienici, solo un secchio di latta già colmo. Tutti sgomitavano, cercando di ritagliarsi un po' di spazio. All'improvviso, da fuori echeggiarono secchi tre colpi di fucile, e per la prima volta da quando avevano lasciato la stazione, nella carrozza ci fu silenzio. La lotta di ciascuno contro il vicino, o contro il proprio stesso corpo, nel tentativo inutile di trovare una posizione comoda, si fermò. Restarono immobili, in attesa. Ma non seguirono altri spari, e le conversazioni e i litigi ripresero, se possibile con tensione e urgenza ancora maggiori.

In mezzo alla calca, Anton Epstein si sforzava di fare da scudo a sua sorella Greta, una ragazzina esile, che si guardava attorno con occhi smarriti. Anton aveva vent'anni, ma sembrava più giovane, e le buone maniere che aveva appreso in famiglia non lo aiutavano in quella lotta per lui nuova e spaventosa. Poco più in là, suo padre David, già primario di chirurgia, con cattedra presso la Carlo IV di Praga, la più antica università dell'Europa centrale, cingeva la vita della moglie Rachel, la quale si premeva un fazzoletto sul naso, sforzandosi di mantenere la calma. A tratti, il professor Epstein scambiava occhiate discrete, ma eloquenti, con l'avvocato Fischer, anch'egli impegnato a sostenere la consorte. I due frequentavano lo stesso caffè e si conoscevano in maniera superficiale, avendo condiviso qualche partita a biliardo e alcune discussioni di politica, tra le volute di fumo dei sigari. L'oggetto della loro attenzione era rappresentato dal gruppo di *chassidim* che i tedeschi avevano appena fatto salire. Straccioni dalle barbe unte, pieni di marmocchi e di superstizioni. Nessuno dei due borghesi aveva detto nulla, ma Anton sapeva quale parola suo padre avesse sulla punta della lingua. *Ostjuden*, un termine che in famiglia veniva pronunciato con un misto di timore e pietà, un sostantivo capace di evocare tutto ciò cui il professor Epstein si era sempre sforzato di sottrarsi, sin da quando, per sua grande fortuna, era stato mandato a studiare in città. "Ebreo orientale" era sinonimo dell'idiotismo che permeava la vita dello shtetl. Appena si era trasferito a Praga, all'età di quindici anni, David Epstein aveva abbandonato l'yiddish per il tedesco, aveva smesso di preoccuparsi di non accendere la luce di sabato, e si era tuffato con entusiasmo nel fiume gorgogliante del suo tempo. Era stato un fedele suddito dell'Imperatore, che aveva servito con onore durante la Grande Guerra in qualità di ufficiale medico, prima in Serbia, poi sul fronte italiano. E quando l'Impero si era dissolto, era divenuto un convinto sostenitore della neonata Repubblica cecoslovacca. David Epstein aveva creduto nella scienza, nei giornali e nel libero dibattito delle idee. Aveva creduto che nel Ventesimo secolo, quanto meno nelle nazioni civili, non ci fossero stirpi o tribù, ma solo cittadini.

A loro volta, i *chassidim* fissavano gli abitanti dei quartieri ricchi di Praga con aria stupefatta, quasi imbarazzata. Un bambino con lunghe ciocche ricciute che gli scendevano dalle tempie si rivolse ad Anton. Era un discorso articolato, pieno di incisi. Anton qualcosa capì, perché l'yiddish e il tedesco si somigliavano. Anzi, si poteva dire che l'yiddish fosse una specie di parodia del tedesco, l'idioma di Goethe e Schiller storpiato da un volgo ignorante. Però il senso complessivo gli era sfuggito. Scosse la testa, per far capire al bambino che la sua padronanza di quella lingua era minima. Il piccolo lo squadrò serio e scandì le sillabe. Questa volta la frase era breve, e ruotava attorno a un vocabolo che Anton conosceva. *Goy*, il sostantivo che designa chi non è ebreo. E dopo c'era un punto interrogativo. Anton esitò. Prima dell'arrivo dei nazisti, né lui né sua sorella avevano mai pensato a se stessi come ebrei. Un'estate in cui i genitori erano andati in viaggio da soli, prima della nascita di Greta, la nonna gli aveva fatto imparare a memoria lo Shemà Israel. Ma la sua educazione religiosa si era fermata lì. Non andavano al tempio, non rispettavano i divieti alimentari, e a Natale facevano l'albero. Certo, per molti versi non erano neppure cechi. Suo padre era cresciuto in Boemia e teneva un ritratto del presidente Masaryk nello studio. Ma sua madre, che veniva da una famiglia di commercianti con ramificazioni in tutto il continente, era nata ad Amsterdam, e si trovava perfettamente a proprio agio in un teatro di Parigi, come in un hotel del Lido di Venezia, o in una sala da tè londinese. Rachel e i suoi figli erano soprattutto europei, e il cuore di quell'idea di Europa era rappresentato dalla Germania. Ora, la nazione che li aveva nutriti con la sua musica e la sua letteratura, li chiudeva in un carro bestiame, condannandoli a un nuovo, incomprensibile, esilio babilonese. Era stato detto loro che sarebbero andati all'Est, a lavorare per la vittoria del Reich. Ma quale mansione poteva mai svolgere Greta per la Wehrmacht? Le sue dita affusolate conoscevano solo la disciplina d'avorio del pianoforte. Il piccolo *chassid* aspettava ancora una risposta. Anton fece di no con la testa. "Sono ebreo." Il bambino parve rincuorato, anche se in fondo agli occhi il dubbio non era estinto.

Il vagone ondeggiò, e il convoglio si mise in movimento, incerto, in uno stridore di bielle e di ruote. La folla fu scossa da un tremito. Era paura, e al contempo sollievo. Temevano ciò che li attendeva a Łódź, ma desideravano che quel viaggio terribile avesse termine. Mentre il 9228 prendeva velocità, dal fondo della carrozza si alzò una voce. All'inizio era appena un sussurro, ma poco alla volta il brusio tutt'intorno calò, e la voce prese forza. "Ascolta, Israele: il Signore è il nostro Dio, il Signore è uno." Anton si alzò sulle punte dei piedi e cercò di scorgere l'uomo che aveva cominciato a recitare lo Shemà. Era un vecchio con lo scialle da preghiera sulle spalle, e i filatteri legati sul braccio e sulla fronte. Anton si girò verso suo padre. Le palpebre socchiuse, i tratti del volto distesi, David Epstein bisbigliava tra sé e sé. Su quel viso immobile, le labbra parevano agire in autonomia dal resto del corpo. Andavano componendo suoni antichi, che la loro gente ripeteva da secoli. "Amerai il Signore tuo Dio con tutto il cuore." Nel vagone, anche altri si erano uniti al vecchio. "E metterai queste parole che Io ti comando oggi nel tuo cuore, e le insegnerai ai tuoi figli." Anton si guardava attorno senza sapere che fare. Quel rito gli era del tutto estraneo, eppure da esso sentiva sprigionarsi una promessa di conforto. Si sforzò di ricordare. "Se veramente ascolterete i precetti che oggi vi prescrivo, amando il Signore vostro Dio e servendolo con tutta la vostra anima, darò la pioggia alla vostra terra." Il fischio acuto della sirena della locomotiva si intromise nella preghiera. Anton alzò il tono della voce. "Così raccoglierai il tuo frumento, il tuo mosto e il tuo olio, e darò erba al tuo campo per il tuo bestiame: tu mangerai e ti sazierai." Il treno s'infilò in una galleria, e i versetti del Deuteronomio si persero nell'oscurità della montagna.

6

Londra, 30 giugno 1982

L'acqua era fresca, con un tenue lezzo di palude. Harry Dobbs raggiunse la boa, la toccò con la punta delle dita, e subito si girò per tornare indietro, andando a scontrarsi con un altro nuotatore che arrivava di gran carriera. Era il titolare di una tintoria dell'East End. Lui e Dobbs erano tra i soci più anziani del circolo e si conoscevano da tempo. Si erano iscritti al Serpentine Swimming Club quando sul trono sedeva ancora Giorgio VI, ma in tutti quegli anni non erano mai andati oltre "buongiorno", "arrivederci", e sporadici scambi di opinioni sulle diverse tecniche natatorie. I due si fissarono da sotto le cuffie di gomma e bofonchiarono qualche parola di scusa. Dobbs si lanciò a dorso, mentre l'altro si fermò a riprendere fiato. Il cielo era di un azzurro opaco, omogeneo, striato soltanto dalla sottile scia di un aereo a reazione. Dobbs procedeva deciso tra alti spruzzi. Un ragazzo gli sfrecciò accanto, a stile libero. Oltre la linea delle boe, una coppia di cigni osservava perplessa gli umani che increspavano la superficie del lago con movimenti straordinariamente privi di grazia.

Harry Dobbs issò sulla banchina il proprio pancione coperto di una folta peluria bianca, e si mise a sedere. Benché non fossero neppure le sette, in acqua c'era una dozzina di persone. Ma era estate. La vera passione si misurava in gennaio e febbraio, quando le sponde del Serpentine ghiacciavano. Dobbs era entrato nel club nel 1947. Da allora era andato a nuotare quasi ogni mattina, prima di recarsi al lavoro, come pure durante i fine settimana. Era un'abitudine che si portava dietro dall'infanzia. Quando aveva otto anni, i suoi genitori lo avevano spedito in una *boarding school* in Scozia, dove la giornata cominciava sempre con un tuffo nelle acque gelide e melmose del lago. Lassù, tra le brume delle Highlands, per il piccolo Harry Dobbs, un bambino timido, non troppo alto per la sua età, era stata dura, soprattutto all'inizio. Le camerate erano piene di spifferi, il cibo pessimo, gli insegnati severi, e i compagni più grandi sempre in caccia di un novellino da tormentare. A posteriori, però, Dobbs era contento di aver frequentato il King James College di Inverness. Si era trattato di un'iniziazione alla vita spietata, ma assai proficua. Dopo quell'esperienza, niente aveva più potuto incutergli timore, neppure la guerra. Era lo scopo di quelle scuole. Forgiare il carattere, preparare i membri della classe dirigente britannica ad affrontare le difficoltà che avrebbero incontrato nel mondo. Se mammina ti ha rimboccato le coperte fino ai diciott'anni, non sarai in grado di tenere testa a un'orda di guerrieri zulù, o a una turba di operai in sciopero. Si tolse la cuffia, infilò l'accappatoio, e s'incamminò verso il basso edificio che ospitava il club.

Dobbs si abbottonò la camicia di batista, chiuse i polsini con una coppia di gemelli di madreperla, eseguì un *four-in-hand* impeccabile, con una fossetta sotto il nodo, proprio al centro della cravatta, indossò la giacca di fresco lana grigio scuro, e uscì dallo spogliatoio.

Il cameriere arrivò che Dobbs si era appena seduto. Lo serviva almeno tre o quattro volte a settimana, e lui prendeva sempre la stessa cosa, ma pose comunque la domanda, distaccato, come se fosse la prima volta che lo vedeva.

"Desidera?"

Dobbs ordinò un *full English breakfast*. Uova, salsiccia, bacon, sanguinaccio, pomodori grigliati, funghi saltati in padella, fagioli stufati, pane tostato e una tazza di tè. Aprì il *Times*. Per prima cosa andò alle pagine finanziarie. Le azioni in cui aveva investito di recente stavano andando bene, ma in ogni caso gli utili non erano esaltanti. Giocava in borsa più per il piacere dell'azzardo, che per il guadagno. Era un sistema macchinoso, c'erano tanti lacci e lacciuoli, freni introdotti dopo la crisi del 1929, roba ormai superata. Il presidente americano, però, con quella sua parola magica, *deregulation*, sembrava intenzionato a cambiare le cose. Dobbs era curioso di vedere se ce l'avrebbe fatta.

Il cameriere portò la colazione. Dobbs tornò alla prima pagina, mise il giornale sul tavolo e iniziò a imburrare una fetta di pane, lanciando occhiate distratte ai titoli. In evidenza c'erano sempre la guerra in Libano, ancora in corso, e la campagna delle Falkland, appena conclusa. Si mise in bocca una striscia di bacon insieme a dell'albume dai bordi croccanti. Passò alle pagine interne. Un'intervista al comandante della squadra navale che aveva sconfitto gli argentini. Nuove ipotesi sul caso del banchiere italiano trovato impiccato sotto il Blackfriars Bridge. Una dettagliata analisi dell'incidente del volo British Airways finito nella nuvola di cenere di un vulcano indonesiano. Il sanguinaccio era squisito, morbido, con una punta di amarognolo. Dobbs iniziò a leggere un articolo sulle tensioni tra il governo Thatcher e i sindacati dei dipendenti pubblici, ma abbandonò al secondo paragrafo. Bevve un lungo sorso di tè. Defilato sul fondo di pagina cinque, un pezzo su due colonne parlava dell'assassinio, avvenuto nel Messico meridionale, di un funzionario d'ambasciata americano, che forse era un agente della CIA. Ancora non era chiaro chi lo avesse ucciso. Non c'erano state rivendicazioni. Quando il killer era entrato in azione, il diplomatico si trovava in compagnia di un altro cittadino statunitense, che era rimasto ferito nell'attentato. L'uomo era stato ricoverato in ospedale, ma era scomparso tre giorni dopo. Un quotidiano locale sosteneva che si trattasse di un criminale di guerra nazista. Si menzionava anche quello che doveva essere il vero nome dell'uomo. La forchetta restò a mezz'aria, con la fetta di bacon che penzolava nel vuoto, lasciando cadere piccole gocce di grasso sulla pagina del *Times*. Dobbs rilesse l'articolo con maggiore attenzione. La stampa messicana affermava che fosse un ex ufficiale delle SS, arruolato dagli americani dopo la fine della Seconda guerra mondiale. Asserivano che avesse preso parte all'operazione Condor, il grande programma lanciato nel 1975 dalla CIA per ripulire l'America Latina dalla presenza di comunisti e sinistrorsi vari. Harry Dobbs posò la forchetta e chiese il conto.

Attraversò il giardino a grandi passi e raggiunse Kensington Road. Come sempre, il suo autista lo attendeva all'angolo con Rutland Gate. Gli passò accanto il proprietario della lavanderia, diretto alla stazione della metropolitana di Knightsbridge. Il compagno di circolo portò cortesemente una mano alla visiera del berretto di cotone. Dobbs però non se ne avvide, e tirò dritto verso la propria automobile senza rispondere al saluto.

7

Berlino, 18 ottobre 1941

L'atrio era imponente, come si addiceva al miglior albergo della città, inaugurato dal Kaiser Guglielmo II in persona nel 1907. Soffitti a volta adorni di stucchi e affreschi, spessi tappeti persiani, luci scintillanti, uno scalone di marmo rivestito di rosso che conduceva al primo piano. La baronessa Carlotta von Lehndorff scivolò attraverso la lobby, lasciò la pelliccia al guardaroba e imboccò il corridoio che conduceva al ristorante. Il maître l'accolse con un gran sorriso, appannaggio dei clienti abituali, e subito l'affidò a uno zelante cameriere che le fece strada fino al suo tavolo, apparecchiato per due, in un angolo discreto della sala, accanto a una finestra con vista sull'Unter den Linden e la porta di Brandeburgo.

"Posso portarle un aperitivo?", domandò il cameriere con un inchino.

La signora si sfilò i guanti neri.

"Un cocktail champagne."

"Benissimo."

La baronessa prese dalla borsetta un bocchino di giada, di un verde brillante, e si accese una sigaretta. Konrad era in ritardo. Ancora non si era abituata a dover aspettare i suoi amanti. Un tempo erano loro che aspettavano lei, anche per ore. Una volta, una scrittrice americana l'aveva attesa per un intero pomeriggio.

Ma ora, a cinquantun anni, era consapevole del fatto che toccava a lei aspettare. Ed era il meno. La parte più umiliante era che spesso doveva anche pagare. Non in maniera diretta. Non si abbassava a lasciare delle banconote sul comodino, per quanto le capitasse di pensare che in fondo sarebbe stato più onesto. Di sicuro sarebbe stato più economico. Corrompere il medico militare che aveva riformato Konrad era stato un impegno finanziario non da poco, anche per i vasti mezzi della baronessa. Senza considerare i rischi legali.

Il cameriere arrivò con un vassoio d'argento, e lasciò il cocktail sul tavolo. Nella flûte ghiacciata, un liquido rosato prometteva un sollievo immediato ai brutti pensieri che la tormentavano da giorni, da quando Wilhelm era stato costretto agli arresti domiciliari. Il primo sorso era sempre il migliore. Lo champagne e il cointreau si univano in un matrimonio al contempo perfetto e incoerente, attorno all'altare di una zolletta di zucchero imbevuta di angostura, che andava sciogliendosi sul fondo del bicchiere. Carlotta bevve ancora, e iniziò a sentirsi meglio. Aveva sposato Wilhelm giovanissima, contro il volere di tutto il parentado. Suo padre, un industriale di Monaco di Baviera, cattolico, di idee moderne per l'epoca e il milieu cui apparteneva, nutriva una profonda diffidenza verso la tradizione luterana e militare dei prussiani, di cui i von Lehndorff rappresentavano un'espressione cristallina. Contro le fosche previsioni dei suoi genitori, i primi anni erano stati splendidi. Lei e Wilhelm avevano condotto un'esistenza brillante e spensierata, fatta di serate mondane e viaggi all'estero. Il marito, oltre che ufficiale dell'esercito, era membro della Nazionale di scherma, e questo ruolo faceva sì che la coppia fosse spesso in giro per l'Europa, perché Wilhelm e i suoi compagni partecipavano alle competizioni internazionali. Ma a volte partivano anche per dei viaggi privati. Il suo ricordo più bello era il primo soggiorno parigino, nel 1912. La vita che fremeva sui boulevard e nei teatri l'aveva entusiasmata. A confronto della capitale francese, Berlino sembrava una cittadina di provincia. Una notte, dopo aver assistito a uno spettacolo esotico e sensuale dei Balletti Russi, qualcosa che Carlotta non aveva mai neppure immaginato potesse esistere su di un palcoscenico, Wilhelm aveva attirato gli sguardi di tutto il bar del Ritz, bevendo champagne da una delle sue scarpe. Poi era venuta la guerra. Wilhelm era partito alla testa del suo reggimento, entusiasta, sicuro della vittoria, ma a ogni licenza i suoi silenzi si erano fatti più lunghi. Aveva trascorso quattro anni al fronte. Era stato ferito più volte e aveva guadagnato innumerevoli decorazioni. Quando alla fine era tornato, era un altro uomo, cupo, rancoroso. Avevano tentato di fare un figlio, ma non erano stati fortunati. Al secondo aborto, avevano perso la speranza. Questo l'aveva resa ulteriormente invisa ai suoceri, che non l'avevano mai amata. Agli occhi severi dei due aristocratici prussiani, Carlotta era una donna troppo libera, troppo colta, troppo metropolitana. E ora l'affronto definitivo. Non era riuscita a dar loro un erede. Il fratello di Wilhelm, ancora celibe, era morto sulla Somme, e la sorella aveva avuto solo femmine. Il nome dei von Lehndorff rischiava di estinguersi, e tutto per colpa di una puttana bavarese. A poco a poco, lei e Wilhelm avevano cominciato a condurre vite separate. Lui si era murato nel grigiore delle caserme e della tenuta di famiglia. Carlotta aveva trasformato la loro casa di Berlino in uno dei salotti più *à la page* della città, dove riceveva artisti e gente dello spettacolo. Una volta era venuta anche Marlene Dietrich. Quando Hitler era diventato cancelliere, Carlotta aveva preso a viaggiare con sempre maggior frequenza, finendo per trascorre all'estero la maggior parte del tempo. Fino a che la Germania non aveva scatenato una nuova guerra.

Konrad attraversò la sala e la raggiunse. Carlotta gli tese la mano. Lui le prese le dita e gliele baciò con un trasporto eccessivo, che infastidì la baronessa.

"Il mio ritardo è imperdonabile."

"Siediti", rispose lei con freddezza.

Il cameriere portò i menù. Quello che porse alla signora era privo dei prezzi. Carlotta apprezzò la delicatezza.

"Il *pâté de fois gras* è ottimo, arrivato ieri dai nostri fornitori francesi", disse il cameriere.

"Fantastico", intervenne Konrad allegro, mentre srotolava il tovagliolo e se lo sistemava sulle ginocchia.

"Va bene, allora cominciamo con il *fois gras*, e una bottiglia di Saint-Émilion", disse Carlotta.

"E dopo?"

La baronessa scorse la carta con distrazione.

"Il *coq au vin*", rispose.

Il cameriere prese nota su di un piccolo taccuino. "E lei?", domandò a Konrad, il quale era immerso nella lettura del menù. La fronte corrugata, si soffermava su ogni piatto con estrema attenzione, valutando e comparando tra loro le diverse pietanze, con l'obiettivo di selezionare quella che gli avrebbe offerto il maggior godimento. Quella serietà aveva qualcosa di infantile, e la baronessa ne fu intenerita.

"Il *Sauerbraten* con cavolo rosso e patate, per favore", disse Konrad tutto d'un fiato, quasi temesse che l'incantesimo di trovarsi nel ristorante dell'Hotel Adlon potesse rompersi all'improvviso.

Il cameriere segnò l'ordinazione e scomparve.

Carlotta fissò il ragazzo che le sedeva di fronte. Aveva un profilo delicato, con un piccolo naso all'insù e labbra tumide. Come a voler controbilanciare quei tratti femminei, portava i capelli molto corti, alla maniera dei militari. Ma grazie all'intervento della baronessa, la Wehrmacht non se l'era preso. Sarebbe stato un vero peccato se un proiettile avesse rovinato quel bel faccino. Tutti dicevano che la guerra sarebbe finita presto. Poteva anche darsi. Carlotta però ricordava l'estate del 1914. Anche allora si diceva che la Germania avrebbe trionfato nel giro di poche settimane e i soldati sarebbero tornati a casa per Natale. Sotto il tavolo, Konrad allungò una gamba e iniziò a sfregarle delicatamente un polpaccio con la caviglia.

"Mi rompi le calze", si schermì la donna.

Konrad sorrise e continuò.

Anche Carlotta sorrise. Si sentì eccitata al pensiero di ciò che sarebbe seguito, nella suite che aveva prenotato. Poi non lo avrebbe più visto. Già altre volte si era fatta quella promessa, ma non l'aveva mai mantenuta. Ora però era diverso. Wilhelm aveva suscitato l'occhiuta attenzione della Gestapo. Carlotta riteneva suo dovere stargli accanto. Ancora tanti fili invisibili li legavano l'uno all'altra. Ma quella notte l'avrebbe riservata per sé sola.

"Sei bellissima", sussurrò Konrad.

La baronessa si carezzò la pelle sotto il mento, una volta soda ed elastica, e adesso leggermente cadente, nonostante le creme e i massaggi. Sapeva che il ragazzo mentiva, ma si lasciò ingannare.

8

Roma, 30 giugno 1982

Monsignor Witold Grabski chiuse il rubinetto e si sciacquò il viso con l'acqua calda che si era raccolta nel lavandino. Da una mensola sopra lo specchio, la radio gracchiava le notizie del mattino. Era un apparecchio vecchio e malandato, appartenuto all'inquilino che lo aveva preceduto nell'appartamento, un prelato spagnolo, che era stato inviato a dirigere la nunziatura apostolica di Buenos Aires. Il cardinale si asciugò le mani e provò a migliorare la ricezione ruotando con delicatezza la manopola.

Per tutta la giornata di ieri, a Beirut sono continuati gli scontri tra l'esercito israeliano e le milizie palestinesi. La città, sotto assedio dallo scorso 13 giugno, ha subìto pesanti bombardamenti da parte delle forze armate dello Stato ebraico, sia dal cielo che dal mare.

Monsignor Grabski bagnò il pennello e cominciò a girarlo nella ciotola del sapone. "I giudei non mollano mai...", sussurrò tra i denti.

Le forniture di elettricità e di acqua sono intermittenti, causando gravi problemi alla popolazione civile, già provata dai combattimenti.

Il prelato si insaponò il volto, lentamente, e prese il rasoio.

Questa mattina, il ministro del Tesoro Beniamino Andreatta riferirà alle Camere circa gli sviluppi dell'inchiesta sul crac del

Banco Ambrosiano, e il ruolo che in esso ha svolto l'Istituto per le Opere di Religione, la banca vaticana diretta da monsignor Paul Marcinkus.

Grabski scrollò le spalle. Che cosa pretendevano? Che tirassero avanti con le donazioni dei fedeli? La Chiesa era una grande istituzione, con ramificazioni in tutto il mondo, come la Coca-Cola, solo che invece di vendere bibite salvava anime. Ma operava in un mercato ostile, dove la concorrenza era spesso in vantaggio, soprattutto nei paesi occidentali. Per milioni di persone, la parola del Santo Padre ormai contava assai meno di quella delle rockstar o dei divi del cinema. Così bisognava adattarsi a questo nuovo mondo, imparare a padroneggiarne strumenti e tecnologie. E poi c'era da sostenere coloro che erano in prima linea nella battaglia contro l'ateismo marxista: il sindacato di Lech Wałęsa in Polonia, i Contras in Nicaragua. E per fare tutto questo erano necessari fondi ingenti. Come gli aveva detto una volta Marcinkus, al termine di una riunione del consiglio di sovrintendenza dello IOR, non si può governare la Chiesa con le Ave Maria.

Sentì bussare alla porta della camera da letto.

"Monsignore, sono le otto e dieci. Le ricordo l'incontro con l'onorevole."

"Sì, Sergio, me ne rammento", ribatté ruvido il cardinale. Il suo segretario era un giovane gesuita brillante e meticoloso, ma a volte la sua pedanteria lo irritava. E poi mancava quasi un'ora all'appuntamento. I magistrati italiani sembravano intenzionati a fare sul serio con la faccenda dell'Ambrosiano. E a sostenerli non c'erano soltanto i soliti giornali di sinistra, ma anche settori del mondo politico, persino esponenti della Democrazia Cristiana, come quell'orribile Tina Anselmi. Il cardinale pensava che vi fosse qualcosa di innaturale, persino malsano, in una donna che alla cura dei figli e della casa preferisce farsi eleggere in Parlamento. Forse però c'erano ancora dei margini di manovra. Era di questo che doveva parlare con l'onorevole. Finì di radersi, si lavò via il sapone e prese a frizionarsi le guance con il dopobarba, una lozione alla lavanda molto delicata, il gradito dono della moglie di uno dei consulenti finanziari della Santa Sede.

Nella città di Mérida, nel Messico meridionale, un funzionario dell'ambasciata degli Stati Uniti è rimasto ucciso in un attentato.

Sulle prime il cardinale non ci badò. Stava per spegnere la radio, quando lo speaker menzionò l'altro individuo che era stato coinvolto nell'attacco. Ancora non si sapeva chi fossero i responsabili. Forse terroristi di sinistra. O forse un'organizzazione ebraica, visti i trascorsi del superstite. Il radiogiornale menzionò anche quello che pareva fosse il vero nome dell'uomo. Witold Grabski si sedette sulla sponda della vasca e si passò una mano sul cranio calvo, lo sguardo perso nei ricordi. Conosceva quel nome. Molti anni prima, lo aveva vergato al fondo di una lista.

9

Berlino, 19 ottobre 1941

Il posacenere sul comodino era pieno di mozziconi. La notte precedente, dopo aver fatto l'amore, avevano parlato a lungo. Konrad l'aveva scongiurata di telefonargli, o almeno di scrivergli, quando poteva. Le aveva detto che già non vederla sarebbe stata una gran pena, ma almeno voleva ricevere sue notizie. Carlotta però era stata irremovibile. Non aveva mai permesso che i suoi affaire arrivassero direttamente alle orecchie di Wilhelm. Il marito sapeva, ma in sua presenza lei era sempre stata irreprensibile. Era la clausola base del tacito accordo che avevano stipulato molti anni prima. E di certo non si sarebbe sottratta alla regola adesso che Wilhelm si trovava in una situazione così difficile. Evidentemente il ragazzo sperava di spillarle ancora qualche cosa, ma poteva ritenersi più che soddisfatto. Senza di lei, a quest'ora sarebbe stato in marcia nella steppa, o forse addirittura sepolto nel cimitero di un villaggetto senza nome. Mise gli orecchini di perla e guardò nello specchio. Ci vide una donna di mezz'età, con il volto segnato dalle rughe, borse nere annidate sotto gli occhi, e tra i capelli, un tempo di un biondo omogeneo, qualche ombra grigia. Rabbrividì. Si cosparse di cipria, passò il rossetto sulle labbra, il mascara sulle ciglia, indossò il visone e il cappellino, e tirò giù la veletta. Ora si sentiva meglio. Tornò a scrutarsi. Poteva andare, se non la guardavano con attenzione. Ma il pensiero di non essere guardata con attenzione le era odioso.

Avvolto nelle coperte, un braccio che pendeva fuori dal letto, Konrad russava piano, con la bocca semi aperta. In quel dormire scomposto, dimostrava ancora meno anni di quelli che aveva. Carlotta tirò fuori dalla borsetta una penna stilografica, con cui scrisse poche righe su un foglio di carta da lettere dell'albergo. Lasciò il biglietto sulla console di legno accanto alla porta, insieme al suo accendino d'argento. Poi abbassò la maniglia e uscì senza voltarsi.

La baronessa saldò il conto, lasciando intendere in maniera obliqua che in camera c'era ancora il signore, e che dunque le donne delle pulizie avrebbero dovuto aspettare per rifare la stanza. Il concierge socchiuse le palpebre, a segnalare che aveva compreso.

"Mi serve un taxi", disse Carlotta.

"Certo, baronessa", rispose il concierge, indicandole il portiere in uniforme gallonata che stava sull'attenti oltre la porta girevole.

Un giovane fattorino portò la valigia della baronessa oltre la soglia e la consegnò al portiere, che si affrettò a soffiare nel fischietto di metallo che aveva al collo. Il taxi arrivò all'istante.

L'automobile procedeva lenta nel traffico del mattino. Le vie erano ingombre di macchine, camion, carri delle consegne trainati da cavalli, pullman, veicoli militari. In fondo al viale, un treno della sopraelevata si fermò in una stazione. Una massa di passeggeri si riversò fuori dai vagoni, altri presero subito il loro posto, e la locomotiva sbuffò via in gran fretta. Sui balconi delle case e degli edifici pubblici, sui tetti dei grandi magazzini e nei parchi, ovunque sventolavano bandiere rosse con al centro un cerchio bianco, e dentro quella croce ritorta. Non c'era isolato che non ne avesse almeno una. Sui marciapiedi, camminavano uomini con divise nere o brune, e stivali di cuoio tirati a lucido. La baronessa von Lehndorff distolse lo sguardo e frugò nella borsetta in cerca di una sigaretta. Non avrebbe rimpianto Berlino. Non era più la sua città. Era la capitale del Terzo Reich.

Konrad si svegliò che il sole era già alto. Si guardò attorno. La vecchia era andata via. Saltò fuori dal letto, allegro, e s'infilò nel bagno. Una bella doccia avrebbe scacciato quell'odore di carne fiacca che si sentiva addosso. Rimase a lungo sotto il getto d'acqua. Si asciugò e si rivestì. Era sul punto di andarsene, quando vide il piccolo oggetto di metallo sulla console. Era il Dunhill di Carlotta. Gli era sempre piaciuto. Accanto c'era un biglietto d'addio, neanche troppo melenso. Il portasigarette era vuoto e Konrad dovette cercare nel posacenere. Si sdraiò sul letto, con le scarpe sul lenzuolo candido, e si accese il mozzicone con il suo nuovo accendino. In fondo, gli era andata bene. Carlotta era in là con gli anni, ma non era da buttare. E aveva parecchia esperienza, su questo non c'erano dubbi. Nella sua carriera di gigolò, Konrad aveva dovuto assolvere compiti decisamente più sgradevoli. Inoltre, la baronessa era una donna generosa. Diede un ultimo tiro, s'infilò l'accendino in tasca e schizzò fuori dalla stanza.

"Wilhelmstraße 102", disse Konrad all'autista.

Sentendo che la destinazione era l'Ufficio centrale per la sicurezza del Reich, il tassista esitò un istante prima di ingranare la marcia.

10

Haifa, 30 giugno 1982

La radiosveglia vomitava canzoni rock, alternate ai commenti insulsi del conduttore del programma, da almeno una ventina di minuti, ma Rivka, pur desiderando che quel baccano cessasse, non riusciva a raccogliere le forze necessarie per allungare la mano fino al comodino e spegnere quel marchingegno infernale. *E ora, un grande successo del passato.* Avrebbe già dovuto essere al bar, a dare una mano al marito, e invece se ne stava lì, a fissare il soffitto. *We got no choice, all the girls and boys.* Quando Eli abitava ancora con loro, quella musica, sparata a tutto volume dalle casse dello stereo nella camera del figlio, era stata fonte di frequenti, estenuanti discussioni. Rivka non avrebbe mai immaginato che un giorno avrebbe avuto nostalgia di Alice Cooper. *And we got no principles, and we got no innocence.* Le ultime note sfumarono sulla voce del dj, che ripeteva titolo e cantante del pezzo appena passato, e salutava gli ascoltatori, dando loro appuntamento per l'indomani. Seguì una serie di spot pubblicitari. Una marca di pannolini. Un detersivo per i piatti. Un nuovo modello della Volkswagen. Quando arrivò il radiogiornale, i servizi di testa erano tutti dedicati al Libano. Un generale in pensione commentava lo sviluppo delle operazioni. L'inviato da New York illustrava il dibattito in corso alle Nazioni Unite. Il primo ministro Menachem Begin aveva dichiarato che la conquista del quartier generale di Arafat, a Beirut, aveva la portata simbolica della presa del bunker di Hitler sotto la Cancelleria. Anzi, *era* la presa del bunker di Hitler sotto la Cancelleria. Diversi esponenti della sinistra e del mondo della cultura erano insorti. Begin utilizzava la Shoah per giustificare una politica di aggressione militare contraria allo spirito di Israele e alla tradizione del popolo ebraico. Un sopravvissuto dei campi di sterminio aveva iniziato uno sciopero della fame in segno di protesta. Il braccio di Rivka si mosse e l'apparecchio tacque. Rimase immobile, in ascolto. Il camion della nettezza urbana stava portando via la spazzatura. Al piano di sopra, i coniugi Goldfarb litigavano, come al solito. Sbattere di porte, urla, singhiozzi.

Per la strada, un cane si mise ad abbaiare. Doveva essere il bastardino della signora Kaufmann, che faceva il suo giro del mattino insieme alla padrona.

Rivka trattenne il fiato e attese. I secondi passavano. Quindici, venti, ventidue. Alla fine aprì la bocca.

Di sopra, la signora Goldfarb era scatenata. "Vi ammazzo. Giuro che se ti trovo con quella puttana, vi ammazzo a tutti e due!" Il marito taceva. Rumore di ceramica in frantumi.

Rivka trasse un respiro profondo e si tirò su, appoggiandosi a un gomito. La stanza era sempre lì, identica al giorno prima. Andò in cucina. Shlomo le aveva lasciato il tavolo apparecchiato per la colazione. Spesso poteva apparire freddo e distante, ma Rivka sapeva che era un uomo attento ai dettagli, prodigo di piccole attenzioni. Dopo quasi quarant'anni, ancora si amavano. Ora però tra loro due c'era quella cosa, quel vuoto abissale che le dava le vertigini, e che pareva sul punto di inghiottire tutto quanto. Meccanicamente, Rivka iniziò a prepararsi il caffè.

Eli non c'era più. Era stato ucciso il primo giorno dell'invasione. Il comando israeliano la chiamava "Operazione Pace in Galilea". Lungo le strade che portavano a nord, le colonne di carri armati e automezzi militari serpeggiavano per chilometri.

I jet da combattimento avevano striato il cielo sin dalle prime luci dell'alba. Era il 6 di giugno. Lo aveva colpito alla gola un cecchino nascosto tra le rocce. La morte era giunta rapida, non aveva sofferto. Quanto meno, così avevano detto quelli dell'esercito. Il nemico si era asserragliato in un antico castello dei crociati. Benché fosse stato costruito nel Dodicesimo secolo, le mura erano abbastanza spesse da reggere ai colpi dell'artiglieria moderna. Gli uomini della Brigata Golani avevano faticato per espugnarlo. Ma alla fine ce l'avevano fatta. Quelli che non erano morti. Begin in persona si era recato sul luogo della battaglia, con un elicottero, per congratularsi con i vivi. Quel vecchio polacco rinsecchito e pieno di livore aveva deciso di cacciare i palestinesi e i siriani dal Libano, e mandare al potere i cristiano-maroniti di Gemayel, con i quali Israele avrebbe stretto un'alleanza anti-islamica, il tutto in un colpo solo. Chi era Rivka per interferire con una visione strategica così grandiosa? Si versò il caffè, fece scivolare nella tazza un cucchiaino di zucchero e girò lentamente. Era il loro unico figlio. Era solo due anni più giovane di Israele. Era venuto al mondo quando lo Stato ebraico era un'entità incerta, una zattera cui si erano aggrappati i superstiti della carneficina europea. Ora Israele era un paese forte e rispettato, con città moderne, piene di industrie, commerci, strade, acquedotti, e il più efficiente esercito del Medio Oriente. Eppure, tutto questo non era bastato. Ancora una volta, l'angelo della Storia era venuto a bussare alla porta di Rivka Libowitz, nata Berkovits.

Finì il caffè e andò in salotto. Da dentro una cornice d'argento, Eli la fissava sorridente. Stringeva al petto la sua tesi di laurea. Rilegatura blu scuro e scritta oro. *Caratterizzazione di cementi rinforzati e alleggeriti per ponti.* Prese la fotografia dallo scaffale e l'accarezzò con dolcezza. Era stato il primo laureato della famiglia. Shlomo era scoppiato d'orgoglio. Squillò il telefono. Rivka lo ignorò. Rimise a posto la fotografia e andò in bagno a prepararsi.

11

Berlino, 20 ottobre 1941

Tempo, misura, velocità. I tre fondamenti. *Bisogna cogliere il momento adatto per eseguire un'azione, unendo la scelta di tempo alla dovuta velocità, e tirando a quella misura che sarà bastevole per toccare l'avversario.* Così insegnava il maestro Bernard Simon, nella sala d'armi di Lincoln Square. *La fretta e la forza sono nemici capitali nella scherma. Chi impiegherà forza, non farà che ritardare la sua velocità; e la fretta precipiterà ogni suo movimento.* A lezione, o nelle pagine di un manuale, sembra convincente, ma in pedana non c'è modo di riflettere, il corpo deve agire prima che la mente possa elaborare una strategia. Il ferro è più rapido del pensiero. A questo servono gli allenamenti, a produrre automatismi, a compenetrare teoria e istinto.

Il maggiore delle SS Hans Lichtblau effettuò una parata di picco e provò un passo avanti-affondo, ma il suo avversario si era già ritirato, sottraendosi alla minaccia. Lichtblau si fermò un istante per riprendere fiato. Conduceva quattro a tre, però era a corto di forze. La stanchezza gli faceva perdere agilità e precisione. Avanzò forconando a casaccio, senza curarsi della guardia. Il colonnello Saito vide il bersaglio scoperto e si produsse in un'impeccabile entrata in controtempo.

"Quatre partout", disse l'arbitro. Fece segno ai due schermidori di prendere posizione. "En garde. Êtes-vous prêts? Allez."

Ormai da diversi mesi, Lichtblau tirava con il colonnello Saito, l'attaché militare dell'ambasciata giapponese, ogni venerdì pomeriggio, presso il circolo delle SS. Ma conoscere chi ti sta davanti serve fino a un certo punto. Ogni assalto è un'esperienza a sé. Saito era un maestro di kendo che aveva scoperto la scherma in Europa. Era un avversario tenace, e per di più era mancino, ma nonostante gli anni di pratica, ancora non aveva compreso un principio essenziale della scherma d'Occidente, o forse si era rifiutato di comprenderlo, perché andava contro i suoi più intimi convincimenti, non solo per quanto riguardava l'arte di maneggiare una lama, ma rispetto alla vita nel suo complesso. Nel kendo, l'obiettivo consiste nel vibrare il colpo secondo uno schema preciso, dal quale non ci si può discostare, e l'esecuzione deve essere perfetta, rispondere a canoni di armonia oltre che di efficacia. Per gli uomini come Saito, educati nei precetti del Bushidō, la "via del guerriero", che fondeva pratica marziale e buddismo Zen, non si dava vittoria senza bellezza. Nella scherma occidentale, invece, pur essendoci regole e principi, c'è sempre spazio per l'improvvisazione e l'iniziativa individuale. Una stoccata che permette di guadagnare un punto, per quanto goffa e antiestetica, per quanto non prevista dai trattati, non verrà sanzionata dal maestro.

Saito eseguì una cavazione per liberare la spada da un legamento di terza. Il movimento del polso era stato rapido e stretto, alla fine del gesto il pugno non si era spostato di un millimetro dal suo centro di operazioni. Eccellente. Cristallino. Lo Sturmbannführer sciolse la misura e sbuffò dentro la maschera. Il sudore gli colava giù dalla fronte e gli faceva bruciare gli occhi. Doveva agire. La vittoria è di chi la desidera davvero. Saito si fece avanti. Lichtblau parò di quarta, trasportò in seconda, e spinse in giù, violento, sgraziato. Prese Saito sulla coscia.

"Halte! Touché à droite", esclamò l'arbitro. "Cinq-quatre. Victoire à gauche."

I due schermidori si tolsero la maschera e si strinsero la mano a centro pedana.

"Grazie", disse Lichtblau.

Saito fece un sorriso vago. "L'Est è l'Est, e l'Ovest è l'Ovest", sussurrò.

L'ufficiale delle SS lo fissò stupito, scavando nella memoria. Saito era un uomo colto e molto esplicito, per essere un giapponese. Lichtblau rispose al sorriso. "E i due non si incontreranno mai", chiosò.

Rotto l'incantesimo dell'assalto, quando il mondo esterno è uno sfondo indistinto, non solo perché la maschera attutisce i suoni e limita la visibilità, ma soprattutto perché la tensione della gara riduce l'intero universo ai pochi metri della pedana e alla sagoma bianca che ti danza di fronte, il maggiore Lichtblau si rese conto che uno strano silenzio regnava nella sala d'armi. Si guardò attorno e scorse, pochi passi più in là, la figura severa dell'Obergruppenführer Reinhard Heydrich, capo supremo dell'Ufficio centrale per la sicurezza del Reich, da cui dipendevano il controspionaggio, la Gestapo e la polizia criminale. Dopo il Reichsführer-SS Himmler, Heydrich era l'uomo più potente dell'intero apparato delle SS, e i suoi occhi sottili erano fissi proprio sul maggiore Lichtblau.

"Un assalto combattuto", disse Heydrich in tono di approvazione.

Subito Lichtblau si passò la spada nella mano sinistra, in modo che il braccio fosse libero di tendersi nel saluto.

Il colonnello Saito fece un inchino e si dileguò in direzione dello spogliatoio.

"Ho poco tempo", aggiunse Heydrich.

Lichtblau si asciugò il viso sulla manica. Sotto la spalla, sul bianco della divisa, spiccava il rombo nero con dentro il simbolo delle SS. Seguì l'Obergruppenführer verso la buvette. La segreteria dell'Ufficio centrale per la sicurezza del Reich gli aveva notificato che l'incontro sarebbe stato lì al circolo, ma avrebbe dovuto avere luogo quasi un'ora dopo. Heydrich era noto per essere un lavoratore infaticabile. E si sapeva inoltre che preferiva fare di testa propria quando si trattava di selezionare un candidato. Si fidava più delle proprie impressioni che delle relazioni del suo staff. Evidentemente, era arrivato in anticipo per soppesare le qualità dello Sturmbannführer Hans Lichtblau in pedana. Il maggiore rimpianse di aver fornito una prestazione mediocre. Heydrich era un atleta di ottimo livello, che tirava sia di spada sia di sciabola, con una predilezione per la seconda. Inoltre, eccelleva nella corsa, nell'equitazione e nel nuoto. Ma comunque, si consolò Lichtblau, con Saito aveva dimostrato carattere. Questo all'Obergruppenführer doveva essere piaciuto.

"Tira da molto tempo?", domandò Heydrich quando si furono accomodati a un tavolino.

"Ho cominciato a dieci anni, a Chicago."

Heydrich aveva letto nel dossier che Lichtblau era nato in America, nel 1911, da una famiglia di immigrati tedeschi. Il padre aveva fatto fortuna nel Nuovo Continente, ma la crisi del 1929 aveva spazzato via la sua azienda. Alla morte dei genitori, era tornato in patria, dove aveva concluso gli studi universitari, arrivando a conseguire un dottorato in chimica vegetale, grazie al quale aveva ottenuto un posto nei laboratori della Bayer. Si era iscritto al Partito nel 1937, e l'anno successivo era stato accettato nelle SS. Nel 1940, Lichtblau si era battuto in Norvegia e in Francia, guadagnandosi una Croce di Ferro di seconda classe. Dopo di che, il Partito lo aveva fatto congedare. Le sue competenze erano preziose per l'Ahnenerbe, la società scientifica delle SS.

"Hanno buoni maestri negli Stati Uniti?", chiese Heydrich.

"Per lo più tedeschi. La scherma moderna l'abbiamo portata noi in America."

La risposta parve soddisfare l'Obergruppenführer.

"Ho visto il suo rapporto sulla presa della stazione sperimentale sovietica."

"Purtroppo, parte della documentazione era già stata portata via dall'NKVD. Ho studiato con attenzione il materiale di cui siamo entrati in possesso. Lavoravano in direzioni diverse. La più importante per loro era lo sviluppo di piante in grado di resistere al freddo. È un obiettivo che non mi pare prioritario per il Reich. Alla fine della guerra, avremo a disposizione molte aree temperate dove poter coltivare."

Heydrich fece un lieve movimento del capo in segno di assenso.

"Per fortuna", riprese Lichtblau, "gli scienziati che operavano nella stazione non erano seguaci di Lysenko."

"Ovvero?", domandò secco l'Obergruppenführer. Non amava essere condotto su terreni dove non aveva competenza.

"L'agronomo preferito di Stalin. Un ciarlatano che rifiuta le leggi della genetica di Mendel."

Heydrich si rilassò. Aveva voluto incontrare Lichtblau di persona proprio per verificare che non fosse preda dell'irrazionalismo misticheggiante di Himmler e della sua cerchia di astrologi, rabdomanti e studiosi dell'occulto, gente che sprecava le risorse del Reich andando in cerca di Shangri-La. Heydrich non si era mai fatto sfuggire una sillaba in pubblico, perché la sua carriera era legata a filo doppio al Reichsführer-SS, ma in privato disprezzava la paccottiglia esoterica con cui si riempiva la bocca il suo capo. Himmler era addirittura convinto di essere la reincarnazione di Enrico l'Uccellatore, il duca di Sassonia che nel 933 d.C. aveva sconfitto i magiari sul fiume Unstrut. La Germania aveva bisogno di brevetti, non di incantesimi. Ora c'era questo progetto dalle potenzialità interessanti. Heydrich voleva sincerarsi che a guidarlo ci fosse un uomo di scienza. La sensazione iniziale era stata positiva. Atletico, profilo ariano, tempra da combattente. Il commento sull'agronomia russa confermava la prima intuizione.

"In quale direzione pensa di muoversi?", chiese Heydrich.

"So che il Reichsführer è molto interessato alle ricerche su una pianta che sembra possa rendere sterili gli esseri umani. Se riuscissimo a sintetizzare una sostanza di questo tipo, potremmo risolvere il problema degli ebrei nell'arco di una generazione." Il capo dell'Ufficio centrale per la sicurezza del Reich restò impassibile. Lo Sturmbannführer disponeva di informazioni superate. L'ipotesi della sterilizzazione di massa era stata accantonata, così come l'idea di spedire tutti i giudei d'Europa in Madagascar. I tempi erano maturi per qualcosa di molto più radicale. Non potevano attendere una generazione, né sfidare la flotta britannica per costruire un enorme ghetto africano. La guerra offriva una possibilità unica alla razza ariana. Andava colta al più presto. Ma in ogni caso, la risposta di Lichtblau era stata accorta. Come prima cosa, sempre soddisfare le richieste di Himmler. "E poi?", lo interrogò ancora Heydrich.

"Ritengo che un settore molto importante, in cui i russi hanno cominciato a muovere qualche passo e che noi dovremmo potenziare, è quello degli analgesici. Forniremo un grande aiuto alle nostre truppe."

Heydrich fece di sì con la testa. Il lungo naso appuntito, al centro di un volto impenetrabile, era un rostro sulla prua di una nave affamata di arrembaggio. "Il laboratorio verrà ospitato nella tenuta del barone Wilhelm von Lehndorff, in Prussia orientale. Il barone è stato messo agli arresti domiciliari." L'Obergruppenführer abbassò la voce e si fece più vicino all'interlocutore. "Ufficiale di carriera. All'inizio della guerra comandava una brigata meccanizzata. Un buon soldato. Dopo la capitolazione della Polonia, il suo reparto rimane di stanza all'Est." Heydrich fece una breve pausa, per riprendere con il tono di chi sta raccontando qualcosa di assolutamente incredibile. "E von Lehndorff si mette a inondare le scrivanie dei superiori di lettere nelle quali critica il trattamento riservato ai prigionieri polacchi e agli ebrei. Sentimentalismo d'altri tempi." Lichtblau assentì in modo meccanico. "Non è stato deportato a Dachau solo perché è un eroe dell'altra guerra, e perché è amico personale del feldmaresciallo von Kluge." Lichtblau immaginò che ci fosse un altro motivo per cui il barone non era finito in campo di concentramento. Von Lehndorff era stato un campione di scherma. Lichtblau sapeva che Heydrich aveva aiutato lo schermidore ebreo Paul Sommer a partire per gli Stati Uniti. E che aveva protetto i membri della nazionale polacca, dopo l'occupazione del loro paese. Tra le tante cariche che ricopriva, Heydrich era Reichsfachamtsleiter, "capo della scherma del Reich". La scherma rappresentava l'unico ambito della sua esistenza in cui l'ideologia non aveva la precedenza.

"Il barone ha una moglie", proseguì Heydrich, "anche lei ostile al nazionalsocialismo. Una puttana decadente che posa da donna di mondo. Attualmente si trova a Berlino, ma a breve dovrebbe raggiungere il marito. Saranno confinati in un'ala del castello. Se dovessero crearle delle noie, non esiti a farmelo sapere."

Il maggiore assicurò che lo avrebbe fatto.

Heydrich studiò il viso di Lichtblau. Una cicatrice gli attraversava il sopracciglio destro. "Ferita di guerra?", domandò.

"Duello. A momenti venivo espulso dall'università."

Dentro di sé, l'Obergruppenführer sorrise. Lui era stato radiato dalla Marina per non aver onorato una promessa di matrimonio con una fanciulla della buona società. Decise che Hans Lichtblau gli piaceva.

Heydrich lanciò un'occhiata all'orologio e scattò in piedi. Aveva un lieve ritardo sul programma della giornata.

"Mi tenga informato", disse.

I saluti presero qualche secondo. In un battito di ciglia, l'Obergruppenführer stava già guadagnando l'uscita. Mentre lo osservava andare via a grandi passi, Lichtblau si stupì dell'esiguità del suo seguito, che si riduceva a un unico segretario. Niente scorta, né lacchè. Il responsabile dei servizi di sicurezza del Reich viaggiava da solo, su un'auto scoperta. Un individuo davvero fuori dal comune. Sapeva persino pilotare un aeroplano. In luglio, aveva combattuto con la Luftwaffe sul fronte orientale. Durante un attacco a un ponte sul Dnestr, il suo caccia era stato colpito, e aveva dovuto effettuare un atterraggio di fortuna oltre le linee tedesche. Era stato recuperato da un reparto della Wehrmacht. La stampa ne aveva parlato a lungo. In questa sintesi tra antiche virtù eroiche e dominio della moderna tecnologia, Reinhard Heydrich era la perfetta incarnazione di quel "romanticismo d'acciaio" di cui parlava Goebbels per descrivere l'essenza del nazionalsocialismo. Lo Sturmbannführer Lichtblau si sentì orgoglioso di appartenere a un'organizzazione guidata da un uomo simile.

12

Haifa, 30 giugno 1982

Il mercato esisteva da sempre, da quando gli uomini erano sgusciati fuori dalle caverne e avevano fondato la città. Nella giostra pigra dei regni e degli imperi, si erano avvicendati i conquistatori, fenici, persiani, romani, bizantini, arabi, crociati, ottomani, inglesi, ma il mercato era rimasto, crocevia di scambi, di popoli e di lingue. Sui banchi, lungo corridoi affollati e pieni di voci, si stendevano tappeti multicolori, le cui sfumature andavano dal bianco delle trecce d'aglio al nero delle olive, passando per il giallo pallido dei meloni, il verde striato delle angurie e il rosso vivo dei peperoncini. Nell'aria aleggiava l'odore dolce della menta dei venditori arabi, insieme al profumo pungente del cumino, che usciva da botteghe che vendevano spezie e saponi di Aleppo. In un padiglione rivestito di piastrelle bianche e azzurre, i pescivendoli richiamavano l'attenzione dei potenziali clienti magnificando la freschezza dei loro prodotti, alcuni dei quali ancora si dibattevano nelle cassette di polistirolo piene di ghiaccio, o nelle bacinelle di plastica colme d'acqua. A prima vista poteva sembrare un qualunque mercato del Mediterraneo, ma dal cuore dell'Europa gli ashkenaziti avevano portato il *Gefilte Fish* e lo strudel, che nelle vetrine delle gastronomie erano allineati accanto ai falafel e al baklava.

A metà di una viuzza che conduceva al mare, c'era il bar che Shlomo Libowitz e sua moglie avevano rilevato molti anni prima, un locale angusto, con un corto bancone e due soli tavolini. Serviva soprattutto la gente che lavorava nel mercato. Un ragazzo faceva la spola più o meno ininterrottamente con i banchi, portando vassoi carichi di bicchierini di caffè turco o di tè alla menta, grandi bicchieri di spremuta d'arancia tintinnanti di ghiaccio, spuntini di pita e hummus spolverato di paprika. Shlomo era nel retrobottega, al telefono. Il segnale dava libero, ma nessuno gli rispondeva. Rivka doveva essere già per strada. Oppure, non si era ancora alzata. Sbuffò e riappese. Al bancone, una coppia di turisti, con macchine fotografiche al collo e sorrisi garbati, faceva segno che desiderava ordinare. Alle loro spalle, un vecchio arabo era seduto a uno dei tavolini. Sorseggiava piano il caffè, giocherellando con un rosario di legno. Era il proprietario del negozio di tappeti sull'altro lato della strada, uno dei pochi abitanti arabi di Haifa che non erano scappati nel 1948, quando, in parte per le minacce degli ebrei, e in parte per gli ordini della dirigenza palestinese, che contava di far collassare la vita della città, quasi tutti si erano rifugiati oltre confine, convinti di rientrare nelle loro case nel giro di qualche mese, dopo che gli eserciti coalizzati di Egitto, Iraq, Siria e Giordania avessero ributtato a mare i sionisti. Su 62.000 residenti arabi, erano restati in 5.000 o 6.000. Interi quartieri si erano spopolati. Ma la città era sopravvissuta. Nuovi abitanti, ebrei, avevano preso il posto di coloro che erano fuggiti.

Shlomo si chinò sotto il bancone, a prendere dal frigorifero due bottigliette di Coca-Cola per i turisti, e quando riemerse, al piano di fòrmica era appoggiata una terza persona. Era una donna minuta. Lo sgabello su cui sedeva non era alto, eppure i piedi non toccavano terra. Aveva un cranio leggermente sovradimensionato rispetto al resto del corpo, e una fronte larga. L'età era indefinibile. Il viso coperto di rughe era di un'anziana, ma i ricci corvini, tagliati corti, senza neppure un capello bianco, erano quelli di una ragazza. Shlomo però sapeva la sua età. Si erano conosciuti molti anni prima, in un luogo che a pensarci lì, in mezzo a persone che chiacchieravano, facevano colazione, compravano, vendevano, tranquille, pacifiche, gli appariva non solo tetro e spaventoso, ma letteralmente inimmaginabile.

Shlomo e la donna si fissarono in silenzio.

I turisti finirono la Coca-Cola e uscirono a caccia di angoli pittoreschi.

"Ho saputo di tuo figlio", disse la donna.

Anche la voce aveva un che di infantile. Era acuta, stridula. La vocina odiosa della prima della classe.

Shlomo si limitò a inarcare le sopracciglia.

"E Rivka come sta?"

Il volto di Shlomo era una maschera di pietra.

"È sempre stata forte, ce la farà", rispose a se stessa la bambina vecchia.

Si vergognò di quella banalità. Come faceva Rivka a superare la morte del suo unico figlio? E poi, lei che ne sapeva di cosa significasse perdere un figlio? Durante la guerra, tre studenti di Chirurgia dell'università di Königsberg le avevano asportato le ovaie, per fare pratica. Mentre si preparavano all'incisione, con lei stesa sul tavolo operatorio, ancora cosciente, parlavano tra loro del più e del meno. La qualità della mensa, una visita al bordello, la lettera di un amico al fronte. Non l'avevano maltrattata. Non avrebbero maltrattato neppure un topo da laboratorio. Non erano sadici. Dovevano solo esercitarsi, per il bene della scienza e delle loro carriere. Certe volte pensava che in fondo era stata una fortuna. Se avesse avuto dei figli, con ogni carezza, con ogni goccia di latte del suo seno, con ogni bacio della buonanotte, avrebbe trasmesso loro il proprio immenso dolore, e un inestinguibile desiderio di vendetta. Il lutto, come i debiti, non andrebbe lasciato in eredità. Ma la vita può essere troppo breve per saldare tutti i conti.

"Che cosa vuoi, Sara?"

La bambina vecchia lanciò un'occhiata sospettosa al bottegaio arabo, che continuava a far scorrere i grani di legno sul cordino di cuoio, tenendo d'occhio il suo negozio e osservando distrattamente la gente che passava di fronte alla vetrina del bar.

"C'è un incarico per te", sussurrò, e tirò fuori dalla borsa una busta marroncina che mise sul bancone, lasciandoci sopra la mano grinzosa, con grosse vene bluastre che affioravano sotto la pelle.

"Lo sai che ho chiuso."

"Questo è diverso."

"Sono tutti uguali."

"Ti dico che questo è diverso."

"Perdi il tuo tempo."

La bambina vecchia fece una pausa e scandì le sillabe: "Lichtblau".

Shlomo lasciò passare qualche secondo, impassibile, poi prese la busta.

13

Prussia orientale, 22 ottobre 1941

Il barone Wilhelm von Lehndorff era già in piedi quando i primi raggi del sole avevano iniziato a fendere le nebbie della Vistola, strappando gli alberi all'oscurità della notte e tingendoli di verde e di ruggine. L'età lo aveva portato progressivamente, quasi senza che lui se ne accorgesse, a dormire sempre di meno. Ma quella mattina si era alzato anche più presto del solito. Si era lavato, si era fatto la barba, si era spuntato e pettinato i baffi con cura. Si era stretto la benda nera sull'occhio destro, perduto nella terza battaglia di Ypres, nel 1917. E aveva indossato un maglione di shetland e una vecchia giacca di tweed, consumata lungo i polsi e con le toppe di velluto sui gomiti, un vezzo anglofilo che la buona società prussiana disapprovava. Ma tanto non frequentava più nessuno, né Junker né borghesi. Aveva anche smesso di andare a messa la domenica. Era divenuto prigioniero in casa propria ben prima che lo stabilisse la Gestapo.

Mentre percorreva il corridoio che portava alle scale, il barone passò davanti alla camera di sua moglie. Carlotta era arrivata la sera precedente. Von Lehndorff sapeva quanto detestasse la vita di campagna, soprattutto di quella campagna, e le era grato per essere lì, contro ogni obbligo e ragione. Il barone allungò le dita sulla maniglia e scostò di poco la porta. Un fascio di luce penetrò nella stanza immersa nell'ombra. La camera da letto della baronessa era la sola dotata di tendaggi spessi, inusuali nell'Europa settentrionale. Al contrario di von Lehndorff, sua moglie riusciva ancora a dormire sino a tardi. Le tende erano di un broccato blu e oro, che Carlotta aveva acquistato in Italia, in una bottega veneziana, durante uno dei suoi viaggi. Nella stanza gravava un forte odore di sigaretta, screziato di un'essenza di Coco Chanel. Sotto il piumino candido, incorniciata dalle sottili colonne tortili del letto a baldacchino, il barone intravide la sagoma della donna che aveva sposato in un'epoca ormai remota, prima che il mondo precipitasse nel caos. Restò a guardarla dormire per qualche istante, quindi richiuse la porta e scese al piano di sotto.

In cucina trovò Albert, il maggiordomo. Era al servizio dei von Lehndorff da più di quarant'anni, ed era l'anima e il cervello della proprietà, l'uomo cui tutti – servi e padroni, ospiti e dipendenti – si rivolgevano per qualunque problema relativo al castello e alla sua vasta tenuta, che si estendeva per chilometri, dalla strada per Allenstein sino al corso del fiume, e che comprendeva un piccolo borgo dove abitavano i contadini, un mulino, un bosco, oltre a campi e pascoli. Si salutarono in un intreccio di confidenza e formalità, dovuto alla lunga conoscenza e alla consapevolezza, radicata in entrambi, che c'erano barriere che né il tempo né la stima reciproca potevano superare.

"Vuole fare colazione, signor barone?", chiese Albert.

"Non ho fame, grazie. Prenderò solo un caffè."

"Allora dico alla cuoca di preparale qualcosa da portare via."

Il barone si accomodò in un angolo della sala da pranzo, una stanza enorme, concepita per una grande famiglia. Caricò la pipa e l'accese. Dopo le prime boccate, arrivò Albert con il caffè.

Le stalle si trovavano nell'ala ovest, quella più recente. La parte più antica del palazzo era a nord. Lì i von Lehndorff avevano costruito il primo nucleo del castello, una grossa torre a pianta quadrata, quando erano giunti dalla Turingia, nel Quattordicesimo secolo, a seguito delle crociate promosse dall'Ordine teutonico per convertire e sottomettere le popolazioni pagane che abitavano lungo le coste orientali del Baltico. Il palazzo era stato rimaneggiato più volte nel corso dei secoli, e la semplicità dell'architettura militare medievale si univa, in uno strano connubio, ai capricci del Rococò. Lo stalliere portò fuori il cavallo preferito dal barone, un baio forte e ombroso, e glielo tenne fermo mentre gli buttava sul collo le bisacce di cuoio. Von Lehndorff partì quieto, lungo un vialetto che aveva percorso migliaia di volte. Cavalcava nella tenuta sin da bambino e avrebbe potuto farlo anche chiudendo l'unico occhio di cui disponeva. Superò il ponte di pietra sul ruscello e costeggiò il muretto del piccolo cimitero di famiglia. Vi erano sepolti i von Lehndorff da prima che l'ultimo gran maestro dei cavalieri teutonici aderisse alla Riforma, nel 1525, e secolarizzasse l'Ordine, gettando così le basi dello Stato prussiano. Tra le lapidi riposavano anche alcuni ufficiali tedeschi caduti durante e subito dopo la Grande Guerra, mentre difendevano quell'estremo lembo di Germania, prima dagli eserciti zaristi e poi dai bolscevichi.

Il barone diede un colpo leggero con gli speroni, unendovi uno schiocco della lingua, affinché l'animale aumentasse l'andatura. La bestia rispose e passò al trotto. Sfilò accanto al fienile dove, da ragazzi, lui e suo cugino Friedrich portavano le figlie del fattore, in un rito di possesso vecchio quanto le fondamenta del castello, e puntò dritto verso il bosco. Il sole ormai aveva cacciato le brume e il verde delle colline brillava tutt'intorno. Si addentrò tra gli alberi. Alcuni pini avevano un tronco curvo, a chiave di violino. Avevano iniziato ad assumere quella forma bizzarra una decina di anni prima. Gli agronomi che avevano studiato il fenomeno non erano arrivati a una spiegazione univoca. I contadini lo ritenevano un segno di malaugurio, legato agli antichi dèi che avevano dimorato in quelle selve, e che erano stati cacciati dalle spade dei missionari. Gli abitanti originari della regione, i Pruteni, erano un popolo barbaro e fiero, che venerava il tuono, gli animali, gli alberi e gli spiriti degli antenati. Avevano resistito con accanimento alla conversione, nonostante l'evidente superiorità degli invasori. Questi ultimi avevano saccheggiato e massacrato fino a che l'ultimo pruteno non fu morto o battezzato. La leggenda voleva che proprio in quel boschetto un capo tribù fosse stato messo a morte dai monaci guerrieri in un modo particolarmente efferato. Gli avevano cavato le budella, le avevano inchiodate a un albero, e lo avevano costretto a correre. Il bosco odorava di muschio. Il sole illuminava le cime degli alberi, senza però riuscire a raggiungere il terreno, che rimaneva in penombra.

Il barone si fermò in una radura, smontò da cavallo, tirò giù le bisacce e si accomodò nell'ansa di uno degli alberi curvi, come in poltrona, a mangiare lardo e pane di segale. Il baio brucava un cespuglio poco più in là. All'improvviso, una folata di vento sibilò nella radura. L'animale alzò la testa di scatto e si guardò attorno, teso, come temesse l'arrivo di un nemico invisibile. Il barone non aveva difficoltà a credere a quella storia truculenta. Subito dopo la resa di Varsavia, era iniziata la liquidazione della classe dirigente polacca. Ufficiali delle forze armate, intellettuali, esponenti del clero e della nobiltà erano stati uccisi senza neppure il fastidio di un'accusa. Finivano direttamente al muro. "Azione straordinaria di pacificazione", la chiamavano. L'altro bersaglio era rappresentato dalla comunità ebraica, tre milioni di persone e secoli di storia alle spalle. Il barone aveva visto personalmente un reparto delle SS rinchiudere una cinquantina di ebrei nella sinagoga del villaggio e dare fuoco all'edificio, falciando con i mitra quelli che tentavano di uscire. Von Lehndorff non era certo nuovo alla ferocia della guerra. Nel conflitto precedente, aveva combattuto nelle trincee del fronte occidentale. Immerso nel fango e nel lezzo dei cadaveri che imputridivano nella terra di nessuno, aveva scrutato negli occhi il Moloch della battaglia moderna. Ma ciò che ora la Germania stava facendo in Polonia era un'altra cosa. Von Lehndorff aveva protestato. Aveva telefonato e scritto. Sulle prime, gli avevano dato ascolto, ma soltanto perché i vecchi generali ancora non si erano arresi del tutto ai nazisti, e tentavano di ostacolare l'ascesa delle SS, denunciandone la mancanza di professionalità e di misura. I suoi esposti erano divenuti strumenti nella lotta tra le gerarchie militari e quelle politiche. Quando von Lehndorff aveva alzato troppo la voce, accusando il suo stesso comandante di divisione di passività e connivenza, l'esercito lo aveva destituito e rispedito a casa.

Bevve un sorso di *Schnaps* e rimontò in sella. Nell'ombra degli alberi, lo scalpiccio degli zoccoli si mischiava ai richiami degli uccelli e al ronzio degli insetti. Quando uscì dal bosco, il barone dovette schermarsi il viso con la mano. Il sole ormai era alto. Iniziò a salire lungo il pendio della collina che gli si parava di fronte. In lontananza, si scorgevano le acque grigio-blu della Vistola e il posto di frontiera, ormai abbandonato, del vecchio confine con la Polonia. Tutto il voivodato della Pomerania era stato incorporato nel Reich. La propaganda di Goebbels aveva insistito sul fatto che si trattava di territori storicamente tedeschi. Kulmhof – Chełmno, per i polacchi – era stata fondata dai cavalieri teutonici nel Tredicesimo secolo. Quello che i giornali di Goebbels non dicevano era che, in quei settecento anni, la zona era stata abitata in prevalenza da genti di lingua slava. Ma a questo errore si stava rimediando in fretta, espellendo i polacchi verso il Governatorato Generale – ciò che era rimasto della Polonia dopo le annessioni da parte della Germania – e facendo affluire nell'area frotte di *Volksdeutschen*, e di coloni provenienti direttamente dal Reich. Era una gigantesca partita a scacchi. Negli anni della giovinezza del barone, si chiamava *Weltpolitik*. Era un gioco che ormai non lo interessava più.

Raggiunse la cima della collina. Lungo la strada che portava al castello, avanzava un gruppo di automezzi. Tre camion e, in testa alla colonna, un Kübelwagen. Il barone abbassò la mano sulla bisaccia di cuoio e ne estrasse un binocolo. Nell'auto scoperta, accanto all'autista, viaggiava un ufficiale in uniforme nera.

14

Mosca, 1° luglio 1982

L'ordine era arrivato all'improvviso. Pronta a partire in dodici ore. Dopo averla lasciata dietro una scrivania per anni, i capi si erano improvvisamente ricordati di lei. Era corsa alla sezione documenti, per le fotografie. Mentre i tecnici preparavano il passaporto della Germania occidentale, era passata a ritirare le consegne al Primo Direttorato Centrale, che sovrintendeva alle azioni all'estero. Si era chiesta se non si trattasse di un errore. Era una vera missione. L'avevano selezionata per via della lingua. "Sei sicura di poter passare per tedesca?", le aveva domandato gelido un ufficiale che non aveva mai incontrato prima. Natalja Yakovchenko era sicura di poche cose, ma circa la propria competenza nella lingua di sua madre non aveva dubbi. "Certo, compagno maggiore." Natalja era nata a Berlino Est e aveva trascorso nella Repubblica Democratica Tedesca i primi dieci anni di vita. Il volto del maggiore era rimasto impassibile, ma il colonnello Žirkov le aveva sorriso. Natalja chiuse la valigia, la mise accanto alla porta, e andò a sedersi sul divano di finta pelle, in attesa.

Sapeva che non le avevano affidato quell'incarico solo per via della lingua. Il KGB disponeva di numerosi agenti di sesso femminile che conoscevano bene il tedesco. Žirkov, da poco rientrato dopo una lunga permanenza all'estero, era un vecchio amico di suo padre. Si era trattato di un colpo di fortuna, l'occasione per smuovere una carriera finita su un binario morto. Una carriera per la quale era stata preparata sin da bambina. Nikolaj Yakovchenko, che si era fatto le ossa nella polizia segreta di Stalin, riuscendo poi a mantenersi a galla nelle lotte tra fazioni che erano seguite alla scomparsa del dittatore, avrebbe tanto voluto un figlio che seguisse le sue orme. In mancanza di un maschio, si era accontentato di Natalja. Lei aveva messo tutta se stessa in quell'impresa. E lui l'aveva sostenuta. Era stato grazie alle conoscenze di Nikolaj che la ragazza aveva avuto la possibilità di frequentare la prestigiosa scuola di addestramento del Primo Direttorato Centrale. Prendeva trecento allievi all'anno, provenienti da tutta l'Unione Sovietica. La maggior parte erano figli di esponenti della nomenklatura. Natalja si era diplomata a pieni voti, e l'esordio sul campo, in un'operazione in Svezia, era stato ottimo. All'improvviso, un infarto si era portato via suo padre. In fondo, anche se non se l'era mai confessato, ne era stata contenta. Finalmente poteva fare da sola, salire i gradini senza aiuto, dimostrare quanto valeva. Era stata relegata in archivio. Presto si era resa conto che nessuno saliva i gradini senza aiuto. In mancanza del genitore, un altro modo per salire Natalja l'avrebbe avuto. Non era brutta, forse un po' troppo in carne, ma nel complesso aveva un bel corpo e un viso grazioso. Il responsabile del decimo dipartimento, che aveva competenza sull'Africa francofona, si era fatto avanti. Erano usciti a cena un paio di volte, ma al momento buono lei si era tirata indietro. Era rimasta in archivio. Ora, a trentacinque anni, senza marito e senza figli, votata a una carriera che altri avevano scelto per lei, Natalja Yakovchenko era felice di avere un'ultima possibilità. Avrebbe fatto in modo di non sprecarla.

Lo squillo del citofono la fece sobbalzare sui cuscini. Controllò ancora di aver chiuso il gas e uscì. Quando l'autista la vide comparire sul portone del palazzo, scattò a prenderle la valigia, la caricò nel bagagliaio di una grossa automobile nera, tutta lucida, e le aprì la portiera. Gli occhi grigi di Natalja seguivano diffidenti i gesti dell'uomo. Era la prima volta che le veniva riservato un trattamento così pomposo. Entrò in macchina. Sul sedile posteriore c'era il colonnello Žirkov.

"Grazie", disse Natalja.

"Non è stato facile imporre il tuo nome, ma alla fine l'ho spuntata."

L'auto partì.

"La candidata di Zamorin era un'incompetente. Mi chiedo come possano aspettarsi che provvediamo alla sicurezza dell'Unione Sovietica, se ci forniscono gente del genere."

Il colonnello trasse un profondo respiro. Nella penombra dell'abitacolo, Natalja indovinò lo sguardo stanco del vecchio. Combatteva contro i nemici del socialismo da più di quarant'anni. Lui e Nikolaj si erano conosciuti in Spagna, nel 1938.

"Sono certo che farai un buon lavoro. E al tuo ritorno faremo saltar fuori una promozione. Ti hanno tenuta nell'ombra troppo a lungo. Ma adesso lo zio Roman è tornato."

Natalja sfoderò un sorriso di circostanza. Sapeva che il vecchio lo faceva per affetto sincero, verso di lei e verso la memoria di suo padre, ma si sentiva comunque infastidita da quello sfoggio di buone intenzioni. Ancora una volta, le sue qualità sarebbero state secondarie rispetto al peso dello sponsor. Ma ormai aveva imparato la lezione. Una promozione era sempre una promozione.

L'automobile raggiunse l'aeroporto militare. Superarono i controlli di rito e andarono a fermarsi accanto a un piccolo hangar, dove era parcheggiato un Antonov An-24.

"In bocca al lupo", le disse Žirkov.

Si strinsero la mano con calore.

Natalja prese la valigia che le porgeva l'autista e iniziò a salire i gradini della scaletta. In cima, di fronte al portellone d'ingresso, il pilota la osservava senza espressione. Natalja si voltò

73

per un ultimo cenno di saluto, si infilò dentro, mise il bagaglio nella cappelliera e si sedette. Oltre a lei, c'era soltanto un altro passeggero, sistemato sull'altro lato del corridoio, un uomo in borghese, dall'aria malinconica.

"Decolleremo tra cinque minuti", disse il pilota, e scomparve in cabina.

Mentre i motori spingevano al massimo e le ruote dell'apparecchio si staccavano da terra, Natalja pensò a ciò che l'attendeva. Benché fosse consapevole che si trattava di romanticismo piccolo-borghese, non poté evitare di sentirsi elettrizzata.

15

Prussia orientale, 23 ottobre 1941

Il barone e sua moglie avevano trascorso il giorno precedente a sovrintendere allo sgombero delle stanze del castello che dovevano essere occupate dalle SS. Albert, con l'efficienza e il tatto di sempre, aveva svolto il ruolo dell'ufficiale di collegamento. I von Lehndorff intendevano evitare il più possibile rapporti diretti con gli occupanti. Sotto lo sguardo vigile del maggiordomo, i domestici avevano svuotato armadi, spostato mobili, arazzi, suppellettili, e aiutato i nuovi padroni a prendere possesso della magione. Per fortuna, il maggiore Lichtblau si era rivelato persona abbastanza urbana, per un nazista. Inoltre, al secondo bottone della giacca portava il nastrino bianco, nero e rosso della Croce di Ferro di seconda classe. La cosa in sé non fece molta impressione al barone, che ne aveva una di prima classe, oltre alla *Pour le Mérite*, la massima onorificenza prussiana, istituita da Federico il Grande. Ma quanto meno significava che Lichtblau non era un imboscato.

Ora il lavoro di evacuazione era terminato e Wilhelm von Lehndorff era impegnato a elaborare una fitta tabella di attività da svolgere dall'alba al tramonto, in modo da tenersi sempre occupato e non dover pensare alla penosa condizione in cui si trovava. Era una vecchia tecnica militare. In una situazione di difficoltà prolungata, come una ritirata o una battaglia d'attrito, solo il rispetto della disciplina evita che i reparti si sfaldino. Nel 1916, sulla Somme, erano stati chiusi nei rifugi per una settimana di fila, sotto lo spaventoso bombardamento dell'artiglieria britannica, ma lui ogni mattina si era presentato dagli uomini con la barba fatta e l'uniforme spazzolata, e li aveva ispezionati con lo scrupolo di un sergente maggiore della guardia che passa in rassegna il plotone che dovrà sfilare in parata. Prima di pranzo, dopo il disbrigo delle faccende relative alla gestione della proprietà, con eventuali udienze dei contadini, c'erano gli esercizi di scherma.

Wilhelm von Lehndorff entrò nella sala d'armi. Indossava una tenuta nuova, che si era fatto spedire da un negozio di Verona, in Italia. Avevano le sue misure e periodicamente ordinava ciò che gli serviva. Il parquet cigolava sotto i suoi passi. Il salone, illuminato da grandi finestre che arrivavano fino al soffitto, era addobbato con armi, copricapo e bandiere che il casato dei von Lehndorff aveva strappato ai nemici dello Stato prussiano in secoli di campagne militari. C'erano lance della cavalleria polacca e picche della fanteria lituana, moschetti ad avancarica svedesi e fucili a ripetizione inglesi, rozzi colbacchi dei panduri croati ed eleganti chepì austriaci. Il pezzo più prezioso della collezione era lo stendardo di un reggimento di corazzieri napoleonici, che un trisavolo del barone aveva conquistato sul campo di Lipsia, a costo di un fendente alla fronte, che da lì a qualche giorno lo avrebbe portato a morire di setticemia. Il ritratto del colonnello Oskar von Lehndorff, nell'uniforme nera del 2° ussari, con il teschio al centro del berretto, era appeso sotto il pezzo di stoffa che gli era costato la vita, e che ormai era ridotto a uno straccio sbiadito e tarlato, dove si potevano solo più indovinare il tricolore repubblicano e l'oro delle aquile imperiali, che un tempo avevano brillato al sole e spinto alla battaglia i soldati francesi. Il barone fissò il quadro dell'eroico antenato in quella tenuta lugubre, di cui si erano appropriate le SS. Studiò il volto ottuso, lo sguardo perso in un sogno di gloria e potenza, e all'improvviso si sentì oppresso dal passato della propria famiglia. Centinaia di anni trascorsi a combattere, ad affinare con metodo l'arte della strage. Fece qualche giro di corsa e alcuni esercizi di riscaldamento, dopo di che andò alla rastrelliera, dove erano disposti una dozzina tra fioretti, spade e sciabole. Infilò il guanto e prese una spada, una lama in acciaio di Solingen. La scherma era un'altra cosa. La scherma lo riportava alla lealtà antica della lotta tra uomini, prima che giungesse il tempo vile della polvere da sparo, del filo spinato e dei gas. Si mise in prima posizione, salutò alla francese un avversario immaginario, e scese in guardia. Nello specchio che aveva di fronte, il barone vide se stesso scattare in un elegante passo avanti-affondo.

Von Lehndorff si stava allenando con il manichino, una vecchia maschera sopra un piastrone di cuoio, appeso alla parete. Lo colpiva alternativamente al cuore, sulle spalle e alla testa, in una serie di botte rapide e precise. A un certo punto, al rumore della punta che batteva sul bersaglio si unì lo scricchiolio del pavimento. Il barone interruppe l'esercizio e si voltò. Era Hans Lichtblau.

"Quest'ala del castello è riservata a me e a mia moglie", disse secco von Lehndorff, e riprese a colpire il manichino.

"Ne sono consapevole, ma mi chiedevo se non volesse essere così generoso da concedermi un paio di assalti. Tirare con lei sarebbe un vero onore."

Il barone s'interruppe di nuovo. Lichtblau aveva con sé una grossa borsa di tela, con sopra ricamato lo stemma del circolo della scherma delle SS di Berlino. Von Lehndorff soppesò la proposta. Non gli piaceva l'idea di accogliere una richiesta del maggiore, ma la tentazione era forte. Per uno schermidore, una sfida va sempre raccolta, a prescindere dalle qualità tecniche dell'avversario, o dalle sue opinioni politiche. E poi, umiliare in pedana un ufficiale delle SS sarebbe stato, se non proprio un atto di resistenza, quanto meno una soddisfazione personale.

"Spada?", domandò il barone.

"È l'arma che predilige?", replicò Lichtblau.

"Il fioretto è per le donne, la sciabola per i selvaggi", sentenziò il barone.

"La sciabola è l'arma preferita dall'Obergruppenführer Heydrich."

Von Lehndorff accennò un mezzo sorriso e salì in cattedra. "Non mi stupisce. Il fioretto è arma cavillosa, intimamente latina. Non a caso gli italiani eccellono in questa disciplina. La spada è riflessiva. Possiede una logica cartesiana assai lontana dalla frenesia wagneriana del nazionalsocialismo. La sciabola, veloce, brutale, tutta istinto, è quella che si sposa meglio col fanatismo del vostro movimento." Il barone aveva usato intenzionalmente i termini "brutale" e "fanatismo", cui i nazisti attribuivano un'accezione positiva, e infatti Lichtblau non si era per nulla risentito di quelle scelte lessicali. "Eppure", proseguì von Lehndorff, "se osserviamo la questione in prospettiva storica, scopriamo che la sciabola si adatta male alle idee dei seguaci di Adolf Hitler." Il maggiore seguiva attento il monologo. "Come saprà, la sciabola è stata inventata dagli ungheresi, che infatti sono maestri nel maneggiarla. La sua forma curva è un lascito della scimitarra dei cavalieri turchi, contro i quali gli eserciti magiari hanno combattuto per secoli. In sostanza, la sciabola è un attrezzo asiatico. E pertanto, dovrebbe essere invisa a un partito che asserisce di voler difendere la civiltà occidentale dalla minaccia mongola."

Lichtblau fissò in silenzio il barone per qualche secondo, e scoppiò in una risata sonora. "Anch'io preferisco la spada."

"Può cambiarsi là dentro", disse von Lehndorff, indicando il piccolo spogliatoio al fondo della sala.

Tirarono qualche botta di riscaldamento, poi fecero un assalto, che il barone vinse con facilità. Lichtblau non era impostato male, soprattutto sotto misura poteva essere pericoloso, ma aveva poca pazienza, che invece è dote essenziale dello spadista. Nel secondo assalto, Lichtblau andò meglio, fu più concentrato, più attendista, e sfruttò bene la sua parata di quarta, da cui il barone aveva una certa difficoltà a svincolarsi. Ma lo Junker vinse comunque per cinque a tre. Fecero una pausa, durante la quale bevvero un bicchiere di vino della Mosella portato da Albert.

"Non vorrei sembrarle inopportuno", esordì goffo Lichtblau, "ma, non le dà fastidio…" Chiuse la frase con un gesto vago, che voleva alludere alla benda nera del barone.

Von Lehndorff non si scompose.

"Nella scherma, la vista è un senso secondario", spiegò.

"Il maestro che avevo da ragazzo mi diceva di guardare gli occhi dell'avversario, perché da come si muovono si possono intuire le sue intenzioni."

"Personalmente, da quando ho un occhio solo tiro anche meglio. Soprattutto nella spada, vedere non serve a molto, il bersaglio è lì. Il ferro bisogna sentirlo, deve diventare il prolungamento del braccio. Non c'è bisogno degli occhi per muovere il polso. I francesi lo chiamano *le sentiment du fer*. Provi." Lichtblau lo guardò poco convinto. "Coraggio", insistette von Lehndorff.

Il maggiore indossò la maschera, si mise in guardia, e serrò le palpebre. Sulle prime, si sentì disorientato. Forconava nel vuoto. Lo Junker non rispondeva, si limitava a tenersi a misura, come un istruttore a lezione. Faceva un invito e aspettava la reazione dell'allievo, che però stentava ad arrivare.

"Si rilassi", consigliò il barone.

Lichtblau si sforzò di sciogliere il braccio e alleggerire la presa sull'impugnatura. Il barone legò di terza, e il maggiore rispose con una cavazione. Avvertiva l'avversario scivolare lento lungo la lama, guadagnando gradi. All'improvviso von Lehndorff accelerò. Senza riflettere, Lichtblau effettuò una parata di picco e tirò l'affondo. Colse il barone sull'avambraccio.

"Mi ha preso."

Lichtblau riaprì gli occhi. "È stato un caso", disse.

"Può darsi", replicò sornione lo Junker.

Fecero ancora alcuni assalti. Durante una pausa, Lichtblau chiese al barone che cosa pensasse dell'elettrificazione. Nella spada, armi elettrificate erano già state utilizzate alle olimpiadi di Berlino. Con stupore di Lichtblau, il vecchio campione era favorevole. Di norma, i virtuosi, soprattutto se anziani, erano contrari a quella tecnologia, che anteponeva il responso di una macchina al giudizio dell'arbitro. L'obiezione principale era che in questo modo si enfatizzava la dimensione utilitaristica della scherma. L'importante non era comporre un bel gesto, bensì far accendere una lampadina. Però, diceva il barone, a favore c'era l'imparzialità del circuito elettrico. Spesso gli arbitri si facevano influenzare, magari senza volerlo, dalla reputazione degli atleti. Tendevano a favorire gli schermidori e le squadre di maggior prestigio. Se a stabilire chi ha fatto punto è un fascio di elettroni, si gareggia alla pari.

"Non credo che avrà molto successo in Germania", concluse il barone rimettendosi la maschera. "Il *fair play* non è certo un tratto distintivo del signor Heydrich."

16

Monti Tatra, Cecoslovacchia, 2 luglio 1982

Il villaggio era minuscolo, non c'erano né scuola né ambulatorio. Solo una manciata di edifici gettati lungo la strada. Il dottor Anton Epstein, medico della cittadina mineraria una ventina di chilometri a valle, era stato portato lì la sera precedente, per seguire un parto che si annunciava difficile. Era venuto a prenderlo, dopo cena, il marito della partoriente, a bordo di una motocicletta sgangherata. Era un giovanotto alto e dinoccolato, dall'aria mesta, cui il lavoro sottoterra aveva già deformato le mani e scavato il viso. Aveva affrontato i tornanti che serpeggiavano su per la montagna con la foga dell'età e l'ansia del padre al primo figlio. Aggrappato al sellino, Anton si era domandato se non sarebbe stato meglio prendere la sua macchina. Non aveva mai amato guidare, specialmente di notte, e negli ultimi anni la sua vista era peggiorata. Si era detto che, se proprio doveva morire su quella strada piena di buche, che correva lungo uno strapiombo spaventoso, tanto valeva farlo con un autista. In un paio di occasioni avevano rischiato di volare giù dalla scarpata, e solo per un soffio avevano evitato lo scontro frontale con un camion, ma erano arrivati a destinazione tutti interi. Quando aveva visitato la donna, il dottore si era reso conto che l'ansia del ragazzo non era esagerata. Il bambino era capovolto, come già aveva rilevato un'anziana levatrice, che si era sentita offesa dal fatto che la famiglia avesse deciso di chiamare il medico, e aveva abbandonato la scena prima del suo arrivo. La faccenda era stata lunga. Per evitare il parto podalico, Anton aveva dovuto far girare il nascituro, con una manovra che aveva già eseguito in passato, ma sempre con l'assistenza di un'ostetrica. Ci era riuscito al terzo tentativo. Il bambino era grosso, pesava quasi cinque chili, come avrebbe chiarito la bilancia del fornaio. La donna urlava, i tratti del viso distorti dal dolore e dalla paura. Nella stanza accanto, dove i vicini entravano di continuo a chiedere notizie, il marito, seduto in un angolo, fissava il pavimento premendosi le mani sulle orecchie. Quando l'alba era ormai prossima, il pianto del neonato aveva spezzato il maleficio che sembrava incombere sulla casa e, per estensione, su tutta la comunità. L'entusiasmo si era sparso tra la gente che aveva atteso una notte intera. Urla di giubilo, applausi, manate sulle spalle. Solo la levatrice si era rifiutata di unirsi ai festeggiamenti.

Nella luce incerta del primo mattino, mentre la madre dormiva, stremata, e il bambino si guardava attorno con occhi ancora ciechi, sbalordito dall'essere venuto al mondo, il dottor Anton Epstein, già primario di Pediatria e docente presso l'Università Carlo IV di Praga, uscì in strada per fumare una sigaretta, stanco e soddisfatto. Il tempo di un paio di tiri, e fu raggiunto dal padre del bambino, e da una schiera di amici e parenti maschi. Il giovane si era fatto allegro e ciarliero. Abbracciò con calore il medico e, insieme a tutta la compagnia, lo trascinò in una casa lì vicino, dove partì una raffica di brindisi a base di birra e di *slivovitz*, durante i quali venne stabilito che il secondo nome del piccolo sarebbe stato Anton. Il primo, già deciso da tempo, era Otakar, in onore del nonno materno, morto anni prima in un'esplosione di grisou. Il dottore non avrebbe potuto sottrarsi a quel rito senza offendere i paesani, né lo aveva desiderato, nonostante il bisogno pressante di dormire. Da molto tempo, la riconoscenza ruvida di quella gente era una delle poche soddisfazioni della sua vita.

Per il ritorno, dato che il padre di Otakar Anton era crollato con la testa sul tavolo, stordito dall'alcol e dal venir meno della tensione, il dottore venne affidato a un nuovo autista, uno zio rubizzo, con folti baffi rosso-grigi. Era in pensione, e pertanto esentato dagli orari della miniera. Lasciò Anton di fronte a casa che erano le otto passate. Si scambiarono un ultimo abbraccio, l'altro saltò in sella, e il dottore rimase immobile, troppo stanco anche per aprire il portone. Con lo sguardo appannato, restò a osservare il vecchio minatore che si allontanava lungo la strada, e solo quando questi ebbe svoltato l'angolo e della motocicletta non rimase altro che una nuvoletta di fumo nero, Anton si scosse e affondò le mani nelle tasche della giacca in cerca delle chiavi.

La portinaia lo osservava sospettosa dalla finestra della guardiola. Era un'informatrice del ministero degli Interni. La cosa era risaputa e gli inquilini non ci facevano più caso, come con una grondaia rotta che nessuno viene a riparare. Quella mattina, però, la portinaia fissò Anton con una particolare intensità. Il significato di quell'interesse speciale gli fu chiaro non appena raggiunse il suo appartamento. La porta era aperta. Non c'era stata effrazione. La portinaia aveva le chiavi di tutto il palazzo. Anton varcò la soglia con circospezione. La casa era piccola, non gli ci volle molto a trovarli. In salotto, seduti intorno al tavolo, c'erano un uomo dall'aria sussiegosa, in completo blu nomenklatura, e una donna tra i trentacinque e i quaranta, con due occhi grigi che si sforzavano di essere freddi. Anche lei vestiva di scuro. Indossava un tailleur antracite e una camicetta acrilica marrone, che celavano le forme del corpo, ma il viso era grazioso, con un naso sottile e i capelli biondi tagliati corti. Benché la situazione dovesse indurlo a pensare a ben altro, Anton Epstein si sentì turbato da quella presenza. Era la prima donna che entrava in casa sua da quando la moglie era morta. In novembre, sarebbero stati quattro anni da che Anna si era lasciata cadere nel bacino artificiale della diga sopra il paese. Era sempre stata una buona nuotatrice, ma l'acqua era gelida. La morte era sopravvenuta per ipotermia nel giro di qualche minuto.

L'uomo si qualificò come funzionario dei Servizi di sicurezza cecoslovacchi. Anton quasi ne fu felice. Nei primi tempi, dopo che li avevano confinati in quel luogo selvaggio, nel cuore dei Carpazi, lui e Anna avevano ricevuto visite abbastanza frequenti della polizia politica. In genere, erano incontri piuttosto sgradevoli, in cui venivano interrogati a lungo, e accusati di crimini fantasiosi che non avevano mai neppure pensato di commettere. Eppure, quando gli agenti avevano cessato di palesarsi, era stato anche peggio. La persecuzione diretta quanto meno offriva un appiglio all'illusione di essere ancora partecipi di una lotta, ancorché impari, mentre l'oblio era un piano inclinato lungo il quale si poteva solo scivolare. Erano dei sepolti vivi, remoti da tutto ciò che avevano sempre considerato civile e desiderabile. Anna non aveva retto.

Però, quando il funzionario era passato dal ceco al russo, e gli aveva detto che la donna dagli occhi grigi era un'agente del KGB, Anton si era reso conto che non si trattava di un controllo di routine. La sua padronanza della lingua di Puškin e Tolstoj era discreta, ma ebbe lo stesso paura di non essere in grado di partecipare alla conversazione. Il lessico standard dello stalinismo quotidiano, che subito seguì sulle labbra del funzionario, lo rassicurò. Se era quello il livello, non ci sarebbero state tante sfumature semantiche in cui smarrirsi.

"Ci sono momenti nei quali persino gli elementi controrivoluzionari, persino un ebreo con tendenze cosmopolite e filosioniste, possono essere utili alla causa del socialismo."

Anton studiava l'uomo dei Servizi senza riuscire a immaginare dove volesse andare a parare.

"L'Unione Sovietica ci ha chiesto fraterno aiuto per recuperare del materiale scientifico trafugato dai nazisti durante la guerra. L'agente Yakovchenko è stata incaricata di portare a termine la missione." Lanciò un'occhiata deferente alla collega russa, come per ottenere conferma di aver esposto i fatti in maniera corretta.

Il dottor Epstein era sbalordito. Anche lui guardò la donna, ma il suo volto impassibile non gli fornì alcun indizio. Tornò a fissare l'uomo.

"Perché mi racconta tutto questo?"

"Potresti essere di aiuto."

"Io?" Epstein era sempre più incredulo.

"Chi ha sottratto il materiale è un ex ufficiale delle SS, attualmente al soldo della CIA. Di lui non esistono fotografie. Quanto meno, né il KGB né i Servizi di nessun altro paese socialista, neppure quelli della DDR, ne dispongono. Dal tuo fascicolo risulta che l'hai conosciuto. Si chiama Hans Lichtblau."

Anton sgranò gli occhi. Quel nome gli echeggiava nella testa come il fischio del treno in una galleria. Hans Lichtblau. Come il latrato di un cane nella notte.

"Sapresti riconoscerlo?", domandò secca Natalja Yakovchenko.

Il dottore esitò. "È passato molto tempo, le persone cambiano."

"È stato il tuo carceriere per più di tre anni. Ha torturato e ucciso i tuoi compagni. Non puoi essertelo dimenticato", ribatté la donna.

Anton Epstein, già primario di Pediatria con cattedra presso l'Università Carlo IV di Praga, abbassò la fronte. Si accorse di sudare. Si sfregò i palmi delle mani sui pantaloni.

"Sì, credo che lo riconoscerei", sussurrò.

17

Neuhof, Prussia occidentale, 24 ottobre 1941

Al centro del cortile si ergeva una grande quercia, e sotto le sue fronde, sfoltite dalla stagione che avanzava, c'era una panca di legno, che girava tutt'intorno al tronco. Sul davanzale della cucina, era stata lasciata a raffreddare una torta di mele e cannella, e un aroma di spezie si spandeva nell'aria. La finestra era adorna di un paio di tende di pizzo, candide come i muri della corte, che non avevano né una macchia né una crepa. Sulla panca, una bambina giocava con la sua bambola. Indossava una gonna di lana grigia e un maglioncino azzurro, su cui ricadevano due trecce bionde, strette da fiocchetti rossi a pois bianchi. Il sole, in quel pomeriggio d'autunno insolitamente caldo, faceva brillare la testa della ragazzina come una cuffietta di fili d'oro. A qualche metro di distanza, inginocchiato nell'erba rada, il fratello, più grande di un paio d'anni, aveva schierato un reparto di soldatini di piombo, che si apprestavano ad affrontare un carro armato di latta, appostato dietro al ceppo per spaccare la legna. Il ragazzino aveva gli stessi capelli color grano della sorella, e indossava una giacca di panno verde, e i calzoncini neri dell'uniforme del Deutsches Jungvolk. Neppure il dottor Goebbels in persona, con l'ausilio di tutti i suoi scrittori, artisti e registi cinematografici, avrebbe saputo dipingere una cartolina più efficace per visualizzare l'idea di *Drang nach Osten*, la vocazione ancestrale del popolo tedesco a espandersi nelle terre dell'Europa dell'Est.

Una donna si affacciò alla finestra. Trent'anni ben portati, capelli biondi leggermente più scuri dei due bambini, raccolti sulla nuca in una crocchia elaborata.

"Venite a fare merenda", disse. Prese la torta dal davanzale e scomparve all'interno.

I bambini corsero in casa all'istante. La bambola restò sulla panca, a scrutare i piccoli fanti che fronteggiavano il Panzer.

Mentre i figli mangiavano ciascuno una fetta di torta, accompagnata da una generosa cucchiaiata di panna e da un bicchiere di latte, Martha Kernig uscì con un mastello, lo posò sulla panca e si mise a stendere il bucato sul filo che andava da uno dei rami dell'albero a un anello di ferro piantato nel muro. Erano arrivati da Riga all'inizio dell'anno precedente. Il patto Ribbentrop-Molotov aveva reso possibile l'esodo dall'Unione Sovietica delle minoranze di lingua tedesca. Da Estonia e Lettonia erano giunte sessantamila persone. Erano state sistemate nei due nuovi distretti, Wartheland e Danzica-Prussia occidentale, nati con l'annessione al Reich delle province occidentali della Polonia. Ora che Germania e Russia erano in guerra, e la Wehrmacht aveva cacciato l'Armata Rossa dai paesi baltici, alcuni dei tedeschi nati in quelle terre avevano deciso di tornare. Martha invece era rimasta a Neuhof. In Lettonia l'attendevano solo brutti ricordi. La morte di suo marito e, prima ancora, l'esproprio da parte del governo nazionalista della tenuta di famiglia, una bella fattoria con ampi appezzamenti, bestiame e un frutteto, un piccolo paradiso di prati verdi e ciliegi in fiore, dove Martha aveva trascorso l'infanzia. I tedeschi si erano insediati lungo le coste orientali del Mar Baltico nel corso del Medioevo, durante le crociate del Nord. Pur essendo una minoranza, avevano esercitato un dominio incontrastato sino al 1918. Erano stati un'élite di nobili e professionisti – funzionari statali, militari, diplomatici – che aveva servito fedelmente gli zar, ed erano stati ricompensati con ampi margini di autonomia nel governo locale. Con il crollo della monarchia dei Romanov, gli autoctoni avevano cacciato i russi e strappato le terre ai dominatori venuti dalla Germania. All'improvviso, i tedeschi del Baltico si erano risvegliati da quel loro lungo sogno feudale. Non c'era niente che attendesse Martha Kernig in Lettonia.

Inoltre, nell'anno e mezzo trascorso a Neuhof, Martha aveva lavorato sodo, e non intendeva rinunciare agli utili che quella fatica cominciava a produrre. A Riga, lei e suo marito avevano gestito un negozio di coloniali. Nella nuova patria, le autorità le avevano assegnato una bottega appartenuta a una famiglia polacca. Era un emporio di paese che teneva un po' di tutto. Il magazzino era ancora mezzo pieno. Dove fossero finiti i vecchi proprietari, Martha non se l'era chiesto. Non ne aveva avuto il tempo. Rimettere a posto la casa e il negozio, tutto da sola, dovendosi anche occupare dei figli, era stata un'impresa. Non era semplice raggiungere condizioni di vita accettabili in una regione arretrata, dove mancavano le più elementari norme igieniche. Ma le cose stavano cambiando. I *Volksdeutschen* portavano la civiltà a Neuhof. Erano loro i suoi clienti. I polacchi non li vedeva quasi mai, se ne stavano rintanati nei loro buchi fangosi e puzzolenti. I dirigenti del Partito erano stati espliciti in proposito. I polacchi andavano ignorati. I coloni tedeschi non erano stati mandati lì per migliorare le condizioni di vita della popolazione locale, ma per assolvere al compito storico di una razza dominante. I polacchi che non venivano evacuati, dovevano essere trasformati in manodopera docile e a buon mercato. Alcune centinaia di chilometri a ovest del Golfo di Riga, i tedeschi del Baltico continuavano a sognare il loro antico sogno.

Quando ebbe finito con il bucato, Martha rientrò in casa. Elsie e Paul avevano divorato la merenda con l'appetito dei bambini abituati a vivere all'aria aperta.

"Lavatevi le mani e andate in camera vostra a fare i compiti", disse con un piglio autoritario, ma non del tutto privo di dolcezza. Era vedova. Doveva essere madre e padre allo stesso tempo.

I bambini montarono una resistenza chiassosa, ma breve. Dopo un paio di obiezioni mal congegnate, si lavarono le mani nell'acquaio e andarono giudiziosamente a fare i compiti. Martha li guardò soddisfatta mentre salivano su per la scala di legno che portava al piano di sopra, dove c'erano le stanze da letto. Riordinò la cucina e si concesse una piccola pausa. Tirò fuori un pacchetto di sigarette da sotto il grembiule e se ne accese una. Fumava con la spalla sinistra appoggiata allo stipite della porta che affacciava sulla corte. Era quasi sempre in movimento, dall'alba fino a sera. I momenti di requie erano rari e andavano gustati. Aspirò a fondo, ammirando la maestosità della grande quercia tinta dei colori dell'autunno. Certo, non era come la sua fattoria in Lettonia, ma aveva comunque saputo costruire qualcosa di solido, ordinato e pulito, per sé e per i figli. Spense il mozzicone nella terra del cortile e lo buttò dentro il bidone dell'immondizia sotto il lavello. Con un'ultima occhiata esaminò la cucina, per essere sicura che tutto fosse a posto, e andò in negozio, dove aveva lasciato Hilde, la commessa, anche lei una *Volksdeutsche*, originaria di Reval, in Estonia. Non era una ragazza particolarmente sveglia, ma sul lavoro non si risparmiava, ed era di buon comando.

L'emporio era nello stesso edificio dell'appartamento, lungo il lato che dava sulla strada. In vetrina, Martha aveva appeso una fila di bandierine con la svastica. Non si era mai interessata molto di politica, ma il Führer le aveva dato una casa e una fonte di reddito. Inoltre, Paul ed Elsie erano stati invitati a entrare nelle organizzazioni giovanili del Partito nazionalsocialista, dove praticavano vari sport e avevano stretto nuove amicizie, trovando così un compenso per quelle perdute con l'esodo da Riga. Non solo era molto di più di quanto il governo lettone – che l'aveva defraudata dei suoi beni – avesse mai fatto per lei, Martha era anche certa che fosse di più di quanto qualunque altro governo, bolscevico, inglese o giudeo, facesse per i propri cittadini.

Entrò nel negozio dalla porta sul retro, che comunicava con l'appartamento attraverso un corridoio. Hilde era dietro al bancone, incassata nelle spalle. Di fronte a lei, la signora Hoffmann teneva uno dei suoi soliti monologhi, verbosi e aggressivi, che avevano come unica, immancabile, conclusione, la richiesta di uno sconto.

"Lo so bene che non è colpa vostra. Voi dipendete dai grossisti. Sono loro che fanno lievitare i prezzi, i soliti profittatori ebrei. Ma sette marchi e cinquanta per una camicetta mi pare veramente uno sproposito."

"Non l'abbiamo presa da un grossista", replicò flebile Hilde. "Le camicette ce le confeziona una sarta di Varsavia."

"Peggio ancora! Così alimentate l'economia polacca. Sono disposta a darvi al massimo cinque marchi."

Hilde balbettò qualcosa, senza riuscire a chiudere la frase. Martha le si portò al fianco, e la commessa si fece da parte, quasi nascondendosi dietro la padrona. La signora Hoffmann la metteva sempre a disagio. Non è che non avesse argomenti da opporle, ma le venivano in mente sempre dopo, quando la discussione era ormai terminata e la cliente era uscita dal negozio.

"Qui non siamo in un sūq, signora Hoffmann", disse Martha con un tono che voleva essere scherzoso, ma al contempo fermo. "Non abbiamo l'abitudine di trattare sui prezzi."

La signora Hoffmann avvampò. "Stavo solo dicendo a Hilde che sette e cinquanta per quella camicetta sono troppi."

"È di pura seta", rispose Martha distaccata.

"Ne dubito", sbuffò la Hoffmann. "Se fosse 100% seta, sette e cinquanta sarebbero addirittura pochi."

"La nostra sarta ha un marito che faceva il furiere in un campo di aviazione."

La signora Hoffmann guardò Martha con occhi ottusi.

"Quando l'esercito polacco si è arreso, lui se n'è andato a casa portandosi dietro un lotto di paracadute."

La cliente continuava a fissarla senza capire.

"I paracadute sono fatti di seta."

"Allora voglio provarla di nuovo." La signora Hoffmann prese la camicetta dal bancone e scomparve dietro alla tenda dello spogliatoio.

Martha e Hilde si scambiarono uno sguardo complice.

"I bottoni sono cuciti male", squittì la Hoffmann dal camerino. "Uno è già praticamente andato."

"Se prende la camicetta, li ripasso subito. Gliela faccio portare da Hilde appena ho finito."

La signora Hoffmann ricomparve davanti al bancone. "Può mettere in conto", disse, e tese l'indumento alla padrona del negozio.

"Mi serve per le sei", aggiunse con finta noncuranza. "Io e mio marito questa sera andiamo all'opera, a Danzica."

Martha non replicò, con le mani già nel cassetto in cui teneva il quaderno dei crediti. Quando rialzò la testa, la signora Hoffmann era scomparsa. Emise un sospiro profondo di scampato pericolo, la signora Hoffmann era una donna impossibile, però era la moglie del borgomastro, una *Reichsdeutsche*, ed era una buona cliente.

"Vai a prendermi la cassetta da cucito", disse a Hilde.

La commessa andò subito nel retrobottega e tornò con la scatola di legno scuro, piena di scomparti. Martha si sedette accanto alla finestra, scelse il filo e l'ago, si infilò il ditale e iniziò a ripassare i bottoni della camicetta. In effetti, la Hoffmann aveva ragione. Un paio di passaggi nelle asole, e si sarebbero staccati. Doveva farlo presente alla sarta.

Il campanello della porta tintinnò e sulla soglia apparve una testolina bionda. "C'è Paul?", domandò il bambino.

"Sta facendo i compiti."

"Ho finito!"

Martha si girò verso il fondo del negozio. Paul era entrato senza che lei se ne accorgesse. Evidentemente, aveva visto l'amico arrivare dalla finestra della sua camera ed era sceso.

"Davvero?"

"Sì, mamma."

"E allora vai."

Paul schizzò fuori e andò a unirsi al gruppo che stava organizzando una partita di pallone, in un angolo della piazza.

Martha si rimise al lavoro. Le sue dita erano veloci e sicure. Sistemò il bottone del colletto.

La madre patria arde luminosa e forte nel nostro sangue.

Da qualche parte nella casa, Elsie stava cantando.

Martha mise a posto il secondo bottone. Uno scoppio di grida proveniente dalla strada le fece alzare la fronte. Una delle due squadre aveva sfiorato il goal. Il portiere aveva la palla tra le mani e si preparava a rinviare, aspettando che i compagni salissero verso la rete avversaria. Ai bordi del campo, due bambini polacchi, con i vestiti logori e i capelli unti appiccicati alla fronte, seguivano l'incontro.

Per proteggerla, fonderemo una nuova provincia sul confine.

Una massa armonica di giovani corpi in movimento tempestava nella polvere della piazza. In base ai volti che conosceva, Martha immaginò che dovesse trattarsi di una sfida tra baltici e tedeschi della Volinia.

La selvaggia terra straniera non ci spaventa con le sue falsità e i suoi inganni.

Paul scartò un difensore, poi un altro, e passò la palla a un compagno, che aspettava smarcato a qualche metro dalla porta. L'attaccante sparò un tiro imparabile. Appena la palla fu entrata, scattò verso Paul per gioire insieme. Nella luce calda del tramonto, i due ragazzi, sudati e felici, correvano uno a fianco all'altro, verso il centro del campo, ansiosi di riprendere la partita.

Le daremo un volto tedesco con la spada e con l'aratro. Il vento soffia verso Oriente.

18

Monti Tatra, Cecoslovacchia, 2 luglio 1982

In una tela senza cornice appesa sopra la scrivania, Anna fumava pensosa, seduta al tavolino di un caffè. Un autoritratto eseguito in gioventù, quando ancora studiava all'Accademia di Belle Arti, un'imitazione un po' ingenua dello stile di Otto Dix. La giovane donna indossava un vestito a scacchi bianco e nero. Un braccio era appoggiato alla spalliera della sedia, le gambe accavallate. Sotto il ciuffo di capelli corvini che le copriva la fronte, lo sguardo era rivolto di lato, verso un punto indistinto oltre i limiti del quadro. Anton ebbe la sensazione che quegli occhi gli sfuggissero apposta, che non volessero incontrare i suoi perché lo sapevano colpevole. Anton Epstein, già membro del Partito comunista cecoslovacco, espulso nel febbraio del 1970 per il suo sostegno alla linea deviazionista del deposto segretario generale Alexander Dubček, infine aveva ceduto. Dopo dodici anni di esilio sui Carpazi, da solo, la proposta di tornare a vivere a Praga, e riottenere la cattedra in facoltà e il posto in ospedale, gli era parsa irresistibile. Si era detto che in fondo l'obiettivo era nobile, perché si trattava di catturare un criminale nazista. Ma lo avrebbe fatto per conto dalla nazione che aveva invaso il suo paese, la quale certo non dava la caccia a Lichtblau per sete di giustizia. Il dottor Anton Epstein era colpevole di intelligenza col nemico. Sua moglie si sarebbe indignata. Ma Anna non era lì per convincerlo a non accettare. Neppure lei era stata in grado di reggere. Però, Anton sapeva che nella via di fuga scelta da Anna c'erano un coraggio e una dignità che a lui mancavano.

Aprì l'armadio, tirò fuori una piccola valigia di tela e ci mise dentro un po' di roba per due o tre giorni. Il resto lo avrebbero comprato nella Germania Ovest. Se doveva fingersi un cittadino dell'Europa occidentale, i suoi vestiti da piano quinquennale erano inadeguati. Sarebbero partiti per la Repubblica Democratica Tedesca nel pomeriggio. Il giorno dopo avrebbero attraversato il confine con la Repubblica Federale, esibendo passaporti della Germania Est. Sarebbero stati un medico di Dresda e la sua assistente, diretti a un congresso di chirurgia maxillo-facciale ad Amburgo. Il convegno c'era davvero, e la carta intestata su cui era scritto l'invito era autentica. Al di là del Muro, il KGB doveva disporre di una buona rete di persone disposte a collaborare. Anton non era un dentista, ma era comunque in grado di passare per un esperto in una conversazione con una guardia di frontiera. Circa l'agente Yakovchenko, l'avrebbe istruita sul lessico di base. In ogni caso, l'uomo della sicurezza cecoslovacca aveva detto che non c'era da preoccuparsi. I rapporti tra le due Germanie erano abbastanza distesi, i controlli non sarebbero stati troppo accurati. Lo stemma dell'Università di Amburgo in cima alla lettera rappresentava una protezione sufficiente. Una volta nella Germania Ovest, Anton e l'agente Yakovchenko avrebbero proseguito con altri passaporti, calandosi nella parte del piccolo industriale bavarese e della sua segretaria in viaggio d'affari.

Tornò a guardare il ritratto della moglie. In soffitta c'erano altre tele, alcune terminate. Molti erano quadri astratti. Per Anna, l'unico aspetto positivo dell'esilio era stato di aver potuto riprendere a dipingere come più le piaceva. Ormai lavorava solo per se stessa. Non c'erano più critici o accademie da compiacere. Anton ricordava l'imbarazzo con il quale sua

moglie aveva dovuto piegarsi ai dettami del realismo socialista. Nelle democrazie popolari, non c'era posto per il formali-
smo dell'arte borghese. Ma per quanto penoso, tutto sommato
Anna lo aveva trovato un sacrificio accettabile. Il nuovo assetto
politico poteva avere delle asprezze, ma, tanto per lei quanto
per suo marito, come per molti loro concittadini, rappresentava un indubbio passo avanti per il paese. Al contrario di altri
Stati dell'Europa orientale, che erano diventati comunisti unicamente perché, alla fine della guerra, si erano ritrovati nella
sfera di influenza sovietica, la Cecoslovacchia aveva optato in
maniera più o meno consensuale per l'alleanza con la Russia.
Nel 1938, nella vana speranza di preservare la pace con Hitler, l'Occidente li aveva abbandonati alla mercé dei tedeschi. I
cechi non si erano dimenticati di quel tradimento, e avevano
salutato con entusiasmo i soldati dell'Armata Rossa. Le elezioni del 1946 erano state libere e i comunisti avevano ottenuto
la maggioranza relativa. Certo, in seguito avevano organizzato
un putsch e messo fuori legge gli oppositori, ma avevano continuato a godere di un sostegno reale e diffuso. Nel 1948, il
Partito comunista cecoslovacco contava due milioni e mezzo
di iscritti, su una popolazione di undici milioni. Aveva quattro volte i militanti del Partito polacco e il doppio di quello
ungherese. Gli anni Cinquanta erano stati duri. Arresti, dela-
zioni, il continuo fantasma del sabotaggio e della cospirazione
ordita dagli americani e dagli agenti al soldo del maresciallo
Tito, che aveva abbandonato il campo sovietico, alimentando
così la tendenza già spiccata di Stalin per le epurazioni. Ovunque negli Stati satellite, gli elementi di fedeltà dubbia andavano eliminati. Bastava un piccolo sospetto e si finiva di fronte
al boia. In particolare, Anton era rimasto smarrito di fronte
al processo Slánský, nel novembre del 1952. Rudolf Slánský,
segretario generale del Partito comunista cecoslovacco, e altri
tredici dirigenti, quasi tutti ebrei, erano stati accusati di essere
trotzkisti filo-sionisti e filo-jugoslavi. Dopo una settimana di

dibattimento, illustrato in ogni dettaglio dai giornali, undici imputati erano stati messi a morte nel carcere di Pankrác. Gli altri tre avevano ricevuto una condanna all'ergastolo. Uno dei giustiziati, Rudolf Margolius, viceministro al Commercio estero, era un sopravvissuto di Auschwitz. La formula "ebreo cosmopolita", usata dal pubblico ministero, altro non era che una versione aggiornata del "giudeo senza radici" dei nazisti.

Eppure, anche in quei giorni bui, Anton e sua moglie avevano continuato a sperare nella realizzazione di una società nuova. Si erano detti che tutta quella violenza, quel clima di odio e di sospetto, erano solo la conseguenza della Guerra fredda, voluta dagli americani nel tentativo di spazzare via le conquiste della classe lavoratrice mondiale. Anna si era messa a disegnare illustrazioni per la propaganda. Soli nascenti su campi di grano dorati. Colonne di trattori in marcia. Operai nerboruti e solenni come eroi greci. Bambine con le trecce bionde e il fazzoletto rosso al collo. Aveva persino fatto uno Stalin in uniforme bianca che leggeva un libro, un manifesto per incentivare la frequentazione delle biblioteche pubbliche. Alla fine del decennio successivo, il paese aveva finalmente imboccato la strada giusta. Dubček era riuscito a coniugare il comunismo con la tradizione democratica cecoslovacca. Nel marzo del 1968 la censura era stata di fatto abolita. Erano fiorite pubblicazioni e iniziative politiche e culturali di ogni tipo. E proprio grazie al fatto che rinunciava a parte delle sue prerogative, consentendo la nascita di organizzazioni non comuniste, il Partito ritrovava il consenso di cui aveva goduto nell'immediato dopoguerra. Quell'anno, alla sfilata del primo maggio, per la prima volta da molto tempo, la gente ci era andata di sua spontanea volontà, felice, convinta, portando bandiere e slogan propri. Il popolo e il Partito camminavano insieme, e costruivano il socialismo dal volto umano. I sovietici, che pure all'inizio avevano sostenuto Dubček, seguivano con allarme crescente lo sviluppo della situazione. Le riforme stavano andando troppo in là. In Polonia, gli studenti manifestavano invocando un nuovo corso anche nel loro paese. Il rischio che la primavera di Praga contagiasse gli altri Stati satellite, provocando lo sgretolamento dell'intero blocco orientale, era alto, troppo alto per poter permettere che la faccenda andasse avanti. Nella notte tra il 20 e il 21 agosto del 1968, le truppe del Patto di Varsavia avevano invaso la Cecoslovacchia. Il processo di normalizzazione era iniziato con dolcezza, ma poco alla volta coloro che avevano partecipato alla primavera avevano finito per essere allontanati dagli incarichi che ricoprivano, nei giornali, nelle università, nei sindacati. Tutti gli iscritti al Partito, ed erano un milione e mezzo, vennero interrogati da agenti dei Servizi segreti cecoslovacchi, che lavoravano sotto la direzione del KGB. Un terzo dei militanti fu radiato. Oltre a vedersi ritirare la tessera, Anton fu allontanato dalla facoltà e dall'ospedale. E Anna dovette lasciare la cattedra all'Accademia. Spediti sulle montagne, a meditare sul loro tradimento della causa socialista.

La ragazza del quadro non poteva immaginare un epilogo così cupo. La tela era stata dipinta nel maggio del 1945, subito dopo la liberazione. Allora, il futuro della Cecoslovacchia e dell'Europa intera pareva radioso. Per le strade, i cittadini di Praga offrivano fiori ai soldati russi. Il riferimento a Otto Dix, uno dei grandi artisti che i nazisti avevano condannato come "degenerati", era stato il modo con cui Anna aveva salutato la sconfitta di Hitler. Anton si tolse il fazzoletto dalla tasca, staccò il ritratto dalla parete, e lo spolverò con delicatezza. Si erano sposati il mese dopo. Per la cerimonia, era stato impossibile trovare un abito confezionato che gli andasse bene e aveva dovuto farsene fare uno su misura. Era tornato dalla prigionia che pesava cinquanta chili. Però era sopravvissuto, e Anna aveva atteso il suo ritorno. La famiglia Epstein era stata sterminata. Anton era l'unico superstite. Da lì in avanti, Anna era stata la sua famiglia. Anna e l'umanità, un'umanità nuova, capace di mettersi alle spalle l'odio, la guerra e l'ossessione per la razza.

Nella società socialista, non ci sarebbero più state né classi né etnie, soltanto uomini e donne, finalmente liberi dallo sfruttamento e dal retaggio del passato.

Anton rimise a posto il quadro e andò in cucina a prepararsi un caffè. Era stato in piedi tutta la notte, ma non poteva neppure pensare di andare a dormire. Le novità che l'alba aveva portato gli rendevano difficile anche solo stare fermo su una sedia. Camminava su e giù per il piccolo appartamento, continuando a tornare in camera da letto, a controllare in maniera ossessiva il contenuto della valigia, per sincerarsi di non aver dimenticato nulla di essenziale. La risposta era sempre la stessa. C'era tutto quello che gli serviva. Irrequieto, bevve il caffè, si infilò l'impermeabile e uscì di casa. Le strade erano ancora deserte. Risalì la via principale. Si lasciò alle spalle le ultime case, percorse un'ampia curva a gomito, e si trovò di fronte alla diga. Stava iniziando a cadere una pioggia sottile. Il bacino artificiale era una superficie grigia picchiettata da migliaia di spilli invisibili. Anton si tirò su il colletto dell'impermeabile e rimase lì, le mani affondate nelle tasche, a guardare quell'acqua scura, un grande specchio color piombo in cui non si rifletteva niente.

19

Soldau, Prussia orientale, 25 ottobre 1941

Erano schierati nella piazza al centro del campo da più di un'ora, immobili, sferzati da un vento gelido. Dopo una lunga giornata trascorsa a rivoltare zolle di terra con una vanga, il peso di quell'attesa era insopportabile. E l'appello era appena a metà. Anton sentì che le ginocchia stavano per cedere e si piantò le unghie nel palmo della mano, imponendosi di rimanere dritto. Da lì a breve il Kapo avrebbe urlato il suo numero. Doveva rispondere senza esitazione, con voce sonora. Era nel Lager da soli cinque giorni e già si era abituato a non essere chiamato per nome, bensì con delle cifre. I genitori e la sorella erano rimasti a Łódź, mentre lui, appena erano scesi dal treno, malconci e affamati, era stato caricato su un altro convoglio, pieno di uomini in età da lavoro, diretto a nord. Suo padre aveva tentato di discutere con le SS, pregandole di non separarli. L'ufficiale medico che aveva esaminato Anton, una visita di pochi secondi lungo il binario, giudicandolo idoneo per unirsi al trasporto in partenza, aveva dimostrato una cortesia e una comprensione insperate. Forse era stato per via dell'aria distinta che il professor Epstein riusciva ancora a mantenere, nonostante le condizioni infernali del viaggio. O forse era stato per il suo tedesco impeccabile. O magari perché il padre di Anton si era presentato come primario di Chirurgia. La solidarietà tra colleghi era una consuetudine così solida nella vita della borghesia delle professioni, che neppure la radicalità della rivoluzione nazionalsocialista aveva potuto cancellarla del tutto dall'animo di quel medico delle SS. Qualunque fosse stata la ragione, il dottore aveva avuto pazienza e spiegato che il Reich necessitava di manodopera. I contadini polacchi erano stati trasferiti nel Governatorato e i coloni tedeschi arrivati a prenderne il posto non erano ancora sufficienti. C'era bisogno di braccia per i raccolti. A Soldau – li aveva rassicurati con il tono professionale dello specialista chiamato per un consulto – il ragazzo si sarebbe trovato benissimo. Vita salubre di campagna. Attività fisica. Avrebbe anche potuto scrivere. Ma David Epstein non si era dato per vinto. Aveva ribattuto che, se proprio il figlio doveva andare, allora che dessero loro il permesso di accompagnarlo. Anton avrebbe reso di più, se i suoi cari fossero stati con lui. A quel punto era intervenuto un altro ufficiale delle SS. Il camerata aveva il cuore tenero, sbagliava a permettere a quel giudeo di dar sfoggio delle sue doti dialettiche. Le operazioni di carico e scarico non potevano subire rallentamenti. Aveva colpito il professor Epstein in pieno volto, spaccandogli un labbro, per poi spingerlo giù dalla rampa, verso la massa che doveva restare nel ghetto. Quella era l'ultima immagine che Anton aveva della sua famiglia. Il padre che cercava di tamponare il sangue che gli colava dalla bocca con la manica del cappotto. La madre sconvolta, incerta se aiutare il marito o tentare di strappare il figlio alle guardie che lo stavano spingendo a forza sul carro bestiame. La sorella in lacrime, che gridava il suo nome.

A notte fonda il treno era arrivato a Soldau, una cittadina polacca che prima di venir incorporata nel Reich si chiamava Działdowo, lungo il vecchio confine con la Prussia. Si erano aperte le porte e una ventata di aria fresca aveva investito i deportati. Avevano respirato a pieni polmoni. Per un istante, erano stati contenti di essere arrivati. Per un istante. Fuori, il buio era squarciato dalla luce abbagliante delle fotoelettriche. Le guardie li avevano fatti scendere in fretta, tra le urla e i colpi con il calcio dei fucili. Le botte erano date a caso, nel mucchio, lo scopo era diffondere la paura, strappare ai prigionieri ogni velleità di fuga o di resistenza. Aveva funzionato alla perfezione. I seicento lavoratori agricoli avevano marciato remissivi fino a una fila di grosse baracche, dove era stato loro concesso di dormire sino al mattino seguente. Dopo giorni di viaggio in piedi, Anton aveva finalmente potuto distendersi. Aveva dovuto giacere sulle nude assi del pavimento, ma gli era sembrato un meraviglioso sonno ristoratore. All'alba, era iniziata la complessa operazione di spoliazione della loro vecchia identità. Avevano fatto la doccia, con acqua fredda, in uno stanzone le cui finestre erano prive di vetri. Una squadra di barbieri, tutti internati come loro, gli aveva tagliato a zero i capelli. E infine erano stati rivestiti con quei costumi a strisce. Avevano ricevuto un paio di zoccoli, una gamella e un numero, in un misto di ordine e caos, di comandi brutali da parte dei Kapo e di consigli, un po' sprezzanti e un po' fatalistici, da parte degli altri prigionieri. Il giorno successivo erano stati divisi in squadre di lavoro e spediti nei campi. Anton non aveva mai preso in mano una vanga in tutta la sua vita. Un giovane ebreo polacco lo aveva aiutato, facendogli un corso accelerato su come maneggiare quell'attrezzo, prima in yiddish, poi a gesti. Per ringraziarlo, lo studente gli aveva dato un pezzo di pane secco che gli era avanzato dal viaggio. Quello l'aveva divorato all'istante. Ora gli pareva un gesto sconsiderato. La riconoscenza non era un sentimento che si potesse coltivare alla leggera in quell'universo alieno.

Anton si guardò intorno. Era circondato da migliaia di esseri come lui. Vestiti di stracci, ingobbiti, spossati. Gli venne in mente un libro che gli era tanto piaciuto da ragazzo, *La macchina del tempo* di Herbert G. Wells. Il protagonista, grazie alla sua prodigiosa invenzione che dà il titolo al romanzo, viaggia

nel futuro, dove i repellenti morlock, creature albine e defor-
mi, vivono sotto terra, lavorando senza posa per produrre i
beni per gli umani che abitano sulla superficie. Una sera, dopo
aver cenato con i genitori e la sorella, Anton Epstein, iscritto
al primo anno di Medicina dell'Università Carlo IV di Praga,
aveva studiato ancora qualche pagina del manuale di Anatomia, poi si era lavato i denti, aveva indossato il pigiama, si era
infilato sotto un piumino d'oca bello gonfio e aveva spento la
luce. Si era risvegliato nelle oscure caverne dei morlock, e non
sapeva come uscirne.

All'improvviso, da qualche parte nelle prime file, un prigioniero crollò a terra. Anton non poté scorgerlo bene, ma
immaginò che si trattasse di un vecchio che non aveva retto
alla fatica. Subito accorse un Kapo. Sferrò un calcio all'uomo
steso nel fango e gli urlò di alzarsi. L'uomo emise un verso,
ma non fu in grado di tirarsi su. Gli altri internati non reagi-
vano. Se qualcuno avesse osato aiutarlo, sarebbe stato punito
duramente. Alcuni guardavano altrove, mentre altri fissavano
il malcapitato con occhi spenti, come se lì a terra non ci fosse
un essere umano, e neppure una bestia, ma solo un ceppo,
una roccia, una lastra di metallo. Arrivò un secondo Kapo,
anche lui un triangolo verde, un criminale comune al quale, in forza del suo sangue ariano, era stato concesso diritto
di vita e di morte su coloro che avevano sempre vissuto nel
rispetto della legge. Insieme, i due si misero a tempestare di
colpi il prigioniero. Sul capo, nelle reni, all'inguine, nello stomaco. Per impedirsi di vedere, Anton piegò la fronte verso il
basso. Le grida dei Kapo, i rantoli della vittima, e il suono dei
bastoni e delle scarpe che colpivano il corpo del prigioniero
erano già abbastanza terrorizzanti. Era al campo da soli cinque giorni e ancora guardava le cose con gli occhi della vita
di prima, ancora aveva l'istinto di soccorrere chi viene offeso.
All'improvviso, le bocche e i randelli dei Kapo tacquero. Seguì un istante di silenzio, e poi uno sparo. Anton alzò la testa

e intravide, tra la selva degli internati che aveva di fronte, un Sottoufficiale delle SS che stringeva in pugno una pistola. I due Kapo trascinarono via il cadavere, muovendosi a fatica nel fango che ricopriva la piazza. L'appello riprese. Chiamarono il numero di Anton. E lui rispose.

Il Lager era una vecchia caserma dell'esercito, che nell'autunno del 1939 le SS avevano requisito per richiudervi ebrei e membri della classe dirigente polacca. Uno dei detenuti che erano lì dall'inizio della guerra aveva raccontato ad Anton che nel 1940 erano stati fucilati centinaia di ufficiali delle forze armate, preti, giornalisti, professori e funzionari pubblici. Le esecuzioni singole avvenivano all'interno del perimetro del campo, mentre quelle di massa si svolgevano nel bosco vicino alla cittadina. Ma all'orecchio di Anton erano arrivate anche altre voci, persino più sinistre. Sempre l'anno precedente, dicevano alcuni, nel Lager erano stati uccisi molti malati di mente e persone affette da gravi patologie fisiche, per lo più di cittadinanza tedesca. Erano stati liquidati con le pallottole, o avvelenati col gas, dentro speciali furgoni. Anton non sapeva se credere a quelle dicerie. Però tutto ciò che vedeva intorno a sé gli diceva che era possibile. Per secoli, gli ebrei erano sopravvissuti ai pogrom chinando il capo e aspettando che la tempesta passasse. Ma quello non era un pogrom. Un pogrom, per quanto violento, per quanto tollerato, o addirittura fomentato dagli apparati dello Stato, era un'esplosione di violenza cieca, e pertanto destinata a estinguersi, presto o tardi. Ciò che i nazisti avevano avviato era qualcosa di completamente nuovo, un progetto di distruzione metodico, razionale, pensato per durare anni. Era qualcosa che ancora non aveva un nome.

L'appello ebbe termine. I prigionieri attendevano ansiosi l'ordine di rompere le righe. Avrebbero finalmente ricevuto la zuppa, avrebbero potuto dedicarsi ai loro piccoli commerci, e godere di quella misera imitazione del riposo che era il loro sonno, sempre troppo breve, scomodo, intermittente. Ma i Kapo tacevano. Gli internati si scambiavano sguardi dubbiosi. Il vento sferzava impietoso i loro corpi, facendogli battere i denti. Arrivò di corsa lo Scharführer che aveva freddato il vecchio.

"Attendere", gridò.

Il dubbio dei prigionieri si tramutò in angoscia. Attendere cosa? Una punizione collettiva? Un'esecuzione? Di norma, se qualcuno veniva messo a morte per qualche reato grave, come un tentativo di evasione, i compagni erano tenuti ad assistere all'impiccagione.

Dal fondo della piazza si avvicinava a passi lenti un ufficiale delle SS che Anton non aveva mai visto. Era accompagnato dal comandante del Lager. Passavano in rassegna i prigionieri, e ogni tanto ne facevano uscire uno dai ranghi.

"Stanno formando un nuovo Kommando", sussurrò l'uomo alla sinistra di Anton.

"E conviene entrarci?", domandò il ceco.

"Dipende", replicò l'altro in tono neutro. Lui era arrivato nel campo agli inizi del 1940. Da tempo si era liberato del peso della speranza. Ammazzarsi di fatica a Soldau oppure altrove, non faceva differenza. Alla fine sarebbero morti tutti quanti.

L'Unterscharführer spinse davanti all'ufficiale un ragazzo minuto, dall'aria goffa, le spalle cadenti. I suoi occhi miopi, cerchiati da una montatura di metallo, fissavano atterriti le SS.

"Studente di una scuola rabbinica", disse il sergente.

L'ufficiale squadrò il giovane.

"Ha visto le mie credenziali?", domandò gelido al comandante del campo.

"Certo, maggiore. Lei ha il permesso di prelevare qualunque prigioniero desideri." Il comandante era visibilmente a disagio.

"E mi proponete *questo*?", replicò il maggiore, indicando il giovane con gli occhiali. "Quando deciderò di aprire una gastronomia kosher e avrò bisogno di un garzone, glielo farò sapere."

Il comandante avvampò, ma non osò replicare. Il maggiore aveva una lettera firmata dal Reichsführer-SS Heinrich Himmler in persona.

"Riportate questo poveretto dove l'avete preso", sentenziò lo Sturmbannführer.

Il sergente scattò all'istante e rispedì il ragazzo tra i ranghi.

Il maggiore si piazzò davanti ai detenuti, i pugni piantati nei fianchi.

"Sono il dottor Hans Lichtblau", disse con voce ferma. "Dirigo una stazione sperimentale. Mi servono contadini, allevatori, giardinieri. E mi serve anche un segretario. Qualcuno che conosca bene il tedesco, scritto e orale, e che sappia tenere i conti. Ci sono volontari?"

Anton lanciò un'occhiata all'uomo alla sua destra, che però si strinse nelle spalle. Tornò a guardare Lichtblau. Era paralizzato. Non sapeva decidersi. Il lavoro nei campi era massacrante, ma quell'altro incarico era un'incognita assoluta.

"Volontari?", domandò ancora il maggiore.

D'impulso, Anton alzò la mano.

20

Haifa, 2 luglio 1982

Non si erano scambiati una parola per tutta la strada. Senza dirsi niente, avevano chiuso il bar ed erano andati alla commemorazione dei caduti. Un rabbino militare aveva officiato una breve cerimonia religiosa. Poi c'era stato il discorso di un colonnello dell'esercito dall'aria contrita, il quale si era sforzato di convincere i presenti che i loro figli, mariti, fratelli, non erano morti invano. Rivka aveva cercato gli occhi di Shlomo piantati al suolo. Alle fine, alcuni soldati in licenza avevano fatto le condoglianze ai parenti. Per Rivka, quello era stato l'unico momento davvero degno di nota di tutta la faccenda. I tre ragazzi avevano volti pallidi, segnati. Nei loro sguardi, oltre ai ricordi dolorosi, oltre all'imbarazzo di trovarsi in una situazione di intimità con dei perfetti sconosciuti, oltre alla difficoltà di racimolare qualcosa da dire che non suonasse falso, era evidente il senso di colpa, la vergogna di esserci, di respirare, di calpestare l'erba che cresceva accanto alle tombe. Rivka li aveva abbracciati, uno dopo l'altro, sussurrandogli la sua sincera riconoscenza. Nessuno li aveva obbligati a venire, a consumare nel cordoglio una porzione della loro preziosa licenza. Quella generosità la commuoveva e le dava conforto. Shlomo invece si era allontanato, era andato a mettersi sotto una delle palme che si ergevano tra le lapidi. Poco più in là, appoggiata al muretto di mattoni bianchi che correva attorno al cimitero, Rivka aveva scorto il profilo sgraziato di Sara Mandelbaum. Si erano salutate con un cenno del capo, ma Rivka aveva subito girato la testa. Quella donna la metteva a disagio. Non si era mai abituata al suo sguardo inquieto, a quell'andatura sbilenca, che unita al corpo minuto dava l'impressione di una bambola rotta. Quando lei e Shlomo si erano incamminati verso l'uscita, Rivka si era sentita sollevata nel vedere che Sara era già andata via.

Camminavano lentamente tra le case in stile razionalista di Bat Galim, il quartiere dove si erano insediati i primi gruppi di ebrei emigrati dall'Europa negli anni Venti. Mentre passavano davanti alla stazione centrale dei pullman, Rivka ruppe il silenzio.

"Avevi promesso di smettere."

Shlomo guardava fisso di fronte a sé.

"Come lo sai che mi hanno proposto una missione?"

"Ho visto la busta nel tuo armadio."

"Mi controlli? Hai paura che abbia un'amante, come il signor Goldfarb?", ridacchiò Shlomo.

"Sarebbe meglio. Se andassi da un'altra donna, non rischieresti di farti ammazzare."

"Non mi farò ammazzare."

"Hai cinquantasette anni. Sei vecchio."

"L'età non conta. Eli era giovane e lo hanno ucciso."

"E per onorare la memoria di nostro figlio vorresti crepare pure tu?", sbottò Rivka.

"Siamo in guerra, dobbiamo accettare di correre dei rischi, tutti quanti."

"Io non ne posso più della guerra."

"Vallo a dire al nemico."

Si fermarono al semaforo. Arrivò il verde e attraversarono.

"Quando i miei genitori sono venuti in Palestina", riprese Rivka, "non volevano solo un paese dove vivere lontano dalle persecuzioni. Pensavano anche di costruire una società più giusta."

"Il kibbutz era una bella idea", replicò Shlomo. "Fiducia nel futuro, solidarietà, pace, lavoro. Un gran programma. Ma l'utopia socialista non ci serve a combattere i terroristi."

Rivka sbottò: "Guardati attorno. È una nazione paranoica, che conosce solo la forza. Non era questo il linguaggio degli ebrei".

"Noi non siamo ebrei, siamo israeliani", ribatté Shlomo in tono sarcastico.

"Però Begin e i suoi amici si sono costruiti una bella carriera politica sulle ossa di sei milioni di ebrei morti. Hai sentito che cosa ha detto l'altro giorno?"

"No, non l'ho sentito", rispose secco Shlomo. Iniziava a non poterne più di quella conversazione.

"Ha detto che quando i nostri soldati hanno espugnato il quartier generale di Arafat, ha avuto la sensazione che fossero penetrati nel bunker di Hitler. Ma ti pare possibile?"

Shlomo non rispondeva.

"Hitler è morto trentasette anni fa!"

"Per chi non era in Europa è diverso."

"Sì, lo so, me l'hai già detto altre volte. La spiaggia di Tel Aviv era piena di bagnanti mentre gli ebrei europei venivano sterminati nei Lager. Ma noi viviamo nel 1982." Rivka fece una pausa e aggiunse con un soffio di voce: "E nostro figlio è morto nel 1982, in Libano, non in un campo di sterminio nazista".

Rivka iniziò a piangere, piano, senza singhiozzi. Semplicemente, le lacrime le scorrevano giù per le guance. Una coppia di giovani si girò a guardarla. Shlomo tirò a sé la moglie e la strinse forte, nelle sue grandi braccia contadine.

"Non andare", sussurrò Rivka.

"Hai aperto la busta?"

"No."

Shlomo le carezzò i capelli.

"Il bersaglio è Lichtblau", disse. "Forse lo hanno trovato."

Rivka si irrigidì. Trasse un respiro profondo, si sciolse dall'abbraccio del marito e si asciugò le lacrime.

"Quando parti?"

"Domani pomeriggio."

"Andiamo a casa. Devo preparati la valigia."

Rivka prese la mano di Shlomo, con dolcezza, e i due si incamminarono nell'odore salmastro che saliva dai moli.

21

Soldau, Prussia orientale, 25 ottobre 1941

Erano schierati nella piazza al centro del campo da più di un'ora, immobili, sferzati da un vento gelido. Dopo una lunga giornata passata a rompere con la zappa una terra dura e ostile, il peso di quell'attesa era insopportabile. E l'appello era appena a metà. Shlomo era nella seconda fila. Davanti a lui c'era suo padre, magro, debole. Shlomo gli aveva sussurrato di farsi forza, ma non c'era stata risposta. Da quando la moglie era morta, Baruch si era fatto ancora più taciturno e assente. Avevano speso i pochi soldi rimasti per seppellire Miriam nel cimitero del ghetto. La settimana seguente era giunto l'ordine di trasferimento. Il Reich aveva bisogno di contadini, tanti contadini. Andava bene pure suo padre, che ormai era soltanto l'ombra dell'uomo che era stato. Andava bene persino la gente di città. Qualche giorno prima, Shlomo si era ritrovato accanto a uno studente cecoslovacco, che chiaramente non aveva mai maneggiato una vanga. Al fine di evitare che il signorino gli rifilasse per goffaggine una badilata negli stinchi, o che la sua incompetenza facesse punire tutta la squadra, Shlomo gli aveva dato qualche indicazione su come usare l'attrezzo. Lo studente lo aveva ringraziato offrendogli un pezzo di pane. Che fesso. Ancora non aveva capito come funzionavano le cose nel Lager. Ma neppure Shlomo era poi tanto furbo. Prima che arrivassero a Soldau, si era illuso che lì la vita sarebbe stata migliore di quella che facevano a Łódź. Certo, avrebbero dovuto lavorare, ma alla fatica lui e suo padre erano abituati. E se i crucchi volevano che lavorassero bene, avrebbero dovuto nutrirli in maniera adeguata. Ma quando era giunto al campo, si era reso conto che ai tedeschi non interessava che i loro schiavi sopravvivessero a lungo. Il Kapo chiamò il suo numero e Shlomo rispose. Forse perché ne avevano una riserva inesauribile, una folla sterminata e cenciosa di ebrei, zingari, polacchi, russi, ucraini. Correva voce che solo nella battaglia di Kiev i nazisti avessero preso prigionieri più di mezzo milione di soldati dell'Armata Rossa.

All'improvviso, Baruch cadde a terra. Non emise un gemito né proferì una parola. Si afflosciò e basta, finendo bocconi nel fango spesso e appiccicoso che ricopriva la piazza. Un Kapo gli fu subito addosso. Era un tedesco di Königsberg, ricettatore. Sferrò un calcio al prigioniero in pieno volto e gli gridò di alzarsi. Baruch lasciò andare un verso di bestia morente, sputò un grumo rosso, ma non si mosse. Shlomo fissava il padre, paralizzato. Sapeva che se non fosse intervenuto, il Kapo avrebbe finito con l'ucciderlo. Ma sapeva pure che se lo avesse fatto, anche lui sarebbe stato ucciso. Il Kapo tirò un secondo calcio, questa volta allo stomaco. Baruch emise un lamento flebile, tentò di tirarsi su, puntellandosi sulle braccia, ma non ci riuscì.

"Alzati!", urlò ancora il Kapo.

Tutt'intorno, i prigionieri tenevano la fronte bassa, o guardavano altrove, lontano, oltre il filo spinato. Quelli che osservavano la scena, lo facevano con distacco.

Sopraggiunse un secondo Kapo, un *Volksdeutscher*, un ladro. I due triangoli verdi iniziarono a pestare il prigioniero. Sul corpo di Baruch si abbatté una scarica di calci e bastonate. Lo colpivano ovunque, alla testa, sulla schiena, all'inguine, alla pancia. La vittima rantolava nel fango, la bocca piena di sangue.

Shlomo era sul punto di lanciarsi contro i Kapo, ma l'uomo che aveva alla propria destra lo trattenne per un braccio. Era una stretta forte, decisa. Shlomo si girò verso di lui. Era un detenuto politico, un comunista. Un uomo alto, dalle spalle larghe. Un minatore taciturno che aveva combattuto in Spagna. Anche con la grottesca divisa del Lager, irradiava determinazione. Petto in fuori, portava il triangolo rosso cucito sul petto con orgoglio, come fosse una decorazione appuntatagli dal compagno Stalin in persona. Persino i Kapo lo rispettavano. Era chiaro che avrebbero potuto ucciderlo, ma non piegarlo.

"Sta' fermo", sussurrò a Shlomo.

"È mio padre", balbettò il ragazzo.

"Lo so", rispose il triangolo rosso.

Apparve un sergente delle SS. I due Kapo smisero all'istante di percuotere il detenuto e scattarono sull'attenti.

"Giudeo polacco", spiegò il ladro.

"Rifiuta di alzarsi", aggiunse il ricattatore.

L'Unterscharführer non disse niente ed estrasse la Luger dalla fondina.

"Non guardare", ordinò il minatore.

Shlomo chiuse gli occhi.

"Ora non puoi fare niente per lui, ma un giorno lo vendicherai."

"Quando?", domandò Shlomo, come ubriaco, mentre le lacrime gli scorrevano da sotto le palpebre, tracciando strisce nerastre sulle guance sporche per la giornata di lavoro nei campi.

La detonazione echeggiò secca nell'aria.

Shlomo fu scosso da un tremito.

"Quando?", tornò a domandare.

"Il tempo verrà, stanne certo", disse il triangolo rosso.

22

Tel Aviv, 4 luglio 1982

L'aeroporto era affollato. Turisti europei in arrivo, turisti israeliani in partenza, ebrei americani in visita ai parenti. I controlli erano meticolosi, come sempre. Shlomo si mise pazientemente in coda per il colloquio con il funzionario della sicurezza, una ragazza che avrà avuto al massimo venticinque anni, gli occhi immobili di un rettile, e una 9 mm semiautomatica alla cintura. Il viaggiatore davanti a Shlomo era francese. Quando arrivò il suo turno, allungò il passaporto all'agente di polizia con un sorriso cordiale, che lei si guardò bene dal ricambiare.

"Dov'è stato?", domandò la ragazza esaminando con attenzione il documento.

"A Eilat", rispose quello.

"E ora dove vuole andare?", incalzò lei. Il suo francese era eccellente, praticamente senza accento.

"In Egitto."

La poliziotta aggrottò la fronte. Da più di due anni Israele aveva normali relazioni diplomatiche con l'Egitto, ma si trattava comunque di un paese arabo.

"Perché ci va?"

"Immersioni."

"Non può fare immersioni in Israele?"

"Le ho fatte, a Eilat, per una settimana."

"E non ne ha abbastanza? Perché non torna a casa?"

Il viaggiatore era stupefatto. "Vorrei fare immersioni anche in Egitto", balbettò.

La ragazza alzò lo sguardo dal passaporto. "Perché?", chiese inespressiva.

Il francese era sempre più sbalordito. Neppure nei paesi dell'Europa dell'Est era mai stato trattato in quel modo. "Sono fotoreporter. Sto facendo un servizio sui fondali del Mar Rosso per il *National Geographic*."

La ragazza lo squadrò per qualche istante, in silenzio, e gli restituì il passaporto.

"Proceda con il check-in", ordinò.

Il francese si allontanò in fretta e la poliziotta fece segno a Shlomo di avvicinarsi.

"Motivo del viaggio?"

"Vado a trovare degli amici a Londra", disse Shlomo, porgendole il suo documento di identità.

La poliziotta scorse le pagine del passaporto. Era sul punto di ridarglielo, quando fu raggiunta da un altro agente, che le sussurrò qualcosa all'orecchio. La funzionaria si irrigidì, scrutò Shlomo con i sui occhi da iguana, costernata di non aver intuito la pericolosità del soggetto, e passò il passaporto al collega.

"Prego", disse a Shlomo, "segua il sergente."

La stanza era calda, il condizionatore spento, forse rotto. Shlomo sedeva di fronte all'uomo dello Shin Bet, che si era presentato come maggiore Ya'akovi. Un cognome con un bel suono ebraico. Shlomo sorrise dentro di sé. Il nonno del maggiore doveva chiamarsi Yakovich, e quando era arrivato in Palestina si era sbarazzato di quel suffisso slavo per cancellare ogni memoria della Diaspora. La nuova nazione richiedeva nuove parole. Shlomo ricordava ancora con angoscia la fatica che aveva fatto per imparare l'ebraico, una lingua arcaica e al contempo giovanissima, approntata per i nuovi ebrei, che dopo secoli di esilio facevano finalmente ritorno a Eretz Israel. In molti avevano ebraicizzato il loro nome, a partire dal padre della patria cui era intitolato quell'aeroporto, David Ben Gurion, nato David Grün. Shlomo però non ci aveva neppure pensato a rinunciare al proprio cognome. Era l'unica cosa che gli restava della sua famiglia. Un funzionario dall'aria annoiata entrò nella stanza, rovistò dentro un grosso armadio di metallo e uscì con un dossier sotto braccio. Anche se aveva sposato una *sabra*, un'ebrea nata in Palestina, e aveva trascorso in Israele la maggior parte della sua esistenza, Shlomo si sentiva ancora un immigrato. Parlava ebraico, ma i suoi sogni, le rare volte che li ricordava, erano sempre in yiddish.

Il maggiore gli tese un pacchetto di Philip Morris. Shlomo prese una sigaretta, staccò il filtro, e se la lasciò accendere. Dopo il poliziotto cattivo, ora era il turno di quello buono.

"Grazie", disse Shlomo Libowitz.

Aspirò a fondo e si rilassò sulla sedia. Aveva preso il vizio nel ghetto di Łódź, dove le sigarette erano quasi introvabili, tanto che persino fumatori incalliti avevano dovuto rassegnarsi a smettere. Shlomo aveva cominciato non perché gli piacesse davvero, ma come segno di sfida. Con la mano sinistra sfiorò il manico della valigia, poggiata a terra accanto a lui. Rivka ci aveva messo dentro soprattutto roba estiva, insieme a qualcosa di pesante. Per il momento la pista portava in Inghilterra. Le tappe successive però erano ancora ignote. Avrebbe potuto finire su un atollo dei mari del Sud come in cima alle Alpi bavaresi. Il sergente che lo aveva accompagnato lì dentro gli aveva ispezionato il bagaglio con cura, ma non aveva trovato niente. Non c'era niente da trovare. I due passaporti extra, uno polacco e uno americano, gli sarebbero stati consegnati a Londra. Per quanto riguardava le armi, avrebbe dovuto procurarsele in loco, quando fosse venuto il momento.

Anche il maggiore si era acceso una sigaretta. "Non siete stanchi della vostra guerra privata?", domandò in tono neutro.

Shlomo aspirò ancora e decise che era inutile perdere tempo a negare. Il maggiore Ya'akovi dava l'impressione di essere un uomo intelligente. Doveva avere su per giù l'età di Eli.

"È anche la sua guerra. Lei è ebreo, no?"

Il maggiore lo fissò in silenzio. Soffiò il fumo fuori dalla bocca.

"Quello che fate poteva andare bene negli anni Cinquanta, ora non più."

"E chi lo dice?"

"Il governo di Israele", rispose il maggiore. Fece una pausa per cercare le parole giuste. Doveva essere chiaro, ma non voleva risultare offensivo. Gli uomini come Shlomo Libowitz gli ispiravano rispetto. "Adesso le priorità sono altre. Con i tedeschi abbiamo fatto la pace."

"Ah, sì?", replicò Shlomo. Un sorriso amaro gli affiorò sulle labbra. "Abbiamo fatto la pace con i tedeschi. Bene. E allora come mai non riusciamo a farla anche con i palestinesi? Loro mica ci hanno messi nelle camere a gas."

Il giovane ufficiale dell'intelligence israeliana e il vecchio ebreo polacco si fissarono negli occhi.

"Non l'ho fatta venire qui per discutere di politica. Devo solo trasmetterle un messaggio", disse il primo.

"E il messaggio qual è?", rispose il secondo, spegnendo la sigaretta nel posacenere sulla scrivania.

"Che dovete piantarla." Gli uomini come Shlomo Libowitz gli ispiravano rispetto, ma rappresentavano anche una gran seccatura. Erano trent'anni che il suo gruppo, non più di una cinquantina persone, tutta gente che era stata nei Lager, dava la caccia agli ex nazisti. Erano finanziati da un paio di ricconi eccentrici, ebrei americani che invece di sperperare i soldi con le donne, o dare vita a una fondazione benefica, volevano togliersi il gusto di farla pagare ai crucchi. La faccenda era pittoresca, e anche comprensibile sul piano umano, però avevano provocato alcuni spiacevoli incidenti diplomatici. "Le vostre motivazioni sono nobili", proseguì il maggiore, "ma rimane il fatto che andate in giro per il mondo ad ammazzare dei cittadini stranieri."

"Questo il governo di Israele non lo farebbe mai", commentò Shlomo in tono sarcastico.

"Tra il governo di Israele e una banda di vecchi pazzi c'è una bella differenza", sbottò Ya'akovi.

"Begin ha dieci anni più di me", replicò Shlomo, "e in quanto a pazzia…"

Il maggiore schiacciò quel che restava della sua sigaretta nel posacenere. Porse a Shlomo il passaporto. "L'avverto, se si fa beccare, non conti sul nostro aiuto. Nessun funzionario israeliano sprecherà cinque minuti del suo tempo per cercare di tirare fuori lei, o uno qualunque dei suoi amici, da una prigione boliviana."

Shlomo prese il passaporto, lo infilò nella tasca della sahariana e si alzò dalla sedia.

"Io e i miei amici siamo stati in posti al cui confronto una prigione boliviana è il grand hotel."

23

Soldau, Prussia orientale, 25 ottobre 1941

"Ci vengo io", disse Anton.

Gli occhi degli altri prigionieri si mossero su di lui, taluni curiosi, la maggior parte torpidi. L'uomo alla sua sinistra, al quale Anton aveva inutilmente chiesto consiglio sull'opportunità di offrirsi volontario per il nuovo Kommando, gli lanciò uno sguardo in tralice pieno di sufficienza. Se il ragazzo pensava di salvarsi andando a fare il ragioniere per qualche progetto delle SS, era un illuso. Avrebbe tenuto la contabilità dei morti, e l'ultimo nome che avrebbe scritto sul registro sarebbe stato il suo. L'uomo si grattò la nuca con rabbia. I pidocchi non gli davano tregua. Un tempo anche lui aveva nutrito speranze e progetti per il futuro. Era stato critico teatrale di un prestigioso quotidiano, un uomo stimato, che aveva amici, una bella casa, una moglie elegante, e diverse amanti. Aveva vissuto in un mondo pieno di bellezza, che all'improvviso si era dissolto. Era scomparso come un sogno che svapora al risveglio. Con rigore, l'uomo si era imposto di cancellare dalla mente quel sogno. La realtà, l'unica possibile, era il Lager. Eppure, ogni giorno si imbatteva in altri uomini che si ostinavano ad alimentare i loro sogni, uomini che si organizzavano, parlavano di evasione, di boicottaggio, uomini che insistevano con pervicacia ad avere fiducia. Un brulichio di preti cattolici e rabbini, comunisti e socialdemocratici, militanti del Bund e sionisti. Questi ultimi gli parevano i più stravaganti di tutti. Pensavano che la risposta consistesse nell'andare a vivere nel deserto. Non vedevano che nel deserto ci erano già?

Il maggiore Lichtblau allungò il collo in direzione del prigioniero che aveva parlato. "Vieni avanti", gli disse.

Anton uscì dai ranghi, andò a mettersi sull'attenti davanti all'ufficiale, si tolse il berretto e recitò il suo numero di matricola.

"Di dove sei?", chiese Lichtblau.

"Praga."

"Cosa facevi prima della guerra?"

"Studiavo medicina."

"Come ti chiami?"

"Anton Epstein."

Lichtblau lo osservò con attenzione. Aveva un'aria sana, quasi atletica, e il suo tedesco era impeccabile. Giudeo assimilato di estrazione borghese, di gran lunga il più pericoloso, uno che poteva passare per ariano, e ingravidare la figlia di qualche poveraccio, che senza neppure saperlo finiva col ritrovarsi dei nipotini mezzosangue. Ma il dottor Lichtblau aveva bisogno di un segretario affidabile. Il momento per impedire al giovane Epstein di corrompere il sangue nordico non era ancora giunto.

"Va bene", disse Lichtblau, "mettiti là con gli altri", e indicò un gruppo di una mezza dozzina di internati raccolti al centro del piazzale. "Me ne servono ancora due o tre", aggiunse rivolto al comandante del campo.

Shlomo aveva gli occhi fissi sulla grossa chiazza cremisi che spiccava sul grigio del terreno. Poco più in là, partivano i solchi lasciati nel fango dagli zoccoli di Baruch, quando i due Kapo avevano trascinato via il corpo, binari che correvano a zigzag verso le baracche. Probabilmente, lo stavano già svestendo. La sua divisa e le sue scarpe sarebbero servite a un altro detenuto. Il cadavere gettato in una fossa comune, da qualche parte nel bosco.

Uno dei prigionieri accanto a Shlomo, il minatore che aveva fatto la guerra di Spagna, lo osservava preoccupato. Gli anni gli avevano insegnato a giudicare gli uomini. Il ragazzo era di buona pasta, ma impulsivo. Il Partito avrebbe saputo farne un militante disciplinato, però ne mancava il tempo. Da lì a qualche giorno, quella testa calda poteva tentare di ammazzare uno dei due Kapo, o forse addirittura l'Unterscharführer che aveva finito il padre, e per lui sarebbe stato il capestro, nel migliore dei casi.

"Offriti volontario", sussurrò a Shlomo.

Il ragazzo alzò la faccia da terra e fissò il vicino con occhi vacui. "Cosa?"

"Offriti volontario", replicò l'altro. "Cercano gente di campagna. Per te è una buona occasione. Sicuramente non sarà peggio di qui." E con le sue mani callose, gli pulì alla bell'e meglio le guance striate di lacrime.

Shlomo lo lasciò fare, grato. Per un attimo, il contatto con quelle grosse dita lo fece tornare all'infanzia, alle carezze burbere di suo nonno. "Perché non vieni anche tu?", domandò Shlomo con un filo di voce.

"Io non sono contadino. E poi qui ho delle cose da fare."

Shlomo sapeva che il minatore era membro della cellula comunista del campo. Quell'ideologia non gli diceva nulla, ma nutriva ammirazione per la loro determinazione di combattenti. Se fossero insorti contro i nazisti, si sarebbe unito a loro.

"Avanti", gli ingiunse il triangolo rosso.

Shlomo alzò la mano.

Lichtblau scrutò il ragazzo. Aveva una costituzione robusta, per quanto fosse sotto peso. "Cosa sai fare?", domandò.

"Allevatore."

Il maggiore delle SS annuì e gli fece segno di unirsi agli altri membri del Kommando.

Il salotto dell'appartamento del comandante del campo era più confortevole di quanto sarebbe stato lecito attendersi. Un pianoforte a muro, con il metronomo e uno spartito aperto sul leggio. Una grossa stufa di ceramica che emanava un piacevole tepore. Due poltrone Frau e un divano di pelle, disposti attorno a un tavolino rotondo, con gambe dalle morbide curve Jugendstil. Su una parete, era appeso un quadro a olio che raffigurava un paesaggio alpino. Alcune fotografie di famiglia, chiuse in spesse cornici d'argento, erano allineate in bell'ordine sul piano di un cassettone di mogano, i cui intarsi floreali richiamavano le linee del tavolino. Per terra, a coprire un parquet un po' logoro, era steso un tappeto dalle geometrie labirintiche.

Il maggiore Lichtblau sedeva su una delle poltrone, di fronte al comandante e a sua moglie, che occupavano il sofà. Bevve un sorso di brandy.

"Proprio accogliente, qui", si complimentò guardandosi attorno ammirato.

La moglie del comandante ne fu lusingata, e spiegò che aveva lavorato sodo per rendere ospitale lo squallido alloggio che aveva trovato al suo arrivo. Tutto il mobilio lo aveva fatto venire dalla Germania, perché lì a Soldau non c'era nulla che potesse andare. Il consorte assentì orgoglioso. Lichtblau, che mentre passavano in rassegna gli internati aveva giudicato il comandante del Lager un individuo mediocre, pensò che in fondo almeno una qualità la possedeva. Quell'ometto stempiato e grassoccio era riuscito a sposare una donna capace, relativamente piacente, con la quale aveva avuto tre figli. Lichtblau aveva intravisto i bambini giocare con un pastore tedesco, nel giardino di fronte all'abitazione. In questo, quel grigio funzionario si era dimostrato migliore di lui. Lo Sturmbannführer Hans Lichtblau era ancora scapolo, e aveva già trentadue anni. Se voleva fare carriera nelle SS, doveva sposarsi in fretta, e offrire al Reich un paio di futuri soldati.

"Prenda uno di questi. Sono deliziosi", disse la donna, porgendo al maggiore un piatto su cui erano allineati piccoli croissant salati, farciti alcuni con salmone, burro e aneto, altri con prosciutto affumicato e salsa di rafano. "Li fa la nostra domestica."

Lichtblau accettò l'offerta. "Buonissimi", convenne dopo il primo morso.

I due coniugi sorrisero compiaciuti.

"Si è portata dalla Germania anche lei?", domandò il maggiore.

"No. È una ragazza del campo", rispose la moglie.

"Testimone di Geova", chiosò il marito.

"Molto efficiente e pulita", disse ancora la moglie. "Niente a che vedere con le polacche. All'inizio, ne ho cambiate tre in due settimane. Poi, per fortuna, abbiamo trovato Klara."

"E per caso non avreste un'altra Testimone di Geova?", chiese Lichtblau con un mezzo sorriso.

La selezione aveva dato buoni frutti. Un segretario e dieci lavoratori manuali. Per il laboratorio e le serre non serviva altro. Ma se fosse riuscito a trovare anche un po' di personale di servizio, avrebbe potuto evitare di fare affidamento sui domestici del barone, verso i quali nutriva una certa diffidenza, soprattutto per il maggiordomo. Stava con quel vecchio aristocratico da troppo tempo. Era uno di quelli che proprio non volevano capire che le cose in Germania erano cambiate in maniera radicale.

"Purtroppo, credo di no", rispose costernato il comandante del campo. "Però, posso verificare nella sezione femminile se trovo qualcosa che fa al caso suo."

"Di preciso, che cosa le servirebbe?", intervenne solerte la moglie. Prima di quel piccolo rinfresco, il marito le aveva sussurrato che lo Sturmbannführer recava credenziali firmate da Himmler in persona.

"Basterebbero una cuoca e una donna per le pulizie e il bucato", disse Lichtblau.

"Le prometto che farò l'impossibile per procurarle degli elementi che siano all'altezza", replicò la padrona di casa. "A costo di mettermi a spiegare l'ABC a qualche servetta lituana."

"Prima del matrimonio, mia moglie faceva la maestra. L'insegnamento ce l'ha nel sangue", ridacchiò il comandante del campo.

I due coniugi si scambiarono un'occhiata complice.

Lichtblau non poté fare a meno di provare una vaga invidia per quell'idillio domestico, che però al contempo gli risultava profondamente estraneo. Lo Sturmbannführer Dr. Hans Lichtblau era devoto alla scienza. Attraverso di essa avrebbe servito il Führer.

24

Amburgo, 5 luglio 1982

Ciò che l'aveva colpita maggiormente, più ancora dell'opulenza delle merci, esibita in maniera quasi oscena nelle vetrine che correvano senza interruzione lungo i marciapiedi, erano i colori. A confronto di quel mondo, il paese da cui proveniva era in bianco e nero. Ovunque, camminando per le vie e le piazze di quella città straniera, gli occhi moscoviti di Natalja erano stati sorpresi da straordinarie esplosioni cromatiche. I cartelloni pubblicitari. Le insegne dei negozi. Le automobili. Gli abiti dei passanti. Persino i segnali stradali. Ma quando erano entrati nel grande magazzino, Natalja Yakovchenko era rimasta a bocca aperta, come una bambina sbucata nella fabbrica dei giocattoli di Nonno Gelo. Non era una questione di quantità. Anche i magazzini GUM erano grandi, anzi, decisamente più grandi di quello. Ma in Occidente c'erano una varietà e una finezza del tutto sconosciute ai cittadini dell'Unione Sovietica, anche a coloro che, come Natalja, erano parte della nomenklatura, e pertanto godevano di alcuni privilegi. Una cosa era accaparrarsi un paio di blue jeans importati fortunosamente dalla Francia, altra era poter scegliere tra venti marche diverse.

Natalja si girò verso Anton e vide che la stava osservando. Probabilmente aveva percepito il suo entusiasmo, e forse in cuor suo ne stava ridendo. L'agente del KGB cercò di darsi un contegno. Il ceco invece sembrava a proprio agio. Natalja aveva letto il suo dossier e sapeva che Epstein veniva da una famiglia borghese. Quello sfarzo capitalista per lui doveva essere una specie di ritorno all'infanzia.

"Vado al reparto uomo", disse Anton.

Natalja fece di sì con la testa. "Ma non esagerare", lo ammonì. Avevano facoltà di comprarsi dei vestiti nuovi, ma il conto spese non era illimitato. Erano le tipiche cose sui cui, al rientro, si mettevano a fare le pulci, se ti volevano incastrare.

Pescò qua e là gonne, camicette, giacche dalle spalle stranamente gonfie, e s'infilò in un camerino. Iniziò a provarsi i vestiti. Chiusa lì dentro, senza che nessuno la vedesse, fremeva di gioia. Era cosciente che si trattava di puerile infatuazione per la decadenza occidentale, ma quei tessuti erano così morbidi, i tagli così eleganti ed esotici, e l'offerta talmente vasta, che proprio non riusciva a trattenersi. La seconda volta che uscì dallo spogliatoio, una giovane commessa, una rossa con le lentiggini e l'aria simpatica, si offrì di assisterla nella scelta. La cliente pareva intenzionata a rifarsi il guardaroba e bisognava darle tutto l'aiuto possibile. Natalja la lasciò fare.

Nel giro di un'ora aveva preso tutto ciò che le serviva, tutto tranne le scarpe. Quella era un'altra faccenda. C'era un intero piano dedicato alle calzature. Sandali, mocassini, stivali, francesine. Natalja aveva quasi il capogiro, ma ormai sapeva muoversi con una certa disinvoltura. Puntò decisa verso un negozio dall'invitante nome italiano.

L'agente Natalja Yakovchenko indossava un abito di cotone verde acqua, con motivi bianchi e gialli, leggermente stretto in vita, che le arrivava poco sopra il ginocchio. La ragazza con le lentiggini le aveva detto che il vestito le donava. Ed era vero. Metteva in risalto le sue curve, ma con discrezione. Natalja camminava su e giù sul tappeto rettangolare del negozio dal nome italiano, studiando dubbiosa nello specchio le décolleté che aveva appena infilato. Accanto allo sgabello, c'erano due scatole che contenevano i modelli che già aveva scelto, un paio di ballerine fucsia e degli stivali di pelle neri. Le scarpe che aveva ai piedi erano davvero superflue. Ed erano del tutto inadatte per correre. Anche un vecchio nazista decrepito avrebbe potuto seminarla, se girava con quegli affari. Però le piacevano. Per strada, le aveva viste ai piedi di molte donne.

"Mi sembrano un po' larghe", disse Natalja.

"Se vuole, possiamo provare un numero in meno", propose la commessa.

Natalja fece ancora qualche passo. "Magari..." Una parte di lei sperava che non avessero il numero in meno.

La commessa sparì nel magazzino.

L'agente Yakovchenko alzò lo sguardo e si accorse che sulla porta c'era Anton Epstein. Portava un completo di lino color tabacco che gli andava a pennello. Aveva una camicia bianca e una cravatta blu a disegni cashmere, che faceva pendant con il fazzoletto infilato nel taschino. Non c'era niente da dire. Era elegante. E dimostrava meno dei sessantuno anni che gli attribuiva il dossier.

I due si fissarono, entrambi stupiti dell'effetto palingenetico prodotto dai vestiti nuovi.

Tornò la commessa. "Ecco qui", disse porgendo la confezione alla cliente.

Natalja si sedette sullo sgabello. E mentre si sfilava le scarpe, sentì su di sé gli occhi di Anton. Si voltò di scatto. Il professore distolse lo sguardo.

In fondo, la cosa non le era dispiaciuta. Anton Epstein avrebbe potuto essere suo padre, ed era un deviazionista di destra, ma a suo modo era un uomo interessante. Quella mattina, in albergo, al termine della colazione, lei aveva tirato fuori una sigaretta, e lui si era affrettato ad accendergliela. Lo aveva fatto senza ostentazione, come se fosse una cosa naturale. Erano rituali borghesi cui Natalja non era avvezza. Potevano essere piacevoli, purché non si esagerasse.

Il trentotto le andava bene. Fu sul punto di prenderle, ma alla fine il senso del dovere prevalse. Si sfilò le scarpe. "Voglio pensarci ancora", disse alla commessa. "Mi faccia il conto per le altre."

Natalja guardò l'orologio. Era quasi mezzogiorno. Avevano perso anche troppo tempo. Il volo per Londra partiva alle quattro.

25

Neuhof, Prussia occidentale, 26 ottobre 1941

Dopo la selezione, gli undici membri del nuovo Kommando – battezzato Gardenia da un Kapo particolarmente faceto, un truffatore di Vienna finito a Soldau per aver imbrogliato alcune vecchiette con falsi buoni del tesoro – erano stati rispediti nelle rispettive baracche. Avevano trascorso la notte nel Lager, e poco dopo l'alba, mentre gli altri prigionieri rispondevano all'appello, erano stati caricati su un camion ed erano partiti alla volta del loro prossimo luogo di detenzione.

Mentre i componenti del Kommando Gardenia salivano sull'Opel Blitz grigio con le insegne delle SS, il minatore che aveva combattuto in Spagna si augurò di aver agito per il meglio con il ragazzo. Di certo, gli aveva impedito di commettere un'enorme sciocchezza. E poi, se quel dottore aveva bisogno di personale specializzato, si doveva supporre che avrebbe fatto in modo che restassero in vita. Ma di questo il triangolo rosso non poteva dirsi certo. Era nel Lager da un anno, e sapeva per esperienza che spesso le azioni dei nazisti erano del tutto prive di logica.

Prima della partenza, gli uomini del Kommando erano stati spogliati di ogni loro avere, fatta eccezione per le uniformi zebrate e gli zoccoli. Avevano dovuto lasciare al campo le gamelle, le posate, e i pochi altri oggetti di uso quotidiano che, nel tempo, erano riusciti a fabbricare, oppure a procurarsi con il baratto o il furto. Diversi si erano lamentati, ma i Kapo erano stati inflessibili. Dal Lager si usciva nudi, come dalla pancia della mamma, aveva sghignazzato il truffatore viennese. E poi non c'era da preoccuparsi. Andavano a lavorare in un castello. Laggiù, di sicuro, avrebbero ricevuto forchette d'argento e piatti di ceramica con disegni in oro zecchino, aveva chiosato l'austriaco, suscitando il riso dei suoi colleghi, un pappone di Dresda e un pluriomicida della Turingia, che aveva sterminato una famiglia di quattro persone per appropriarsi di pochi marchi, e a Soldau si trovava abbastanza bene, tutto il giorno a bastonare rossi, giudei e invertiti.

Gli unici che non avevano fatto storie erano stati Shlomo e Anton, perché erano al campo da poco e non avevano ancora accumulato i tesori miserabili dei compagni. Il giorno prima, quando erano stati presi nel Kommando, il ceco aveva salutato con calore il ragazzo dello shtetl.

"Non ti ricordi? L'altro giorno mi hai insegnato a usare la vanga", aveva detto lo studente, felice che nel gruppo ci fosse almeno un volto noto.

Il polacco era restato zitto. Aveva replicato con una semplice alzata di spalle, che sul momento aveva lasciato Anton perplesso. Poi qualcuno gli aveva sussurrato che quello era il figlio dell'uomo che era stato ammazzato durante l'appello.

Per Shlomo, lasciare il luogo in cui avevano assassinato suo padre era stato un sollievo. Era riconoscente a quel triangolo rosso, e dentro di sé gli aveva augurato buona fortuna. Appena era salito sull'Opel Blitz, si era accucciato sul fondo del cassone, calandosi il berretto sugli occhi, e aveva cercato di prendere sonno. Non sapeva cosa l'avrebbe atteso all'arrivo. Era meglio non sprecare l'occasione di riposare un po'. Gli altri lo avevano imitato. Cullati dal rollio del camion, tutti i membri del Kommando Gardenia si erano addormentati, addossati gli uni agli altri. Quando si erano risvegliati, il veicolo era fermo, e da sotto la tela impermeabile che ricopriva il vano di carico filtrava la luce della mattina inoltrata.

Qualcuno osò scostare un lembo della cerata per dare un'occhiata fuori.

"È un villaggio", sussurrò.

Il maggiore Lichtblau aprì la portiera del Kübelwagen, buttò fuori una gamba e si stiracchiò. Aveva la schiena a pezzi. La stanza della locanda di Soldau dove aveva trascorso la notte era spaventosa, con un letto che per materasso aveva un semplice sacco imbottito di lana. Senza parlare del bagno, un antro maleodorante, con un cesso alla turca coperto di incrostazioni giallastre, che per di più aveva dovuto condividere con un agente di commercio, un cinquantenne di Friburgo. L'uomo conosceva bene la zona e gli aveva assicurato che si trattava del migliore albergo della città. Il tizio era forse un po' troppo ciarliero, ma non era antipatico. Combattente della Grande Guerra, iscritto al Partito dal 1928, aveva un figlio nella Luftwaffe e un altro nell'esercito, entrambi sul fronte orientale. Aveva tirato fuori le fotografie dal portafogli. Gran bei ragazzi. Alla fine del pasto, dopo un paio di giri di vodka, l'agente di commercio lo aveva convinto ad andare al casino. Sulle prime Lichtblau era stato restio. Se già gli alberghi e i ristoranti di Soldau erano così sporchi, figuriamoci i bordelli. E invece le puttane erano risultate la cosa più pulita di tutto il circondario. Ma anziché passare la notte lì, era tornato nella stamberga, e non aveva fatto che rigirarsi su quel rustico materasso fino all'alba. Si era levato sfatto, aveva svegliato la scorta, ed erano subito andati a prelevare il Kommando. Da Soldau al castello non c'era molto, ma avrebbero dovuto fare una deviazione. Lichtblau voleva andare a Neuhof a reclutare un vetraio per la costruzione delle serre. Nel Lager aveva rimediato un carpentiere, ma nessuno che sapesse lavorare il vetro, e dei polacchi non si fidava. Il comandante del campo gli aveva detto che a Neuhof c'erano ottimi artigiani tedeschi. "Non proprio tedeschi", aveva specificato, "*Volksdeutschen.*" Il maggiore aveva evitato di far presente al suo gentile ospite che neppure lui era "proprio" tedesco. Essendo nato fuori dai confini del Reich, tecnicamente anche Lichtblau era un *Volksdeutscher*.

L'autista aveva parcheggiato in quella che sembrava essere la piazza principale del villaggio. La chiesa, il municipio, l'ufficio postale, un emporio. Lo Sturmbannführer sbadigliò e scese dall'auto. Dietro alla macchina, era fermo il camion. E dietro ancora, il secondo Kübelwagen, con gli uomini di guardia. Il maggiore fece qualche passo verso il negozio. Era già aperto. Entrò e il campanello sopra lo stipite tintinnò allegro.

"Buongiorno", disse rivolto alla ragazza dietro al bancone, una bionda allampanata dall'aria un po' ottusa.

"Buongiorno", rispose Hilde.

"Saprebbe per caso indicarmi un vetraio, qui in paese?"

La ragazza lo fissò interdetta.

"Un vetraio? Non... saprei", balbettò. "È meglio se chiede alla padrona." E gli fece segno di seguirla. La commessa lo condusse nel retro. Attraverso una porta di legno riverniciata di fresco, passarono nell'appartamento attiguo all'emporio. Lichtblau camminava dietro alla commessa. La casa odorava di sapone da bucato e crostata di more. Arrivarono in cucina e la ragazza aprì l'uscio che dava sul cortile. Oltre la soglia, si ergeva una grande quercia incorniciata da foglie giallo-brune. Accanto all'albero, una donna spaccava la legna.

Lichtblau immaginò che avesse su per giù la sua età. Spiccati tratti nordici. Un seno ampio e fermo. Fianchi piacevolmente larghi. Quando lei lo vide, abbassò la scure e con un colpo secco piantò la lama nel ceppo. La chioma scarmigliata, l'ascia, il piglio di una razza di pionieri. Hans ebbe l'impressione di trovarsi di fronte a un'eroina di quel Far West che aveva popolato i giochi e i sogni della sua infanzia. Lì, in un cortile nel cuore della vecchia Europa, a pochi chilometri dalla Vistola, si

131

materializzava una delle contadine-guerriere che avevano contribuito a conquistare il Nuovo Mondo e forgiare il destino di una nazione. Donne che partorivano sui carri in viaggio nella prateria, abbattevano alberi, costruivano case, e combattevano i pellerossa a fianco dei loro uomini. Come gli americani nel Diciannovesimo secolo, anche i tedeschi avevano una frontiera mobile, a oriente. Un confine che veniva spinto in avanti senza posa, col fucile e con l'aratro, una linea di sangue che separava la civiltà dalle terre selvagge, terre abitate da genti primitive e feroci, che andavano sottomesse.

Martha si asciugò il sudore dalla fronte con il dorso della mano, si rassettò i capelli con pochi gesti rapidi, e andò ad accogliere lo sconosciuto. Entrò in cucina, e subito lo trovò bello. L'uniforme nera gli donava moltissimo, e la cicatrice che solcava il sopracciglio destro, insieme al berretto portato un po' di traverso, con fare spavaldo, trasmettevano un'elettrizzante sensazione di pericolo. Dopo suo marito, e ormai era vedova da cinque anni, Martha non aveva conosciuto altri uomini. All'inizio, per rispetto verso la memoria del povero Rolf, e in seguito per banale mancanza di tempo e di occasioni. Era troppo impegnata a tirare su i figli, e occuparsi della casa e del negozio, per fare la civetta in giro. E comunque c'era ben poco da civettare. I giovani erano quasi tutti sotto le armi. In paese erano restati soltanto i vecchi e gli inabili al servizio, e di quelli proprio non voleva accontentarsi. Ma forse le cose stavano per cambiare.

Hans fece il saluto nazista, appena accennato, con una semplice flessione del polso, dolce. Non voleva apparire uno di quegli idioti intossicati dall'ideologia. Innanzitutto, era un ufficiale che si presentava a una signora.

"Maggiore Hans Lichtblau, al suo servizio", disse battendo i tacchi.

"Martha Kernig, molto onorata", rispose lei, con un inchino vezzoso.

Hans si sfilò il berretto e se lo mise sotto il braccio sinistro. Dagli angoli degli occhi della donna si diramavano piccole rughe, che velavano di tristezza quel viso franco e solare, rendendolo più interessante. In quello sguardo, Hans leggeva la forza e l'onestà di una generazione di coloni, ma anche i segni della fatica quotidiana, e forse l'ombra di un dolore.

"Che cosa posso fare per lei, maggiore?"

"Un vetraio. La sua commessa mi ha detto di chiedere a lei", rispose Lichtblau, accennando a Hilde, alle sue spalle, che li osservava sforzandosi di capire cosa stesse accadendo. Era una ragazza di provincia, con scarsa esperienza del mondo, soprattutto per quanto riguardava i rapporti tra gli uomini e le donne, e tuttavia aveva come l'impressione che quei due non stessero affatto parlando di vetri.

"Certo", disse Martha, allegra. "Il signor Meier. Se mi aspetta un attimo, l'accompagno volentieri."

La donna si tolse il grembiule, lo gettò su una sedia e sparì al piano di sopra. "Offri qualcosa al maggiore", gridò alla ragazza mentre saliva le scale.

"Vuole un caffè?", domandò Hilde, impacciata.

"Non si disturbi, grazie."

Hans si guardò attorno. Sotto il tavolo, notò un carro armato giocattolo, una discreta imitazione di un Panzer III. La signora Kernig aveva figli. E portava la fede. Però, in casa Hans non aveva visto tracce di una presenza maschile. Sull'attaccapanni, nel corridoio, c'erano solo cappotti e cappelli da donna. Forse il marito era al fronte. Hans si sentì meschino. Anche solo pensare di portarsi a letto la moglie di un soldato che stava combattendo per la patria non era da camerati.

Martha riapparve in cucina. Si era pettinata e cambiata d'abito. Indossava un vestito blu tempestato di quadratini bianchi, che si intonava assai bene con gli occhi azzurri e la pelle candida di una donna del Baltico. Hans notò che all'anulare ora c'era una fascetta d'argento con incastonata una goccia di ambra. Si domandò se non si fosse sbagliato. Magari, prima la pietra era girata verso l'interno della mano e lui aveva scambiato l'anello per una fede nuziale. Ma quale donna si mette a spaccare la legna con un gioiello al dito?

"Andiamo?", disse Martha, cordiale. "Tu bada al negozio", aggiunse rivolta a Hilde.

La ragazza assentì, senza proferire verbo. Era una povera provinciale con scarsa esperienza del mondo, però aveva notato che la padrona si era tolta la fede. Da quando la conosceva, era la prima volta che glielo vedeva fare.

Il vetraio si trovava a pochi isolati dall'emporio. Hans lo avrebbe trovato anche senza l'aiuto di Martha. L'artigiano era un vecchio dalla folta barba bianca, ingiallita dal tabacco attorno alle labbra, tra cui stringeva una pipa di schiuma istoriata. Era nato sull'isola di Ösel, di fronte alla costa estone. Si dimostrò entusiasta della proposta del maggiore. Si trattava di una grossa commessa per la sua modesta bottega. Il signor Meier si offrì di andare seduta stante al castello, insieme allo Sturmbannführer, in modo da prendere le misure e iniziare subito a elaborare il progetto. Se il signor maggiore fosse stato così gentile da tornare mercoledì, gli avrebbe sottoposto i disegni. Il maggiore rispose che sarebbe tornato con vero piacere a Neuhof. Pronunciando quelle parole, mosse lo sguardo su Martha. Per un attimo, temette di essere stato sfacciato, ma la donna resse lo sguardo, e non parve affatto risentita. Anzi, mentre tornavano verso il negozio, lei gli disse che, se la cosa non interferiva con i suoi doveri, mercoledì poteva fermarsi a mangiare a casa sua. Lei e Hilde gli avrebbero fatto assaggiare alcune specialità della cucina baltica.

"Con vero piacere", rispose il maggiore, e si esibì in un impeccabile baciamano di commiato.

Hans Lichtblau si sentiva di ottimo umore. Il dolore alla schiena era scomparso. La vita gli sorrideva. Aveva un incarico prestigioso e i mezzi adeguati per portarlo a termine. Una volta costruite le serre, il progetto sarebbe finalmente entrato nella fase operativa. E aveva persino rimediato un appuntamento.

"Sveglia, caporale, sveglia!", gridò scherzoso all'autista, che dormicchiava seduto al volante del Kübelwagen. Quello si tirò su all'istante e girò la chiave nel quadro. Il motore rispose. Lichtblau salì in macchina e il piccolo convoglio si mise in movimento.

Passarono a prendere il signor Meier, che li attendeva sulla soglia di casa con in mano una valigetta di cuoio, che conteneva il necessario per rilevare e appuntare le misure delle serre che avrebbe dovuto costruire. Il vecchio si accomodò sul sedile posteriore della macchina di Lichtblau. Gli occhi gli brillavano per quella fortuna inattesa.

Nel vano di carico del camion, Shlomo e la maggior parte degli altri membri del Kommando Gardenia si erano rimessi a dormire. Anton e un giardiniere di Varsavia osservavano il paesaggio attraverso le fessure della cerata. Un contadino delle campagne attorno a Białystok estrasse trionfante da un risvolto della divisa una sigaretta e un cerino, magistralmente occultati all'ispezione dei Kapo, e si mise a fumare di gusto.

Mentre uscivano dal paese, superarono una colonna di civili polacchi che procedeva lungo il bordo della strada, sotto la scorta di tre uomini dell'Ordnungspolizei dall'aria annoiata. Alcuni di loro tiravano carretti carichi di masserizie, in cima alle quali sedevano bambini dallo sguardo smarrito. Tutti, compresi gli anziani e due donne incinte, trasportavano fagotti e valige. Lichtblau suppose che si trattasse di vecchi abitanti di Neuhof che venivano trasferiti nel Governatorato Generale. Camminavano a capo chino, nella polvere, come Sioux sconfitti in marcia verso la riserva.

26

Provincia di Guanacaste, Costa Rica settentrionale, 6 luglio 1982

Il Douglas C-47 fermo sulla pista – una semplice striscia di terra tra la spiaggia e la boscaglia – aveva quasi quarant'anni, ma era ancora perfettamente in grado di volare. Mentre il bimotore veniva rifornito di carburante, il pilota, un corso che aveva iniziato la propria carriera nell'aviazione militare francese, paracadutando casse di munizioni su Dien Bien Phu in mezzo al fuoco della contraerea vietnamita, sonnecchiava all'ombra di una palma, nella fresca brezza che spirava dal mare. Era decollato dalla Colombia alle prime luci del giorno. Quel piccolo aeroporto di fortuna era stato messo in piedi dai Contras, i guerriglieri che combattevano i sandinisti. Questi ultimi avevano preso il potere in Nicaragua tre anni prima, abbattendo una dittatura che era ancora più vecchia del C-47. Il fondatore della dinastia, Anastasio Somoza García, era diventato presidente nel 1936, con l'appoggio degli Stati Uniti. Gli erano succeduti i due figli, prima il maggiore e poi il minore. Lentamente, nel paese l'opposizione era andata crescendo. Quando il loro destino pareva ormai segnato, i Somoza erano stati abbandonati dai potenti alleati del Nord. Il presidente Carter aveva deciso che le violazioni dei diritti umani da parte della Guardia Nazionale somozista nuocevano all'immagine della Casa Bianca. Però, nel novembre del 1980 il Partito democratico aveva perso le elezioni. Il successore di Carter, Ronald Reagan, e aveva adottato una nuova strategia comunicativa. I somozisti fuggiti dal Nicaragua, che tentavano di riorganizzarsi oltre frontiera, non erano una masnada di assassini e torturatori, bensì combattenti della libertà. La CIA aveva iniziato a fornirgli armi e istruttori, cercando di ridurre le rivalità tra i diversi gruppi e dare vita a una struttura militare coerente. Ma la guerriglia è un'attività onerosa. I soldi che arrivavano da Washington, e anche dal Vaticano, grazie ai buoni uffici di monsignor Marcinkus, andavano bene, ma non bastavano. Così i Contras si erano messi in affari con il cartello di Cali, i più grandi produttori di droga delle Americhe. Il C-47 trasportava un carico di *freebase* per il mercato di Los Angeles. Era una novità assoluta. Una variante rozza della cocaina, da fumare. Roba che costava poco e ti spaccava il cervello. Roba che andava bene per i negri del ghetto di South Central, che presto avevano cominciato a chiamarla crack, per il rumore che fanno i cristalli di coca quando vengono riscaldati. La CIA e il presidente Reagan chiudevano un occhio. I Contras erano un baluardo contro il dilagare del comunismo, e i negri di South Central, quando si ricordavano di farlo, votavano sempre per i democratici.

Il corso si tirò su, si stiracchiò e si tolse dal collo un po' di sabbia, che gli si era infilata sotto la camicia mentre riposava. Cercò con lo sguardo il suo copilota, un americano di San Diego con la fissa dell'abbronzatura. Lo vide steso sulla spiaggia, a torso nudo, i Ray-Ban a goccia calati sugli occhi. Gli urlò che dovevano ripartire. Quello si alzò senza rispondere, intontito dal sole. Si passò la mano tra i capelli, si sfilò gli occhiali e andò a sciacquarsi la faccia nel lavandino dietro al capanno degli attrezzi.

Il pilota raccattò da terra la tazza di caffè che gli avevano offerto all'atterraggio e bevve l'ultimo sorso, ormai freddo. Poco più in là, c'erano un paio di posate e un piatto di latta che aveva contenuto una porzione generosa di *huevos motuleños*. Uova strapazzate, fagioli neri, formaggio, salsa piccante, su un letto di tortilla. Non era alta cucina, ma le aveva mangiate con piacere. Si accese una Gitanes Maïs. A confronto dell'Indocina e dell'Algeria, quello era un lavoro di tutto riposo. Portavano la droga in California, e tornavano in Costa Rica con un assortimento di bombe a mano, fucili, mitragliatrici, ed esplosivo al plastico. Era il quinto viaggio che facevano, e non c'era mai stato un problema. Si complimentò con se stesso per essersi congedato da l'Armée de l'air e aver intrapreso una carriera da libero professionista. Spense la sigaretta nella sabbia e s'incamminò senza fretta verso l'apparecchio.

"Tutto a posto", gli disse il meccanico, un canadese del Québec, il quale, insieme al suo assistente, un nicaraguense con dei baffetti da capo cameriere, costituiva l'intero personale di terra dell'aeroporto. Il *québécois* era sempre ansioso di parlare con il pilota in quello che riteneva il loro idioma comune, senza capire che il corso non nutriva il suo stesso entusiasmo per le gioie della francofonia.

Il pilota ringraziò il meccanico con un cenno del capo e salì a bordo. Dopo qualche minuto, il secondo lo raggiunse in cabina. I motori del C-47 si accesero, sputando nell'aria nuvolette di fumo chiaro, e le eliche iniziarono a girare.

Abbandonati su due sedie a sdraio, davanti a un bungalow a pochi metri dal mare, Sheldon Morris e Nelson Parker osservavano annoiati l'aereo da trasporto che rullava sulla pista. Indossavano camicie hawaiane dai colori vistosi e fumavano sigari di produzione locale, di qualità modesta. Dagli alberi alle loro spalle, a tratti arrivava l'eco dei colpi sparati nel poligono di tiro mimetizzato nella giungla, dove un gruppo di guerriglieri si stava esercitando sotto la direzione di un ex Berretto Verde, che Morris e Parker avevano assunto in tutta fretta, insieme ad altri ex membri delle forze speciali americane, dopo che i consiglieri militari argentini, che inizialmente si erano occupati dell'addestramento dei Contras, erano stati richiamati in patria a causa dello scoppio della guerra delle Falkland. Una seconda squadra era di pattuglia. A volte i sandinisti facevano rapide puntate al di là del confine.

"Chi è stato? I cubani?", domandò Parker con l'ansia del novellino che si rivolge al veterano. Era entrato nell'agenzia da pochi mesi, e nutriva una profonda ammirazione per il collega più anziano, che era nella Compagnia dalla fine degli anni Cinquanta.

"Non mi pare il loro stile", rispose Morris asciutto.

"Gli ebrei?"

"No, quelli certe cose le sanno fare. Per me sono stati i colombiani."

"Ma non avevano un accordo?"

"Certo, ma lui l'ha violato. Ha aumentato la produzione e ha invaso il mercato."

"E allora sono stati i Narcos a far arrivare la notizia ai giornali?", chiese ancora Parker.

"Di sicuro. Non sono riusciti a eliminarlo, ma gli hanno fatto saltare la copertura. Forse non avranno neppure bisogno di riprovarci. Niente di più facile che qualche segugio sia già in caccia."

"E noi che facciamo?"

"Niente."

"Lo scarichiamo?"

"No, perché non lo abbiamo mai caricato. La Compagnia negherà nella maniera più decisa di aver avuto rapporti con Huberman."

Il sigaro di Parker si era spento. Il giovane tirò fuori l'accendino e lo riaccese.

"Per il momento, però, è riuscito a far perdere le sue tracce", disse.

"Si sarà rintanato nel suo famoso rifugio."

"L'hai mai visto?"

Morris scosse la testa.

"Wallace c'è stato. Mi ha raccontato che Huberman vive dentro un'antica fortezza spagnola, e si fa servire da un'intera tribù di indios."

"Però…"

Il C-47 percorse la pista fino in fondo e si staccò da terra giusto in tempo per non andare a sbattere contro gli alberi.

"Che tipo è?"

"Freddo, metodico", rispose Morris. "Anche se all'apparenza non lo diresti. Sembra un hippy." L'agente della CIA fece una risata roca, da fumatore incallito.

"In che senso?"

"Nel senso che ha una coda di cavallo che quasi gli arriva al culo, e indossa certe camicie da fricchettone di San Francisco."

"E la Compagnia si teneva uno così?", domandò Parker scandalizzato.

Morris inarcò le sopracciglia. "L'ho visto interrogare i prigionieri, in Cile, nel 1973. È un mago." Aspirò il *purito*, si rigirò il fumo sulla lingua e lo buttò fuori. "C'era questo tizio. Un dirigente comunista, uno duro. I gorilla di Pinochet lo stavano gonfiando da due giorni, ma lui niente, neppure una parola. Allora mandiamo a chiamare Huberman. Quello si presenta con una valigetta da commesso viaggiatore e l'aria del reduce della Summer of Love. Però, dopo un paio d'ore il rosso ci dà la lista dei suoi contatti in città."

"E come ha fatto?"

"Segreto industriale", rispose Morris misterioso. Emise ancora la sua risata catarrosa. "Non lo so. Aveva delle pillole. Gliene ha data una, e quello si è messo a cantare. Huberman diceva che era una sostanza che aveva messo a punto lui stesso. Ma non funziona sempre. Dipende dal soggetto. E bisogna saper formulare le domande." Tornò ad aspirare il sigaro. "Un personaggio interessante", concluse. Morris sapeva che Huberman era stato reclutato subito dopo la resa della Germania, quando la CIA ancora neppure esisteva. Quel vecchio crucco doveva averne viste parecchie.

Il C-47 si stava alzando lentamente di quota. L'aeroplano da trasporto prodotto nel maggior numero di esemplari di tutta la Seconda guerra mondiale. Era stato citato niente meno che dal generale Eisenhower tra i ritrovati della tecnica che avevano reso possibile la vittoria degli Alleati, insieme al bazooka, alla jeep, e alla bomba atomica. Finito il conflitto, il C-47 aveva costituito la spina dorsale del ponte aereo organizzato dagli americani per approvvigionare Berlino Ovest stretta nel blocco dei russi. E quando era iniziato il Vietnam, quel bimotore a elica progettato nel 1935 era stato armato e impiegato nelle missioni di attacco al suolo. Ed era ancora in servizio presso molte compagnie civili in tutto il mondo. Nella sua lunga carriera, il Douglas C-47 aveva attraversato una sorprendente catena di reincarnazioni. Tale e quale a Victor Huberman, pensò Morris, o come si chiamava per davvero.

27

Prussia orientale, 13 dicembre 1941

Le due serre brillavano al sole pallido del tardo autunno, come casette di vetro messe lì nottetempo dai folletti dei boschi. Sotto i padiglioni diafani, Shlomo e altri membri del Kommando Gardenia erano impegnati a preparare il terreno per la semina, mentre Anton, seduto a un tavolino, annotava su un registro specie e quantità delle piante che erano state consegnate quella mattina, e che alcuni suoi compagni stavano già provvedendo a svasare. Dal vialetto che portava al castello, il maggiore Lichtblau osservava soddisfatto quelle costruzioni di cristallo, la cui delicatezza ben si sposava con le statue neoclassiche macchiate di muschio che punteggiavano il parco attorno al palazzo dei von Lehndorff. Il signor Meier aveva fatto un buon lavoro. Ci aveva impiegato un po' di più del previsto, ma il risultato era stato egregio. Senza considerare che seguire il processo di costruzione delle serre aveva fornito a Hans una scusa per recarsi di frequente a Neuhof. Con Martha, le cose erano andate più in fretta e più in là del previsto. Al primo appuntamento, quando si era presentato a casa di lei con un mazzo di fiori e una bottiglia di Bordeaux, prelevata dalla cantina del barone, Hans si era immaginato di partecipare a un pranzo di famiglia, e invece c'era stato un *tête-à-tête*. Martha si era premurata di mandare i figli a giocare da amici, e spedire la commessa a Varsavia, a ritirare un lotto di camicette. Gli aveva giusto concesso di bere un bicchiere di vino e assaggiare il bortsch, proprio per salvare le apparenze. Dopo di che, gli era saltata addosso. Nel pomeriggio Martha doveva riaprire il negozio. Una chiusura prolungata poteva attirare l'attenzione, o addirittura dare adito a dicerie. Così aveva agito, senza perdersi in desueti rituali di corteggiamento. Uno spirito pratico, che Hans condivideva in pieno. In sintonia con l'epoca eccezionale in cui vivevano.

Nelle settimane seguenti, le visite dello Sturmbannführer alla bella vedova erano state numerose. Ben presto, lei aveva smesso di preoccuparsi dei pettegolezzi dei vicini. D'altra parte, Hans era un ufficiale delle SS. Chi poteva mettere in discussione l'onestà di quel rapporto? Anche perché una cosa che era iniziata come un flirt da tempo di guerra, si stava rapidamente trasformando in una relazione più solida. In apparenza, i due non avevano nulla in comune. Lei era una donna di educazione modesta e dai gusti semplici, la proprietaria di un negozietto di paese che non si era mai allontanata dalle sponde del Baltico. Hans, invece, aveva vissuto in grandi metropoli come Chicago e Berlino, era stato all'università, viveva in un mondo, materiale e intellettuale, la cui vastità lei non poteva neppure intuire. Sulla carta, erano una coppia improbabile. Eppure, c'era un retaggio comune che li univa. Entrambi discendevano da emigranti, e cercavano, con fatica, di farsi strada in una patria che avevano conosciuto solo da adulti. Hans e Martha erano tedeschi etnici che avevano lasciato il paese dove erano nati, per cogliere con entusiasmo l'opportunità che il Führer offriva loro. Lichtblau si ritrovò a pensare al barone. Un paio di giorni prima avevano di nuovo tirato di spada. Si trattava senza dubbio di un uomo carismatico. Eroe di guerra, campione di scherma, intelligente, a suo modo spiritoso. Perché aveva scelto di schierarsi con i nemici del Reich? Era vecchio, e ricco da generazioni, si disse Hans. Il nazionalsocialismo era un movimento di giovani e di gente che veniva dal basso. I von Lehndorff vivevano in Prussia dal Medioevo, la storia della loro casata era legata a filo doppio a quella dello Stato tedesco, eppure, due *Volksdeutschen* quali Hans e Martha avevano più titolo del barone a reclamare un posto nella nuova Germania.

"Signor maggiore", disse una voce alle sue spalle.

Lichtblau si voltò. Era il sergente Dietrich.

"C'è il vescovo."

"Dica che arrivo", rispose asciutto Lichtblau.

"Signorsì."

L'Unterscharführer girò sui tacchi e tornò verso il castello.

Lichtblau sbuffò, estrasse il portasigarette e si accese una Muratti con l'accendino d'oro di suo padre, uno dei pochi beni di famiglia che fossero sfuggiti alla Grande Depressione. Il vescovo Keller. Merda. Per giorni quel vecchiaccio gli aveva chiesto un colloquio. Lichtblau aveva preso tempo, ma alla fine era stato costretto ad acconsentire all'incontro. L'Aktion T4, il programma di soppressione dei malati incurabili, aveva alzato un vespaio negli ambienti religiosi. Lichtblau non conosceva i dettagli, erano faccende sui cui si manteneva il riserbo, anche all'interno delle SS, ma a grandi linee sapeva come si erano svolte le cose. L'operazione era iniziata nell'autunno del 1939, in gran segreto. A un certo punto, però, la notizia aveva preso a circolare. Molti sacerdoti, cattolici e protestanti, e una parte dei loro fedeli, si erano mobilitati contro quella che ritenevano una grave violazione dei precetti divini. Erano gente di mentalità angusta, aggrappata a un decalogo che migliaia di anni prima il loro dio aveva conferito a un ebreo. Quelli che i baciapile ritenevano omicidi, in realtà erano atti di pietà, volti a liberare dei disgraziati da un'esistenza indegna di essere vissuta. Senza considerare che la nazione era in guerra, bisognava aumentare il numero di letti disponibili negli ospedali per i feriti che arrivavano dal fronte. Ma i baciapile avevano perseverato nella loro campagna, e nell'estate del 1941 si era deciso di chiudere il programma, al fine di evitare che la questione venisse utilizzata dalla propaganda nemica. Quella vittoria aveva ringalluzzito le

gerarchie ecclesiastiche. Ora, era probabile che il vescovo avesse qualche rimostranza di ordine etico. Forse gli erano giunte
voci a proposito degli esperimenti. L'accesso all'ala del castello
dove si trovava il laboratorio era rigorosamente vietato a tutte
le persone non autorizzate, e i prigionieri erano alloggiati in
due baracche al fondo del giardino, dietro uno spesso reticolato
di filo spinato, con due torrette di guardia e i cani lupo. Però,
c'era sempre la possibilità che qualcosa trapelasse all'esterno. La
servitù del barone aveva libertà di movimento. E forse lo stesso
von Lehndorff poteva essersi preso la briga di ficcare il naso
in faccende che non lo riguardavano. Se era così, Lichtblau lo
avrebbe denunciato e fatto spedire a Dachau, anche se si trattava di un eroe di guerra e di un campione di scherma.

Tirò un'ultima boccata alla sigaretta, gettò via il mozzicone
e risalì il vialetto, augurandosi che il nazionalsocialismo riuscisse presto a spazzar via ciò che restava della morale giudaico-
cristiana, e gli uomini di scienza potessero finalmente concen-
trarsi sul proprio lavoro.

Metà della serra era occupata da una massa lussureggiante di
piante dalle larghe foglie bianche, con venature di un rosso vi-
vido. Erano creature sensuali ed esotiche. Tutto lì attorno, dal
cielo plumbeo che incombeva attraverso il soffitto di vetro alle
pietre grigio scuro del torrione, diceva che quelle piante venivano da un altro mondo, da un giardino pensile di Babilonia,
o dal palazzo di Kubla Khan.

"Cosa sono?", domandò Anton a Moshe Goldwasser, che
prima della guerra era stato uno dei giardinieri più richiesti di
Varsavia.

"Non so. È la prima volta che le vedo", rispose quello.

"Stando alla bolla di consegna, il nome scientifico è *Caladium seguinum.*"

Moshe si tolse il berretto e si passò una mano sul cranio
rasato.

"Mai sentito", disse.

"I nazisti che se ne fanno?", chiese ancora Anton.

"Non ne ho idea. Forse un colossale bouquet per il Führer."

Risero, poi tornarono a fissare le foglie candide screziate di ceralacca, sedotti da quella visione evocatrice di terre remote e generose.

"Ti muovi?", grugnì qualcuno fuori dalla serra.

Moshe distolse lo sguardo dalle piante. Oltre la soglia, si stagliava il profilo sgraziato, rustico, di Shlomo Libowitz.

"Abbiamo un camion di concime da scaricare", disse Shlomo.

Il signor Goldwasser, le cui mani avevano curato siepi e roseti delle ville di conti, di banchieri, e di un ministro degli Interni, si rimise il berretto e andò a raggiungere il compagno.

Il volto di monsignor Alois Keller era coperto di rughe, un fitto reticolo di solchi scavati dall'età, e dall'ansia che, negli ultimi anni, era andata crescendo dentro di lui. Un pensiero costante lo tormentava ogni giorno. L'angoscia per ciò che era divenuto il suo paese, e per il giudizio che, prima o poi, tutti i tedeschi avrebbero dovuto affrontare. Di certo il giudizio di Dio, e forse anche quello di un tribunale terreno, se la Germania fosse uscita sconfitta dalla guerra. Al momento, la cosa pareva improbabile, ma anche il conflitto precedente era iniziato con una serie di spettacolari vittorie. La guerra in corso non solo era orribile in sé, ma rappresentava l'occasione per il regime nazista di raggiungere i propri obiettivi a lungo termine, obiettivi mai dichiarati in maniera esplicita, perseguiti nell'ombra, ma che si potevano riconoscere con chiarezza, se uno voleva guardare. Prima c'era stato quel mostruoso programma di eutanasia, e adesso, con l'apertura del fronte orientale, l'attenzione degli aguzzini si era spostata su altre vittime. Le notizie erano frammentarie, ma qualcosa di terrificante stava accadendo all'Est. Nel mese di agosto, nei pressi di una cittadina ucraina chiamata Kamenets-Podolski, era stato compiuto un massacro.

A premere il grilletto non erano stati dei mostri, bensì persone normali, padri di famiglia, cittadini rispettosi della legge,
la legge di uno Stato che intendeva cancellare dal cuore degli
uomini il comandamento "non uccidere". Monsignor Keller
aveva udito il racconto di un tenente dell'Ordnungspolizei in
licenza, figlio di conoscenti, che era venuto da lui nel tentativo
di alleviare il peso che portava sulla coscienza. L'ufficiale faceva
parte degli Einsatzgruppen, unità speciali create per mettere in
sicurezza le retrovie, a mano a mano che la Wehrmacht avanzava. Per i nazisti, "mettere in sicurezza" voleva dire rastrellare
e uccidere gli ebrei, i commissari politici, i partigiani e qualunque civile potesse rappresentare una qualche minaccia, anche
la più vaga e ipotetica, per le truppe tedesche. A Kamenets-Podolski la strage era durata tre giorni, durante i quali erano stati
assassinati 23.600 ebrei. L'ufficiale gli aveva confidato, con gli
occhi gonfi di lacrime, che i suoi uomini avevano falciato intere
famiglie, dai neonati sino ai vecchi incapaci di reggersi in piedi. Molti tiratori avevano potuto eseguire gli ordini solo dopo
una buona razione di acquavite. Oltre al sangue, anche l'alcool
scorreva copioso attorno alle fosse dove cadevano i corpi. Sulle
prime, Keller aveva stentato a credere a quel racconto, ma alla
fine si era convinto che il tenente non mentiva, né esagerava.
Probabilmente, altre mattanze di quel genere stavano avvenen-
do in tutta l'Unione Sovietica. Ma perché la Santa Sede, che di
sicuro disponeva di informazioni più dettagliate, non interve-
niva pubblicamente per condannare il nazionalsocialismo? In
tanti, dentro e fuori la Chiesa, attendevano una parola chiara
del Santo Padre. Fino a quel momento, l'attesa era stata vana.

Keller guardò l'orologio. Lo Sturmbannführer era in ritardo. Lanciò un'occhiata al suo segretario, Witold Grabski, un
giovane appena uscito dal seminario, che gli sedeva accanto.

"Abbia pazienza, monsignore", sussurrò Grabski.

Il vescovo sbuffò. Ne aveva avuta anche troppa di pazienza.
E in più sapeva che quella visita era del tutto inutile. Veniva

a reclamare spiegazioni da qualcuno che di sicuro non gliene avrebbe fornite, e che magari lo avrebbe segnalato alla Gestapo. Molti ecclesiastici polacchi erano spariti nei Lager, compresi due vescovi, assassinati a Soldau. Il fatto di essere tedesco non rappresentava di per sé una protezione. Ma Keller non temeva per la propria salvezza fisica. Gli premeva di più la salvezza dell'anima. E per quella doveva almeno tentare di opporsi, come poteva, alle tenebre che erano calate sull'Europa.

Il maggiore entrò nella stanza. I saluti furono sbrigativi. Lichtblau percepì subito l'ostilità del vescovo. Un amico degli ebrei. Un ipocrita. Le leggi "per la difesa del sangue e dell'onorabilità tedesca", emanate nel 1935, che avevano messo al sicuro la Germania dall'influenza giudaica, altro non erano che una versione moderna delle norme antiebraiche presenti nel diritto canonico, regole che la Chiesa aveva elaborato non appena il cristianesimo era divenuto la religione ufficiale dell'Impero romano. In fondo, qualcosa di buono i preti l'avevano anche fatto. Ma il contenuto della loro fede era roba che andava bene per le razze inferiori, un credo da schiavi. Il giovane assistente di Keller, invece, gli parve più ragionevole. Non aveva stampata negli occhi la condanna inappellabile di quell'altro.

"Dunque, monsignore, a che cosa debbo questa visita?", chiese Lichtblau in tono ruvido.

Keller trasse un respiro profondo. Si sentiva come il bambino di quella storia olandese, che mette il dito nel buco della diga. Ma il protagonista del racconto salva il suo villaggio dall'inondazione, mentre il vescovo sentiva l'acqua gelida arrivargli già al collo.

"Una fedele", cominciò il prelato, "si è recata dal curato di questa parrocchia per metterlo a parte di una vicenda dai contorni inquietanti. E lui è venuto a riferirla a me."

"Mi sta dicendo che il sacerdote ha violato il segreto imposto dalla confessione?", lo interruppe Lichtblau con un sorriso malevolo.

"La signora si è rivolta al suo parroco nel contesto di un normale colloquio in canonica", ribatté stizzito Keller.

"E che cosa affligge la signora?" Il tono di Lichtblau era canzonatorio, ma in verità iniziava a essere inquieto. Se una domestica del castello aveva scoperto la natura degli esperimenti con il *Caladium seguinum*, i preti, soprattutto quelli cattolici, potevano dargli filo da torcere. La sterilizzazione, e per di più forzata, era una faccenda che avrebbero preso molto male.

"La signora ha raccontato di aver veduto delle teste... tre teste umane, dentro dei vasi di vetro."

Lichtblau si lasciò sfuggire una risata sonora. La cosa era molto meno grave, per quanto rimanesse il fatto che la servitù del barone costituiva un problema.

"Sì, le teste. Non c'è motivo di preoccuparsi", disse il maggiore, conciliante.

"Davvero? Lei intende aprire in questo castello un museo in cui verranno esposti esemplari umani e non c'è motivo di preoccuparsi?" Il vescovo era allibito ed esasperato. Stringeva con violenza i manici della sedia. Le vene del collo erano gonfie, la voce stridula. Grabski gli appoggiò con dolcezza una mano sul braccio, nel tentativo di placarlo.

"Le assicuro", ribatté lo Sturmbannführer, "che non verrà aperto nessun museo entro i confini della sua diocesi, né in questo palazzo, né in nessun altro luogo della Prussia orientale."

Il vescovo parve ritrovare il controllo.

"Il museo avrà sede in Alsazia, a più di mille chilometri dai suoi fedeli", aggiunse Lichtblau.

Alcuni giorni prima, un collega dell'Ahnenerbe, il professor August Hirt, direttore del dipartimento di Anatomia dell'Università di Strasburgo, si era fermato al castello di ritorno da un viaggio di ricerca in Russia. L'Ahnenerbe lavorava all'allestimento di un museo della razza ebraica. Uno dei pezzi forti dell'esposizione sarebbe stata la collezione di crani che stava mettendo insieme Hirt. Dopo cena, l'esimio collega aveva tirato fuori i campioni che aveva raccolto nel corso della spedizione, tre teste asiatiche conservate in formalina, e gli aveva illustrato in dettaglio le caratteristiche fisiognomiche del tipo giudaico-bolscevico. La signora Mertz, una delle cameriere, era entrata per sparecchiare, e alla vista delle teste allineate sul tavolo si era messa a strillare come una matta. Lichtblau e Hirt, divertiti dalla reazione della donna, le avevano detto che il castello sarebbe stato presto trasformato in un museo, e che a lei sarebbe toccato spolverare scheletri e crani. Quello scherzo innocente però aveva avuto conseguenze inattese e sproporzionate. Lichtblau si ripromise di chiamare il giorno stesso il comandante del campo di Soldau e sollecitare l'invio di personale di servizio. I domestici del barone andavano allontanati.

"Solo una burla", concluse Lichtblau, "forse di cattivo gusto, ma niente di più."

Il vescovo lo fissava allibito. Il museo era un progetto reale. Non lo avrebbero fatto lì, in Prussia, però sarebbe stato costruito. Intendevano esibire corpi umani, di persone presumibilmente assassinate, come fossero animali impagliati, trofei della monumentale battuta di caccia che Hitler e i suoi accoliti andavano conducendo. Alois Keller chiuse gli occhi. Gli mancava il respiro.

Shlomo e Moshe avevano quasi terminato di scaricare il camion. I sacchi di concime erano allineati in bell'ordine lungo il muro del castello. Altri membri del Kommando avevano iniziato a trasportarli verso le serre. I due prigionieri tirarono giù l'ultimo sacco e si fermarono a riposare un istante. Shlomo si asciugò il sudore sul viso con la manica della giacca. A confronto del Lager, e anche del ghetto di Łódź, quella era una specie di villeggiatura. Il rancio era migliore che a Soldau, e il lavoro non era molto più duro di quello che faceva a casa. Il triangolo rosso gli aveva fatto davvero un bel favore. Sperò che fosse ancora vivo e che stesse organizzando la rivolta.

All'improvviso, da dietro la torre angolare spuntò una figura nera. Sulle prime Shlomo non capì. Giovane, alto, un'aria spavalda. Portava l'abito talare, ma l'incedere era quello di un ufficiale di cavalleria, il passo guascone di un tenente dei lancieri.

Mentre uscivano dal salotto in cui lo Sturmbannführer li aveva ricevuti, il vescovo si era sentito male. Solo un piccolo malore, niente di preoccupante. Ma il monsignore era stato obbligato a stendersi su un divano. Grabski era uscito in cerca dell'autista, che doveva essere da qualche parte nel giardino a fumare. Per quanto anziano, Keller era un uomo dal fisico massiccio. Grabski non ce l'avrebbe fatta a portarlo a braccia da solo fino all'automobile.

Il segretario del vescovo girò l'angolo e si trovò davanti a due creature emaciate, con il cranio rasato, vestite di uniformi a strisce. Quello più giovane portava sul petto una stella di David gialla, mentre l'altro ne aveva una a due colori, un triangolo giallo sovrapposto a uno rosa. Grabski sapeva cosa significava. Il prigioniero, oltre che giudeo, era anche sodomita. Per forza che lo avevano arrestato. Il sacerdote si disse che le vie del Signore erano davvero infinite. Persino dalla guerra poteva venire qualcosa di buono. I nazisti stavano procedendo con un sano repulisti. Ma questo al vescovo non poteva dirlo. Monsignor Keller era un uomo pio, e un fine studioso di San Tommaso, però in fatto di politica era un ingenuo. Con tutta la sua dottrina, non capiva una cosa semplicissima. Se la Chiesa aveva prosperato per duemila anni, era stato grazie al fatto di aver imparato ad agire nel mondo con la spregiudicatezza di Cesare. Shlomo e Moshe guardarono il prete. Quello li fissò un istante, con un misto di stupore e fastidio, tornò sui suoi passi e scomparve dietro al torrione.

28

Honduras, Cordillera del Sur, 7 luglio 1982

Una pioggia regolare batteva contro i vetri delle finestre. Oltre le mura, il vento agitava le sagome scure degli alberi che circondavano la fortezza, costruita dagli spagnoli nel Diciassettesimo secolo per vigilare sulle tribù indigene e difendere la regione dagli attacchi dei corsari al soldo dell'Inghilterra. Il cielo era di un grigio opaco, uniforme, impossibile dire se fosse mattina o sera. Victor Huberman si girò sulla schiena e si passò una mano sul viso, come per scacciare il sonno. Giaceva a letto da più di una settimana, era venuto il momento di rimettersi in attività. Con l'indice, seguì il percorso della cicatrice che gli attraversava il sopracciglio destro, il ricordo di un'altra vita, di un altro tempo.

Qualcuno entrò nella stanza, in un tintinnio di cavigliere d'argento. I piedi nudi spuntavano da sotto un lungo abito color zafferano, di un tessuto leggero, quasi trasparente.

"Sei sveglio?", sussurrò con dolcezza.

Huberman accese la lampada sul comodino e si tirò su.

Lei si affrettò a sistemargli il cuscino contro la testiera, in modo che potesse stare seduto comodamente.

"Grazie", disse Huberman.

"Vado a prenderti la medicina", rispose lei.

Victor la guardò scivolare sinuosa fuori dalla camera. Era sempre bellissima, come il giorno in cui l'aveva conosciuta, nell'autunno del 1964, a un ricevimento alla Casa Bianca per la vittoria di Lyndon Johnson. Allora, Melissa Blumenthal aveva ventotto anni. Veniva da una dinastia di petrolieri texani, ed era sposata con un senatore degli Stati Uniti, da cui aveva avuto una splendida bambina. I maligni dicevano che studiava da first lady. Ma quel mondo fatto di barbecue nel ranch di famiglia e partite a bridge con le mogli di altri senatori, tutte con la stessa pettinatura e le stesse banalità da ammannire al prossimo, le andava stretto. Melissa era intelligente e curiosa, e Victor Huberman l'aveva incuriosita molto. Quell'uomo non assomigliava a nessuna delle persone che frequentava. Mentre tutt'intorno si discuteva della fluttuazione del prezzo del greggio, di quanti voti avesse ottenuto Johnson, e di chi fosse l'amante di chi, Victor e Melissa si erano lanciati in una fitta conversazione sulle tecniche della meditazione buddista. Neanche un mese dopo, con grande scandalo del parentado e della buona società di Washington, lei aveva abbandonato figlia e marito per andare a vivere nel Greenwich Village insieme a quello strano tizio, molto più vecchio di lei, che non si sapeva neppure che lavoro facesse. Da allora, avevano condiviso tutto, compresi i proventi del traffico di stupefacenti che negli ultimi tempi lui aveva messo in piedi. Melissa, con le sue conoscenze nel jet set, si era rivelata un'alleata preziosa in quel commercio. L'ex debuttante, uscita dal prestigioso Vassar College, aveva accesso a clienti in grado di pagare qualunque cifra per della merce di qualità. E la merce di Victor era di qualità ottima.

Melissa tornò recando un vassoio con sopra una pillola viola, su di un tovagliolo di lino candido, e un piccolo tumbler pieno di un liquido trasparente e con un'oliva sul fondo. Si sedette sul letto, accanto a Huberman, e gli porse il vassoio. Lui si mise in bocca la pastiglia e prese il tumbler, rivestito da una patina gelata, segno che il Martini era stato preparato a dovere.

"Il bicchiere è sbagliato", disse Victor con un sorrisetto.

"Sciocchezze", sbuffò lei, aggiustandosi una ciocca bionda che le ricadeva sugli occhi. "All'Harry's Bar lo servono così."

Huberman si portò il tumbler alle labbra. Mandò giù la pillola e chiuse gli occhi, assaporando il cocktail. Secchissimo. Gin puro, con una vaga essenza di vermouth extra dry che era servito solo per sciacquare il ghiaccio. Perfetto. Fece per bere ancora, ma Melissa gli portò via il bicchiere dalle dita.

"Il resto è per me."

Victor fece una smorfia da bambino permaloso.

"Il dottor Wasserman dice che ti devi riguardare."

"Quello esagera sempre", fu la risposta di Huberman. Però sapeva che il vecchio chirurgo non parlava a vanvera. Wasserman era stato ufficiale medico nell'Afrikakorps. Ferite di granata ne aveva viste tante. Huberman aveva avuto molta fortuna. La scheggia aveva mancato la spina dorsale di pochi centimetri.

"Metto un po' di musica?", chiese Melissa.

Victor annuì.

Lei bevve un sorso di Martini, posò il bicchiere sul pavimento e andò a scegliere un disco.

Mentre le prime note di *Takin' Off* di Herbie Hancock si libravano nella stanza, Huberman si stiracchiò. La pillola stava iniziando a fare effetto.

"Vado a occuparmi della cena", disse Melissa. Raccolse il tumbler e uscì.

Il pezzo d'apertura, "Watermelon Man", era il più noto dell'album. Huberman ricordava di aver letto un'intervista a Hancock, in cui il musicista raccontava di essersi ispirato al ritmo delle ruote dei carretti dei venditori ambulanti di anguria che, negli anni della sua infanzia, battevano il tempo sui ciottoli dei vicoli del South Side, il grande ghetto nero di Chicago. Il sax tenore di Dexter Gordon e la tromba di Freddie Hubbard danzavano eleganti sul tappeto steso dal pianoforte di Hancock. Butch Warren era al basso, Billy Higgins alla batteria. Sarà stata pure musica negroide, però il fascino della sua torbida sensualità era innegabile. Huberman chiuse di nuovo gli occhi, desiderando un altro sorso di Martini. Chissà che tempo faceva a Chicago. Un caldo schifoso, probabilmente.

La pioggia era cresciuta d'intensità e batteva furiosa contro le imposte. Ma Victor Huberman non ci badava, perso nelle sincopi di "Empty Pockets". Il titolo del brano gli pareva adatto alla situazione. Ora che la sua copertura era saltata, la Compagnia lo avrebbe definitivamente abbandonato al suo destino. E se la cocaina restava la sua unica fonte di finanziamento, doveva al più presto organizzare un nuovo viaggio di Melissa negli Stati Uniti. Si alzò dal letto, andò in bagno, si tolse la giacca del pigiama e iniziò a lavarsi. Però non gli piaceva l'idea di esporre Melissa al rischio di un attentato dei colombiani. Decise che questa volta l'avrebbe accompagnata. E si sarebbe portato dietro un paio dei suoi uomini migliori. La guerra ai rossi poteva aspettare qualche settimana. Erano quarant'anni che combatteva. Rientrò nella stanza, si liberò anche dei pantaloni del pigiama, e iniziò a vestirsi. Fuori era calata la notte, e i bastioni della fortezza si distinguevano appena nel buio ispessito dall'acqua che continuava a cadere.

29

Berlino, 20 gennaio 1942

L'invito diceva: "La discussione sarà seguita da uno spuntino". Lo Sturmbannführer Dr. Rudolf Lange sperò che fosse così. Era partito da Riga due giorni prima, e sulla tradotta non c'era il vagone ristorante. Era sopravvissuto con il poco che erano riusciti a trovare nelle stazioni di transito. E quando era finalmente sceso all'Ostbahnhof di Berlino, alle undici passate, aveva avuto giusto il tempo di salire sull'auto messa a disposizione dall'Ufficio centrale per la sicurezza del Reich e recarsi all'incontro, previsto per mezzogiorno. Non era riuscito neppure a bere un caffè. Stando all'orario, avrebbe dovuto arrivare la sera prima, ma all'Est la situazione dei trasporti era terribile. Non solo la rete ferroviaria sovietica era primitiva, ma era anche dotata di uno scartamento differente rispetto allo standard europeo. I reparti del genio dovevano sostituire i binari, oppure modificare il materiale rotabile. Un lavoro senza fine, che costituiva un grave ostacolo per le operazioni militari. E poi era arrivato il freddo. Scambi bloccati dal ghiaccio, linee interrotte, o intasate dai convogli che non riuscivano a raggiungere il fronte. L'inverno russo aveva fermato la Wehrmacht proprio quando la vittoria sembrava a portata di mano. Com'era diversa la neve lì, a Wannsee. Niente arti congelati, né problemi logistici, ma solo una bella coltre candida, come zucchero filato, che rendeva le strade di quell'elegante quartiere suburbano ancora più suggestive. In prossimità del civico 56/58, l'autista pigiò il freno con dolcezza, sterzò e la Opel Olympia infilò il cancello. Mentre la macchina percorreva il viale alberato che portava alla villa, gli pneumatici facevano schizzare la ghiaia sotto il veicolo, in un picchiettio di grandine. In fondo al giardino si indovinavano le acque del lago.

L'Obersturmbannführer Adolf Eichmann, capo della sezione IV-B-4 dell'Ufficio centrale per la sicurezza del Reich, responsabile degli affari ebraici, era nervoso. Il capo gli aveva assegnato il ruolo di maestro di cerimonia. Era un onore. Conquistare la fiducia di un uomo come Heydrich non era certo impresa facile. Ma fungere da suo braccio destro in quell'incontro dall'esito incerto era anche rischioso. Non doveva commettere errori. Fece ancora un giro della sala, controllando che sul lungo tavolo di mogano, di fronte a ciascuna sedia, ci fosse una copia del dossier che aveva preparato il mese precedente. All'inizio, la conferenza avrebbe dovuto tenersi il 9 dicembre, ma l'attacco giapponese a Pearl Harbor aveva imposto un rinvio. Da quanto gli aveva lasciato intendere Heydrich, il Führer aveva preso la decisione di risolvere in maniera definitiva la questione ebraica alla fine dell'estate. La dichiarazione di guerra agli Stati Uniti aveva reso ancora più urgente l'attuazione del progetto. Per il momento, il Reich non aveva modo di affrontare in maniera diretta l'America, ma poteva colpire i suoi agenti in Europa. Il presidente Roosevelt era circondato da ebrei, come il segretario al Tesoro Henry Morgenthau. Il Führer lo aveva detto a chiare lettere in un discorso del gennaio del 1939. Se la finanza ebraica internazionale avesse scatenato una nuova guerra, avrebbe pagato con la distruzione del giudaismo europeo. Eichmann era certo che anche Heydrich fosse nervoso. Ovviamente, non lasciava trasparire nulla. Non per niente, il Führer lo aveva soprannominato "l'uomo dal cuore d'acciaio", forse il complimento più lusinghiero che ci si potesse aspettare da Adolf Hitler. Ma sotto la gelida maschera del combattente, Eichmann aveva intuito la preoccupazione di Heydrich. Non che ci fosse la possibilità di un'obiezione di principio alla liquidazione degli ebrei d'Europa. Tutti e tredici gli invitati alla conferenza erano persone di assoluta affidabilità ideologica. Però, ai vertici dell'apparato statale, e dello stesso Partito nazionalsocialista, molti erano contrari all'idea che la Germania rinunciasse a una preziosa riserva di manodopera. Inoltre, una cosa era eliminare gli *Ostjuden*, feccia asiatica parassitaria, che nessuno al mondo avrebbe rimpianto. Altra faccenda era far fuori gli ebrei tedeschi, soprattutto se si trattava di ex combattenti della Grande Guerra. Da ultimo, anche qualora ci fosse stato accordo sulla necessità di deportare tutti i giudei del continente, non era per nulla scontato che i funzionari civili avrebbero accettato senza fiatare che a guidare l'operazione fossero le SS. Dal punto di vista di uno statista inglese o americano, l'amministrazione del Terzo Reich, caratterizzata da una competizione costante e feroce tra i vari settori, era piuttosto irrazionale. Hitler non convocava un consiglio dei ministri dal 1938. Le decisioni vere si prendevano in riunioni come quella, cui partecipavano non i responsabili dei dicasteri, bensì i loro immediati sottoposti, segretari di Stato e sottosegretari, non politici in senso stretto, ma piuttosto alti burocrati. Ed era lì che si annidava il pericolo maggiore. Sulla soglia comparve il maggiordomo, ad annunciare che era arrivato lo Sturmbannführer Dr. Rudolf Lange. Eichmann diede un'ultima occhiata al salone e si affrettò ad andare ad accogliere l'ospite.

Il luogo era perfetto. Lusso e discrezione. La villa, immersa in un parco che la rendeva invisibile dalla strada, sorgeva sul Großer Wannsee, la più grande delle due insenature che il fiume Havel forma a sud di Berlino. I proprietari originari, dei parvenu che avevano fatto fortuna nel commercio del dentifricio, erano stati rovinati dalla Prima guerra mondiale, e la proprietà era stata venduta a un altro industriale. E quando anche questo era fallito, la villa era passata a una fondazione legata ai servizi di sicurezza del Reich, e adibita a foresteria per gli ufficiali delle SS. "Il complesso", prometteva il dépliant pubblicitario, "offre un'ottima cucina, a pranzo e cena, una cantina con i migliori vini tedeschi ed europei, sigarette, sala da biliardo, giardino d'inverno, e tutti i comfort moderni." Ma la cosa che a Heydrich piaceva di più era la terrazza sul Wannsee. Era per via del paesaggio lacustre che gli architetti avevano scelto di adottare lo stile delle ville del lago di Garda. L'ingresso era dominato da due magnifiche colonne di marmo italiano. Una volta terminato il conflitto, Heydrich e sua moglie contavano di fare della villa la loro residenza privata. Il capo dell'Ufficio centrale per la sicurezza del Reich si aggiustò il nodo della cravatta e sorrise nello specchio. Era la sua grande occasione, anche più rilevante della nomina a viceprotettore di Boemia e Moravia. Stava uscendo dall'ombra di Himmler. Alla conferenza, ci sarebbe stato soltanto lui in pedana. Al contempo, però, sarebbe continuata anche la gara a squadre. Heydrich e il suo superiore contro gli altri gerarchi del Terzo Reich, per ampliare il potere delle SS.

Nell'attesa che iniziassero i lavori, gli ospiti erano stati fatti accomodare nel salotto cinese, dove potevano ammirare una preziosa collezione di vasi e miniature orientali, e prendere un aperitivo. Camerieri in giacca bianca giravano con vassoi d'argento carichi di canapè e coppe di champagne. Il direttore ministeriale Friedrich Wilhelm Kritzinger sorseggiava il suo Ruinart 1940 accanto a una statua di Budda. Il volto serafico della divinità contrastava con il clima teso che regnava nella stanza. La convocazione dell'Obergruppenführer Heydrich non era corredata da un ordine del giorno, e quella vaghezza aveva generato speculazioni d'ogni sorta. Lì dentro, Kritzinger aveva la maggiore anzianità di servizio. Anche se non conosceva tutti gli invitati, poteva indovinare la struttura di appartenenza di ciascuno in base al capannello di cui faceva parte, e al modo in cui si rivolgeva agli altri. Ai piedi dello scalone che conduceva al piano superiore, c'era il gruppo dei plenipotenziari dei ministeri, rispettivamente: Interni, Giustizia, Industria e Commercio, Esteri. Un po' più in là, al centro della stanza, c'erano i due rappresentati dell'Ostministerium, che da un certo punto di vista facevano parte del nucleo precedente, ma al contempo, insieme all'inviato del Governatorato Generale, con il quale stavano chiacchierando, erano i portavoce delle istituzioni responsabili dell'amministrazione civile nei territori orientali. Il terzo capannello era costituito da funzionari delle SS e del Partito che, in varie forme, si occupavano di problemi razziali. Il più alto in grado, subito sotto Heydrich, era Müller, capo della Gestapo. Poi veniva il tenente colonnello Eichmann. Quest'ultimo alzò la testa verso la scalinata e il suo volto parve illuminarsi. Kritzinger seguì la direttrice dello sguardo. Sulla balconata che dominava il salotto cinese era apparso Reinhard Heydrich.

L'Obergruppenführer scendeva lo scalone con una tale solennità che Kritzinger ebbe l'impressione di assistere all'ingresso di una primattrice sul palcoscenico. La scelta di tempo era stata studiata con cura. Heydrich aveva atteso che arrivassero tutti, e li aveva fatti sistemare in una stanza in cui la sua apparizione sarebbe stata spettacolare. Faceva i gradini con lentezza, e nel mentre i suoi occhi sottili esaminavano gli spettatori. La platea esplose in un entusiastico: "Heil Hitler!".

Heydrich li passò in rassegna con lo sguardo, uno dopo l'altro. Erano l'élite dell'amministrazione del Terzo Reich. La metà aveva meno di quarant'anni, come lui. Solo due avevano superato i cinquanta: Meyer, del ministero per i Territori occupati dell'Est, e Kritzinger, della cancelleria del Reich. Due terzi erano laureati, per lo più in Giurisprudenza, e diversi avevano un dottorato di ricerca. Qualcuno di loro aveva un curriculum davvero eccezionale. Rudolf Lange, per esempio. Dottorato all'università di Jena, capo di stato maggiore dell'Einsatzgruppe A, e responsabile delle forze di sicurezza nel distretto generale di Lettonia. Un autentico intellettuale combattente, un uomo a suo agio in biblioteca come sul campo di battaglia. Una battaglia di nuovo tipo, particolarmente dura per il soldato, dove il nemico è una donna disarmata che tiene in braccio un bambino. Oppure, il segretario di Stato Wilhelm Stuckart. Trentanove anni, studi di Economia e Diritto negli atenei di Monaco e Francoforte. La testa più fina del dicastero degli Interni, per molti versi più importante dello stesso ministro Frick. Stuckart era uno degli autori delle Leggi di Norimberga, che nel 1935 erano riuscite ad arrestare il cancro giudaico che rischiava di divorare la Germania. Le leggi "per la difesa del sangue e dell'onorabilità tedesca" avevano conseguito un grande risultato, ma erano solo il primo passo. Andavano bene per il tempo di pace. La guerra offriva al nazionalsocialismo un'occasione storica, la possibilità di liberare in maniera definitiva il continente dalla presenza ebraica. Non cogliere quell'opportunità, significava lasciare il problema in eredità alle generazioni future. L'Europa non poteva permetterselo. Heydrich sperò che i funzionari civili lo capissero, soprattutto Stuckart e Kritzinger. Il primo avrebbe probabilmente cercato di difendere la legislazione che aveva collaborato a produrre, e che la conferenza doveva superare. Il secondo aveva dalla sua una carriera impeccabile, ma era un vecchio, legato a idee ormai tramontate.

"Lo champagne è di vostro gradimento, signori?", domandò Heydrich abbozzando un sorriso.

Qualcuno fumava. Qualcuno si era portato dietro un calice ancora mezzo pieno. Tutti fissavano il capo dell'Ufficio centrale per la sicurezza del Reich, seduto al centro del lungo tavolo rettangolare, il quale attendeva che Eichmann chiudesse la porta della sala. La servitù era stata avvisata di stare alla larga quando la conferenza fosse iniziata, ma Heydrich non voleva pronunciare neppure una sillaba senza essere certo di venire udito unicamente da coloro che aveva convocato.

Eichmann chiuse la porta e andò a prendere posto accanto a Heydrich. Alle loro spalle, uno stenografo in uniforme delle SS era chino sulla sua macchina, poggiata su un tavolino da campo, i polpastrelli pronti sui tasti.

"Come sapete", esordì Heydrich, "sono stato indicato dal maresciallo Göring quale responsabile dei preparativi per la soluzione finale del problema ebraico in Europa." La cosa compariva nell'incipit della lettera d'invito. Göring era l'uomo più potente della Germania, subito dopo il Führer. Heydrich non vi aveva fatto riferimento, né per iscritto né oralmente, ma era evidente a tutti che dietro la richiesta del Reichsmarschall c'era la volontà di Hitler. "Questa riunione è stata convocata per chiarire le questioni di fondo, gli aspetti tecnico-organizzativi, di tale soluzione. Il nostro obiettivo è armonizzare l'azione di tutte le istanze centrali che saranno coinvolte nel processo." Heydrich fece una pausa. A parte il suono dei martelletti dell'apparecchio stenografico, nella stanza il silenzio era assoluto.

"La responsabilità di dirigere la soluzione finale del problema ebraico spetta, indipendentemente dai confini geografici, al Reichsführer-SS e capo della polizia tedesca Heinrich Himmler." Heydrich fissò i funzionari civili a uno a uno. Nessuno fiatava. L'Obergruppenführer abbandonò la postura rigida, con i gomiti piantati sul tavolo, che aveva tenuto fino a quel momento, e si appoggiò allo schienale della sedia. Accanto a lui, Adolf Eichmann prendeva appunti. Per il momento, tutto sembrava filare liscio.

"Fino all'autunno scorso", riprese Heydrich, "la nostra politica si è incentrata essenzialmente sull'emigrazione. L'obiettivo era quello di ripulire con metodi legali lo spazio vitale tedesco dalla presenza degli ebrei." Si girò verso Eichmann, che rispose con prontezza.

Il tenente colonnello inforcò gli occhiali, aprì la cartellina che teneva sotto i fogli su cui stava scrivendo, e ne trasse una pagina dattiloscritta, coperta di cifre.

"Dall'avvento al potere alla data del 31 ottobre 1941", disse Eichmann, "sono stati indotti a lasciare il territorio del Reich circa 537.000 ebrei. Di questi, 360.000 erano residenti in Germania, 147.000 in Austria, e 30.000 venivano dal Protettorato di Boemia e Moravia. L'emigrazione è stata finanziata dagli stessi ebrei, grazie a una tassa proporzionale al patrimonio di ciascuno, in modo che i settori più abbienti della comunità pagassero per il viaggio dei più poveri."

Eichmann si aggiustò gli occhiali sul naso. Heydrich gli fece cenno che avrebbe ripreso a parlare lui.

"Nel frattempo, il Reichsführer-SS, a causa delle difficoltà che l'emigrazione incontra in tempo di guerra, e in considerazione delle nuove possibilità che si sono aperte all'Est, ha arrestato la migrazione." Il capo dell'Ufficio centrale per la sicurezza del Reich si fermò un istante. "All'emigrazione all'estero", riprese, "è ormai subentrata, quale nuova politica, con l'avvallo preliminare del Führer, l'evacuazione degli ebrei verso oriente. Queste azioni sono tuttavia da considerare unicamente come soluzioni transitorie, ma che ci permetteranno di acquisire esperienze pratiche del massimo rilievo in vista della futura soluzione finale del problema ebraico."

La platea reagiva nella maniera più disparata a quelle parole. Alcuni assentivano con convinzione. Altri fissavano il soffitto, assorti nei loro pensieri. Altri ancora si scambiavano occhiate interrogative. Ma la sola evocazione del nome del Führer era sufficiente a tacitare ogni possibile obiezione.

Lange si domandò quanti avessero davvero compreso il discorso di Heydrich. Era un linguaggio cifrato, concepito per non far trapelare la verità oltre i confini di una cerchia di iniziati. Ma forse era anche un modo per gli stessi iniziati di nascondersi la realtà concreta che si celava dietro a quei vocaboli asettici. "Azione" significava uccisione. Questo dovevano saperlo tutti quelli che erano seduti al tavolo. "Evacuazione" aveva lo stesso significato. "Evacuare verso oriente" voleva dire sterminare. Tra novembre e dicembre, lo stesso Lange aveva partecipato all'*evacuazione* di 25.000 ebrei, nella foresta di Rumbula, nei pressi di Riga. Quasi tutti autoctoni, tranne un migliaio, che erano stati deportati da Berlino nei giorni precedenti. Quelli avevano rappresentato un problema. Sparare alla nuca di un signore dall'aria distinta, che assomiglia al tuo professore di fisica del liceo, può generare scrupoli anche in camerati di provata fede. Il Reichskommissar Hinrich Lohse, iscritto al Partito dal 1923, capo dell'amministrazione civile nei tre stati baltici e nella Rutenia Bianca, in più occasioni aveva cercato di impedire a Lange e ai suoi colleghi dell'Einsatzgruppe A di liquidare gli ebrei tedeschi. Convocare la conferenza era stata un'idea eccellente. Incertezze e frizioni dovevano cessare.

"La soluzione finale del problema ebraico", stava dicendo Eichmann, "riguarderà circa undici milioni di giudei europei, suddivisi nei vari paesi come illustrato nella tabella che trovate nel dossier." In un fruscio di carta, la maggior parte degli astanti sfilò la pagina in questione dalla cartellina. Il tono dell'Obersturmbannführer era monocorde. Un dirigente d'azienda che illustra l'andamento delle vendite durante una riunione del consiglio di amministrazione. La lista copriva l'intero continente, comprese le nazioni neutrali e quelle in guerra con il Reich. Si andava dai 3.000 ebrei del Portogallo ai cinque milioni e mezzo dell'Unione Sovietica. Faceva eccezione la piccola Estonia, che era già *judenfrei*. L'Einsatzgruppe A, che aveva competenza sulle ex repubbliche baltiche, stava lavorando bene. "Nel caso dei paesi stranieri che non sono sotto il nostro controllo diretto", specificò Eichmann, "le cifre sono indicative, e presumibilmente destinate ad aumentare, dato che in quelle nazioni gli ebrei vengono censiti solo in base alla religione, e ancora non esiste una definizione improntata a criteri razziali."

"Ma a risolvere questo grave problema", intervenne Heydrich con un sorriso, "provvederanno presto le nostre forze armate." La battuta fu accolta da qualche risolino. "Per il momento", proseguì Heydrich, "abbiamo già un bel da fare con gli ebrei che si trovano nei territori che amministriamo."

"I ghetti di Varsavia e Cracovia sono affollati all'inverosimile", sbottò il segretario di Stato Dr. Josef Bühler, rappresentante del Governatorato Generale. "Se questa soluzione finale consiste nello scaricare tutti i giudei d'Europa in Polonia, come già si sta facendo da mesi, vi informo che siamo sull'orlo del collasso. Se si va avanti così, scoppieranno epidemie di tifo."

Heydrich guardò Bühler senza scomporsi. Eichmann giocherellava con la sua stilografica. "La permanenza nei ghetti è un fatto provvisorio", ribatté l'Obergruppenführer. "Noi rastrelleremo tutto il continente, a cominciare dal Reich, compreso il Protettorato di Boemia e Moravia. Gli ebrei evacuati verranno prima condotti in ghetti di transito..." Bühler cercò di parlare, ma Heydrich lo fermò con un gesto deciso della mano. "...e dai ghetti di transito andranno ancora più a Est, dove saranno utilizzati, sotto una direzione adeguata e nei modi più opportuni, in attività lavorative. Organizzati in grandi colonne e divisi per sesso, gli ebrei abili al lavoro si dedicheranno alla costruzione di strade, e non vi è dubbio che ciò porterà a una sostanziale diminuzione del loro numero per cause naturali." Heydrich si guardò attorno. Al suo fianco, Eichmann aveva ripreso a scrivere. Lo aveva incaricato di stendere il verbale della riunione, che sarebbe stato recapitato a ciascuno dei partecipanti. Nessuno replicava o poneva obiezioni. Perfetto. Il capo dell'Ufficio centrale per la sicurezza del Reich riprese a parlare. "Per finire, a coloro che rimarranno in vita, che certo saranno gli elementi più forti, sarà riservato il trattamento opportuno, poiché, come frutto di una selezione naturale, qualora fossero lasciati liberi potrebbero diventare la cellula germinale di un nuovo ceppo ebraico. Ce lo insegna la storia."

Kritzinger sfogliava perplesso le pagine del dossier. Non era sicuro di aver inteso il senso delle parole dell'Obergruppenführer.

"Colonne di lavoro?"

La frase gli era uscita di bocca quasi senza che se ne accorgesse.

Heydrich lo guardò fisso negli occhi.

"Esatto."

"Ma se proprio i dati che ci avete fornito dicono che più del 70% degli ebrei sovietici è composto da commercianti e lavoratori di concetto. Impiegati, medici, intellettuali." Kritzinger sollevò a mezz'aria la pagina dove erano riportate le cifre in questione, come un avvocato che esibisce una prova durante un processo. "Che utilità potrà mai offrire questa gente nella costruzione di strade?"

"Appunto", rispose gelido Heydrich.

Kritzinger abbassò il foglio.

"Intendiamo fucilare quattro milioni di persone?", intervenne Stuckart. "Abbiamo abbastanza pallottole?", aggiunse con una risata nervosa.

"Le avremo", gli rispose il segretario di Stato Erich Neumann, del ministero dell'Industria e del Commercio. "A patto che vengano risparmiati gli ebrei attualmente impegnati nelle fabbriche di munizioni. Fino a che non saranno disponibili dei rimpiazzi, non possiamo farne a meno."

Rudolf Lange si guardava attorno con un certo fastidio. Lì dentro, a parte lui ed Eberhard Schöngarth, responsabile delle forze di sicurezza a Cracovia, nessuno sapeva davvero che cosa significasse uccidere. Sì, qualcuno aveva combattuto nell'altra guerra.

Stuckart era stato nei Freikorps. Ma sparare contro un nemico armato, che spara a sua volta, è tutta un'altra faccenda. Quelli erano un branco di guerrieri da scrivania, che non avrebbero mai visto gli effetti delle decisioni che stavano per assumere. Il problema non erano le pallottole. Il problema erano gli uomini. Lange avrebbe voluto intervenire, spiegare che condurre delle fucilazioni per giorni interi non era un'impresa semplice. Però, a quel tavolo, si trovava al fondo della catena alimentare.

Heydrich colse la contrarietà negli occhi del capo di stato maggiore dell'Einsatzgruppe A. "La prego, Dr. Lange, ci illumini con la sua esperienza", disse in tono affabile. "È per questo che l'ho invitata qui, oggi."

Il fatto che l'Obergruppenführer si fosse rivolto a lui chiamandolo con il titolo di dottore di ricerca, era un modo implicito di attribuirgli importanza, di mettere in secondo piano il fatto che fosse il più basso in grado.

"Le azioni su larga scala presentano molteplici problemi di ordine logistico", esordì Lange. Seppellire venticinquemila morti è un bel casino. "La tensione nervosa sugli uomini può risultare eccessiva." Era per questo che, quando possibile, Lange cercava di usare squadre di ausiliari lettoni, i quali sembravano felicissimi di fare il lavoro sporco al posto dei tedeschi. Gli balenò nella mente l'immagine di un ragazzino dalle guance rosee, che suonava allegramente la fisarmonica seduto in cima a una pila di cadaveri. "Liquidare gli ebrei è un compito ingrato, che nessuno può compiere a cuor leggero. Diversi miei uomini, bravi camerati, alla lunga non hanno retto."

Heydrich assentì con aria grave. "Le condizioni dell'Unione Sovietica purtroppo sono ostiche. Un territorio enorme, con strade e ferrovie del tutto inadeguate. In quel caso, l'unica possibilità è procedere in loco. È ciò che stanno facendo i quattro Einsatzgruppen dislocati nelle retrovie del fronte, qui rappresentate dal Dr. Lange, che ringraziamo per la sua abnegazione alla causa."

Lange fece un cenno col capo, appena abbozzato, timido, come uno scolaro che si vergogni di sentirsi lodare dal maestro davanti alla classe.

"Ma la Polonia", riprese Heydrich, "presenta uno spazio più piccolo, e una rete di trasporti ragionevolmente affidabile. Lì, potremo procedere con metodi innovativi, certamente più efficaci e umani."

Tutti gli occhi erano puntati sull'Obergruppenführer.

"In questa sede, non è necessario affrontare le modalità tecniche della risoluzione del problema. Qui, dobbiamo unicamente sincronizzare i diversi meccanismi, concordare un piano d'azione per il rastrellamento degli ebrei d'Europa. Dobbiamo stabilire *chi* sarà evacuato". Heydrich guardò prima Stuckart, che era certo sarebbe intervenuto in difesa dei mezzosangue, che in base alle leggi di Norimberga non andavano considerati ebrei. Poi guardò Neumann, così preoccupato per l'efficienza dell'industria. Heydrich comprendeva le esigenze della produzione bellica, ed era disposto a fare delle eccezioni. Purché fossero poche, circostanziate e transitorie. "E dobbiamo stabilire *quando* verrà evacuato." A questo punto si girò verso Bühler, come a rassicurarlo che gli abitanti dei ghetti del Governatorato Generale erano in cima alla lista. "Per quanto riguarda il *come*, basti dire che sono già in via di allestimento impianti adeguati." Heydrich fece una pausa, e per un istante incrociò lo sguardo di Müller. Il capo della Gestapo aveva un volto di sfinge, ma in quella stanza era uno dei pochi a conoscere tutti i dettagli. Nel Lager di Kulmhof, già da dicembre si usavano i camion a gas. L'Aktion T4, con la quale il Reich si era sbarazzato del fardello di settantamila invalidi e ritardati mentali, aveva rappresentato un'esperienza preziosa. Nel corso del programma, insieme alle pallottole e alle iniezioni di Luminal, erano stati utilizzati dei veicoli speciali, il cui tubo di scappamento era collegato con il vano di carico, dove si facevano salire i soggetti da eliminare. E a Bełżec, nel distretto di Lublino, era in costruzione un campo con postazioni fisse, capaci di lavorare migliaia di pezzi al giorno, in maniera molto più efficace e discreta dei plotoni d'esecuzione. Presto ne sarebbero state approntate altre, in quattro Lager sparsi tra la Slesia e il Governatorato Generale. Luoghi dai nomi oscuri, che nessuno aveva mai udito, e che la notte del tempo avrebbe provveduto a inghiottire insieme agli ebrei. Treblinka, Sobibór, Majdanek, Auschwitz. Come aveva detto il Führer, con la sua consueta lucidità, chi parla ancora, ai nostri giorni, del massacro degli Armeni?

"Impianti", riprese Heydrich, "in grado di superare i problemi evidenziati dal Dr. Lange."

Come gli altri, anche Eichmann aveva lo sguardo fisso su Heydrich, ma nelle sue pupille brillava una luce tutta particolare. Ammirazione incondizionata per il capo. E orgoglio di essere uno dei suoi collaboratori più fidati. Eichmann sapeva che i cosiddetti uomini d'azione, tipo Schöngarth e Lange, disprezzavano quelli come lui. Per certi versi, la soluzione del problema ebraico era solo un gigantesco esercizio di matematica e geografia. E come ogni apparato burocratico, una volta messa in moto, la macchina avrebbe proceduto per inerzia, senza bisogno di estro o intelligenza. Orari ferroviari, partite da consegnare, materiale da smaltire, profitti, perdite. Ma accanto a quel lavoro da ragionieri, c'era anche dell'altro. Ciò che Schöngarth e Lange non vedevano era la straordinaria fantasia connaturata al piano. Le leggi di Norimberga, stilate da quel bellimbusto di Stuckart, non erano altro che una rielaborazione di legislazioni antiebraiche risalenti al Medioevo. Anche sul piano della propaganda, in fondo il Partito aveva semplicemente riutilizzato un vecchio bagaglio di idee, che erano andate accumulandosi da Lutero sino al Diciannovesimo secolo. Ma ciò che ora stavano organizzando era qualcosa di radicalmente nuovo. Trasportare attraverso l'Europa svariati milioni di individui, ucciderli in fretta e in segreto, far sparire i corpi, e reimpiegare i loro beni. Un'impresa ciclopica. Nel passato non era stato realizzato niente di paragonabile. Bisognava inventare dal nulla. L'Obersturmbannführer Adolf Eichmann non si sentiva affatto un burocrate. Si sentiva un creatore, un artista. Perché questo era il nazionalsocialismo, l'espressione più compiuta del genio estetico tedesco.

"Il gas, signori. Il gas è lo strumento migliore." Heydrich aveva scandito bene le parole. Non c'era possibilità che nella sala qualcuno non lo avesse udito. "Zyklon B, un pesticida. Lo abbiamo testato sui prigionieri russi, alla fine dell'estate, nel campo di Auschwitz. Funziona benissimo."

Il silenzio era assoluto. Anche la macchina stenografica taceva. Quando il capo dell'Ufficio centrale per la sicurezza del Reich aveva iniziato a parlare del *come*, Eichmann aveva fatto segno al segretario di fermarsi.

Il direttore ministeriale Friedrich Wilhelm Kritzinger guardava nel vuoto, dritto di fronte a sé. C'era un che di canagliesco nel modo in cui Heydrich aveva rivelato il segreto, che poi non era neppure un vero segreto. Che dal giugno del 1941, con l'apertura del fronte orientale, la Germania avesse avviato lo sterminio degli ebrei, in quella stanza era un fatto assolutamente risaputo. Magari alcuni non conoscevano questo o quel particolare, i singoli episodi, gli accorgimenti tecnici, ma nelle linee generali la cosa era nota a tutti coloro che erano stati invitati alla conferenza. Più che informarli, Heydrich aveva voluto comprometterli, renderli complici. Kritzinger si chiese che cosa avrebbe pensato suo padre, un pastore luterano, se fosse stato lì. Ma i loro erano tempi eccezionali, i cui eventi non potevano essere giudicati attraverso il filtro della morale convenzionale. Gli ebrei rappresentavano un problema. Lui e gli altri quattordici uomini seduti al tavolo erano stati chiamati a risolverlo. La soluzione proposta era radicale, finanche inumana, ma la Germania era in guerra, impegnata in una lotta senza quartiere contro nemici determinati ad annientarla. Non era forse giusto rispondere? E poi, gli ordini sono ordini. Un funzionario, anche molto alto in grado, come un direttore ministeriale o un segretario di Stato, non può mettere in discussione le direttive che riceve. Altrimenti sarebbe il caos, la barbarie. Al limite, può dare le dimissioni. Kritzinger si domandò se lasciare il servizio non fosse la soluzione più giusta, e rimise nella cartellina il foglio con i dati sulle attività lavorative degli ebrei sovietici.

La proposta di Heydrich di fare una pausa, anticipando il pranzo, fu accolta dal plauso generale. Abbandonare quella stanza di legno scuro, impregnata di fumo e di parole, anche solo per una mezz'ora, avrebbe fatto un gran bene a tutti. Mangiarono, bevvero, guardarono la neve che cadeva leggera e silenziosa al di là dei vetri. Il buffet era eccellente, e al termine venne servito del brandy, che contribuì a rendere più vivace e polifonico il prosieguo della discussione.

"Dunque", esordì Heydrich, intenzionato a mantenere il passo di carica che aveva impresso alla conferenza nel corso della prima parte. I convenuti dovevano essere istruiti sulle caratteristiche complessive del piano, e invitati ad accettarlo. Nient'altro. "Prevediamo di non evacuare gli ebrei di età superiore ai sessantacinque anni, bensì trasferirli in ghetti per anziani, come quello di Theresienstadt, nel Protettorato di Boemia e Moravia. Oltre ai vecchi, in questi ghetti saranno mandati anche gli ebrei grandi invalidi di guerra e quelli insigniti della Croce di Ferro di prima classe. Questa soluzione ci permetterà di tagliar corto con la massa di eccezioni che di sicuro verrebbero chieste, da più parti, per i giudei che si sono distinti nell'altra guerra." Molti degli astanti assentivano. "L'inizio delle operazioni di evacuazione di maggiore entità", continuò Heydrich, "dipenderà largamente dagli sviluppi della situazione militare. Per quanto riguarda le misure relative alla soluzione finale nei territori occupati, o sotto la nostra influenza, penso che la cosa migliore sia che gli esperti del ministero degli Esteri prendano accordi con i funzionari dell'Ufficio centrale per la sicurezza del Reich nei diversi paesi."

Eichmann fornì una serie di dati relativi al livello di cooperazione, genericamente alto, da parte di diversi governi alleati del Reich. Slovacchia, Croazia, Romania, Italia.

Il segretario di Stato Martin Luther intervenne, con tono luttuoso, per evidenziare le difficoltà che la politica antiebraica incontrava in Scandinavia. Ma trattandosi di comunità assai piccole, si decise che la deportazione dei giudei danesi e norvegesi poteva avvenire in un secondo tempo. In compenso, Luther non prevedeva grandi difficoltà per l'Europa sud-orientale.

Kritzinger ascoltava l'intervento di Martin Luther con disagio crescente. Il desiderio del segretario di Stato di compiacere Heydrich era evidente. All'inizio della conferenza, Kritzinger aveva sperato che si potesse formare un blocco unitario di funzionari civili, per opporsi allo strapotere delle SS. Ma si era trattato di un'illusione. Heydrich aveva già vinto la partita ancora prima di iniziare a giocare. I segretari di Stato non intendevano battersi. L'ultima speranza del direttore ministeriale, per montare una qualche difesa delle prerogative dei dicasteri, era rappresentata dal suo giovane e brillante collega Stuckart. Kritzinger contava che, quando la discussione avesse toccato il problema del trattamento da riservare ai *Mischlinge*, l'autore delle leggi di Norimberga avrebbe cercato di arginare il capo dell'Ufficio centrale per la sicurezza del Reich. Se Stuckart, forte della sua dottrina e del suo prestigio, avesse sfidato Heydrich sullo statuto giuridico dei mezzosangue, Kritzinger sarebbe intervenuto in suo sostegno.

Heydrich avrebbe desiderato equiparare i *Mischlinge* di primo grado, coloro che avevano due nonni ebrei, ai *Volljuden*, i giudei al 100%, ed evacuarli tutti quanti. Però sapeva che la cosa non era fattibile sul piano politico. L'opinione pubblica tedesca, ai cui orientamenti il Führer era sensibile, non avrebbe visto di buon occhio una modifica delle leggi di Norimberga. Senza considerare che molti *Mischlinge* erano al fronte. Ma la resistenza di Stuckart fu blanda, e la sua proposta per superare l'impasse, ovvero sterilizzare tutti i mezzosangue, risolvendo così alla radice il problema del meticciato, rappresentava una soluzione accettabile per le SS. E pure – osservò il Gruppenführer Otto Hofmann, dell'Ufficio centrale della razza e degli insediamenti – per gli stessi *Mischlinge*, i quali, posti di fronte alla scelta se venire sterilizzati oppure evacuati, avrebbero di certo preferito la prima ipotesi. Persino Müller si lasciò sfuggire un sorriso.

Il dibattito fu lungo e articolato. Accanto ai *Mischlinge* di primo grado, c'erano quelli di secondo grado, che avevano solo un nonno di origine giudaica. In linea di principio, costoro erano da classificare come di sangue tedesco. C'erano però delle eccezioni. Non dovevano presentare tratti fisici spiccatamente semitici. Chi sembra ebreo è ebreo. E non dovevano aver tenuto comportamenti sospetti da un punto di vista politico e riguardo l'ordine pubblico. Chi si comporta da ebreo è ebreo. In questi casi, il *Mischling* di secondo grado sarebbe stato trattato come un ebreo a tutti gli effetti, e pertanto evacuato all'Est. E poi c'era la questione assai intricata dei matrimoni misti, tra *Mischlinge* di primo e secondo grado, e anche con gli ariani, con o senza figli. Qui, si sarebbe deciso caso per caso se il coniuge ebreo andava evacuato, o se, in considerazione delle conseguenze che tale provvedimento avrebbe potuto avere sui parenti tedeschi, lo si sarebbe piuttosto trasferito in un ghetto per anziani.

Il tema dei mezzosangue e delle coppie miste rappresentò il passaggio più spinoso di tutta la conferenza. Kritzinger non disse neppure una parola sull'argomento.

Nelle battute di chiusura, il segretario di Stato Bühler ribadì la necessità di dare la precedenza al Governatorato Generale. "Qui più che altrove", spiegò, "l'ebreo costituisce un grave pericolo in quanto portatore di malattie, e perché, con i suoi maneggi, produce un permanente stato di disordine nella struttura economica del paese. Oltretutto, dei due milioni e mezzo di giudei che sarebbero interessati dal provvedimento, la maggioranza è inabile al lavoro."

Heydrich assentì, e fu con sincero piacere, e anche un certo stupore, che ascoltò la chiosa del discorso di Bühler.

"La soluzione della questione ebraica entro i confini del Governatorato Generale è di competenza dell'Ufficio centrale per la sicurezza del Reich. I suoi sforzi avranno il pieno sostegno delle autorità del Governatorato. Ho una sola richiesta da fare. Che la soluzione della questione ebraica in questo territorio sia portata a termine il più presto possibile."

Tutta la faccenda non aveva preso più di un paio d'ore. Finita la conferenza, gli ospiti si erano fermati ancora a chiacchierare per un poco, e poi se n'erano andati, da soli, o in piccoli gruppi.

Stuckart e Kritzinger erano usciti sulla terrazza ad ammirare le acque placide del Wannsee. Le nuvolette di fiato aleggiavano nell'aria tersa. Stuckart tirò fuori il portasigarette e ne offrì una a Kritzinger, che però scosse la testa.

Il direttore ministeriale fu sul punto di dire qualcosa, ma preferì tacere. Si sfregò le mani una contro l'altra. Aveva dimenticato i guanti a casa.

"Bello, vero?", disse Stuckart accennando al lago.

"Bellissimo", convenne Kritzinger.

Gli invitati erano ripartiti. Stavano tornando ai loro confortevoli uffici berlinesi, oppure erano in viaggio verso le terre orientali, in cui il dovere li aveva chiamati. Alla villa erano rimasti soltanto Heydrich, Eichmann e Müller. E il maestro di

cerimonia officiò l'ultimo rito della giornata. Eichmann condusse i suoi superiori in una stanza foderata di libri, e tirò fuori
una bottiglia di Rémy Martin. Nel caminetto schermato da un
parafiamma di metallo, il fuoco scoppiettava allegro. I tre uomini si accomodarono in poltrona. Heydrich si versò una dose
generosa di liquore e si fece offrire un sigaro da Müller. Per
tutta la conferenza, l'Obergruppenführer non aveva toccato né
alcol né tabacco. Più in generale, ben di rado Eichmann lo
aveva veduto bere o fumare. Quella era un'occasione del tutto
speciale. La pressione che Heydrich aveva dovuto sopportare
era stata enorme. Ma il risultato era eccellente, oltre le migliori previsioni. Il capo dell'Ufficio centrale per la sicurezza del
Reich allungò le gambe davanti a sé, gambe da atleta, musco-
lose e affusolate, e bevve un sorso di cognac.

"A questo punto", disse, "la questione ebraica è solo più un
problema di trasporti."

PARTE SECONDA

Operazione Berserker

30

Wartheland, 24 febbraio 1942

La giornata era ancora fredda, ma nell'aria già si avvertiva la primavera. Qua e là, tra gli alberi del bosco, la neve iniziava ad aprirsi al fango del disgelo. Per tutta la notte aveva spirato un vento teso, che veniva da sud, e l'alba, al posto del solito orizzonte basso e plumbeo, aveva svelato un cielo di un azzurro brillante. Il barone tirò le briglie e smontò di sella. Si era concesso una cavalcata insolitamente lunga e il baio doveva riposare. Prese dalle tasche della giacca il sacchetto del tabacco e la pipa, e iniziò a caricarla, pressando con il pollice il trinciato bruno dentro il fornello. Si sentiva di ottimo umore. La sera precedente, lui e Carlotta avevano deciso di disertare la sala da pranzo, troppo grande e austera, e si erano fatti apparecchiare nel salotto piccolo, di fronte al camino. Kate aveva preparato un succulento arrosto di maiale con salsa di mirtilli e uno dei dolci preferiti di Carlotta, il *far breton*, una ricetta francese che, molto tempo prima, la cuoca aveva imparato per compiacere il palato esterofilo della giovane baronessa. Insieme ad Albert, Kate era stata la sola a salvarsi dall'epurazione messa in atto dallo Sturmbannführer tra i domestici del castello. La visita del vescovo Keller, provocata dai pettegolezzi della signora Mertz, aveva mandato Lichtblau su tutte le furie. Il barone era riuscito a trattenere solo il maggiordomo e la cuoca, per i quali aveva garantito personalmente, giurando sul proprio onore di ufficiale e di atleta, che mai avrebbero riportato all'esterno ciò che avveniva tra le mura del palazzo. Tutti gli altri erano stati allontanati e sostituiti con internati del campo di concentramento di Soldau. Le dubbie credenziali dei nuovi venuti – servette di qualche famiglia di parvenu e camerieri di alberghi di terz'ordine – erano state accolte con estrema perplessità da Albert e Kate, ma alla fine i due avevano acconsentito a tentare di istruire quegli improbabili colleghi. Faceva eccezione una Testimone di Geova austriaca, infermiera di professione, di cui Kate aveva subito apprezzato precisione e pulizia, e che infatti Lichtblau aveva assegnato alla cura dei propri appartamenti.

I coniugi von Lehndorff avevano assaggiato per la prima volta il *far breton* durante un soggiorno parigino, al tavolo di un bistrot di place Saint-Michel, dietro alla sala d'armi Le Coudurier, dove Wilhelm si allenava con uno dei maestri più blasonati della città. Un tempo lontano, quando erano stati giovani e felici, prima della Grande Guerra e di tutto ciò che era seguito, in Germania e nel loro matrimonio. Ma quella sera, dopo che Albert aveva servito il caffè, Carlotta e Wilhelm, quasi senza accorgersene, si erano ritrovati a fare l'amore sul divano, con la passione di due ragazzini. Poi avevano stappato una bottiglia di champagne e avevano ripreso, con più calma, nella camera da letto di Carlotta. Lei si era complimentata con il marito, che per un uomo di cinquant'anni dimostrava un vigore invidiabile. Aveva fatto quel commento con la serietà di un produttore di vino che disserta delle qualità di un vitigno. Wilhelm era consapevole del fatto che quella competenza avrebbe dovuto irritarlo. E invece, un po' perché – solo ora se ne rendeva conto a pieno – ancora l'amava, e un po' per vanità maschile, l'aveva preso come un complimento e basta. Avevano finito lo champagne e si erano addormentati stretti l'uno all'altra. "L'ultima volta che abbiamo passato la notte insieme", aveva detto lei al mattino, con gli occhi che ridevano, "alla cancelleria c'era ancora Brüning."

"Forse verrà un giorno in cui anche Hitler non sarà più cancelliere", aveva pensato Wilhelm. Ma c'era bisogno che qualcuno iniziasse a risvegliarsi dall'incantesimo che quel mago da teatrino di provincia aveva gettato su tutta la nazione. Gli ufficiali e i soldati dovevano ricordarsi che il loro onore veniva prima del giuramento che avevano prestato al Führer.

Carlotta aveva accarezzato il volto del marito, indovinando il motivo del suo sguardo serio. "Prima o poi, anche lui se ne andrà. Niente dura in eterno", aveva detto, e lo aveva baciato sulle labbra. "Ma adesso andiamo a fare colazione. Sono affamata."

Il barone avvicinò un fiammifero al fornello della pipa e prese a tirare. Il baio brucava le foglie rachitiche di una piantina che spuntava dalla neve. Da qualche parte, più avanti, von Lehndorff sapeva esserci la strada per Kulmhof. Non doveva mancare molto. Diede ancora un paio di boccate, prese il cavallo per le briglie, e si incamminò, la pipa serrata tra i denti. L'animale lo seguì docile.

Raggiunse il limitare del bosco. La strada era una striscia di neve sporca e semisciolta, con in mezzo due binari fangosi scavati dagli pneumatici. Al di là, ancora foresta, scura e silenziosa.

Stava per rimontare in sella, quando sentì il ronzio di un motore. Pochi istanti dopo, sopraggiunse un camion, un grosso veicolo grigio e tozzo. Procedeva a velocità ridotta. Lo si sarebbe detto il furgone di una ditta di traslochi. Però nella cabina di guida c'erano due uomini con le uniforme delle SS. Il camion superò il barone e andò a fermarsi qualche metro più in là. I due non sembravano essersi accorti della sua presenza. Un dettaglio attirò l'attenzione di von Lehndorff. Lo scappamento del camion non era libero. C'era attaccato un tubo di gomma, che si perdeva da qualche parte sotto l'automezzo.

All'improvviso, dall'ombra delle grandi conifere, sull'altro lato della strada, sbucarono dei fantasmi. Il barone non avrebbe saputo come altro definirli. Erano creature vestite di stracci, i volti scarni, consunti, e gli occhi spenti. Due individui con i medesimi cenci zebrati, che però sul petto avevano un triangolo verde, anziché una stella gialla a sei punte, sbraitavano ordini, agitando nell'aria dei randelli. D'istinto, il barone si nascose dietro a un tronco.

Gli spettri spalancarono le porte del furgone. Von Lehndorff era abbastanza distante, ma il lezzo lo raggiunse lo stesso. Un impasto di vomito ed escrementi. Il vano di carico del furgone era pieno zeppo di cadaveri. Da dove si trovava, il barone non era in grado di dire con precisione quanti fossero, ma erano tanti, probabilmente almeno una quarantina. Erano avvinghiati gli uni agli altri, chiazzati di quella melma ripugnante, le facce paonazze, le lingue gonfie tra i denti. Qualcuno ancora si dibatteva. I fantasmi iniziarono a tirarli giù dal camion e a trascinarli tra gli alberi da cui erano spuntati. Lavoravano a coppie. Uno prendeva il morto per i piedi e l'altro per le mani. Ma per trasportare i bambini ne bastava uno. Se li mettevano in spalla, oppure li portavano in braccio, come padri amorevoli. Dall'efficienza con cui eseguivano quella corvè, era facile capire che non era la prima volta.

"Ci siamo", si disse il barone. I nazisti erano passati allo sterminio su base industriale. Chiudere della gente in una sinagoga e darle fuoco può essere un'operazione molto vistosa. Questo era un metodo di gran lunga più efficace e discreto.

"Che cosa sta facendo qui?"

Il barone trasalì. Assorto com'era nella contemplazione di quella scena infernale, non si era reso conto che una delle due SS, un giovane tenente dall'aria nervosa, lo aveva scorto e gli si era avvicinato. Von Lehndorff lo fissò con occhi ottusi.

"Vada via subito, se non vuole passare dei guai", tornò a ringhiare quello.

"Sono il barone Wilhelm von Lehndorff", ribatté lo Junker, ritrovando un po' di sangue freddo. "La mia tenuta è al di là del bosco. Facevo una cavalcata."

L'Obersturmführer parve intimorito dal titolo nobiliare.

"E allora prosegua", disse con un tono di voce più conciliante.

Von Lehndorff bofonchiò qualcosa di incomprensibile, montò a cavallo e si allontanò al piccolo trotto. Prima della curva, si voltò. L'operazione era quasi terminata. Sulla strada c'erano solo il camion e due spettri intenti a ripulire alla bene e meglio il vano di carico. Evidentemente, nel folto del bosco, i loro compagni stavano procedendo a seppellire i corpi in una fossa comune. La foresta era grande, poteva ospitare un cimitero enorme.

In una mezz'ora von Lehndorff raggiunse Kulmhof. Aveva ancora nelle narici quell'odore ripugnante. Il puzzo della morte ti si attacca addosso. Nell'altra guerra, con i corpi di amici e nemici che marcivano nella terra di nessuno, lo aveva respirato per mesi. A volte, i cadaveri finivano addirittura per far parte delle trincee stesse. Ma ciò che il barone aveva visto nel bosco era diverso. Non era guerra, era qualcosa di peggiore. O forse si trattava dello stadio terminale di un processo che si era aperto nel 1914, una terribile età di ferro e di sangue, giunta a smentire la promessa di pace, prosperità e *far breton*, che agli inizi del secolo era stata fatta a Wilhelm von Lehndorff e agli altri europei della sua generazione. "Socialismo o barbarie", gridavano gli spartachisti nel 1918. Allora, von Lehndorff li aveva odiati dal profondo dell'animo. Ora però, era disposto a concedere a Rosa Luxemburg, la piccola Cassandra rossa, di aver intuito i tratti che avrebbe assunto il futuro. Forse la risposta giusta non era il socialismo, ma alla barbarie ci erano arrivati di certo.

In paese affidò il cavallo al garzone di un lattaio, impegnato a strigliare il ronzino che tirava il carro delle consegne, e si incamminò verso la birreria indicatagli dal ragazzo. Le gambe gli tremavano, e faticava a mettere un passo dopo l'altro. Si sforzò di darsi un contegno.

Il posto era ampio, con un lungo bancone, e dietro un grande specchio sormontato da un ritratto del caporale austriaco. C'era una mezza dozzina di clienti, sparpagliati tra il bancone e i tavolini. In un angolo, quella che aveva tutta l'aria di essere la padrona esaminava alcuni campioni di tessuto. Le sedeva accanto una donna bionda, forse la sarta che doveva confezionare le nuove tende della birreria, oppure un'amica venuta per dare un consiglio.

Il barone si avvicinò al bancone e ordinò uno *Schnaps*. Lo bevve d'un fiato. Si sentì un po' meglio. Ne ordinò un secondo. Buttò giù anche quello. Doveva avvisarli. Doveva raccontare a quella gente ciò che aveva visto, ciò che accadeva nei pressi della loro graziosa cittadina, piena di commerci e tendine di pizzo.

"Il camion...", sussurrò il barone, quasi tra sé.

"Prego?", rispose il birraio da dietro il banco.

"Il camion, quello grigio, con il tubo di gomma attaccato sotto."

I due uomini si fissarono negli occhi per un istante, poi il birraio distolse lo sguardo e si mise ad asciugare dei bicchieri con uno strofinaccio. Von Lehndorff comprese. Quello sapeva, o quanto meno era in grado di immaginare. Lì dentro, tutti quanti potevano intuire cosa accadeva nel bosco. Lo sapeva quel signore distinto con il panciotto color becco d'oca – il farmacista, o il preside della scuola, o forse addirittura il borgomastro – che faceva un solitario, seduto accanto alla finestra. Lo sapevano i due contadini che chiacchieravano appoggiati al bancone, bevendo da alti boccali di peltro. Lo sapeva la signora bionda che commentava insieme alla padrona la qualità di una stoffa bianca con sottili righe azzurrine. Tutti sapevano. Il barone pagò e uscì.

Camminava piano. Lungo il marciapiede, la neve era una poltiglia grigiastra. Presto, anche in Russia sarebbe arrivato il disgelo, e la Wehrmacht, che l'inverno aveva inchiodato alle porte di Mosca e Leningrado, avrebbe ripreso l'offensiva. Il barone Wilhelm von Lehndorff sperò che i russi riuscissero a ricacciarla indietro e sconfiggerla, come avevano fatto con la Grande Armée nel secolo precedente. Era un pensiero che lo turbava nel profondo, perché andava contro tutto ciò in cui aveva sempre creduto. Non c'era speranza per la Germania.

31

Londra, 8 luglio 1982

Pranzi e cene di lavoro lo avevano sempre annoiato a morte. E quella riunione al Savoy, con i nuovi soci australiani, non faceva eccezione. In tali occasioni, Harry Dobbs metteva su una maschera, ormai collaudata negli anni, che simulava interesse per la conversazione in corso, e prendeva a vagare con la mente. Una delle sue attività predilette era studiare i vicini di tavolo, e provare a immaginarsi le loro vite, attingendo ai pochi indizi disponibili: abiti, gesti, brandelli di conversazione. Quella sera, era stato davvero fortunato. Il destino gli aveva piazzato accanto una coppia di straordinario interesse. Lei era cinese, magrissima, con i capelli raccolti sulla nuca a formare un piccolo chignon, un viso così secco e minuto da ricordare una testina amazzonica. Era difficile dire quanti anni avesse. Potevano essere cinquanta come ottanta. Indossava un abito lungo, nero, con le maniche, e una fila di bottoni sulla spalla sinistra. Alle orecchie aveva grossi orecchini di perla. Un'altra perla svettava sul fermaglio infilato nello chignon.

"Il valore delle nostre azioni sui mercati asiatici è quasi raddoppiato."

La frase richiedeva un convinto sorriso di assenso. I muscoli facciali di Harry Dobbs eseguirono.

I mercati asiatici erano una costante dei suoi pranzi di lavoro. Guadagnare con la borsa andava bene. Era per questo che pagava i suoi consulenti. Ma *parlare* di quella roba per più di cinque minuti gli riusciva davvero insopportabile. Tanto più a tavola. Perché rovinarsi una cena al Savoy discutendo di cose che potevano tranquillamente restare tra le mura di una sala riunioni? Ciò che apprezzava del suo lavoro era l'aspetto creativo. Gli era piaciuto fondare l'azienda, subito dopo la guerra. E gli piaceva confrontarsi con i ricercatori, ragionare sui nuovi prodotti. Ma per i dettagli economici non aveva pazienza. Era per questo che aveva mandato suo figlio alla London School of Economics, e poi a Harvard, così di tutti quei numeri poteva occuparsi lui. A George quella roba sembrava piacere davvero. Per usare il lessico delle riviste femminili che leggeva sua moglie, tra loro due non c'era mai stato molto dialogo. Però, avevano competenze e passioni complementari, e la società macinava utili.

"L'acquisizione del pacchetto di maggioranza della MVC ci ha aperto il Sud America. Non solo il Brasile, ma tutto il continente."

George Dobbs lanciò un'occhiata a suo padre, per invitarlo a partecipare in maniera più attiva alla conversazione. L'amministratore delegato era lui, ma il vecchio era pur sempre il presidente, e ci si aspettava che ogni tanto dicesse qualcosa. Harry fece uno sforzo e mise insieme un paio di frasi di senso compiuto. I due dirigenti della società di Sydney parvero soddisfatti, e Dobbs poté tornare a studiare i vicini. L'uomo era un europeo, intorno ai sessant'anni, enorme, con uno smoking bianco di ottima fattura e un garofano rosso infilato all'occhiello. Aveva di fronte a sé due aragoste. Apriva con tecnica consumata il carapace, estraendone la carne, che distribuiva equamente nel suo piatto e in quello di lei. Nonostante la magrezza potesse far pensare il contrario, la cinese mangiava di buon appetito. Appena qualcosa arrivava nel piatto, subito se lo infilava in bocca. Dobbs immaginò che si trattasse di clienti abituali. Forse festeggiavano qualcosa, magari un anniversario di matrimonio, oppure un sodalizio imprenditoriale.

"Con il nuovo governo, finalmente in questo paese la gente ha ricominciato a lavorare. Non se ne poteva più."

Erano passati alla politica. A Harry Dobbs l'argomento interessava di più. Era un sostenitore entusiasta di Margaret Thatcher. Si unì alla conversazione. Si trovarono d'accordo nel condannare come ridicolmente fuori moda il Partito laburista, i sindacati, e gli intellettuali di sinistra. Era gente che, senza aver mai fatto un giorno di vero lavoro in vita propria, pretendeva di spiegare agli imprenditori come gestire le aziende. Ma con un orecchio Dobbs continuava a tenere sotto controllo i vicini. Parlavano in francese. Il film era perfetto. Lei era un'ex tenutaria di bordello di Saigon, lui un ricco proprietario terriero e uno dei migliori clienti della maison. Erano rimasti in Indocina anche dopo la fine della dominazione coloniale francese, fantasmi romantici di un passato imperiale ormai tramontato. Ma l'arrivo dei comunisti, nel 1975, li aveva costretti alla fuga. Se li immaginava con una valigia piena di diamanti e franchi svizzeri, mentre si accaparravano due biglietti sull'ultimo volo in partenza per Parigi, con le avanguardie dell'esercito nordvietnamita già nei sobborghi della città. *Vive la France éternelle.*

Il supplizio era terminato. Erano arrivati ai liquori. C'erano stati due giri di scotch e brandy, e finalmente gli australiani avevano annunciato di voler tornare in albergo. Anche i vicini erano approdati ai superalcolici. Appena terminato il dolce, lei si era assopita, e ora dormiva quieta, con il mento reclinato sul petto. Lui si era fatto portare una bottiglia di cognac, che sembrava intenzionato a finire, insieme a un grosso sigaro. Attorno al tavolo, ronzava uno sciame di camerieri, cui l'uomo passava mance da dieci sterline a colpo. Dovevano aver abbandonato l'Indocina con almeno due valige di diamanti e franchi svizzeri.

I Dobbs e gli australiani si alzarono da tavola e si avviarono verso il guardaroba. George sussurrò al padre alcune parole di approvazione. Per i suoi standard, in quella serata era stato piuttosto loquace.

Uscirono dal ristorante, si strinsero la mano e si diedero appuntamento per il mese successivo, alla convention annuale della compagnia. Harry Dobbs si mise alla guida della sua Bentley Mulsanne blu scuro. Mentre usciva dal parcheggio, un'altra macchina, una Mini Minor con il nome di un'agenzia di autonoleggio sulla fiancata, sgusciò fuori dall'ombra e gli andò dietro.

32

Allenstein, Prussia orientale, 4 marzo 1942

Witold Grabski rilesse la pagina dattiloscritta per la terza volta. Era una copia carbone, un foglio di carta velina quasi trasparente. Era una descrizione puntale di tutti gli incontri che aveva avuto con Anja e con le altre signorine della maison negli ultimi sei mesi. C'era tutto. Giorno, ora, costo, durata e caratteristiche della prestazione. Se la cosa non lo avesse riguardato così da vicino, sarebbe stato ammirato dalla precisione con cui era stato portato a termine il lavoro. Gli agenti della Gestapo avevano scoperto davvero ogni particolare dell'esistenza clandestina del segretario del vescovo. Gli avevano detto che disponevano anche di un'ampia documentazione fotografica. A suffragare quell'affermazione, l'uomo con l'impermeabile di pelle nera gli aveva mostrato un esemplare della collezione. "Questo è lei", gli aveva detto con tono sarcastico, indicandolo nella foto, "ma quello che ha in mano non mi pare un aspersorio. E quella di certo non è una penitente." Grabski era rimasto in silenzio. Sapeva, o immaginava, che cosa volessero.

Il vescovo Keller era finito a Dachau alcune settimane prima. La cosa non aveva affatto stupito Grabski. Il vecchio se l'era andata a cercare. E per che cosa? Per aiutare i giudei. Aveva cercato in tutti i modi di convincerlo a lasciar perdere. Non era compito loro occuparsi di quelle faccende. Ma Keller era cocciuto. E così, una notte, erano venuti a prenderlo. Grabski non lo avrebbe rimpianto. Il nuovo vescovo era persona assai più ragionevole. Ma a questo punto i nazisti non si fidavano più. Volevano che qualcuno lo tenesse d'occhio e, nel caso, facesse rapporto. E chi meglio di Witold Grabski? Avevano iniziato a mettere insieme il suo dossier già ai tempi di Keller, e adesso l'avevano tirato fuori. Si alzò dalla scrivania e andò a buttare il foglio nella stufa. Lo guardò ardere, in un istante, e richiuse lo sportello.

Quella lettura così dettagliata gli aveva fatto venire voglia di una donna. Tanto ormai la frittata era fatta. E non valeva neppure la pena di parlarne con Anja. Era ovvio che ricattavano anche lei. Il Reich era pieno di informatori, volontari o meno. La Gestapo era ovunque, soprattutto lì, nelle province orientali, dove il processo di germanizzazione veniva seguito con molta attenzione. Doveva stare attento, altrimenti rischiava di venire deportato anche lui nel Governatorato Generale, come molti dei polacchi della città. Se le espulsioni procedevano con quel ritmo, presto si sarebbero ritrovati senza fedeli. E loro non erano neanche i più sfortunati. Nel Wartheland, la Chiesa cattolica era stata di fatto messa fuori legge. Ma in un modo o nell'altro la Chiesa sarebbe sopravvissuta. C'era da duemila anni. "I regimi politici vanno e vengono", si disse Grabski. "Santa Romana Chiesa resta." Andò in camera da letto. Indossò il completo Principe di Galles, cui abbinò una cravatta di lana blu. Mise cappotto e cappello, e uscì. Mentre percorreva le vie deserte, padre Grabski sperò che quella sera Anja fosse disponibile.

33

Londra, 9 luglio 1982

La Dobbs Ltd. aveva sede in un edificio dalle forme avveniristiche, tutto rivestito di vetro, nei pressi della City. Natalja e Anton avevano atteso dalla prima mattina, seduti in una sala da tè sull'altro lato della strada, o passeggiando lungo il marciapiede, tra la folla indaffarata del quartiere finanziario. Inutilmente. Dopo pranzo telefonarono da una cabina. La segretaria rispose che il presidente non era in ufficio. La signora poteva prendere un appuntamento, se credeva. Il presidente era sempre felice di incontrare medici, farmacisti e chiunque facesse uso dei prodotti della ditta.

Si spostarono quindi davanti a casa di Dobbs, a Knightsbridge. Una bella palazzina in stile Regency, che affacciava su una piazza oblunga, con in mezzo un giardino. E alle sei meno un quarto Harry Dobbs uscì. Forse andava al pub, come molti dei suoi connazionali a quell'ora. Qualunque fosse la meta, non la raggiunse. Percorse un isolato e, quando si fermò a un attraversamento pedonale, l'agente Yakovchenko gli si parò di fronte.

"Mr. Harry Dobbs?", chiese con cortesia leziosa. Una delle istruttrici della scuola del Primo Direttorato Centrale, un'ungherese che durante la guerra aveva fatto parte dell'Orchestra Rossa, la rete di spie che operava nell'Europa occupata dai nazisti, le aveva insegnato che fare la smorfiosa era utile. Il maschio umano è una creatura semplice. Un bel faccino che sbatte le ciglia e lo fissa adorante in genere è sufficiente a fargli abbassare la guardia.

In quel caso però il trucco sembrava non funzionare.

"Sì?", rispose Dobbs guardingo, da dietro un grosso paio di occhiali scuri. E fece per girarle attorno.

Natalja lo afferrò per un braccio. Con l'altra mano estrasse dalla borsetta una pistola di piccolo calibro e gliela puntò contro.

"Mi segua."

Dobbs tentava di ordinare i pensieri. La stretta era forte. E la donna era molto più giovane di lui, oltre che armata. Non poteva farcela. Inoltre, per strada non si vedeva nessuno. Però, girato l'angolo c'era una stazione della metropolitana.

Mentre Dobbs soppesava le probabilità di sottrarsi alla cattura, sopraggiunse Epstein alla guida di una Ford Escort verde. Natalja aprì la portiera posteriore, spinse dentro l'inglese e gli sedette accanto.

"Di nuovo prigioniero, tenente?", disse Anton, sorridendo nello specchietto retrovisore.

Dobbs lo guardò stralunato.

La Ford schizzò via. Mentre guidava in mezzo a quel traffico assurdo, dove tutti erano sul lato sbagliato della strada, Anton Epstein, già primario di Pediatria con cattedra presso l'Università Carlo IV di Praga, pensò che si stava quasi divertendo. Pigiò l'acceleratore e bruciò un giallo.

"Stai sotto il limite", gli ordinò l'agente Yakovchenko dal sedile posteriore.

Avevano affittato una casa a due piani, anonima, in un quartiere residenziale. La sera precedente l'avevano trascorsa in quel salotto con le poltrone a fiori, il caminetto finto e la moquette marrone. Anton e Natalja avevano mangiato *fish and chips* e guardato la televisione. Nessuno dei due l'avrebbe mai ammesso, lui per disprezzo verso il simbolo supremo dell'omologazione culturale, lei per rigore ideologico, ma entrambi erano sinceramente colpiti dall'opulenza dei programmi occidentali. Erano restati svegli fino a notte alta, a saltare da un canale all'altro. Telefilm. Giochi a premi. Persino le previsioni del tempo erano affascinanti a confronto di quelle offerte dalle televisioni di Stato del blocco orientale. Ora, in una delle poltrone a fiori sedeva Harry Dobbs, le mani legate da una corda. Gli avevano tolto gli occhiali da sole. L'occhio sinistro era violaceo.

"Ho già detto tutto a quell'altro", piagnucolò Dobbs.

Anton e Natalja si scambiarono uno sguardo interlocutorio.

"Chi?", domandarono in coro.

"L'altro…" Avrebbe voluto dire "ebreo", ma si trattenne. "C'era anche lui… al castello. Non ricordo come si chiamasse. Era uno dei lavoratori agricoli."

La bocca di Epstein si aprì in un ghigno.

"*Lavoratori agricoli*. Bella definizione. Schiavi. Ecco cosa eravamo."

"Sì", convenne melliflúo Dobbs, "lo eravamo tutti."

"No, tu eri un prigioniero di guerra."

"Che differenza fa?"

"Tutta la differenza che c'è tra la vita e la morte. Con voi i nazisti rispettavano la Convenzione di Ginevra. Potevate ricevere i pacchi della Croce Rossa; avevate le vostre uniformi, i gradi."

Anton si avvicinò a Dobbs, gli sollevò il mento e lo fissò negli occhi.

"Io lavoravo per loro perché altrimenti mi avrebbero ficcato in una camera a gas, tu perché volevi farlo." Era vero, persino ovvio, eppure, Anton sapeva che non sarebbe mai riuscito a liberarsi dell'onta di quella servitù. E questo accresceva la sua rabbia.

Dobbs taceva.

"E ci hai pure trovato il tuo bel tornaconto."

"Di cosa stai parlando?", sbottò Dobbs.

"Ti ho visto quel giorno, prima che arrivassero i russi. Sei uscito dal laboratorio con uno zaino pieno di roba."

"E allora perché non hai provato a fermarmi?", ribatté Dobbs con tono di sfida.

"Avevo cose più importanti cui pensare", disse Epstein. La voce quasi gli morì in gola.

Erano passati trentasette anni, ma il ricordo era nitido in ogni dettaglio. Quando i tedeschi erano andati via, Anton era entrato nel padiglione dove Lichtblau faceva gli esperimenti, e li aveva trovati. Otto piccoli corpi, nudi, stesi sul pavimento. Le piastrelle bianche dei muri. Le provette e gli apparecchi sul bancone. L'odore di disinfettante. Insieme a Shlomo e a un altro internato, un *chassid* della Galizia, avevano seppellito i bambini nel giardino, sotto una grande quercia. Una volta ricoperte le fosse, il galiziano aveva recitato il *kaddish*. Da allora, Anton non l'aveva mai più udito. Quando era tornato a Praga, non c'era più nessuno. Tutti gli ebrei che conosceva prima della guerra, fossero amici o parenti, erano morti, oppure emigrati in Palestina o negli Stati Uniti. Niente comunità ebraica, niente funerali ebraici. Al Partito la cosa non dispiaceva, ma questo il compagno Epstein lo avrebbe capito solo dopo. *Ebreo cosmopolita filo-sionista e filo-jugoslavo.*

"C'era la guerra", replicò Dobbs. "È stata dura per tutti. Ma voi ebrei pensate di essere gli unici ad aver sofferto... Sempre a piangervi addosso."

Il pugno di Anton scattò quasi senza che lui se ne rendesse conto. L'inglese cadde dalla poltrona e andò a sbattere con la testa contro il pavimento. Il ceco invece agitava la mano destra nell'aria, sbuffando per il dolore. Gli tornò in mente la frase che, molti anni prima, diceva sempre alle giovani madri in ansia che i loro pargoli potessero farsi male. "L'osso frontale è durissimo, praticamente indistruttibile." Lo era anche lo zigomo. Ridacchiò, mentre si soffiava sulle nocche indolenzite. Ma subito serrò l'altro pugno e portò un secondo colpo. Sentiva che avrebbe potuto continuare sino a ucciderlo. Una parte di lui neppure se ne stupiva.

Natalja osservava perplessa la scena. Quello che avrebbe dovuto essere un interrogatorio stava diventando una resa dei conti, forse comprensibile sul piano umano, ma del tutto inutile dal punto di vista della missione. D'imperio, si frappose tra i due uomini, afferrò l'inglese per il bavero e lo rimise a sedere. All'occhio nero si era aggiunta una guancia tumefatta. Natalja scrutò quella maschera.

"Adesso dici anche a me quello che hai detto all'altro."

"C'era un prete."

"Che prete?"

"Uno che aiutava i nazisti a scappare."

34

Prussia orientale, 18 maggio 1942

Molti elementi erano coerenti con le attese. Il ritratto del Führer alla parete. Una fotografia del maggiore Lichtblau al fronte, insieme ai suoi camerati. Il diploma di dottorato incorniciato e appeso sopra il caminetto. L'ultimo numero di *Das schwarze Korps*, la rivista delle SS, abbandonato sul bracciolo di una poltrona. Ma qua e là affioravano dettagli incongrui, a partire dall'eleganza modernista della lampada Bauhaus che faceva bella mostra di sé sulla scrivania e ricordava che, prima dell'avvento del Terzo Reich, la Germania aveva ospitato le forme più avanzate della sperimentazione estetica europea. "Arte degenerata", la chiamavano i nazisti. Il tenente Harry Dobbs, della defunta British Expeditionary Force, aveva subito avuto la sensazione che sarebbe stato un incontro interessante.

Un caporale delle SS lo aveva accompagnato nella stanza e gli aveva detto di aspettare. Lo Sturmbannführer Lichtblau sarebbe arrivato a momenti. Nell'attesa, Dobbs si era preso la libertà di curiosare un po'. Nella piccola libreria di legno scuro c'era un assortimento di testi scientifici, in inglese e tedesco. Chimica e botanica. Alcuni di quei volumi Dobbs li aveva studiati all'università. La sorpresa maggiore l'aveva avuta esaminando lo scaffale sotto il grammofono. C'era una pila di 78 giri. Né Wagner, né Bach, e nemmeno Mozart, bensì una sfilza di musicisti americani, uno persino negro. George Gershwin, Tommy Dorsey, Benny Goodman, Duke Ellington, Glenn Miller. E c'era anche di peggio. Niente meno che *L'opera da tre soldi*, composta dall'ebreo Kurt Weill insieme a quel drammaturgo comunista.

Dei passi risuonarono nel corridoio. Dobbs andò a piazzarsi davanti alla porta. Non appena Lichtblau entrò, il prigioniero scattò sull'attenti e fece il saluto militare.

"Riposo, tenente, riposo", disse Lichtblau in tono amichevole, mentre andava a sedersi alla scrivania e tirava fuori da un cassetto il fascicolo di Dobbs.

"Oxford. *Magna cum laude*. Complimenti. Con chi si è laureato?"

Dobbs balbettò una riposta. Era sempre più stupito. L'inglese dello Sturmbannführer era impeccabile e privo di accento. Anzi, aveva una qualche inflessione americana. Lichtblau era uno scienziato delle SS che ascoltava musica vietata dalle autorità del Reich e parlava come uno yankee. Forse, a cercar bene, sarebbero saltate fuori anche le opere di Sigmund Freud.

"Posso offrirle un cognac?", domandò Lichtblau. Si alzò, andò al mobile bar e versò due dosi generose di Vieille Réserve.

"Preda di guerra", disse il tedesco con un sorriso. Lichtblau aveva un amico alla Gestapo, che ogni tanto gli vendeva qualche articolo di pregio sottratto dai mucchi di roba che ogni giorno, in tutta Europa, veniva sequestrata agli ebrei, per poi confluire in Germania. Un accendino d'oro. Una camicia di piqué. Un paio di gemelli di madreperla. Quella bottiglia veniva dalla casa di un banchiere di Amsterdam.

Dobbs prese il bicchiere che gli porgeva l'ufficiale delle SS. Bere con il nemico. Il colonnello Nichols avrebbe di certo disapprovato. Dobbs era al campo da quasi due anni, e non ne poteva più di quel vecchio fanatico. Appelli, cura delle uniformi, rispetto ossessivo del regolamento. Nichols faceva di tutto per preservare lo spirito di corpo tra i prigionieri. Ma a quale scopo? La guerra era perduta. O quanto meno, era arrivata a un punto di stallo. La RAF e la flotta avevano impedito che i crucchi sbarcassero in Inghilterra, ma non c'era modo di rimettere piede sul continente, neppure con l'aiuto degli americani. La superiorità dell'esercito tedesco era schiacciante. Dobbs lo aveva visto con i propri occhi. In Francia la Wehrmacht li aveva sbaragliati in poche settimane. Tanto valeva farsi un cognac e aspettare che qualcuno con un po' di senso pratico avviasse delle trattative di pace.

Si portò il bicchiere alle labbra e bevve un sorso. Gli girò subito la testa. Non ci era più abituato. Da che era stato fatto prigioniero, insieme al resto del suo battaglione, a Calais, il 26 maggio del 1940, non aveva più toccato alcolici. Ma quel gusto lo riportava ai tempi felici di prima della guerra. Buttò giù un altro sorso e si sforzò di restare in piedi.

E poi la vittoria era davvero auspicabile? Una vittoria al fianco dei russi? Non sarebbe stato meglio cercare un compromesso con Hitler, preservando l'integrità dell'Impero, e lasciare che i crucchi spazzassero via il bolscevismo dalla faccia della terra? Quando esprimeva quelle opinioni con i suoi compagni di prigionia, la baracca si riempiva di urla e insulti. Nichols era un illuso. Pensava che un bel giorno un reggimento di Sua Maestà sarebbe apparso all'orizzonte, marciando al suono dei tamburi e delle cornamuse, e avrebbe messo in fuga il nemico senza neppure bisogno di combattere. Sarebbe stato sufficiente spiegare al vento i gloriosi stendardi di Blenheim e Waterloo. Povero coglione.

"Se accetta la mia offerta", stava dicendo Lichtblau, "riceverà delle razioni extra, e forse potrei anche farla sistemare al castello. Sarebbe più semplice se lei stesse qui, anziché al campo."

Del cibo non gli importava un gran che. Il rancio era accettabile, e i pacchi della Croce Rossa arrivavano in maniera abbastanza regolare. Però, avere la possibilità di sfuggire al giudizio perenne di Nichols e dei suoi sodali era una prospettiva allettante. E questo probabilmente Lichtblau lo sapeva. I dissapori tra Dobbs e gli altri prigionieri erano noti alle guardie.

"E il mio compito in cosa consisterebbe?", chiese l'inglese, sforzandosi di avere un'aria distaccata.

"Farmi da assistente negli esperimenti e nell'elaborazione dei dati."

I due uomini si fissarono in silenzio.

"Lei è un ufficiale", aggiunse Lichtblau. "In base alla Convenzione di Ginevra, non posso costringerla a lavorare."

Sì, il crucco sapeva tutto. Sapeva che Dobbs non ce la faceva più a vivere in quella baracca, in mezzo al disprezzo e alle provocazioni continue, e si divertiva a stuzzicarlo.

Dobbs inarcò le sopracciglia, con aria filosofica, come a significare che la vita era più complicata degli aridi articoli di un codice di diritto internazionale.

"Quando comincio?", chiese.

35

Londra, 10 luglio 1982

Basta una bistecca per dimenticare anni di fame. Anton Epstein non ricordava dove avesse letto quella frase, ma gli calzava come un guanto. Aveva lasciato la Cecoslovacchia da meno di una settimana, e il socialismo reale già gli sembrava solo un brutto sogno. Era seduto al bancone di uno dei bar del Terminal 2 dell'aeroporto di Heathrow, intento a sorseggiare un Manhattan con la noncuranza dell'uomo di mondo che sentiva di poter essere. Indossava il suo completo di lino color tabacco, e ai piedi aveva un paio di Church's con punta a coda di rondine, bianche e marroni, che odoravano di cuoio. Erano cucite a mano. Made in England. Le aveva comprate in un negozio di Oxford Street, in una mezz'ora in cui era riuscito a sfuggire al controllo dell'agente Yakovchenko. Avrebbe anche voluto fare una tappa a Savile Row, la leggendaria strada dei sarti londinesi, dove suo padre una volta si era fatto confezionare un superbo completo di grisaglia. Ma gli avrebbe preso troppo tempo. Magari in un'altra occasione. Si mise in bocca un anacardo e chiuse gli occhi, lasciando che lo straordinario chiacchiericcio in tutte le lingue del mondo gli riempisse le orecchie. *Ebreo cosmopolita.*

Seduta sullo sgabello accanto a Epstein, l'agente Yakovchenko friggeva. Il deviazionista si stava allargando. Da che erano partiti, si era fatto via via più audace. Al controllo passaporti si era messo a blaterare con i poliziotti inglesi, sciorinando una serie di dettagli assurdi a proposito del loro viaggio d'affari. Natalja non aveva idea di che cosa avessero pensato gli agenti, e neppure voleva saperlo, visto che probabilmente si erano figurati che lei fosse la sua amante. Soprattutto, non le sembrava per niente una buona idea attirare l'attenzione delle autorità con simili buffonerie. In ogni caso, gli avevano restituito i passaporti senza fare domande. Per un cittadino dell'Unione Sovietica, e in particolare per un membro dei Servizi segreti, era un fatto inusitato. Era incredibile come un sistema sociale così lasco potesse stare insieme. Il volo della British Airways per Roma era in ritardo e si erano fermati al bar. E anche lì, il deviazionista aveva dato spettacolo, disquisendo di cocktail con il barman, come un playboy decadente della peggior specie. Lei aveva ordinato un'acqua tonica e se n'era restata in silenzio a fulminarlo con lo sguardo, ma non era servito a niente. La cosa più strana era che il barman sembrava trovarlo simpatico. Natalja si disse che lo pagavano per essere gentile con i clienti e ridere alle loro spiritosaggini. Era il capitalismo. Se non ridi, sei licenziato.

"Torno subito", annunciò secca l'agente Yakovchenko, e si allontanò verso la toilette.

La conversazione con il barista approdò inevitabilmente ai Mondiali di calcio. L'Inghilterra, ammise il barman, aveva meritato di uscire, per quanto non avesse subito sconfitte. "In ogni caso", aggiunse, "è stata la nostra prima qualificazione dopo dodici anni." Anton non era per nulla informato sull'argomento. Non aveva visto neppure una partita. Però il personaggio che interpretava doveva per forza essere un tifoso. Improvvisò, limitandosi ad annuire alle affermazioni del barista. "Molti hanno dato la colpa a Greenwood, ma è la squadra che è mancata. Lui è un buon allenatore. I risultati del West Ham lo dimostrano." I due convennero che la partita Germania-Inghilterra era stata mediocre, e il barman augurò buona fortuna al cliente tedesco per la finale.

"Con la *shiksa* ci vai a letto?"

Di tutte le lingue del mondo che lo circondavano, quella era l'unica che mancava. Una lingua che nessuno parlava più da quarant'anni. Anton si girò verso colui che aveva parlato, ma già sapeva chi avrebbe visto al fondo del bancone. Lo sapeva dall'incontro con Dobbs. *L'altro* poteva essere solo Shlomo Libowitz. E infatti era lì. Più vecchio e più grasso, e senza capelli, però era lui, con le sue grosse mani da contadino e quello sguardo senza scrupoli.

"Allora, con la *shiksa* ci vai a letto sì o no?"

Dentro di sé, Anton rise. *Shiksa*. Il grande sogno erotico del maschio circonciso. Da quanto tempo non sentiva più quella parola? Sua nonna la usava sempre, quando parlava dello zio Herschel. Ogni volta che qualcuno nominava il suo figlio minore, gli occhi della nonna si inumidivano, e la vecchia iniziava a sospirare e a maledire a mezza bocca la nuora. "Hanno fatto battezzare il bambino", diceva scandalizzata. Però, anche se aveva solo otto anni, Anton aveva intuito perché lo zio Herschel avesse sposato quella *shiksa* di Francoforte. La zia Lotti aveva occhi azzurri come il cielo d'estate e lunghi capelli biondissimi, e quando sorrideva ti faceva venire la pelle d'oca. "In Gesù Cristo! Uno dei miei nipoti crederà in Gesù Cristo!"

"Non ci ho combinato niente", disse Anton.

"Me l'immaginavo", replicò Shlomo, "voi intellettuali siete buoni solo con le chiacchiere."

Il barista li fissava cercando di capire in che lingua stessero comunicando quei due, ma sopraggiunse una comitiva di militari e dovette occuparsi dei nuovi clienti.

Shlomo abbandonò il suo posto e andò a sedersi accanto ad Anton, sullo sgabello lasciato libero da Natalja.

"Che hai fatto in tutti questi anni?", chiese Anton.

"Ho aspettato il Messia."

Anton rise e bevve un sorso del suo Manhattan. Si chiese se dovessero abbracciarsi. Era ciò che gli dettava l'istinto, ma Shlomo non sembrava di quell'avviso.

Sul lato opposto del bancone ellittico, il barista ci dava dentro con la spina della birra. I militari, cinque sottufficiali dei Royal Marines, erano assetati. Avevano scolato la pinta di apertura in pochi minuti e stavano già partendo le richieste per il secondo giro. Shlomo li studiò con attenzione. Erano giovani. Il più vecchio non doveva avere più di trent'anni. Uno di loro stava cercando di raccontare una storiella, ma un altro continuava a interromperlo, tra gli scoppi generali di ilarità. Forse venivano dalle Falkland. Sembravano felici, e circondati da un alone di invincibilità. Shlomo si domandò se anche Eli e i suoi commilitoni fossero stati così.

"Ci vediamo a Roma", disse, e smontò dallo sgabello.

"Guarda che il volo è in ritardo", replicò Anton. Non voleva che Shlomo se ne andasse. Aveva così tante cose da dirgli, che non era riuscito a dirgliene neanche una.

"La *shiksa* sta tornando."

Anton si voltò e vide Natalja che fendeva la folla con passo sicuro. Quando si girò di nuovo verso Shlomo, era già scomparso.

"Con chi stavi parlando?", gli ringhiò Natalja.

"Un ex compagno di scuola."

"Basta con le buffonate."

"Non ti rilassi mai, agente Yakovchenko?"

"Quando avremo individuato l'obiettivo e recuperato ciò che ha sottratto, mi rilasserò."

"E se non ci fosse niente da recuperare? Ci hai pensato? È passato molto tempo."

"È probabile che abbia continuato le ricerche. Qualcosa ci deve essere per forza."

Appoggiato a una colonna del terminal C, Shlomo osservava Anton Epstein e la sua *shiksa*. Il ceco era vestito come un damerino. Sembrava proprio un *goy*. Si domandò perché lavorasse per i russi. Forse era ancora comunista, anche se, a giudicare

203

dall'espressione con la quale lei gli stava parlando, non sembrava che tra i due ci fosse una grande sintonia. O forse il KGB lo aveva costretto in qualche modo. Oppure, per Anton Epstein lavorare per il nemico era diventata un'abitudine.

L'altoparlante annunciò il volo British Airways per Roma. Shlomo attese che i due si avviassero al gate, e gli andò dietro.

36

Prussia orientale, 20 maggio 1942

"Alcuni studiosi di questioni militari", stava dicendo Lichtblau mentre si infilava il camice, "ritengono che l'ambiente strategico per eccellenza sia il deserto. Niente città piene di musei e monumenti da salvaguardare. Niente civili da evacuare. Niente ostacoli naturali, se si esclude il caldo ovviamente. Il deserto è uno spazio vuoto, un foglio su cui è possibile comporre le geometrie dell'arte della guerra in assoluta libertà."

Harry Dobbs, tenendosi a rispettosa distanza dal dottor Lichtblau, si sforzava di immaginare dove volesse arrivare. Seduto alla scrivania al fondo della grande stanza foderata di piastrelle bianche, Anton Epstein aveva già intuito quale fosse l'esito del ragionamento. Non era la prima volta che ascoltava uno di quei monologhi.

"E così è questo laboratorio", proseguì lo Sturmbannführer. "Un luogo dove, grazie alle condizioni eccezionali create dal presente conflitto, è possibile esercitare la scienza senza gli impacci che di solito le vengono posti dalla morale e dalla religione." Fissò Dobbs che, però, continuava a non capire. Si girò verso Anton.

"Manda a chiamare il n. 18", ordinò.

Appoggiato con la schiena al tronco di uno degli alberi del giardino, Shlomo tirava le ultime boccate avide da una sigaretta. Se la portava alle labbra tenendola per un ago che aveva infilato al fondo, in modo da poter fumare anche la parte terminale. Non era la solita cicca di risulta. Quella era una lussuosa Lucky Strike della Croce Rossa Internazionale. Il giorno prima, un prigioniero inglese gli aveva dato un pacchetto intero in cambio di tre metri di fil di ferro. Si tolse un pezzo di tabacco dalla lingua, diede un ultimo tiro, sfilò l'ago, e gettò via il piccolo grumo di carta umida e trinciato che gli era restato tra le dita.

"Shlomo!"

Alzò la testa. Epstein avanzava lungo il vialetto a piccoli passi nervosi. Lo studente aveva quattro anni più di lui, ma Shlomo si sentiva più grande. La bambagia in cui era cresciuto non lo aveva preparato alla guerra e alle sue condizioni.

"Shlomo!"

Infilò l'ago nella manica della giacca in modo che la punta fosse all'esterno.

"Che c'è?", chiese brusco.

"Vuole Stiller. Subito"

Shlomo non disse niente. Si limitò a fissare il compagno di prigionia.

"Dai, muoviti", lo incalzò Anton.

Lì al castello, loro due, e il resto del Kommando Gardenia, non se la passavano male. Forse qualcuno sarebbe addirittura sopravvissuto. Di converso, era del tutto evidente che non sarebbe sopravvissuto nessuno degli altri, quelli che Lichtblau aveva fatto arrivare da Soldau insieme ai nuovi domestici.

"Stiller è un vecchio. Ci è già passato la settimana scorsa. Questa volta ci resta", disse Shlomo.

"E cosa ci posso fare? Ha detto il n. 18. È Stiller."

In genere i due comunicavano in yiddish, che ormai Anton padroneggiava abbastanza bene. Però quella frase l'aveva pronunciata nella sua lingua madre, con un tono secco e ultimativo da razza superiore. Se ne vergognò subito.

"Per te è facile," ribatté Shlomo. "Te ne stai là dentro col tuo pallottoliere del cazzo. Ma sono io che li vado a prendere."

"Là dentro è tutto tranne che facile, e lo sai."

Shlomo lo sapeva, solo non riusciva a rassegnarsi a quella situazione.

"Preferisci che prenda Sara?", aggiunse Anton.

Il polacco non rispose.

"O forse ci vuoi andare tu?", incalzò ancora l'altro.

Ecco, questo era il punto di arrivo, tutte le volte. *Loro* vivevano perché *gli altri* crepavano. Shlomo non era abbastanza nobile, coraggioso, o folle, da scegliere di morire al posto di un altro, o insieme a un altro. Non ce l'aveva fatta neppure quando si era trattato di suo padre. Shlomo Libowitz voleva vivere. Si ripeté le parole che gli aveva detto il triangolo rosso sul piazzale dell'appello, sforzandosi di crederci. *Ora non puoi fare niente per lui, ma un giorno lo vendicherai.*

Senza proferire verbo, Shlomo s'incamminò verso la baracca dove stavano i prigionieri.

Libowitz tolse il grosso catenaccio ed entrò. Sara gli corse subito incontro per abbracciarlo. Quando era arrivata al castello, sola, la famiglia dispersa nei rivoli della deportazione, la bambina lo aveva scelto come tutore. Con l'istinto delle creature giovani, aveva intuito che sotto quella scorza dura c'era un fratello maggiore saggio e premuroso, e gli si era affidata ciecamente. E Shlomo cercava di aiutarla e proteggerla come poteva, passandole del cibo e facendole piccoli regali. Sara gli corse subito incontro per abbracciarlo, ma gli altri occupanti della baracca non si mossero. Dalle cuccette e dalle panche su cui attendevano il proprio destino, fissavano Shlomo, muti, con un misto di ostilità e paura. Quel ragazzo dall'aria qualunque, uguale a tanti ragazzi che si incontravano negli shtetl della Polonia e della Russia, in realtà, era il messaggero della morte.

"Stiller", chiamò Shlomo con un filo di voce.

Attorno al vecchio si fece subito il vuoto. I compagni più vicini si scansavano per permettergli di passare, ma soprattutto per evitare di essere anche solo sfiorati da lui, quasi che, con il semplice contatto, Stiller potesse trascinare pure loro nel gorgo da cui stava per essere risucchiato. Lo guardarono andare via trattenendo il respiro, senza un cenno di saluto. Neanche Stiller disse nulla.

Shlomo allontanò Sara con una carezza, sussurrandole che avrebbe cercato di passare a trovarla prima di sera, e offrì il braccio al vecchio. Stiller camminava a fatica. Sulla coscia destra, sotto i pantaloni dell'uniforme a strisce, aveva una grossa fasciatura.

"Venga, professore", disse il ragazzo.

Quando furono all'esterno, Stiller si fermò e chiuse gli occhi, lasciando che il pallido sole della primavera polacca gli intiepidisse il viso.

"Sono stato un uomo di scienza tutta la vita, ma non pensavo che avrei finito i miei giorni servendo la causa come cavia da laboratorio", ridacchiò il vecchio.

A Shlomo l'umorismo del professor Stiller era del tutto estraneo, ma si sforzò di ridere per non privare il condannato di quell'ultima, piccola, soddisfazione. Anton gli aveva spiegato che i berlinesi andavano fieri della loro ironia caustica e sottile. La ritenevano *moderna*. Erano loro che inventavano le barzellette su Hitler che circolavano clandestinamente nel Reich. Shlomo pensava che, se invece di raccontare barzellette, si fossero opposti ai nazisti quando era ancora possibile farlo, forse le cose sarebbero andate in modo diverso.

Harry Dobbs era al suo primo giorno di lavoro, e voleva fare bella impressione, anche perché il trasferimento al castello non era ancora certo. Però si stava rendendo conto che essere l'assistente del dottor Lichtblau sarebbe stato più complicato di quanto avesse immaginato. Il polacco aveva accompagnato dentro un vecchio e lo aveva fatto stendere sul tavolo operatorio. Le intenzioni di Lichtblau erano abbastanza chiare, ma Dobbs non riusciva a crederci fino in fondo.

"Ebreo Epstein, prendi nota."

Lichtblau lo disse con naturalezza, senza sottolineare in alcun modo quella parola anteposta al cognome. Era la formula di rito. L'alternativa sarebbe stata chiamarlo con il numero di matricola. Anton lo avrebbe trovato più umiliante. L'ex studente della facoltà di Medicina dell'Università Carlo IV di Praga tirò fuori dal cassetto un quaderno di pelle marrone, svitò il cappuccio della stilografica e si preparò a scrivere.

"Soggetto n. 18, ferita da arma da fuoco alla gamba sinistra."

Sul tavolo operatorio, Stiller era immobile, con gli occhi serrati.

Lichtblau aprì due bottoni del camice, tuffò la mano in cerca della fondina, ed estrasse la pistola d'ordinanza.

"Lei è un seguace del dottor Freud, vero?", domandò al vecchio.

Stiller fece un lieve verso di assenso. Digrignava i denti, preparandosi al dolore che sapeva prossimo.

"Mi pare giusto", disse lo Sturmbannführer, "quella dell'interpretazione dei sogni è una scienza ebraica sin dai tempi di Giuseppe e del profeta Daniele." Tolse la sicura alla P38. "A noi non interessa l'inconscio. A noi interessa il sangue". Puntò l'arma verso la gamba del vecchio.

Anton abbassò la fronte. Dobbs invece non riusciva a distogliere lo sguardo dalla pistola.

Lo sparo deflagrò violentissimo nella stanza.

Il vecchio emise un grido impotente e si portò le mani alla coscia, tentando di tamponare la ferita.

"Tenente, il preparato B."

Dobbs era incapace di muoversi. Forse non aveva neppure inteso l'ordine.

"Il preparato B, quello su cui abbiamo lavorato questa mattina!"

L'inglese parve riprendersi, andò al bancone e prese una siringa. Le mani gli tremavano. Infilò l'ago nella boccetta che conteneva il liquido azzurrognolo, tirò indietro lo stantuffo e la riempì. Ma appena provò a passarla a Lichtblau, la siringa gli sfuggì dalle dita, cadde a terra e si ruppe.

Lo sguardo dello Sturmbannführer era gelido.

"Lei è un prigioniero di guerra, signor Dobbs. Si suppone che abbia visto scorrere del sangue, almeno un po', prima di arrendersi."

"Signorsì."

Dobbs si chinò e iniziò a raccogliere i pezzi di vetro sparsi sul pavimento.

"Lasci perdere e me ne prepari un'altra."

Stiller aveva la bocca spalancata. Nel tentativo di restare aggrappato alla vita, emetteva un rumore ritmico di mascelle, un rumore meccanico, che non sembrava provenire da un essere umano.

Lichtblau si avvicinò al vecchio, gli prese la mano destra, e gli sentì il polso. Il battito cardiaco accelerava.

"La somministrazione dell'antidolorifico può anche aspettare. Sul campo di battaglia le condizioni sono ostiche. Può passare molto tempo prima che un ferito riceva assistenza. Ma sprecare una siringa è un vero peccato." E aggiunse sardonico: "Pensavo che voi inglesi aveste maggiore autocontrollo".

Dobbs gli porse una seconda siringa, pronta per l'uso.

Lichtblau prese la siringa, la puntò verso l'alto, batté due volte con l'unghia del dito indice, e dopo che fu uscita una goccia, si chinò sul paziente n. 18 per praticare l'iniezione. Anton provvide a tirare su la manica di Stiller, in modo che le dita ariane dello Sturmbannführer non entrassero in contatto con l'uniforme di un internato.

"Pulisci."

Anton raccolse i cocci e asciugò la macchia sul pavimento.

L'inglese stava in disparte, abbastanza lontano da non essere d'impaccio, ma abbastanza vicino da poter intervenire, se gli fosse stato richiesto. Dobbs non sapeva che cosa pensare. I metodi di Lichtblau erano certo discutibili sul piano etico, ma bisognava riconoscergli la determinazione del vero ricercatore.

L'idea della guerra come foglio bianco sui cui gli scienziati potevano scrivere in libertà possedeva un che di seducente.

L'ufficiale delle SS tornò a controllare il polso di Stiller. Il battito era tornato normale.

"Vai a chiamare Wasserman", disse ad Anton.

"Subito, signor maggiore."

Dobbs seguiva Epstein con gli occhi. D'istinto, Anton evitò quello sguardo, come faceva con Lichtblau e tutti gli altri tedeschi. Uscì dalla stanza e si chiuse la porta alle spalle.

Dobbs fece un passo verso lo Sturmbannführer.

"Mi scusi per prima, dottor Lichtblau", disse. "Non accadrà più."

L'ufficiale delle SS scrollò le spalle, per dire che l'incidente era da ritenersi chiuso.

"È stato davvero interessante", aggiunse Dobbs.

"Non mi piace fare certe cose", rispose Lichtblau. Aveva assunto un tono confidenziale. "Non piacerebbe a nessun individuo civile. Ma è necessario per il bene delle razze nordiche, la mia e la sua."

Anton si affrettava lungo il corridoio in cerca del chirurgo. Sapeva che Wasserman avrebbe estratto il proiettile e suturato la ferita senza anestesia, per simulare le peggiori condizioni possibili in una situazione di combattimento, ma per il povero Stiller era sempre meglio che continuare a sanguinare. I nazisti parlavano di "scienza militante". Quella non era scienza. Era una parodia della scienza. Proprio come il nazionalsocialismo era una parodia della politica. Si domandò se e come sarebbe finita. La Germania poteva anche perdere la guerra, per quanto non sembrasse un'ipotesi molto probabile. E in ogni caso, loro avrebbero vissuto abbastanza a lungo da accogliere i liberatori? Arrivò davanti alla porta dello studio di Wasserman, controllò di avere l'uniforme in ordine e bussò. Per il momento Lichtblau li teneva in vita, ma il giorno che lui e gli altri membri del Kommando Gardenia non gli fossero più stati utili, sarebbero finiti tutti quanti sul tavolo operatorio.

37

Los Angeles, 10 luglio 1982

La città non era una città. Era un agglomerato di città collegate tra loro da autostrade. West Covina, Long Beach, Glendale, Pasadena, El Monte, Inglewood, Pomona, su fino a Burbank e San Fernando. Una distesa di case a due piani adagiata tra il deserto e l'oceano, un gigantesco tappeto di cemento, legno, pietra e asfalto. Una distesa così grande che nessuno ci si azzardava a camminare. I marciapiedi, larghissimi, erano vuoti. Solo ogni tanto spuntava qualche barbone, oppure un vecchio al quale non era stata rinnovata la patente. Tutti gli altri erano in macchina. Prendevano la macchina anche per andare a comprare le sigarette, o una bottiglia di latte, al negozio all'angolo. Victor Huberman aveva trascorso gli anni della sua formazione in due fredde metropoli del Nord – di qua e di là dell'Atlantico – dove le giornate erano accompagnate dal basso continuo dei treni della soprelevata, e non si fidava di quella città in cui splendeva sempre il sole e non esisteva la metropolitana. Scattò il verde. Huberman svoltò su Pico Boulevard, andò dritto fino a Fairfax Avenue, e girò a destra. A Melissa invece Los Angeles piaceva molto. Amava la loro casa di Venice, un bungalow bianco e ocra affacciato sul mare. Amava il quartiere, un'enclave bohémien incuneata tra Santa Monica e Marina Del Rey, popolata di artisti, skateboarder ed europei espatriati. La zona era così eccentrica che la gente andava a piedi. Ogni mattina, Melissa faceva una lunga passeggiata lungo la spiaggia. Amava tutta quella vastità senza centro, che poteva percorrere sulla sua Ford Thunderbird decappottabile come un bambino che va su e giù in bicicletta, godendosi il puro piacere del movimento. Si metteva al volante e attraversava mezza città per andare a vedere il panorama dalla terrazza dell'osservatorio Griffith, oppure per cenare da Musso & Frank, sull'Hollywood Boulevard. Amava la rilassatezza mediterranea degli abitanti, e le bizzarrie architettoniche delle vecchie sale cinematografiche di downtown. C'era di tutto. Facciate egizie, maya, cinesi, assiro-babilonesi. Victor le aveva liquidate come baracconate. Melissa gli aveva mostrato il Bradbury Building, all'incrocio tra Broadway e 3rd Street, un palazzo concepito alla fine dell'Ottocento da un architetto visionario, che si era inventato una grande corte centrale su più piani, foderata di scale, legno e balaustre di ferro istoriate, e inondata di luce naturale che pioveva da immensi lucernari. Notevole, senza dubbio. E anche il déco della Union Station non era male, con i marmi policromi, i pavimenti di terracotta, e le sontuose poltrone di cuoio della sala d'aspetto. Ma erano eccezioni, isole in un mare di edifici anodini, se non grotteschi, come nel caso delle innumerevoli rivisitazioni delle mode europee dei secoli passati. English Revival. Tudor Revival. French Eclectic. Spanish Colonial Revival.

Victor Huberman era nato a Chicago, e a Los Angeles non c'era nulla di paragonabile alla sinfonia verticale che ti riempiva gli occhi risalendo Michigan Avenue. A Los Angeles non c'era niente che reggesse il confronto con l'ineffabile bellezza anni Venti del Carbide and Carbon Building, la cui punta dorata a forma di bottiglia di champagne incarnava in maniera perfetta l'età felice che aveva preceduto la Grande Crisi. Né c'era nulla che potesse anche solo avvicinarsi all'austera perfezione dei grattacieli di Mies van der Rohe, parallelepipedi neri di cui l'ultimo direttore del Bauhaus aveva disseminato la skyline dell'orgogliosa capitale del Midwest. Huberman imboccò Saturn Street e d'istinto rallentò. La via era illuminata male, i numeri non si leggevano. In lontananza, si udivano le urla di un diverbio. Ancora più remota, echeggiava la sirena di un'auto della polizia. Lì non c'era il coprifuoco come a Watts, ma in ogni caso era bene essere prudenti. Huberman parcheggiò, uscì dalla macchina, chiuse la portiera e andò verso quello che ipotizzava essere il civico 25, un cottage normanno con abbaini e tetto spiovente. Ideale per una città dove non nevicava mai.

William "Monterey" Jackson venne ad aprire nella sua tenuta abituale: infradito, bermuda e camicia hawaiana. Però quella sera indossava una camicia hawaiana del tutto particolare. Era una specie di rilettura del tema in chiave dark. Innanzi tutto, era in bianco e nero, a negare l'essenza stessa della camicia hawaiana. E poi, sopra le file di palme, si librava uno stormo di bombardieri che sganciavano napalm. Huberman sorrise.

"Accomodati", disse Monterey, accompagnandolo con un mezzo inchino e un gesto di invito scherzosamente enfatico.

"Bella la tua nuova casa", mentì Huberman guardandosi attorno. Era la prima volta che ci veniva. C'erano le stesse cianfrusaglie del vecchio appartamento. L'unica differenza era che sembrava un po' meno sporco. Il trasloco doveva essere avvenuto di recente.

Monterey ciabattò fino al divano e vi si lasciò cadere. Sul piatto dello stereo girava un *bootleg* di Thelonious Monk. Huberman si accomodò accanto a lui. Di fronte ai due, un tavolino basso coperto di riviste e giornali. Monterey aprì uno dei cassetti, ne tirò fuori delle cartine e un sacchetto di marijuana, e si mise a rollare.

Doveva il suo soprannome all'aver mosso i primi passi della sua, breve, carriera nell'industria della musica lavorando nello staff del leggendario Monterey Pop Festival, nel giugno del 1967. Questo prima di decidere che vendere stupefacenti era un'attività più redditizia e meno faticosa rispetto a smontare un palco alle due del mattino. Victor e Monterey si erano conosciuti a un concerto di Ravi Shankar, dove le pastiglie di LSD giravano come le caramelle la notte di Halloween. All'epoca l'acido circolava in abbondanza, ma nel caso delle esibizioni del virtuoso del sitar rappresentava una vera necessità, perché senza un ausilio psichedelico i suoi strimpellii risultavano di una monotonia intollerabile. Huberman frequentava gli ambienti della controcultura sin dall'inizio del decennio. Aveva cominciato sulla costa Est, tra New York e Boston, poi si era spostato in California. Erano stati anni di grandi cambiamenti. L'americano medio ne era rimasto spaventato. Victor Huberman, invece, disponeva di una consapevolezza del mondo tale che la Summer of Love non gli era parsa così inquietante. La Berlino del 1932 doveva essere stata più o meno lo stesso troiaio della San Francisco del 1967.

Monterey aveva finito. Come sempre, il risultato era impeccabile. La canna era affusolata, elegante. Quell'uomo era un vero virtuoso. I suoi non erano semplici spinelli, erano origami. Una volta Huberman lo aveva visto dedicarsi per una mezz'ora buona alla preparazione di un lussureggiante tulipano imbottito di hashish. Gli era quasi dispiaciuto dare fuoco a quella delicata scultura di carta. Monterey accese, diede due lunghi tiri e gliela passò.

Anche Victor aspirò a fondo. Lasciò che il fumo gli scendesse nei polmoni e buttò fuori.

"Buona", commentò in una nuvoletta.

Monterey inarcò le sopracciglia, come a dire: "Ovvio".

Huberman diede un'altra boccata. "Produzione locale?", domandò.

Il pusher fece di sì con la testa. "Silver Haze", chiarì.

Ci fu una lunga pausa di silenzio. Lo spinello andava e veniva. La stanza era piena di fumo. Da qualche parte, il diverbio continuava.

"Come vanno gli affari?", chiese Huberman. Aveva posto la domanda con assoluto distacco, come se la faccenda non lo riguardasse.

"Alla grande. Il *freebase* che hai mandato va a ruba. A South Central fanno la fila."

Huberman annuì soddisfatto.

"C'è solo qualche problema con i colombiani", aggiunse Monterey. "Stanno cominciando a innervosirsi. L'altra notte hanno fatto fuori uno dei nostri che spacciava nella loro zona."

"Chi era?"

"Uno nuovo, non lo conosci."

"Sono gli incerti del mestiere", sentenziò Huberman.

"È quello che mi sono detto anch'io", chiosò Monterey serafico.

Huberman diede un ultimo tiro e spense il mozzicone nel posacenere sul tavolino.

"Ti ho portato altro *freebase*, e coca di prima qualità per i tuoi amici dello show business", disse accennando al borsone che aveva lasciato accanto alla porta.

"Fantastico", rispose Monterey. "Vado a prendere i soldi." Si alzò dal divano e scomparve nella camera da letto.

Victor aprì una rivista a caso tra quelle ammucchiate sul tavolino. Era un numero del *Time* vecchio di almeno tre settimane. C'erano diversi articoli sulla guerra in Libano. Uno era interamente dedicato al primo ministro israeliano. C'era una foto di Begin in visita al fronte, e un'altra dove parlava a un comizio. E ce n'era una terza, scattata quando era giovane. Mentre le altre due mostravano una persona arcigna, quella ritraeva un uomo disteso, con un che di buffo. Il nasone, gli occhiali, i baffi neri. Huberman pensò che somigliasse in maniera straordinaria a Groucho Marx. Gli mancava soltanto il sigaro.

"Ebrei", sussurrò.

38

Prussia orientale, 8 giugno 1942

Sul bavero della giacca, le mostrine d'ottone erano lucide. Una granata da cui scaturivano lingue di fuoco, e sotto il motto del corpo: *Ubique*. Quell'avverbio latino – di cui i genieri si fregiavano dal 1832, per gentile concessione di Guglielmo IV – stava a indicare che il Corps of Royal Engineers aveva preso parte a tutti i conflitti combattuti dalla nazione. Ma nonostante la supposta ubiquità dell'arma cui apparteneva, da quasi due anni il colonnello Nichols non usciva dai pochi metri quadrati di quel campo di prigionia sperduto da qualche parte lungo il corso della Vistola. La contraddizione era stridente, e Nichols non mancava mai di avvertirne l'ironia. Sorrise, diede un paio di colpi secchi alla giacca, nel tentativo di lisciare qualche piega, se la infilò, calzò il berretto e attese che il caporale McKenzie, della 51ª Divisione di fanteria, si presentasse alla baracca. Alle sei e quarantacinque in punto, come ogni mattina, McKenzie bussò alla porta.

"Buongiorno, signor colonnello", recitò a voce alta, e si portò la mano destra alla fronte, con il palmo rivolto in fuori, secondo l'uso delle forze armate britanniche.

"Buongiorno, caporale."

Nichols era stato fatto prigioniero nella primavera del 1940, mentre lui e i suoi uomini cercavano di far saltare un ponte.

Tra i prigionieri, era l'ufficiale più alto in grado, e pertanto il comando era spettato a lui. Non che ci trovasse alcuna gratificazione, al di là del fatto di poter usufruire dei servigi di un attendente. McKenzie era l'unico graduato tra gli oltre quattrocento internati. Quello era un *Oflag*, un campo per soli ufficiali. McKenzie era stato trasferito lì apposta per provvedere alle esigenze di Nichols, in ottemperanza alla Convenzione di Ginevra. All'inizio c'erano stati dei tentativi di fuga, nessuno dei quali aveva avuto successo. Due degli evasi erano stati giustiziati, mentre altri tre erano stati riportati indietro e chiusi per settimane in cella d'isolamento. Dopo quei fallimenti, Nichols aveva ordinato che i nuovi progetti venissero accantonati. Alcuni dei più giovani, soprattutto tra i membri dei commando, si erano opposti. Cercare di evadere era un precipuo dovere di ogni prigioniero di guerra. Nichols però era riuscito a imporre la propria volontà. Il campo era nel cuore del Reich, troppo distante dalle linee alleate come dai paesi neutrali. Scappare era impossibile, uno stupido spreco di vite umane. Di contro, il colonnello si era impegnato con tutte le sue forze nel mantenere integro lo spirito marziale degli uomini. Non dovevano lasciarsi piegare dalla prigionia. Dovevano restare degli ufficiali di Sua Maestà. E dunque, nessun tipo di fraternizzazione col nemico e rispetto puntiglioso del regolamento. Era un impegno logorante, fatto di un'attenzione costante ai dettagli. Qualche volta Nichols sperava che i crucchi catturassero un generale. Di norma, però, i generali finivano in posti più lussuosi di quello. L'unica possibilità era che arrivasse un colonnello con un'anzianità di servizio maggiore. Ma anche questa era un'ipotesi piuttosto remota. Nichols era entrato nell'esercito prima della Grande Guerra. Di solito, quelli della sua età se ne stavano al sicuro nelle retrovie. Ma nella campagna di Norvegia le retrovie distavano solo qualche chilometro dalla linea del fuoco. E comunque Nichols non era quel genere di ufficiale. Lo avevano catturato perché era andato di persona a sovrintendere alla posa delle mine. I tedeschi li avevano sorpresi quasi subito. Evidentemente, erano molto più vicini di quanto pensasse il comando. O forse il comando li aveva sacrificati in maniera consapevole, nel tentativo disperato di rallentare l'avanzata delle forze nemiche verso il porto di Åndalsnes, da cui si stava reimbarcando il corpo di spedizione britannico.

Nichols infilò la porta. Fuori, lo attendeva il suo piccolo stato maggiore. Il capitano Jordan, Welsh Guards. Il capitano Fitzsimons, Australian and New Zealand Army Corps. Il tenente Buckles, 1st Army Tank Brigade. Alla vista del colonnello, i tre ufficiali scattarono sull'attenti e fecero il saluto militare.

"Riposo, signori, riposo", disse Nichols portando a sua volta la mano alla visiera. "Novità?"

"All'alba è passata una Mercedes con le insegne delle SS diretta al castello", rispose il tenente Buckles. "Forse era di ritorno dal funerale", aggiunse con un sorriso malevolo.

I quattro uomini si scambiarono uno sguardo pieno di soddisfazione. Il boia di Praga era morto, finalmente. Il 27 maggio, Rehinard Heydrich era stato vittima di un attentato. Due membri della Resistenza cecoslovacca addestrati in Inghilterra avevano aperto il fuoco sulla sua macchina, ferendolo in modo grave. Dopo un'agonia durata diversi giorni, Heydrich era spirato. Il 7 giugno erano state celebrate esequie solenni, al cospetto di Hitler e di tutti gli alti papaveri. Nichols e i suoi lo avevano sentito alla radio, la notte precedente. Quell'apparecchio rudimentale, costruito da un maggiore del genio trasmissioni, e occultato nella baracca del colonnello, sotto le assi del pavimento, era uno strumento vitale per il lavoro di Nichols. Rappresentava un legame diretto con la madrepatria, e una fonte preziosa di informazioni. La BBC aveva definito la cerimonia "un funerale da gangster, nello stile pomposo dei boss italo-americani di Chicago".

"Spargete la voce", ordinò Nichols. "La notizia deve arrivare anche agli altri campi." Oltre all'*Oflag*, nelle vicinanze c'era uno *Stalag* per i militari di truppa inglesi e francesi, e un Lager dove erano stipati i russi, ufficiali e soldati semplici. Là, le regole della Convenzione di Ginevra non valevano. Con la scusa che l'Unione Sovietica non aveva firmato la Convenzione, i nazisti lasciavano morire di fame e di malattia i prigionieri provenienti dal fronte orientale. Nichols aveva visto le colonne di lavoro russe sfilare lungo la strada che costeggiava il reticolato dell'*Oflag*. Uomini magri, sporchi, pronti a tutto per un tozzo di pane. Si diceva che ci fossero stati addirittura casi di cannibalismo. Nichols non aveva particolare amore per i bolscevichi, però riconosceva che si stavano battendo con determinazione. Anzi, al momento, gli oneri maggiori della guerra ricadevano proprio sulle loro spalle. E il trattamento bestiale che gli infliggevano era l'ennesima prova che non c'era alcuna possibilità di compromesso con i tedeschi. Era la seconda volta che davano fuoco all'Europa in poco più di vent'anni. Bisognava spazzarli via dalla carta geografica.

"Cominciamo", disse Nichols, e i quattro partirono per l'ispezione mattutina, tallonati a rispettosa distanza dal caporale McKenzie. Ogni giorno, subito prima dell'appello, Nichols faceva un giro del campo, a significare che, prima che ai tedeschi, gli uomini dovevano rispondere a lui.

Si misero a percorrere i viali dell'*Oflag*, fermandosi di tanto in tanto a salutare e scambiare qualche parola. Davanti alla baracca dei francesi, due *chasseurs alpins* si dividevano una sigaretta. Seduto su una cassa di legno, un carrista sorseggiava del tè. Portava pantaloni di velluto a coste e una sciarpa policroma del tutto fuori ordinanza, ma apparteneva alla 7ª Divisione corazzata, i "Topi del Deserto", molto gelosi delle loro eccentricità da studenti di college. Sulla piazza dell'appello era già partito il mercato. Si offrivano e si cercavano i prodotti più vari: cibo, sapone, libri e riviste, piccoli utensili, e tabacco in ogni sua forma. C'era anche un commercio, neppure troppo occulto, di fotografie pornografiche. Sul piano personale il colonnello considerava la cosa indegna di un ufficiale, ma si rendeva conto che aiutava il morale, e faceva finta di non vedere.

Nichols si era appena congedato dal maggiore van de Kaap, della 1ª Divisione di fanteria sudafricana, quando arrivò di corsa un sottotenente dei Royal Fusiliers.

"Dobbs", disse con voce stridula. Indicava la strada che costeggiava il Lager, al di là del filo spinato.

Gli occhi di tutti si mossero nella direzione verso cui puntava il dito del sottotenente.

Oltre i reticolati, due uomini avanzavano in bicicletta. Uno indossava l'uniforme delle SS, un soldato semplice, o forse un caporale. E l'altro era un ufficiale della fanteria britannica. Procedevano fianco a fianco, conversando.

D'istinto, Nichols si avvicinò alla recinzione, imitato dagli altri. Nessuno parlava. Fissavano con muto disprezzo l'ex compagno di prigionia. Questi li ignorò e continuò a pedalare come se nulla fosse. Il tedesco disse qualcosa, Dobbs rise, e la coppia si allontanò cigolando sui pedali.

Il colonnello si lisciò i baffi grigi. "Continuiamo", disse. Il gruppetto voltò le spalle alla strada e si rimise in movimento. Gli uomini chiusi nell'*Oflag* avevano combattuto in Norvegia, Francia, Nord-Africa, e ovunque erano stati sconfitti. I nazisti erano a Parigi, padroni dell'Europa continentale, le loro armate erano all'offensiva su ogni fronte, dall'Egitto a Leningrado. Eppure, l'Impero resisteva. I crucchi non avevano messo piede sulle isole. La RAF li aveva battuti nel cielo d'Inghilterra. La Royal Navy, una masnada di invertiti gonfi di gin, continuava a tenere testa al nemico. E ora erano arrivati anche gli yankee. Prima o poi il vento sarebbe cambiato. Doveva cambiare. E allora Dobbs, e tutti quelli come lui, sarebbero finiti davanti a un tribunale militare.

Nichols si girò a lanciare un'ultima occhiata alle sagome, ormai lontane, dei due ciclisti.

"Un funerale da gangster", mormorò tra sé.

39

Roma, 11 luglio 1982

Per le strade, all'ombra delle bandiere tricolore che sventolavano dai balconi, l'eccitazione era palpabile. Sembrava che l'intera città trattenesse il respiro nell'attesa della sera, e dell'evento che avrebbe portato con sé, la finale del campionato del mondo di calcio. Anton immaginò che dovesse essere così in tutto il paese. Milioni di italiani aspettavano di assistere alla partita contro la Germania Ovest. Erano stati fortunati. Era il momento ideale per penetrare nella residenza di monsignor Grabski. Il prelato abitava fuori dai confini vaticani, in un palazzo vicino a piazza Farnese. A fare la guardia c'era solo il portinaio, che di certo, non appena fosse iniziata la diretta dal Santiago Bernabéu, si sarebbe piazzato davanti al televisore, come la stragrande maggioranza dei suoi connazionali. Avrebbero potuto lapidare Grabski nell'androne, e nessuno si sarebbe mosso dal divano. Il tempo per pianificare l'azione era stato minimo, ma l'occasione era ghiotta, e i margini di rischio limitati. Bastava riuscire a entrare in casa. Grabski aveva aiutato i nazisti a fuggire dall'Europa. Non aveva interesse a far trapelare quella storia. Avrebbe parlato.

Una volta terminata la perlustrazione, Anton e Natalja si erano messi a gironzolare per il quartiere, come una qualunque coppia di turisti. Quando si erano accorti che i loro scambi in tedesco attiravano l'attenzione dei romani, e in un'occasione persino lo scherno, erano passati al russo. O meglio, soprattutto Anton era passato al russo, perché l'agente Yakovchenko, come sua abitudine, parlava poco. Però, quando si erano seduti nel dehors di un caffè, in Campo de' Fiori, e lui le aveva scostato la sedia, Natalja aveva sorriso, e non se n'era neppure vergognata. La bellezza di quell'antica città l'aveva sopraffatta. Se a Londra e Amburgo il mondo occidentale l'aveva colpita con il crudo spettacolo della merce, qui c'era qualcosa di più sottile, la consapevolezza che la vita poteva essere dolce, costellata di piccoli piaceri, come accomodarsi nel bar di una bella piazza, nella luce del tramonto, e sorseggiare un cocktail (un suggerimento di Epstein, che ancora una volta dimostrava di sapere il fatto suo in quanto a usi e costumi della civiltà borghese). Natalja sedeva morbida, una gamba accavallata sull'altra, il gomito appoggiato al tavolino, e si lasciava cullare dal tintinnio dei cubetti di ghiaccio. Avrebbe potuto restare in quel dehors per sempre.

Anton la fissò negli occhi e fece di sì con la testa. Il vecchio sembrava aver intuito i suoi pensieri. Era un uomo acuto, su questo non c'erano dubbi. E poi – si disse Natalja – non era neanche così vecchio. Questa volta l'agente Yakovchenko ebbe vergogna. Aveva una missione da portare a termine. Doveva agire da professionista. Mise giù la gamba e guardò l'ora. Non mancava molto all'inizio della partita.

Negroni. Scorrendo la carta, quel nome gli era subito suonato familiare, ma sulle prime Anton non era riuscito a mettere a fuoco. Poi l'immagine si era andata componendo nella sua mente. Il liquido dal colore amaranto, il ghiaccio, la fetta di arancia. Ricordava con chiarezza, anche se in realtà non lo aveva mai bevuto. Lo ordinavano i suoi genitori, durante le vacanze estive al Lido di Venezia. Poco prima di mezzogiorno, il dottor David Epstein e la sua consorte salivano in camera, a cambiarsi per il pranzo, mentre lui e Greta restavano ancora un po' sulla spiaggia, sotto il controllo della bambinaia inglese, che li faceva rivestire nella cabina. Si asciugavano in accappatoi bianchi che odoravano di lavanda e avevano le cifre dell'albergo ricamate in blu. Quando arrivavano, i genitori erano già seduti. In genere stavano chiacchierando e sorseggiavano quella bevanda rossiccia. A volte, il padre sussurrava qualcosa all'orecchio della madre, e lei scoppiava a ridere. Molti coetanei di Anton sarebbero stati ripresi aspramente per essersi presentati a tavola dopo gli adulti, ma lui e sua sorella avevano goduto di un'educazione liberale. Anton entrava di corsa nella grande sala, e si metteva a zigzagare tra avventori e camerieri. Alle sue spalle, Greta piagnucolava di aspettarlo, mentre Miss Piggott lo pregava senza successo di camminare in maniera composta, anziché caracollare come un selvaggio. Sua madre lo accoglieva con un bacio e lo invitava a mettersi il tovagliolo sulle gambe, mentre suo padre si informava con sincero interesse su come procedesse la lettura delle avventure di Winnetou, o di qualche altro eroe di Karl May. David e Rachel Epstein avevano creduto nella gentilezza e nel progresso. Anton non sapeva neppure dove fossero sepolti, ammesso che una sepoltura l'avessero avuta. Forse un'orribile fossa comune. Forse soltanto cenere portata dal vento. Di getto, Anton aveva chiesto due Negroni. L'agente Yakovchenko, per una volta, lo aveva assecondato.

Natalja indossava l'abito verde acqua che aveva comprato in Germania. Anton trovava che le donasse molto. Ammise con se stesso di essere un po' patetico, visto che aveva vent'anni più di lei. Ma il polpaccio di Natalja appoggiato con dolcezza sull'altra gamba, l'arco della carne candida, la caviglia nuda, risvegliavano in lui desideri troppo a lungo sopiti.

Il cameriere portò le ordinazioni, accompagnate da una ciotola di olive, una di patatine, e un posacenere.

Anton sollevò in aria il bicchiere.

"Al nostro successo."

Natalja brindò insieme a lui.

Il sapore era leggermente amaro. L'alcol si faceva sentire, ma il colore rossastro e il ghiaccio davano l'impressione di una bibita per bambini. Il Negroni andava giù leggero, scacciando per un istante il caldo dell'estate. In Cecoslovacchia non c'era niente del genere, e presumibilmente neppure in Russia. Laggiù si beveva roba forte e insapore. Si beveva per ottundere i sensi, per dimenticare, per punirsi. Era un bere solitario, anche quando si era in compagnia. In Italia, invece, si beveva per rinfrescarsi, per gustare meglio il cibo, per stare insieme agli altri. Era un piacere, non un gesto rancoroso e impotente.

Anton fissò gli occhi grigi di Natalja, e vi lesse i suoi stessi pensieri. Fece di sì con la testa, come a significare che quel dehors, quella piazza, quella luce, erano reali. Ebbe l'impressione che l'agente Yakovchenko fosse sul punto di dire qualcosa, qualcosa che non riguardava la missione. Attese. Ma lei guardò l'orologio e appoggiò il piede in terra.

"Dobbiamo andare", concluse.

Epstein non lasciò trasparire la propria delusione.

"Vado a pagare", rispose. Si alzò, e si disse che era un ingenuo, un vecchio ingenuo ridicolo.

Quando entrò nel bar, il telecronista stava annunciando le formazioni. Sotto il grosso televisore a colori collocato su una mensola, erano assiepati una dozzina di clienti, e tutti i camerieri del locale.

Zoff, Collovati, Scirea, Gentile, Cabrini, Oriali, Bergomi, Tardelli, Conti, Graziani, Rossi.

Anton fece cenno che voleva il conto. I camerieri si scrutarono l'un l'altro. Uno chiamò un nome di donna, forse la cassiera, puntando oltre il bancone, verso la porta che dava sul retro, ma non apparve nessuno. Alla fine, il più anziano si mosse, andò alla cassa, e picchiò veloce sui tasti, senza staccare gli occhi dallo schermo. Per un istante, il campanello dell'apparecchio coprì la voce del corrispondente da Madrid.

I due guardalinee – diceva lo speaker – erano uno israeliano e l'altro cecoslovacco.

40

Governatorato Generale, 27 novembre 1942

Sopra il lavandino, in un portasapone di metallo tassellato alla parete, c'era una saponetta di colore bruno, picchiettata di granelli di pietra pomice. L'Obersturmführer Rudolf Brandt, l'assistente personale di Himmler, gli aveva spiegato che il Reichsführer-SS aveva orrore delle macchie di nicotina sulle dita e del puzzo delle sigarette. Ogni volta che un ufficiale veniva convocato al cospetto di Himmler, se era fumatore, prima di incontrarlo doveva lavarsi con cura. Gli aveva fatto quel breve discorso in tono meccanico, come la guida di un museo che reciti una lezione che ha ripetuto centinaia di volte. In realtà, Lichtblau non ne aveva bisogno. Le idiosincrasie del capo erano note nell'ambiente. Inoltre, anche se forse Brandt non se ne ricordava, perché la cosa era accaduta un anno prima, Lichtblau aveva già incontrato il Reichsführer-SS. E infatti si era astenuto dal fumare sin dalla sera precedente. Però, si era infilato lo stesso nella toilette indicatagli da Brandt, e aveva preso a sfregarsi vigorosamente le mani con la saponetta. Quella mattina, dopo colazione, si era lavato i denti con particolare cura, e si era persino sciacquato la bocca con il collutorio. Il treno si mosse. Attraverso il finestrino, indistinti per la pioggia che cadeva spessa, iniziarono a sfilare gli edifici che componevano la piccola stazione. La banchina per i carri merci. Il deposito delle locomotive. La cabina di segnalazione. Lichtblau si sentì il fiato nel palmo della mano. Provò imbarazzo. Sembrava uno scolaretto che cercasse di nascondere di aver fumato durante l'intervallo. Ma Himmler lo aveva collocato al vertice del progetto nell'ottobre del 1941, e in tredici mesi lui non aveva ancora prodotto alcun risultato significativo. Non era il caso di compromettere ulteriormente una situazione già compromessa. Lichtblau si asciugò con uno degli asciugamani di lino impilati sotto il lavabo, si diede un'occhiata nello specchio, aggiustò i capelli con un gesto veloce e preciso, rimise il berretto e uscì.

Brandt lo attendeva a metà del corridoio del vagone letto. Il treno privato di Himmler era passato a prelevare Lichtblau a Małkinia, dove il maggiore aveva lasciato la sua automobile. Negli ordini che aveva ricevuto, non si specificava dove sarebbero andati. Si diceva solo di presentarsi alla stazione di quel villaggio sulla linea Varsavia-Białystok. Il convoglio, aveva detto Brandt, proveniva da un giro d'ispezione in Ucraina. Himmler, lo sapevano tutti, amava verificare sul campo, ed era spesso in viaggio, dentro e fuori i confini del Reich. Quando Brandt aveva menzionato una possibile visita al castello, Lichtblau non si era stupito, ma si era subito inquietato. Già il colloquio si annunciava difficile. La visione diretta di un laboratorio perfettamente attrezzato che non aveva prodotto quasi nulla sarebbe stato assai peggio. Le sue ricerche sugli analgesici avevano avuto esiti deludenti, e così quelle sulle droghe. In quest'ultimo ambito, procedeva in parallelo con l'équipe di Dachau. L'obiettivo era produrre una sostanza da usare durante gli interrogatori, una specie di siero della verità. Aveva provato con hashish, cocaina, oppio, mescalina, ma non aveva funzionato. L'errore stava nel presupposto stesso dell'esperimento, perché l'assunzione di stupefacenti rendeva il soggetto strutturalmente inattendibile. I suoi colleghi di Dachau erano giunti alle medesime conclusioni, ma non era una gran consolazione. Anche il materiale sequestrato ai sovietici, in cui

Lichtblau aveva riposto molte speranze, alla fine si era rivelato inutile. Mancavano gli appunti degli scienziati russi, e sulla semplice base dei campioni di laboratorio, la filosofia che aveva guidato le loro indagini continuava a sfuggirgli.

Superarono il ponte sul Bug. Il treno prendeva velocità.

"Attenda qui", disse Brandt.

A una curva, Lichtblau intravide la parte posteriore del convoglio. Era chiuso da un vagone armato con due cannoni antiaerei. Contro il cielo ingombro di nuvole, apparve uno stormo di anatre. Era una grande formazione, disposta a cuneo. Con la manica della giacca, Lichtblau asciugò la condensa sul finestrino per cercare di vedere meglio. La pioggia era sempre più pesante, sul punto di trasformarsi in neve. Stava tornando l'inverno. In Russia, la Wehrmacht avrebbe dovuto fermarsi di nuovo. Come sempre, i bollettini erano entusiastici, ma le voci che si rincorrevano erano di tutt'altro segno. A Stalingrado, la 6ª Armata era accerchiata. E in Nord-Africa, le truppe di Rommel erano sulla difensiva. Sconfitte a El Alamein all'inizio del mese, avevano dovuto ripiegare sino in Tunisia. La guerra sarebbe durata più a lungo di quanto molti, anche tra i bene informati, avevano pensato all'inizio.

La porta al fondo della carrozza si aprì.

"Il Reichsführer l'attende", disse Brandt restando sulla soglia. Lichtblau lo raggiunse.

Attraversarono un altro vagone letto e la vettura ristorante. Ai tavoli, erano seduti sei o sette uomini, alcuni in uniforme delle SS, altri in abiti civili. Bevevano cognac e parlavano. Quando videro arrivare Brandt e Lichtblau, abbassarono il tono della voce.

Giunsero alla carrozza che ospitava lo studio del capo supremo delle SS e della polizia tedesca, nonché commissario del Reich per il rafforzamento della germanicità, e fondatore dell'Ahnenerbe. Brandt bussò. Quando Himmler rispose, il segretario aprì l'uscio e si fece da parte, permettendo a Lichtblau di entrare.

Himmler era seduto accanto al finestrino, di spalle alla porta. Dallo schienale della poltroncina verde spuntava la testa. I capelli, corti e con la sfumatura molto alta, erano stati tagliati di fresco. La nuca era quasi rasata a zero. Ai lati, due orecchie leggermente sporgenti. Lichtblau non riuscì a impedirsi di trovarlo ridicolo. Il Reichsführer-SS si girò e gli fece segno di avvicinarsi.

"Si accomodi", disse indicando la seduta di fronte alla sua. In mezzo, un tavolino su cui c'erano vari fogli, in parte battuti a macchina e in parte scritti a mano, e una carta geografica dell'Europa orientale. Lichtblau notò che vi erano indicate, con segni rossi e blu, le aree dove si erano insediati – o avrebbero dovuto presto insediarsi, non appena la situazione militare lo avesse permesso – i *Volksdeutschen*. La carica di commissario del Reich per il rafforzamento della germanicità – la dizione originaria, commissario agli insediamenti, era meno altisonante e Himmler l'aveva rielaborata a suo gusto – faceva di lui il responsabile dalla dislocazione dei vari gruppi di tedeschi etnici entro i nuovi confini. Heinrich Himmler non era solo il cane da guardia del Reich, era anche uno dei principali architetti del grandioso progetto di riconfigurazione dello spazio europeo messo in moto dalla rivoluzione nazionalsocialista.

"Dunque", esordì Himmler, freddo, "dall'ultima volta che ci siamo visti ha fatto dei bei progressi."

Lichtblau era smarrito. Non capiva se Himmler volesse fare dell'ironia sui suoi fallimenti, oppure se dicesse sul serio. Quali progressi? Il Reichsführer-SS poteva essere un burocrate dalla mentalità ristretta, come molti dicevano a mezza bocca, ma era un uomo estremamente puntiglioso, e aveva studiato agraria. Lichtblau non aveva modo di ingannarlo. Il maggiore decise di confessare.

"Gli esperimenti con il *Caladium seguinum* non sono giunti ai risultati sperati", disse imbarazzato.

"Il progetto di sterilizzazione di massa è ormai superato", ribatté secco Himmler. "È proprio per questo che l'ho convocata", aggiunse in tono più morbido, quasi complice. "Voglio farle vedere quale indirizzo ha preso la nostra guerra. Sono certo che le sarà utile nel prosieguo delle sue ricerche." Himmler amava atteggiarsi a patrono della scienza. Nel loro incontro precedente, quando gli aveva conferito l'incarico, aveva tenuto un lungo monologo sull'argomento, invitando Lichtblau a muoversi nelle direzioni che riteneva più interessanti, senza temere di imboccare strade poco convenzionali, se era convinto che potessero essere fruttuose per la Germania. Era proprio per quello che, nel 1935, aveva dato vita all'Ahnenerbe, che ormai contava due dozzine di istituti, la cui attività abbracciavano tanto le discipline umanistiche, quanto le scienze naturali, spaziando dagli studi storici, archeologici e linguistici sulle origini della civiltà germanica – il nucleo iniziale degli interessi della società, come indicava il suo nome, "eredità ancestrale" – sino alla meteorologia e alla geologia. "Il *Taraxacum kok-saghyz*", disse Himmler con un sorriso entusiasta.

Il maggiore Lichtblau ebbe bisogno di qualche istante per realizzare di che cosa gli stesse parlando. Una specie di Dente di leone scoperta in Kazakistan nel 1932. I russi cercavano di ricavarne gomma. Lichtblau lo aveva infilato in una delle sue ultime relazioni, giusto per fare massa e mascherare il vuoto di risultati, ma non credeva che potesse funzionare.

"Ho già ordinato che si avviino estese coltivazioni in Ucraina e nella Rutenia bianca. Risulterà decisivo per lo sforzo bellico."

Il volto di Himmler era estatico. L'industria tedesca aveva un disperato bisogno di gomma, che prima del conflitto importava dall'Asia Sud-orientale. Il capo delle SS non vedeva l'ora di presentarsi dal Führer come colui che aveva garantito al Reich l'approvvigionamento di una materia prima essenziale per vincere la guerra.

Il maggiore annuì con convinzione, sforzandosi di nascondere la propria sorpresa.

"Sapevo di aver puntato sulla persona giusta", aggiunse Himmler. La lotta tra i botanici dell'Ahnenerbe per aggiudicarsi quel posto era stata accanita. Lo Sturmbannführer era consapevole di essere stato fortunato a vincere la gara. Ed evidentemente la dea bendata continuava a sostenerlo. *Taraxacum kok-saghyz*. Lichtblau avrebbe voluto mettersi a ridere.

Alla fine, la pioggia si era trasformata in neve, e il paesaggio si era imbiancato in fretta. Poi, all'improvviso, le nuvole si erano aperte. Il sole aveva iniziato a sciogliere il leggero strato nevoso che ricopriva la massicciata e i campi attorno alla ferrovia.

"Hörbiger aveva ragione", sussurrò Himmler guardando fuori dal finestrino. Le sue labbra si erano piegate in una smorfia infantile.

Lichtblau si affrettò a confermare che concordava in pieno. Hanns Hörbiger e i suoi seguaci sostenevano che la vita dell'universo fosse dominata dalla lotta tra fuoco e ghiaccio, e che questa dialettica producesse periodicamente terribili catastrofi, l'ultima delle quali, sulla Terra, avrebbe causato la scomparsa di Atlantide. Il dottor Hans Lichtblau convenne, con una determinazione spudoratamente mendace, che tale teoria, di cui Himmler si era dimostrato un sostenitore entusiasta e che per un certo periodo aveva conquistato addirittura il Führer, era stata liquidata in maniera troppo frettolosa dalla comunità scientifica. Nel 1938, in seguito al discredito gettato sulle speculazioni di Hörbiger, Himmler aveva ordinato che l'Ahnenerbe non si occupasse più della "teoria del ghiaccio cosmico", o quanto meno che non si desse pubblicità alla cosa. Sembrava che il Reichsführer-SS avesse accusato il colpo.

"Liquidata in maniera troppo frettolosa, non c'è dubbio", ribadì il maggiore.

Himmler si girò verso Lichtblau e lo fissò pieno di riconoscenza.

"È talmente evidente", disse.

Stava per aggiungere qualcos'altro, ma sopraggiunse Brandt, che informò Himmler che lo Hauptsturmführer Thomalla chiedeva di conferire con lui prima dell'arrivo.

"Continueremo dopo", disse Himmler.

Lichtblau fece il saluto, girò sui tacchi e si allontanò verso la carrozza ristorante. Era tormentato dalla voglia di fumare.

Aveva chiesto un bicchierino di cognac. Il Reichsführer-SS non solo detestava le sigarette, ma disapprovava anche l'abuso di alcol. Lichtblau lo sorseggiava piano, cercando di farselo bastare. Heinrich Himmler era l'esatto contrario del suo compianto braccio destro Reinhard Heydrich. Sul piano fisico come su quello caratteriale. Se Heydrich aveva incarnato il tipo ideale del guerriero nordico, Himmler era di aspetto molliccio e antieroico. Heydrich era di poche parole, sempre netto nel ragionamento. Himmler invece si perdeva in una logorrea opaca, intessuta di pseudoscienza. Eppure, per quanto il fondatore dell'Ahnenerbe non fosse in grado di distinguere la ricerca vera dalle cialtronerie, Lichtblau, proprio come Heydrich, gli doveva molto. Himmler non solo lo aveva messo a capo del progetto, ma, ancora prima, aveva impresso una svolta decisiva alla sua vita. In un discorso del 1935, il capo delle SS aveva insistito sulla necessità di rafforzare il nucleo biologico del Reich, "riconducendo" in patria le comunità di germanofoni che vivevano fuori dai confini nazionali. E tra questi aveva citato anche i milioni di tedeschi che si trovavano negli Stati Uniti. I giornali americani avevano riportato la notizia con ironia sferzante, ma per Hans Lichtblau quelle parole erano state una vera epifania. Il nuovo Reich fondato da Adolf Hitler era la risposta a tutti i suoi problemi. Tempo tre mesi e il giovane *Volksdeutscher* aveva acquistato un biglietto di seconda classe per un viaggio di sola andata sul transatlantico *Bremen*. Una patria che non aveva mai veduto lo attendeva, entusiasta di riabbracciarlo.

Hans Lichtblau era cresciuto nel North Side, la zona di Chicago dove vivevano i tedeschi, che nell'Ottocento avevano attraversato in massa l'oceano. Quella dei suoi genitori era stata una storia di successo. Il sogno americano in tutta la sua purezza. Suo padre, sbarcato a Ellis Island nel 1893, era stato prima a Newark, nel New Jersey, quindi si era trasferito a Chicago. Aveva iniziato dal gradino più basso, lavorando negli Union Stock Yards, il gigantesco quartiere dei macelli, che faceva la fortuna di quella metropoli in costante crescita. La città era la capitale mondiale della lavorazione industriale della carne. Ogni giorno, dagli Stati agricoli dell'Ovest, arrivavano per ferrovia migliaia di capi di bestiame – mucche, pecore, maiali – che venivano ammazzati, smembrati e inscatolati da una folla di immigrati pagati una miseria. Gli operai facevano a pezzi una bestia in pochi minuti, grazie a un'organizzazione scientifica del lavoro, che sarebbe servita da modello a Henry Ford per la catena di montaggio. Suo padre era stato lì, a sudare insieme ai polacchi, agli irlandesi, agli ucraini, tutto il giorno nel puzzo del sangue e delle interiora. Però, con il sostegno dalla moglie, anche lei di origine tedesca, donna determinata e risparmiatrice, era riuscito a mettersi in proprio, e nei primi anni Dieci possedeva una fabbrica di salsicce che vendeva i suoi prodotti in tutto l'Illinois. Il signor Lichtblau non si vergognava delle sue origini umili, anzi, ne andava fiero. Ogni tanto, portava Hans e i due fratelli maggiori a fare un giro agli Union Stock Yards, a respirare quell'aria fetida, perché i ragazzi, cresciuti nell'agio, vedessero com'era la vita.

Allora, la comunità tedesca era rispettata ovunque negli Stati Uniti. Se ne lodavano la laboriosità, la precisione e la cultura. D'altra parte, nella variegata galassia del melting pot americano, un tedesco – soprattutto se di confessione luterana – era quanto di più vicino ci fosse alla razza padrona dei bianchi, anglosassoni, protestanti. Poi, il 28 giugno del 1914, a Sarajevo, Gavrilo Princip aveva assassinato l'arciduca d'Austria

Francesco Ferdinando, e ogni cosa, nel mondo di Hans Lichtblau, aveva cominciato a cambiare. I *German-Americans* erano contrari all'idea che il paese si schierasse al fianco di Francia e Inghilterra. Erano dei buoni americani, ma erano anche legati alla nazione dove erano nati. In questo, erano affini agli irlandesi, i quali non volevano andare a combattere al fianco degli oppressori della loro antica patria. Però, la situazione dei tedeschi era più complicata. Loro parlavano la lingua di quelli che i giornali chiamavano "gli unni". Molti avevano addirittura il ritratto del Kaiser appeso in casa. Quando il presidente Wilson aveva dichiarato guerra alla Germania, nell'aprile del 1917, la posizione dei tedeschi d'America era divenuta insostenibile. Qualcuno – non molti, ma abbastanza per alimentare il clima di paranoia – si era dato al sabotaggio. Inoltre, molti tedeschi militavano nel Partito socialista, che si opponeva al conflitto. All'improvviso, i *German-Americans* avevano smesso di essere i cittadini modello che erano stati fino a quel momento. Erano diventati spie al soldo del nemico, pericolosi sovversivi. Anche se all'epoca aveva solo sei anni, Hans aveva il ricordo chiaro, bruciante, di suo padre strattonato da una turba di americani "senza trattino". Il bambino aveva assistito a quella scena agghiacciante dal bovindo del salotto della loro bella casa di Fullerton Avenue. Quando la domestica si era accorta che era lì, gli aveva coperto gli occhi con la mano e lo aveva trascinato in camera sua. Ma aveva visto a sufficienza.

Nel giro di pochi mesi, le scuole e i giornali in lingua tedesca erano stati chiusi. Le decine di cittadine del Midwest che si chiamavano Berlin erano state ribattezzate Lincoln. A Chicago, il Bismarck Hotel era diventato il Randolph Hotel. I *German-Americans* erano stati costretti ad abbandonare il proprio idioma, la propria cultura, a diventare anglosassoni. Per certi versi, era un onore. I genitori di Hans Lichtblau, pur di difendere il loro sogno americano, si erano rassegnati. Avevano tolto il ritratto del Kaiser dal salotto e avevano smesso di parlare tedesco, almeno fuori casa. Negli anni Venti, i Lichtblau erano americani al 100%. Il sogno era salvo. Il commercio prosperava. Il mercato azionario cresceva. Hans studiava Botanica alla prestigiosa University of Chicago, fondata da John D. Rockefeller. Dei suoi due fratelli, il più vecchio lavorava con il padre in azienda e si preparava a prenderne il posto, mentre l'altro faceva l'ingegnere a San Francisco. Ma il 24 ottobre del 1929 l'incantesimo era tornato a rompersi, e questa volta in modo definitivo. Il fratello maggiore, che aveva investito quasi tutti i risparmi di famiglia in borsa, si era scolato una bottiglia di whisky – una scelta molto americana – e si era buttato dal quinto piano di un albergo di La Salle Street. Nel giro di un anno, la fabbrica aveva chiuso. Hans era stato costretto a smettere di studiare. Da San Francisco, Karl – diventato Carl nel 1919 – ogni tanto mandava dei soldi, ma anche lui navigava in cattive acque, e aveva una bambina piccola e un secondo figlio in arrivo. I genitori di Hans, dopo anni di sacrifici e lavoro, abitavano di nuovo in due stanzette mal riscaldate. Si erano spenti a poche settimane di distanza uno dall'altra, di dolore e di vergogna. Hans viveva di espedienti. L'appello di Himmler gli era giunto come la grazia a un condannato a morte.

Il treno del Reichsführer-SS era fermo in una stazione. Il cartello sulla pensilina diceva "Treblinka". A Lichtblau quel nome non diceva nulla. Da una linea secondaria che si inoltrava nella foresta, arrivò un convoglio di carri bestiame. Alcuni vagoni avevano le porte aperte e parevano vuoti. Il convoglio stava prendendo velocità. Quando fu passato, il treno privato di Himmler imboccò lo stesso binario. Procedette tra gli alberi per alcuni minuti. Poi la locomotiva frenò.

Sulla banchina si ritrovarono in una decina. Himmler, Brandt, Lichtblau e gli uomini del vagone ristorante. Questi ultimi fissavano lo Sturmbannführer con diffidenza.

"Il dottor Lichtblau, dell'Ahnenerbe", lo presentò Himmler. Fece una pausa teatrale e aggiunse: "È qui in gita di istruzione". Qualcuno ridacchiò.

Lichtblau si guardò attorno. Si trovavano in uno spiazzo fangoso. Qua e là, giacevano a terra alcuni oggetti, apparentemente smarriti da viaggiatori disattenti. Un fagotto. Una scarpa da donna. Un ombrello. C'era una piccola stazione. La biglietteria, il deposito bagagli, un caffè, e numerosi cartelli: "Per Białystok", "Per Varsavia", "Per Siedlce". Però c'era qualcosa di posticcio. Più che una stazione, sembrava la copia approssimativa di una stazione. Mancavano i dettagli. Non c'era un orologio. Non c'era una buca delle lettere, né l'orario appeso al muro. Soprattutto, non c'erano persone. Nessun capostazione, nessun bigliettaio, niente facchini. Poco più in là, il binario finiva contro un respingente. Come si faceva ad andare nei posti che indicavano i cartelli?

Nell'aria c'era un odore dolciastro, nauseabondo. Al fondo della mente di Lichtblau, qualcosa iniziò a prendere forma. Himmler osservava con interesse le sue reazioni. Lichtblau mosse lo sguardo oltre la stazione. C'erano reticolati alti sei metri, intrecciati a rami di pino, un groviglio così fitto che era impossibile vedere che cosa ci fosse dietro. C'erano profondi fossati anticarro, e cavalli di Frisia, e torrette di guardia dotate di mitragliatrici. D'istinto, il maggiore si sforzò di respingere l'evidenza di quegli indizi. Se c'era una stazione, significava che era un luogo da cui si ripartiva. Che importava se il binario finiva e non c'era bigliettaio? I cartelli indicavano che si poteva andare a Białystok, a Varsavia, a Siedlce.

Dai reticolati sbucò un ufficiale delle SS, un capitano. Salutò Himmler, poi qualcuno degli altri. Anche lui lanciò un'occhiata sospettosa a Lichtblau. Uno degli uomini in abito civile gli disse qualcosa, ma Lichtblau non lo intese.

"Hanno appena chiuso le porte", disse il capitano.

Il gruppo si mosse, lasciandosi la stazioncina alle spalle.

Superarono i reticolati e i cavalli di Frisia. Oltre, c'erano delle baracche, edifici poveri, costruiti in fretta. Chiaramente, non erano stati pensati per durare. Tra le baracche, si muovevano alcuni prigionieri in uniforme a righe, chini sul proprio dovere. Erano intenti a trasportare della roba in una delle baracche. Lichtblau si avvicinò a una finestra, priva di infissi. Nello stanzone c'erano mucchi di oggetti, anche molto alti. Erano gli oggetti più diversi, ordinati per tipo. Pennelli da barba. Vasetti di marmellata. Pettini. Cappotti. Passeggini. Cinture. Libri. Cravatte. Strumenti musicali. In un angolo, due internati si stavano sciacquando con dell'acqua di Colonia. Uno teneva le mani giunte, a conchetta, e l'altro gli versava il liquido profumato da un flacone di cristallo. Poi invertivano i ruoli.

"Nel campo l'acqua è razionata", disse il capitano che era venuto a riceverli. Lichtblau non si era neppure accorto che gli si era avvicinato. "Solo le guardie possono usarla per lavarsi", spiegò ancora quello. Lichtblau lo fissò interdetto, ma non disse nulla, e lo seguì. La visita proseguiva.

Giunsero di fronte a un grande edificio in pietra, austero. Avrebbe potuto essere una chiesa. L'ingresso era ingentilito dalla presenza di alcuni vasi da fiori.

"Con le dieci che sono state aggiunte, abbiamo guadagnato 320 metri quadrati", Lichtblau sentì dire a qualcuno. Non si voltò a vedere chi fosse.

"Prima erano quattro?"

"Tre, e per giunta piccole, appena 16 metri quadrati l'una."

Più in là, una grossa ruspa scavava in un turbine di polvere gialla.

"Quanto dura il processo?"

"20-25 minuti."

Lichtblau si sforzò di non prestare attenzione ai colpi e alle urla che provenivano dall'interno dell'edificio in pietra.

Attorno alla costruzione correvano binari a scartamento ridotto. Lichtblau mosse qualche passo in quella direzione, ma subito si girò a cercare Himmler. Questi fece un gesto di incoraggiamento, come una madre che spronasse il bambino ad avventurarsi in giardino, o sulla battigia, perché non c'era nulla da temere. Lichtblau seguì i binari. Sulla fiancata dell'edificio c'erano diverse porte. E davanti alle porte, disposti in fila sul binario, dei carrelli autoribaltanti. Accanto a ciascun carrello una coppia di prigionieri, in attesa. Lichtblau procedette. I binari portavano a un reticolo di grandi fosse. La ruspa scavava senza posa. Lichtblau si affacciò sulla fossa più vicina. Era colma di materia organica in decomposizione. Carne, ossa, pelle. In quella massa, c'erano occhi sgranati, volti scomposti, mani serrate in pose grottesche. Lichtblau però si sforzava di ignorare quei particolari. Non doveva pensare a quelle cose come a *persone*. Era come nei macelli di Chicago. C'era un lavoro da fare, veniva fatto. Anche la procedura era molto simile. L'arrivo in treno. Le squadre di operai, ciascuna con un compito specifico. Le rotaie. Le macchine. Il lezzo. Era una catena di smontaggio, analoga a quella da cui uscivano i würstel. Una fabbrica, insomma. Ma che cosa produceva? Lichtblau lottò con se stesso per trovare una risposta plausibile. Igiene. La fabbrica produceva igiene razziale. Era un compito terribile, ma andava assolto, per il bene dell'Europa e del mondo. Erano stati *loro* a provocare la crisi del 1929. Bisognava rispondere, annichilire quell'oscuro impero invisibile.

Era tornato indietro, camminando piano, sforzandosi di non mostrare che gli tremavano le gambe. Himmler lo aveva seguito con lo sguardo, senza dire nulla. Lichtblau aveva raggiunto una delle baracche e si era fermato a prendere fiato, appoggiandosi al muro con una mano. Ora il desiderio di fumare era fortissimo. Echeggiò uno sparo. Lo Sturmbannführer girò l'angolo. Davanti alla baracca, sulla cui facciata campeggiava la scritta "Infermeria", c'era una lunga panca, e poco più in là una buca profonda, già piena per metà. Sulla panca erano allineate creature infelici, di ogni età e aspetto. Storpi, amputati, anziani così avanti negli anni che, anche a vederli da seduti, si capiva che non riuscivano più a camminare. Un ausiliario ucraino, con in pugno una Luger, si fermava davanti a ciascuna delle creature, le puntava la pistola alla testa, e premeva il grilletto. Tranquillo, metodico, le abbatteva una dopo l'altra. La creatura di norma non emetteva un gemito e si afflosciava su se stessa. Aiutandosi con un randello, l'ucraino la spingeva nella buca. Le altre creature attendevano, senza dire nulla. Guardavano nel vuoto, oppure tenevano gli occhi chiusi, pregando sottovoce. I bambini piangevano piano. A paragone della procedura industriale cui Lichtblau aveva assistito poco prima, quella pratica era incredibilmente arcaica. Lo strepito della civiltà delle macchine taceva, e la morte ritrovava la sua dimensione più intima. L'ucraino vide lo Sturmbannführer, con i suoi begli stivali lucidi, e gli disse, in un tedesco elementare, di fare attenzione, perché rischiava di sporcarseli. Lichtblau si rese conto di essere a pochi centimetri da una pozza di sangue denso e scuro. Fece qualche passo indietro, o piuttosto, barcollò. L'ucraino produsse un risolino e riprese il lavoro. Abbatté una vecchia, un uomo malato di gotta, un ragazzino con le gambe sciancate dalla poliomielite.

Non lontano dalla fossa, due internati stavano finendo di scavare una buca, neanche troppo grande. Quando ebbero terminato, un terzo prigioniero arrivò con una carriola colma di carte. Documenti d'identità. Lettere. Cartoline. Disegni. Scarabocchi infantili. Agende. Taccuini. Quaderni di scuola. Annunci di nozze. Il prigioniero rovesciò tutto nella buca. Uno dei due compagni vi versò sopra un po' di benzina da una tanica. L'altro accese un cerino e lo lasciò cadere. Una colonna di fuoco si levò dalla buca, annichilendo in pochi istanti quella massa di messaggi, ricordi e speranze. Alcuni foglietti di carta velina, sospinti dal calore, si librarono sopra il rogo. Volteggiavano leggeri come farfalle. Ma subito lingue di fiamma li lambirono, consumandoli in un soffio.

Qua e là, attorno alla buca, qualcosa era sfuggito alla distruzione. Un biglietto del pullman. La pianta di un appartamento. Un telegramma. Un'istantanea delle vacanze. Lichtblau raccolse un libretto universitario. Era molto simile a quello che aveva avuto lui a Berlino. La copertina rigida, su cui era impresso lo stemma dell'ateneo. Le generalità dello studente, corredate dalla fotografia. Gli esami sostenuti, con i voti e le firme dei professori. Si era chiamato Stefan Dorn. Aveva studiato Filosofia a Varsavia. Da quanto Lichtblau poteva capire da quell'elenco in polacco, aveva iterato l'esame di Logica. Forse era la disciplina in cui aveva pensato di laurearsi. L'inquietudine che quelle pagine gli trasmettevano cresceva, stava per trasformarsi in orrore. Lichtblau richiuse il libretto e lo lanciò tra le fiamme.

"Spero che la sua gita di istruzione sia stata fruttuosa."

Il maggiore alzò lo sguardo. Di fronte a lui c'era il Reichsführer-SS.

"Certo", balbettò Lichtblau.

Erano soli. L'ucraino aveva terminato il tiro al bersaglio e si era ritirato all'interno della baracca. I tre prigionieri addetti allo smaltimento della carta erano scomparsi anche prima, sgattaiolati via non appena Himmler si era avvicinato.

Il capo delle SS lo fissava con un'intensità che nella conversazione sul treno era stata del tutto assente. Ora Lichtblau sapeva. Non che non lo sapesse anche prima, ma ora *aveva visto*. Era anche lui uno dei custodi del segreto. Avrebbe saputo comportarsi di conseguenza?, sembrava domandare Himmler. Lo Sturmbannführer fece di sì con la testa.

"Non possiamo lasciarci vincere dalla pietà", disse ancora Himmler, gli occhi colmi di purpurei disegni geopolitici. "Tutto questo è terribile, ovvio. È il compito più arduo che si possa chiedere a un soldato. Eppure, è necessario."

Lichtblau tornò ad annuire.

Il silenzio era assoluto, a eccezione del borbottio remoto della scavatrice meccanica. Lichtblau attese qualcos'altro, una parola, un cenno. Ma il Reichsführer-SS non aveva niente da aggiungere.

In lontananza, si udì il fischio di una locomotiva.

"Muoviamoci", disse Himmler in tono pratico. "È arrivato un altro convoglio. Dobbiamo liberare il binario."

41

Roma, 11 luglio 1982

"Perché ovunque sarà la carcassa, là si raduneranno gli avvoltoi."

La citazione gli era parsa appropriata, ma il suo interlocutore non sembrava apprezzarne l'ironia.

"Matteo 24, 28", specificò monsignor Grabski.

Shlomo Libowitz inarcò le spalle.

"Be', immagino che lei non abbia letto il Nuovo Testamento", disse il cardinale.

La conversazione languiva. Quel vecchio giudeo si era infilato in casa di soppiatto. Non doveva essere la prima volta che faceva una cosa del genere. Aveva aperto la porta senza un rumore e lo aveva sorpreso in salotto, davanti al televisore. Grabski non poteva dirsi un tifoso, ma la finale voleva vederla. Proprio mentre l'Italia sbagliava un rigore, tra le urla di delusione che provenivano dagli alloggi vicini, gli era saltato addosso e aveva minacciato di ucciderlo, se avesse provato a chiamare aiuto. Era di certo capace di farlo. Aveva mani enormi e uno sguardo da assassino. Grabski se n'era restato buono buono sul divano. Sulle prime, aveva temuto che si trattasse della questione dell'Ambrosiano. Quando aveva capito il motivo della visita, aveva dovuto sforzarsi per non mettersi a ridere.

"Ma di certo conoscerà l'Antico Testamento, quello che voi chiamate Tanakh", riprese Grabski.

Shlomo inarcò di nuovo le spalle.

"Dio non sta in cima alle mie preoccupazioni", disse. "Non c'è mai stato, neanche prima della guerra. In famiglia, l'unica che se ne curava era mia madre. Non le è servito un gran che. È morta di tifo nel ghetto di Łódź. Sono morti tutti quanti, quelli che avevano fede e quelli che non ce l'avevano."

"Guardi che nell'Antico Testamento non c'è solo la fede. È una specie di *De bello Gallico* degli ebrei. È il racconto delle campagne militari del popolo d'Israele per conquistare la Terra Promessa, campagne condotte con l'ausilio del più potente degli alleati, quello che il Salmo 46 chiama 'il Signore degli eserciti'. Nel testo è assolutamente evidente che la Palestina era già abitata da altri, e Dio la promette agli ebrei togliendola a costoro. Quello dell'Antico Testamento è un Dio che non conosce pietà. A Gerico, dopo che il Signore ha fatto crollare le mura della città, i guerrieri ebrei passano a fil di spada persino le bestie dei vinti. Ed è un Dio avido, che alla conquista di Madian esige da Mosè una percentuale sul bottino." Grabski fece una pausa per prendere fiato, ma prima che potesse ricominciare, affrontando il I Libro dei Maccabei, forse quello più spiccatamente permeato di spirito marziale, dove si canta la bellezza della guerra in difesa della patria, Shlomo lo afferrò per il bavero della camicia e lo sollevò dal divano.

"La lezione di teologia è finita", ringhiò.

Al cardinale sovvenne che in realtà la tradizione rabbinica non considerava sacri i due libri dei Maccabei. E infatti, nelle edizioni protestanti della Bibbia, che seguono il canone ebraico, i Maccabei, insieme a Tobia, Giuditta e qualche altro libro che al momento non si ricordava, figurano a parte, come apocrifi. Ma provare a intavolare una discussione di un qualche spessore con quell'animale era inutile.

"Ti ho già detto tutto quello che so", rispose Grabski senza ombra di paura. "Torna nello shtetl puzzolente da dove sei uscito."

Shlomo tirò a sé il cardinale e gli sferrò una testata in faccia. Sentì l'osso rompersi contro la sua fronte. Lo lasciò andare.

L'ecclesiastico giaceva bocconi sul tappeto. Qua e là, macchie di sangue si confondevano con i disegni della trama. Teneva entrambe le mani sul naso e gli occhi chiusi, ma non aveva emesso un gemito. Witold Grabski non aveva mai temuto il dolore fisico. Quello è transeunte. Solo la sofferenza dell'anima è eterna.

Shlomo andò in cucina, prese uno strofinaccio, tornò in salotto e lo lanciò al prete.

"Pulisciti e raccontami da capo la tua storia."

Grabski obbedì. Si ripulì alla bene e meglio, e si rimise a sedere sul divano.

"Ho inserito Lichtblau nella lista nell'autunno del 1944", cominciò.

"Perché lui? Era un pesce abbastanza piccolo. Saranno stati in tanti a chiedere."

"Avevo ricevuto indicazioni dall'alto. Immagino disponesse di conoscenze."

Per un istante, Grabski ebbe timore di essersi tradito in qualche modo. Era l'unico punto in cui doveva mentire. Ma la risposta sembrò andar bene, e arrivò un'altra domanda.

"Quando è stato con precisione?"

"Novembre, al massimo gli inizi di dicembre."

"Sei sicuro?"

"Sì. Ricordo distintamente di aver chiuso la lista il giorno dell'Immacolata."

"Piantala col catechismo o ti tiro un'altra testata."

"L'8 di dicembre", si affrettò a spiegare Grabski.

"Va' avanti."

"Non c'è altro. Ho segnato il suo nome, poi non l'ho più visto. Avrebbe dovuto raggiungere un convento a Bolzano, e da lì Roma, e poi l'Argentina. Ma in Italia non c'è mai arrivato."

"Come lo sai?"

"Mesi dopo ho parlato con il priore del convento. Lo avranno preso i russi, oppure gli americani. O magari è scappato in Svezia, chissà. Alla fine della guerra in Germania c'era una gran confusione."

Un suono rauco emerse dalla gola dell'ex deportato. "Me lo ricordo", disse.

I due uomini si fissarono in silenzio.

"Perché li aiutavate?", chiese Shlomo.

"Avevano bisogno di aiuto."

"E ti sembra un motivo?"

"Prima aiutavamo gli ebrei."

"Come fai a mettere sullo stesso piano vittime e carnefici?"

"Non ci sono vittime e carnefici, solo peccatori."

Nonostante il naso violaceo, il volto di Grabski era disteso. Sembrava che credesse davvero in ciò che diceva. Shlomo lo colpì con un pugno alla mascella. Grabski finì disteso sul divano.

"Voi preti stavate dalla parte dei nazisti sin dall'inizio, soprattutto in Polonia."

Il cardinale si tirò su e prese a massaggiarsi la guancia.

"La Chiesa è al di sopra delle parti."

Shlomo non gli staccava gli occhi di dosso. Le mani gli tremavano. Una parte di lui sperava in una minima reazione di quel vecchio antisemita, anche solo una battutina, per poterlo fare a pezzi.

"Hitler è cresciuto in una famiglia cattolica", disse. "Non ha mai abbandonato formalmente la Chiesa, e la Chiesa proprio non ci ha pensato a scomunicarlo."

"Il nostro è un Dio misericordioso, mica quello dell'Antico Testamento", fu sul punto di controbattere Grabski. Però restò zitto. Un po' di mortificazione della carne poteva anche sopportarla, ma l'energumeno rischiava di mandarlo anzitempo a raggiungere la Casa del Padre.

Il naso continuava a sanguinare. Grabski tornò a tamponarsi con lo strofinaccio.

"Ti pare il modo di trattare un cardinale?", domandò una voce alle loro spalle.

Shlomo e Grabski si voltarono verso la porta della stanza.

Sulla soglia c'erano Anton Epstein e la sua *shiksa*.

"Voi due siete sempre in ritardo", disse Shlomo.

"È che ti mandiamo avanti a fare il lavoro sporco", rispose Anton. Si avvicinò a Grabski e lo esaminò con occhio professionale. "Anche perché lo sai fare proprio bene." Alzò lo sguardo sul vecchio compagno di prigionia. "Di cosa stavate parlando?"

42

Prussia orientale, 24 dicembre 1942

Nell'atrio del palazzo, era stato sistemato un abete che il maggiore Lichtblau aveva fatto prelevare nella foresta. Si era occupato personalmente degli addobbi. Ormai si comportava in tutto e per tutto come se fosse il padrone. Per festeggiare il Natale, aveva anche organizzato un ricevimento cui avrebbe preso parte il personale delle SS con le relative famiglie, in visita per le feste. Anche i coniugi von Lehndorff erano stati invitati, ma il barone aveva rifiutato. Non si sarebbe fatto trattare da ospite in casa sua. Inoltre, von Lehndorff non amava quei dolciastri rituali piccolo-borghesi, rituali di cui Lichtblau sembrava intenzionato a offrire un'interpretazione particolarmente elaborata. La serata prevedeva addirittura la proiezione di un film. Quella mattina, un camion delle Waffen-SS aveva scaricato un proiettore 16 mm, insieme a un operatore in uniforme di gala. Al barone il cinema era sempre parso una forma di intrattenimento rozza, elementare. Niente più che ombre tremolati, prive della densità dei personaggi della letteratura o del teatro. Un apparato illusionistico che poteva andare bene per i bambini, o per le pellicole pornografiche che si proiettavano nei bordelli. Carlotta sosteneva che esistessero film che valeva la pena di vedere, film per i quali era addirittura lecito usare la parola "arte". Poteva darsi che sua moglie avesse ragione, ma certo l'occasione giusta per convincerlo delle qualità estetiche del cinema non sarebbe stata la festicciola dello Sturmbannführer Lichtblau.

Dal pianerottolo del primo piano, i gomiti appoggiati alla balaustra, il barone fumava la sua pipa di schiuma e osservava l'albero di Natale sotto di lui. Era così alto che, se avesse allungato un piede, sarebbe riuscito a toccare la stella argentata sulla punta. Ai rami c'erano palline di vetro soffiato, alcune trasparenti e altre dipinte con colori brillanti. C'erano piccole campanelle bianche, angeli e Babbi Natale di feltro, fette di arancia essiccate, fiocchetti rossi, e bastoncini di cannella, il cui aroma pungente saliva sino alle narici di von Lehndorff, mischiandosi all'odore del tabacco.

Uno dei nuovi domestici comparve nell'atrio e depositò alcuni pacchetti ai piedi dell'albero. Il maggiore aveva fatto le cose per bene. Probabilmente aveva invitato anche la sua amante, con i due bambini. Von Lehndorff li aveva intravisti in diverse occasioni. La prima volta che era venuta al castello, Lichtblau ci aveva tenuto a fare le presentazioni ufficiali. La donna, visibilmente in soggezione, si era esibita in un goffo inchino da contadina.

Von Lehndorff si tolse la pipa di bocca e le labbra disegnarono un sorriso. Il maggiore Lichtblau era un uomo dai gusti semplici, gli piacevano i film e le ragazze di campagna.

"Hai sistemato i regali?"

La voce di Lichtblau era secca e risoluta.

"Sì, signor maggiore", rispose il domestico.

I tacchi degli stivali dello Sturmbannführer risuonarono sul marmo dell'atrio.

"E allora vai ad aiutare gli altri ad apparecchiare."

Il domestico obbedì all'istante.

Lichtblau alzò la testa e incrociò lo sguardo del barone.

"Davvero lei e sua moglie non volete unirvi a noi?"

La domanda era stata posta con gentilezza, ma von Lehndorff ebbe l'impressione che, al fondo, contenesse una volontà canzonatoria.

"Kate ci sta preparando qualcosa", rispose. Si staccò dalla balaustra e fece per rientrare nelle sue stanze.

"Allora, buon Natale", disse Lichtblau. Questa volta il tono irridente era esplicito.

Il barone non replicò e si infilò nello studio. Mentre si chiudeva la porta alle spalle, sentì Lichtblau impartire altri ordini alla servitù.

Von Lehndorff svuotò la pipa nel grande posacenere di vetro verde sulla scrivania, accese la radio e si accomodò in poltrona. Le notizie da Stalingrado erano pessime, oppure ottime, a seconda del punto di vista. Neppure la propaganda nazista riusciva a nascondere la gravità della situazione. Goebbels parlava della battaglia in corso sulle rive del Volga come della versione moderna delle Termopili, con il generale Paulus nel ruolo di un novello Leonida. Solo che questa volta, anziché 300, gli eroici caduti sarebbero stati 250.000. Von Lehndorff si augurò che un giorno Adolf Hitler e i suoi accoliti pagassero anche per quella strage.

Come prima cosa avevano visto il film, una pellicola d'avventure tratta da una romanzo di Karl May. Lichtblau l'aveva trovato abbastanza insulso, una brutta copia di un film di Hollywood, ma ai bambini era piaciuto, ed era l'unica cosa che contava. La festa era soprattutto per loro. Terminata la proiezione, i grandi avevano bevuto una coppa di champagne nel salotto, e infine si erano seduti a tavola. La cena era stata squisita, in particolare l'oca arrosto farcita di castagne. Lichtblau si disse che doveva scrivere al comandante del campo di Soldau, per fare gli auguri di buon anno a lui e alla moglie, e ringraziarli ancora per quella perla di Testimone di Geova che gli avevano procurato.

Martha indossava un vestito di velluto nero. L'aveva comprato per l'occasione, in un negozio di Danzica consigliatole dalla signora Hoffmann. E sulla scollatura lattea spiccava la collana di corallo che Hans le aveva regalato il mese prima. Martha adorava quella collana, così come l'uomo che gliene aveva fatto dono. Nessuno l'aveva mai trattata in quel modo. Il povero Rolf non era stato un cattivo marito, ma era un bottegaio di una piccola città, niente a che vedere con Hans. Certo, ancora non le aveva chiesto di sposarla, ma con il tempo sarebbe successo. Martha capiva che il lavoro di Hans era molto importante, per la sua carriera e per il Reich. Per lui, averli tutti attorno, lei e i bambini, sarebbe stato un impiccio. Quanto meno doveva finire la guerra. Martha sperò che non mancasse molto.

I commensali si alzarono e la servitù iniziò subito a sparecchiare. Gli uomini, guidati dal professor Schenk, che aveva già estratto un sigaro dal suo astuccio di cuoio, puntarono dritti verso il fumoir, mentre le signore tentavano di controllare l'eccitazione dei bambini, che continuavano a domandare quando avrebbero avuto il permesso di aprire i regali.

"Non stateci troppo, a fare i vostri discorsi", disse Martha con dolcezza.

"Giusto il tempo di un bicchiere", rispose Hans. Trovava che la collana di corallo le donasse molto. L'aveva comprata dal suo amico della Gestapo. E non era niente al confronto del filo di perle che le avrebbe dato quella sera. Per il Natale, l'amico si era presentato al castello con tutto il campionario. Due bauli pieni di roba, con cui faceva il giro dei clienti più affezionati. Hans era in cima alla lista. Oltre alle perle, aveva preso i regali per Elsie e Paul, e una cravatta di seta per sé.

Anche il vestito nuovo le stava bene.

"Sei bella", sussurrò Hans a Martha, e le carezzò il collo di sfuggita, mentre nessuno guardava.

In un angolo del fumoir, su una cassapanca in stile *völkisch* che faceva a pugni con la sobria eleganza del resto dell'arredamento, Schenk aveva collocato la versione nazionalsocialista dell'albero di Natale. Un giovane tronco di frassino, privato dei rami più grossi, piantato nel mozzo di una ruota di carro. Al tronco era appesa una corona di sempreverde, con delle candele e vari addobbi preparati dai figli e dalla moglie del professore. Mele, noci dipinte d'oro e d'argento, figurine di pasta dolce. Lichtblau, in quanto membro delle SS e dell'Ahnenerbe, conosceva più o meno la simbologia, ma Schenk gli aveva tenuto una vera e propria lezione sul modo corretto di celebrare la "sacra notte tedesca", un'antica festività legata al ciclo delle stagioni, di cui si erano impossessati i cristiani. L'albero alludeva allo Yggdrasil, il frassino cosmico che, nella mitologia nordica, sorregge i nove mondi di cui si compone l'universo. La ruota era un simbolo solare. E anche gli addobbi avevano un senso preciso. Le mele e le noci erano il segno della vita dormiente che si risveglierà con l'arrivo della primavera. Le figurine di pasta dolce ritraevano personaggi del pantheon norreno. Odino, la sua sposa Frigg e il destriero a otto zampe Sleipnir. Anche il mobile su cui poggiava l'albero faceva parte del rituale. In ottemperanza ai precetti esposti dall'Obergruppenführer Fritz Weitzel nel suo manuale *Lo svolgimento delle feste nel corso dell'anno e la vita della famiglia SS*, Schenk aveva insistito che l'albero andava messo su una cassapanca dedicata a Jul, l'ultimo mese dell'anno, e ne aveva commissionata una a un artigiano di Neuhof. Ci aveva fatto intagliare rune e altri motivi tradizionali, come la spiga di grano, il gallo e il cinghiale di Jul. Hans trovava quella cassapanca di rara bruttezza. Una volta terminate le festività, contava di ficcarla in soffitta insieme agli addobbi natalizi, in attesa del prossimo Jul. Schenk aveva anche cercato di convincerlo a non fare l'albero di Natale cristiano. Lichtblau però era stato irremovibile. Aveva promesso ai figli di Martha il più bel Natale della loro vita, e lo avrebbero avuto, con tanto di albero con gli angioletti, palline di vetro e la stella, anche se il camerata Weitzel ammoniva che erano indice del pervertimento delle antiche cerimonie germaniche da parte di un culto di origine semitica. Hans proprio non capiva come Schenk, un uomo di scienza, con una vasta esperienza del mondo, un veterano che aveva combattuto in Norvegia e nei Balcani, potesse prendere sul serio quelle fandonie. Credere in Odino era ridicolo tanto quanto credere in Gesù Cristo.

Lichtblau buttò giù un sorso di cognac e si avvicinò a Wasserman, che parlava a bassa voce con il capitano Kiesel, comandante della piccola guarnigione del castello.

"L'attacco di Hoth è fallito", diceva l'ufficiale in tono grave. "Non c'è modo di rompere l'accerchiamento."

"Ma perché la 6ª Armata non ha cercato di andare incontro alle truppe di Hoth?", chiese Wasserman.

"E come? A piedi? Non hanno più una goccia di benzina."

L'ombra di Stalingrado aveva aleggiato su di loro dall'inizio della serata, anche se nessuno aveva osato farvi riferimento in modo esplicito. Quella battaglia rischiava di essere la prima vera sconfitta strategica del Reich. Il disastro di El Alamein aveva riguardato un fronte secondario. Il Volga, invece, costituiva il teatro d'operazioni principale.

"Il comando organizzerà una nuova offensiva", intervenne Lichtblau.

Kiesel si strinse nelle spalle. "Forse. Se riescono a raccogliere in tempo i rinforzi."

"Potrebbero prenderli dalla Francia", disse Wasserman.

"La Francia è lontana, e i trasporti in Russia sono un disastro. Lo scorso inverno ero là. A volte è complicato perfino muovere un plotone da un villaggio all'altro, figuriamoci far arrivare in linea una divisione corazzata. Secondo me sono spacciati."

Schenk e Lichtblau tacevano. Il professore fumava, guardando la neve che cadeva fuori dalla finestra. Hans avrebbe voluto replicare, ma sentiva che Kiesel aveva ragione. La comparsa di Martha fu una liberazione da quelle fosche previsioni.

"Non li teniamo più", disse la donna e scoppiò in una risata piena di gioia.

Alle sue spalle, oltre la soglia del fumoir, una turba di bambini reclamava i regali.

Elsie e Paul erano in estasi. La bambina aveva ricevuto una casa delle bambole di tre piani, con i mobili, le suppellettili, e finestre e abbaini che si potevano aprire. Hans, invece, quando aveva scartato il pacco, si era trovato davanti una grande scatola della Märklin, con dentro una locomotiva a vapore, quattro vagoni merci, binari, due scambi e il trasformatore. Quello era il più bel Natale che Elsie e Paul avessero mai avuto. Senza bisogno che la madre li spronasse a ringraziare, erano saltati al collo del maggiore Lichtblau e lo avevano baciato su entrambe le guance.

Martha stringeva tra le mani un astuccio blu scuro, che custodiva un filo di perle. Era senza parole. Fissò Hans e fu sul punto di baciarlo, lì, in pubblico, davanti ai bambini, ma si trattenne. Elsie e Paul avevano intuito da tempo come stessero le cose, e non sembravano contrari. Anzi, si stavano affezionando a Hans ogni giorno di più. Con loro era buono e attento, il padre di cui avevano bisogno. Martha si sfilò la collana di corallo e si mise quella nuova. Trattenendo il fiato, come in un gioco infantile, passò un dito sulle perle, una dopo l'altra. Nessuno l'aveva mai trattata in quel modo.

Nella tasca esterna della giacca Lichtblau sentiva il peso del portasigarette d'argento che gli aveva regalato Martha. All'interno ci aveva fatto incidere una dedica. Guardò la donna. Era raggiante, con il suo filo di perle al collo. Ed era bella e forte. Hans si disse che forse avrebbe dovuto decidersi a sposarla. Pensò divertito che il camerata Weitzel avrebbe di certo sostenuto un simile progetto.

Paul, aiutato dagli altri bambini e dal dottor Wasserman, che sembrava di gran lunga il più eccitato, cominciò a montare la pista del trenino elettrico. La confusione era massima. Ordini contradditori, conflitti di competenza, imperizia tecnica. Ma alla fine la pista fu pronta. Paul prese in mano il trasformatore e nella stanza si fece il silenzio. Tutti gli occhi erano puntati sulla piccola locomotiva, con il suo seguito di vagoni. Paul girò la manopola rossa e il convoglio si mise in movimento, tra applausi e stridule grida di entusiasmo.

Hans si chiese che cosa avrebbe pensato Paul, se avesse saputo che quel trenino, in origine, era destinato a un altro bambino, un bambino che forse non c'era più, inghiottito – insieme alla sua famiglia, agli amici, ai vicini di casa – da una grande fossa scavata da una ruspa che lavorava senza fermarsi mai. Per un istante, il maggiore Lichtblau si sentì cedere le gambe. L'amico della Gestapo gli aveva detto che la confezione della Märklin era stata sequestrata ancora impacchettata, in una ricca casa di Lilla. Forse Paul ne sarebbe stato inorridito. Era ancora troppo piccolo. Eppure, con i suoi dodici anni, Paul poteva capire che rubare a un ladro non è reato. Da secoli, i giudei accumulavano ricchezze senza mai imperlarsi la fronte di sudore, in virtù delle loro macchinazioni finanziarie. Quel trenino era stato acquistato grazie a soldi guadagnati con l'inganno. Questo Paul poteva capirlo. E come tutti i suoi coetanei, aveva prestato giuramento alla nazione e ad Adolf Hitler.

Giuro di fare il mio dovere nello Jungvolk, nell'amore e nella fedeltà al Führer e alla nostra bandiera, che Dio mi aiuti.

Il trenino correva sui binari. Gli occhi di Paul lo seguivano rapiti. Il bambino si sdraiò sul pavimento, per guardare dal punto di vista di un omino immaginario lungo la massicciata, e si vide sfrecciare davanti al naso l'incanto del biellismo in miniatura.

Era un bambino intelligente, avrebbe capito.

43

Roma, 11 luglio 1982

La strada era deserta e il silenzio quasi assoluto. Si udiva soltanto, a tratti, il suono dei televisori dalle finestre aperte. Pareva che gli abitanti dell'intera città fossero fuggiti all'improvviso, senza neppure curarsi di spegnere gli apparecchi. Il programma era lo stesso in tutte le case, per cui, percorrendo la via, si riusciva ad ascoltarlo quasi nella sua interezza.

Cross di Cabrini. Colpo di testa di Bernd Förster. Riprende Oriali. E ancora Oriali a terra.

Shlomo, Anton e Natalja camminavano in mezzo alla stradina pavimentata di ciottoli, senza temere automobili o motocicli, perché il traffico era insistente.

Fallo di Rummenigge su Oriali. Battuta la punizione. Cross di Gentile.

All'improvviso un boato squassò l'aria ancora calda della sera.

Rossi! Goal di Paolo Rossi al 12' del secondo tempo.

In diversi uscirono sul balcone a urlare la propria gioia, sventolando bandiere e suonando trombe da stadio.

"I crucchi le stanno prendendo", disse Shlomo compiaciuto.

Erano le prime parole da che avevano lasciato il palazzo dove abitava Grabski.

"Andiamo a mangiare qualcosa?", propose Anton, allegro.

"Questa non è mica una vacanza", disse Natalja. "Torniamo in albergo". E allungò il passo in direzione di piazza Farnese.

Shlomo lanciò un'occhiata beffarda ad Anton, che inarcò le sopracciglia, imbarazzato.

"Tanto ci rivediamo", disse Epstein.

"Certo, il prossimo anno a Gerusalemme", rispose l'altro.

Nonostante il tono canzonatorio di Shlomo, Anton si commosse a sentire le ultime parole della preghiera pasquale dalle labbra di un altro ebreo, un ex compagno di prigionia. "Noi siamo all'hotel Caravaggio", sussurrò.

"Muoviti", intimò l'agente Yakovchenko. "Non ho istruzioni per un'operazione congiunta con il Mossad", gli sibilò non appena Epstein l'ebbe raggiunta.

"Shlomo non lavora per il Mossad."

"Non m'importa per chi lavora. Eviteremo ogni contatto con lui."

"Cerchiamo lo stesso uomo, ma per motivi diversi. Perché non possiamo dargli la caccia insieme?"

Natalja Yakovchenko fissò allibita il deviazionista. Altro che confino, avrebbero dovuto fucilarlo. *Ebreo cosmopolita filo-sionista e filo-jugoslavo.* E dire che nel pomeriggio ci aveva pure fatto un mezzo pensiero. Circa quell'altro, non sapeva bene che cosa pensarne. Forse non era del Mossad, ma in ogni caso era un potenziale concorrente. Non intendeva condividere alcuna informazione con lui.

Shlomo fumava una sigaretta, fermo all'angolo della via che pochi minuti prima aveva percorso insieme ad Anton e alla *shiksa*. I due avevano svoltato in una strada piena di negozi ed erano scomparsi. Immaginò che lei stesse rimbrottando Epstein per il suo comportamento naïf. Anton non era cambiato. Era sempre lo studentello goffo che aveva conosciuto quarant'anni prima. Ma era lo studentello goffo della *sua* tribù, e Shlomo non avrebbe esitato a sacrificare cento *goyim* per salvargli la vita.

E poi l'agente Yakovchenko era troppo nervosa. Doveva essere la sua prima missione importante. Si vedeva subito che mancava della scioltezza del veterano. Shlomo si ricordava delle sue prime missioni. Era un miracolo che non si fosse fatto ammazzare. Né lui, né la maggior parte dei suoi compagni avevano ricevuto un addestramento specifico. Certo, avevano combattuto, qualcuno in Italia, con la Brigata Ebraica dell'8ª Armata britannica, altri nella guerra del 1948, contro gli Stati arabi, ma solo due di loro avevano esperienza di lotta clandestina. Uno aveva fatto parte dell'Organizzazione Ebraica di Combattimento, responsabile della sollevazione del ghetto di Varsavia, mentre l'altro aveva militato nell'Irgun, il gruppo della destra sionista che aveva orchestrato una campagna terroristica, sanguinosa ed efficace, contro le truppe inglesi che presidiavano la Palestina. Questi due uomini erano stati la loro scuola. Da loro avevano imparato come muoversi con discrezione in una città, come pedinare o seminare qualcuno, come procurarsi le armi di cui necessitavano e come uccidere in silenzio.

Nei giorni selvaggi e anarchici che erano seguiti alla liberazione, Shlomo aveva agito da solo, o con compagni occasionali. Insieme ad altri quattro, aveva messo a sacco una fattoria tedesca. Mentre frugavano dappertutto in cerca di cibo e vestiti, era saltato fuori un ritratto del Führer, nascosto nella legnaia. Benché i due contadini protestassero di essere antinazisti, li avevano giustiziati, e poi avevano dato fuoco alla casa. In un'altra occasione, Shlomo aveva pugnalato un ufficiale delle SS che si era fermato a dormire nel suo stesso fienile. Le autorità di occupazione lasciavano fare. Evidentemente, gli Alleati ritenevano che i sopravvissuti avessero diritto a un qualche risarcimento. Poi però avevano cambiato politica. Dovevano amministrare un paese distrutto, privo di infrastrutture, dove la maggior parte delle abitazioni erano inagibili, con milioni di persone – internati dei Lager, prigionieri di guerra, lavoratori stranieri, civili tedeschi delle province orientali fuggiti all'arrivo dell'Armata Rossa – che vagavano per le strade. Legge e ordine erano stati imposti con una durezza non lontana da quella dei nazisti. Era stato istituito il coprifuoco, e chi veniva sorpreso a rubare rischiava il capestro. Ma a quel punto le priorità di Shlomo erano altre. Ciò che contava era arrivare in Palestina. Costruire uno Stato per gli ebrei.

Dopo che la guerra contro gli arabi era stata vinta, e Israele si era guadagnato un posto tra le nazioni, Shlomo Libowitz aveva ripensato alle parole che gli aveva sussurrato il triangolo rosso sulla piazza dell'appello del campo di concentramento di Soldau. *Ora non puoi fare niente per lui, ma un giorno lo vendicherai.* E c'era anche dell'altro. I nazisti stavano rialzando la testa; senza clamore, riprendevano posizioni di potere. C'era la Guerra Fredda, gli Stati Uniti non potevano permettersi che la Germania restasse al bando in eterno. La ripresa dell'economia tedesca era essenziale per la stabilità dell'Europa occidentale, così come le forze armate della neonata Repubblica federale lo erano per la sua difesa. Per organizzare i Servizi segreti del nuovo alleato, gli americani avevano scelto il generale Reinhard Gehlen, che era stato il capo dell'intelligence militare del Terzo Reich sul fronte russo, e questi aveva arruolato molti vecchi camerati. Certo, Gehlen era un uomo accorto, consapevole del debito che il suo paese aveva nei confronti degli ebrei, e faceva quanto in suo potere per aiutare Israele. Eppure, la contraddizione era evidente. E non era l'unica. Nel 1952, Ben Gurion aveva accettato le riparazioni di guerra offerte dal cancelliere Adenauer, il volto presentabile della Germania. Herut, il partito nato dalle ceneri dell'Irgun, e guidato da Menachem Begin, si era opposto con sdegno a quell'offerta. Ma si trattava di una forza minoritaria e marginale, in patria come all'estero. Quando Begin si era recato in visita negli Stati Uniti, alla fine del 1948, esponenti illustri dell'intellighenzia ebraica, quali Albert Einstein e Hannah Arendt, lo avevano accusato pubblicamente di essere un cripto-fascista. Il governo laburista di Ben Gurion, con sano pragmatismo socialdemocratico, aveva preso i soldi. Shlomo sapeva che era stata la scelta giusta. Israele era povero e circondato da nemici, l'alleanza con gli Stati Uniti di là da venire (il primo invio massiccio di armi americane sarebbe avvenuto solo agli inizi degli anni Sessanta, sotto la presidenza di John Kennedy). Quei soldi servivano. Eppure, il figlio di Baruch Libowitz non si dava pace. Le indennità non erano unicamente per lo Stato israeliano, ma anche per i singoli cittadini, per chiunque potesse provare di essere stato deportato nei campi. I tedeschi davano cinque marchi per ogni giorno trascorso in un Lager. A Shlomo ci vollero tre settimane prima di trovare il coraggio di andare in banca a depositare l'assegno.

Con i soldi di Adenauer, Shlomo e Rivka rilevarono il bar nel mercato di Haifa. Quel bar era la sua vita, però lo aveva comprato con la pelle di suo padre e di sua madre, e di altri sei milioni di uomini, donne e bambini. E le riparazioni erano solo l'inizio, erano la premessa per la normalizzazione dei rapporti tra Israele e quella che Ben Gurion chiamava "l'altra Germania". Shlomo Libowitz sapeva che Ben Gurion era nel giusto. Votava per lui. Eppure non si sentiva pronto per la normalità. Ogni giorno, dal bar passavano centinaia di persone. Shlomo parlava con tutti. Spesso di politica. Alcuni dei clienti erano stati nei campi, o nella Resistenza. E tra questi ce n'era qualcuno che la pensava come Shlomo. Sulle prime si era trattato solo di chiacchiere. Ma a poco a poco i progetti si erano fatti più concreti. Erano state organizzate due azioni. In Austria, il comandante di un Lager venne trovato impiccato in casa sua. La polizia aveva chiuso l'indagine come suicidio. In Italia, un podestà fascista che aveva consegnato ai tedeschi famiglie intere, era finito in fondo a un crepaccio mentre raccoglieva funghi in un bosco. Il corpo venne rinvenuto da una guardia forestale, mesi dopo la terribile fatalità. Poi erano saltati fuori dei finanziatori. Due industriali americani che avevano perso amici e parenti. Un banchiere francese i cui genitori erano stati gasati ad Auschwitz. Il Gruppo – così si definivano, senza sigle o nomi fantasiosi – si era andato strutturando, dentro e fuori Israele. Un manipolo di operativi, un centro di documentazione e ricerca, una rete di informatori e simpatizzanti in Europa e nelle Americhe. La prima azione cui aveva partecipato Shlomo era stata nel novembre del 1953. Il bersaglio era l'ex segretario di Stato Wilhelm Stuckart, il principale estensore delle leggi "per la difesa del sangue e dell'onorabilità tedesca". Avevano simulato un incidente stradale. Qualche giornale aveva ipotizzato che si fosse trattato di un attentato, ma non si andò al di là delle speculazioni. Rivka non era stata entusiasta della cosa, ma lei era una *sabra*, nata e cresciuta in Palestina, nessuno l'aveva chiusa in un Lager, o in un ghetto, o in una camera a gas. Non si era opposta. Galvanizzato da quel primo successo, Shlomo aveva continuato. In maniera intermittente, ma aveva continuato. A volte passava anche molto tempo tra un'azione e l'altra, perché il Gruppo era relativamente piccolo, ed era formato da gente che aveva una vita normale, un lavoro, una famiglia. Inoltre, l'opera di ricerca era complessa, e diveniva sempre più complessa a mano a mano che il ricordo di ciò che era accaduto sbiadiva. Però continuava. Si era tirato fuori solo quando Rivka non ne aveva potuto più e lo aveva messo davanti a un'alternativa netta: o cacciatore di nazisti, oppure padre e marito. Shlomo aveva scelto. Erano stati anni felici. Poi Eli era morto. E Lichtblau era ricomparso.

Shlomo buttò a terra il mozzicone di Lucky Strike senza filtro e lo spense con la scarpa. Aveva voglia di parlare con Rivka, ma era contro la procedura. I telefoni potevano essere sotto controllo. Lo Shin Bet era a conoscenza di ciò che facevano. Non approvava, ma nemmeno li fermava, almeno finché mantenevano un profilo basso. Ma forse anche quel tacito accordo ormai era superato. L'ufficiale, all'aeroporto di Tel Aviv, era stato chiaro.

Si incamminò verso la via piena di negozi che avevano imboccato Anton e la *shiksa*. Raggiunse una stazione della metropolitana. Quando riemerse in superficie, a pochi isolati dal suo albergo, la partita era finita. La gente stava iniziando a scendere in strada. Macchine cariche di persone che si sbracciavano dai finestrini, urlando e agitando bandiere, gli sfrecciavano attorno. Su tutto dominava una mostruosa cacofonia di clacson. Attraversò una piazza con al centro un giardino. In mezzo c'era un chiosco che vendeva bibite e angurie. Ai tavolini sedevano una ventina di persone. Parlavano a voce alta, ridevano, e divoravano fette di anguria, che il proprietario tagliava senza posa. Shlomo gli passò accanto e l'uomo ne porse una anche a lui.

"Offre la casa."

"Non sono italiano", spiegò Shlomo.

"De donde?", domandò quello, immaginandolo forse spagnolo.

"Israele."

Il volto dell'uomo si aprì in un sorriso furbo. Doveva avere più o meno l'età di Shlomo. "Allora devi proprio festeggiare insieme a noi", disse.

Anche Shlomo sorrise, e si accomodò su una delle sedie di plastica a mangiare la sua fetta di anguria. Era fresca e dolce, e Shlomo pensò ancora a Rivka e al loro bar nel mercato di Haifa.

44

Prussia orientale, 12 luglio 1943

La BMW R75 era coperta di fango. La forcella, i raggi delle ruote, così come lo scafo del sidecar, erano tutti incrostati, e la targa posteriore era quasi illeggibile. Il caporale delle Waffen-SS spense il motore e si sfilò gli occhialoni da motociclista, rivelando un volto stanco e tirato. Nel sidecar, l'altro porta-ordini dormiva con il mento reclinato sul petto. Nel viaggio da Berlino si erano fermati giusto per pisciare e fare benzina, alternandosi alla guida. Gli ordini erano stati chiari. Senza svegliare il compagno, il caporale smontò di sella, andò a mettersi sull'attenti di fronte al sergente che comandava il corpo di guardia del castello, e gli consegnò la busta per il maggiore Hans Lichtblau.

Mentre le due staffette venivano prese in consegna dalla cuoca, per essere rifocillate con salsiccia, pane nero e *Schnaps*, il sergente Dietrich portava in tutta fretta il plico al suo comandante. Arrivava dal Reichsführer-SS Heinrich Himmler in persona.

Lichtblau si sedette alla scrivania del suo studio e aprì la busta. Nella lettera, Himmler lo informava che un agente dell'SD, dislocato in Svizzera, era riuscito a entrare in possesso di alcuni campioni di una sostanza prodotta nei laboratori della Sandoz, una ditta farmaceutica di Basilea. Era stata sintetizzata dal dottor Albert Hofmann, il quale l'aveva battezzata *Lysergsäurediäthylamid*. LSD. Himmler l'aveva provata su di sé. A questo punto la lettera si faceva alquanto oscura. Il Reichsführer-SS parlava di una potente rivelazione interiore, e citava alcuni passaggi dal *Libro tibetano dei morti*. Hans scrollò la testa. Non aveva tempo per le ossessioni misticheggianti di Himmler. Lui era un uomo del Ventesimo secolo. Non erano né i maghi né gli indovini che potevano garantire la superiorità alla Germania. Era di tecnici che c'era bisogno, gente con i piedi ben piantati per terra, uomini come Albert Speer, o come il compianto Reinhard Heydrich. Himmler chiudeva la missiva consigliando a Lichtblau di sperimentare la sostanza al più presto. "Sono sicuro che le vostre ricerche ne trarranno beneficio."

Il maggiore Lichtblau aprì il pacchettino accluso alla lettera. Conteneva due piccoli quadratini di colore arancione, grandi la metà di un francobollo. Ne prese uno e lo studiò da vicino, con scarsa convinzione. Himmler diceva di farlo sciogliere sulla lingua. Era un ex allevatore di polli ignorante e superstizioso, ma era pur sempre il Reichsführer-SS. E poi i suoi studi erano ancora a un punto morto. Si mise in bocca il quadratino colorato. Chiuse gli occhi. Non accadde nulla. Si alzò e fece alcuni passi per la stanza. Ancora niente. Lichtblau sorrise. Erano anni che Himmler sprecava risorse preziose con i segreti dei Templari, le rune, Atlantide. Mentre Himmler organizzava spedizioni archeologiche in cerca del sacro Graal, gli inglesi mettevano a punto il radar.

La pendola del salone batté le nove. Hans Lichtblau si versò del Jim Beam e si sedette sulla poltrona accanto al camino. Era un bourbon piuttosto dozzinale. Il suo amico della Gestapo era rimasto senza alcolici, e il mercato nero locale non aveva di meglio da offrire. Eppure, al primo sorso il Jim Beam gli parve straordinariamente buono. Non si era mai accorto che avesse un sapore così intenso. E la poltrona era comodissima. L'imbottitura si fletteva alla perfezione in corrispondenza di tutte le pieghe del suo corpo. La stanza iniziò a girare, veloce, sempre più veloce, fino a che il maggiore fu circondato da un vortice in cui non gli era più possibile distinguere alcun oggetto. Vedeva solo luci e macchie di colore che danzavano in un turbine lattiginoso. Si sentì sollevare da terra. Guardò in basso e si rese conto che si stava librando in cielo, proprio sopra il castello. Poteva vedere le due staffette che gli avevano portato il pacchetto di Himmler che salivano sulla motocicletta e ripartivano. Più lontano, i riflettori del campo di prigionia illuminavano a sprazzi la notte. Mosse le mani, come per nuotare, e salì ancora. Ormai il castello era una macchia scura nell'ansa della Vistola, le cui acque brillavano alla luce della luna. A oriente, due razze si affrontavano per il dominio del futuro. Attorno al saliente di Kursk infuriava una grande battaglia. Avrebbe voluto raggiungere il fronte, confortare i suoi camerati, annunciare loro che la vittoria era vicina. Ma un vento impetuoso lo spingeva verso nord. Non aveva braccia, né gambe, né viso, ma ali ricoperte di morbide piume color nocciola e un becco corto, a forma di falce. Volò a settentrione, sopra il mare. Mentre il sole sorgeva sulle onde, avvistò una costa rocciosa, desolata, senza porti né altri segni di presenza umana. Si inoltrò nel cuore di quella regione sconosciuta, sopra immense distese di abeti, fino a che non si trovò di fronte a una montagna coperta di neve, sulla cui vetta sorgeva un albero colossale. Le radici correvano lungo le pareti del monte e i suoi rami si stendevano a perdita d'occhio, fondendosi con il cielo e le nuvole. Lanciò un grido e andò a posarsi ai piedi dell'albero.

Non era più un falco. Aveva di nuovo braccia e gambe. Era completamente nudo, eppure non sentiva freddo. Alle sue spalle avvertì un respiro profondo, caldo. Si girò. C'era un orso che lo guardava con occhi miti. "Finalmente sei arrivato." L'orso non aveva parlato, quanto meno non con la bocca.

Hans Lichtblau fece di sì con la testa e si sedette nella neve. Sbatté le palpebre. L'animale era scomparso. Al suo posto c'erano otto uomini. Erano nudi anche loro, fatta eccezione per una pelle d'orso che portavano sulle spalle. Erano bellissimi. Biondi, fieri, selvaggi. Erano uomini di un tempo remoto, prima della storia, prima che la morale giudaico-cristiana indebolisse il loro spirito, prima che la civiltà delle macchine infiacchisse i loro muscoli. Si passavano un sacchetto di cuoio chiaro, da cui pescavano quelli che sembravano funghi secchi. Masticavano lentamente, con gli occhi chiusi. Ne offrirono anche a lui. Il fungo era amaro e, una volta sceso nello stomaco, scaldava come un torrente di lava. Si alzarono in piedi, all'unisono. Gli diedero un mantello di pelo di orso e una lancia, e il gruppo prese ad avanzare veloce nella neve alta. Correvano tra gli alberi. Corsero per tutto il giorno sulle tracce della preda, senza mai fermarsi, eppure Lichtblau non provava stanchezza. Mentre il sole tramontava alle loro spalle e la luce si affievoliva sempre più, videro l'animale. Era un cervo dalle corna maestose. Brucava la corteccia di un albero. D'improvviso, il cervo tirò su la testa. Le sue narici dovevano aver sentito l'odore dell'uomo. Fece per scattare, ma i cacciatori furono più rapidi. Una lancia lo colse a una coscia. Il cervo si accasciò a terra, tingendo la neve di un rosso scuro. Uno degli uomini finì il cervo, squarciandogli la gola con un coltello, poi, a turno, bevvero il sangue caldo della bestia. Anche lui ne bevve. Osservò quei figli di un'età primeva. Le membra scultoree, lo sguardo offuscato dall'ebbrezza della caccia, le labbra chiazzate di porpora. E infine comprese.

Lo Sturmbannführer Hans Lichtblau giaceva bocconi sul tappeto. La pendola stava battendo le ore. Gli parve di contare sei rintocchi, ma non ne era sicuro. E inoltre, non avrebbe saputo dire se fossero le sei di mattina o di sera. Si alzò a fatica e barcollò fino alla finestra. Albeggiava. Il suo corpo era scosso da fremiti, aveva mal di testa e una terribile arsura. Si guardò attorno. Raggiunse a fatica il mobile bar e riempì un bicchiere di selz. Bevve d'un fiato. Si passò una mano sul viso imperlato di sudore, sforzandosi di ricordare, di mettere insieme tutte le tessere di quello straordinario mosaico.

Quando il sergente Dietrich bussò alla porta del suo alloggio, alle otto meno un quarto, come tutte le mattine, il maggiore Lichtblau gli apparve con l'uniforme in disordine, i capelli scarmigliati, e il volto pallidissimo. Lichtblau disse che si sentiva poco bene, ma che di sicuro non era nulla di grave. Doveva solo riposare. Il giorno dopo sarebbe stato di nuovo in perfetta forma. Congedò Dietrich e andò a stendersi sul letto. Fissava il soffitto e ripensava all'esperienza della notte precedente. Ora le parole di Himmler acquistavano senso. E acquistavano senso anche alcuni dei materiali sequestrati ai russi, compresa la maschera da sciamano a forma di testa di uccello. Oltre ai campioni delle serre, avevano prelevato anche la biblioteca della stazione sperimentale. Purtroppo, gli agenti dell'NKVD erano riusciti a portare via, o distruggere in loco, gli appunti dei ricercatori. Senza, Lichtblau aveva potuto solo indovinare le direzioni nelle quali si erano mossi gli scienziati sovietici. Nei primi giorni della permanenza al castello, aveva esaminato quanto era caduto nelle loro mani. C'erano volumi in tedesco e in inglese. Era la bibliografia standard, trattati di botanica che conosceva. In quanto ai libri in russo, un centinaio circa, si era fatto tradurre i titoli e alcuni capitoli sparsi da un prigioniero dell'Armata Rossa, un ufficiale che parlava il tedesco. Sulle prime quello aveva recalcitrato, ma la promessa di un pasto decente per la durata del lavoro gli aveva fatto cambiare idea. In ogni caso, non era saltato fuori nulla di interessante. La biblioteca conteneva anche una sezione etnografica. Per lo più, studi sullo sciamanismo presso i popoli della Siberia e dell'Asia Centrale. Questo filone di ricerca doveva essere collegato alle abbondanti quantità di *Amanita muscaria* essiccata che erano state trovate nella stazione sperimentale. Gli sciamani siberiani ricorrevano all'*Amanita muscaria*, un fungo allucinogeno che vive in simbiosi con le betulle, per cadere in trance e comunicare con gli spiriti. Lichtblau aveva provato a utilizzarlo, in piccole dosi, nel quadro delle ricerche sugli analgesici. L'esito era stato deludente. La morfina era di gran lunga superiore. Le urla di alcuni zingari rumeni, che per giorni avevano echeggiato nei padiglioni del piano terreno, lo avevano dimostrato senza ombra di dubbio. Ma ora la faccenda assumeva contorni affatto nuovi. Il maggiore si lavò la faccia, si diede una rassettata sommaria e scese eccitato in laboratorio.

I libri dei russi erano stipati nello stanzino dei camici. Lichtblau pescò i volumi che gli interessavano, si sedette a terra, a gambe incrociate, e sprofondò nella lettura. L'*Amanita muscaria* – spiegava *Der Schamanisimus bei den sibirischen Völkern*, un volume pubblicato a Stoccarda nel 1925 – veniva consumata, oltre che dagli sciamani, anche dai cacciatori di renne, come stimolante per sopportare la fatica. Le stesse origini dello sciamanismo risalivano ai riti della caccia dell'Età della pietra. Lo sciamano aiutava i cacciatori a trovare la selvaggina, forniva previsioni meteorologiche, e compiva viaggi propiziatori presso la Grande Madre delle Belve. In sostanza, le tribù della Siberia usavano gli allucinogeni vegetali per sfuggire alle leggi della fisica e accedere ad altri piani dell'esistenza. In questo, la loro cultura, per quanto primitiva, era in sintonia con le grandi correnti della mistica asiatica, dove l'ascesi era spesso accompagnata dallo sviluppo di poteri straordinari. Viaggiatori occidentali sostenevano che i lama tibetani fossero in grado di accrescere il proprio calore corporeo, facendosi asciugare addosso i vestiti bagnati, e di camminare per centinaia di chilometri senza mai fermarsi. Lichtblau alzò la testa dal libro. Un anno e mezzo buttato al vento. L'*Amanita muscaria* non andava somministrata ai feriti, bensì a chi era abile al combattimento, e in dosi ben più massicce di quanto non avesse fatto lui.

C'era anche una pubblicazione in francese. Georges Dumézil, *Mythes et dieux des Germains*, Parigi 1939. Le pagine 73 e 74 erano tutte sottolineate, i bordi coperti di appunti e asterischi. Il francese di Hans era elementare, ma una delle illustrazioni che corredavano il testo gli era nota. L'aveva vista in diapositiva durante un seminario dell'Ahnenerbe, qualche anno prima. Un bassorilievo ritrovato in un insediamento vichingo. Ritraeva un uomo con indosso una pelle d'orso che stringeva in pugno una spada. Lichtblau poteva indovinare quale tema trattassero le pagine 73 e 74. Erano dedicate ai *Berserkir*, i "guerrieri belva" della tradizione nordica, il cui coraggio leggendario sfiorava la follia. Menzionavano il fenomeno anche gli storici romani, i quali ne parlavano con un misto di paura e stupore. *Furor Teutonicus*, lo chiamavano. Quando vi aveva assistito, Hans aveva trovato quella conferenza decisamente sconclusionata, e non si era mai più dato pena di pensarci. La sostanza del dottor Hofmann gliel'aveva fatta tornare alla mente. O forse conosceva quelle storie da sempre, da prima di entrare nell'Ahnenerbe, da prima di imparare a leggere. Forse aveva ragione Jung, gli uomini possedevano davvero una memoria ancestrale che li ricollegava alle generazioni passate, indietro, lungo la catena del tempo. Lichtblau aveva sempre ritenuto la psicanalisi, anche quella praticata da un ariano come Jung, una risibile pseudo-scienza. Eppure, ciò che aveva visto, ciò che aveva *sentito* poche ore prima, gli diceva che in quelle teorie poteva esserci un nocciolo di verità. Forse c'era qualcosa al di sotto della bruta evidenza del mondo. E forse quella era la strada che tutti loro avrebbero dovuto percorrere. Sin da prima della presa del potere, il movimento nazionalsocialista era sempre stato diviso tra mistici e tecnocrati, tra coloro che credevano negli spiriti e coloro che credevano nelle statistiche. Il Führer, e le esigenze della guerra, li costringevano a stare uniti, ma quando il conflitto fosse stato vinto, e Adolf Hitler troppo vecchio per continuare a reggere il timone, le due fazioni si sarebbero scontrate, con un grave rischio per la stabilità del Reich. Era necessario trovare una conciliazione tra le due anime del Partito. Hans Lichtblau, con le sue ricerche, poteva concorrere a tale conciliazione.

Uscì dal laboratorio a grandi passi e andò nel suo studio. Si sedette alla scrivania, prese carta e penna, e iniziò una lettera indirizzata a Himmler. Lo ringraziava profondamente per i campioni di LSD. Il risultato era stato straordinario. Il preparato di Hofmann aveva ridisegnato l'impianto di tutto il suo lavoro. Ora, l'obiettivo principale doveva essere la realizzazione di una sostanza capace di sostenere, fisicamente e psicologicamente, i soldati tedeschi, permettere loro di combattere per giorni senza mangiare e senza dormire, e più in generale reggere il peso di qualunque compito potessero essere chiamati ad assolvere. La "gita di istruzione" – chiosava il maggiore – era stata proficua. Lichtblau proponeva anche un nome per il progetto, un nome che sperava sarebbe piaciuto al Reichsführer-SS. Operazione Berserker.

45

Roma, 15 luglio 1982

Brancolavano nel buio. Erano partiti da Londra convinti che Grabski li avrebbe messi sulla pista giusta, e invece niente. L'agente Yakovchenko era andata all'ambasciata, a chiedere un colloquio con quelli del KGB. Le era stato risposto di aspettare. Anton si era rifiutato di stare chiuso in albergo ad attendere il cortese riscontro dei compagni sovietici. Si era comprato una guida e si era messo a fare il turista. Natalja non si era opposta. Era così nervosa che preferiva non avere attorno il deviazionista. Anton aveva visitato il Colosseo e i Fori imperiali. Aveva pranzato in una trattoria di Trastevere. Aveva passeggiato per via Veneto. Si era seduto a riposare sulla scalinata di Trinità dei Monti. Quando era rientrato in albergo, all'ora di cena, aveva trovato l'agente Yakovchenko di un umore migliore. Il KGB aveva attivato un informatore presso i Servizi segreti italiani. L'avrebbero ricontatta. Trascorsero due giorni, durante i quali Natalja rimase chiusa in camera, a fumare accanto al telefono, come una ragazzina che aspetti la chiamata del fidanzato lontano. Anton invece proseguì con il tour. I Musei Vaticani lo incantarono, mentre rimase un po' deluso da Fontana di Trevi. Nel film sembrava più grande. Il terzo giorno l'informatore chiamò. Parlava un tedesco eccellente. L'appuntamento era al cimitero degli inglesi, a Porta San Paolo. Anton si domandò il perché di una scelta così originale, un cimitero non cattolico nella capitale mondiale del cattolicesimo. Di sicuro doveva essere un posto poco frequentato, in particolare dagli italiani.

Quando Anton e Natalja arrivarono, l'informatore era già lì. Leggeva il giornale seduto su una panchina. Ci fu un rapido giro di presentazioni ed entrarono. Forse voleva dare l'impressione che fossero dei turisti, anche se in verità non c'era nessuno da ingannare, a parte il custode, chiuso nel suo gabbiotto a fare le parole crociate, e qualche gatto che dormicchiava all'ombra delle lapidi. O forse aveva un sincero amore per quel luogo, e voleva condividerlo con altri. Qualunque fosse il motivo, l'italiano, invece di comunicargli subito le informazioni in suo possesso sul caso Lichtblau, si mise a raccontare la storia del cimitero, facendoli zigzagare tra tombe, cippi e monumenti funebri, citando i nomi dei morti di maggior fama. Anton ne fu entusiasta. L'agente Yakovchenko un po' meno, ma non disse nulla.

Cominciarono dal pezzo forte, John Keats e Percy Shelley. La scenografia era perfetta per due poeti romantici. Marmi usurati dal tempo, scritte nelle lingue più diverse, ovunque la natura che si mischiava all'opera dell'uomo. Non solo il cimitero era costellato di alberi, ma qua e là le tombe erano quasi sommerse da rampicanti e cespugli. Sembrava davvero di stare dentro un quadro di Caspar Friedrich.

"E quello cos'è?", domandò Anton. Indicava la piramide che svettava poco più in là, al di sopra della cinta muraria cui era addossato il cimitero.

"La piramide di Caio Cestio, terminata nel 12 a.C. Le mura invece sono del Terzo secolo. Quando furono costruite, sotto l'imperatore Aureliano, scelsero di inglobare la piramide nel perimetro, trasformandola di fatto in un bastione."

"Anche Caio Cestio era un imperatore?"

L'agente Yakovchenko alzò gli occhi al cielo. Non voleva essere sgarbata con l'italiano, ma quei due stavano oltrepassando il limite.

L'informatore rise. "No, non era un imperatore. E neppure un condottiero. Era solo un ricco cafone che voleva una tomba in stile egizio. Un po' come quelli che oggi si fanno costruire la villa con le torri e i merli."

Anton tornò a guardare la piramide. In effetti, era una presenza del tutto incongrua. Sua madre avrebbe liquidato il signor Caio Cestio con una parola, *parvenu*, che per lei rappresentava l'insulto supremo.

La visita continuava e l'agente Yakovchenko non ce la faceva più. Ma proprio quando era sul punto di esplodere, ecco che l'informatore se ne uscì con il colpo di scena. Anton lo trovò molto italiano. In quel cimitero, insieme a letterati angloamericani e diplomatici di mezzo mondo, erano state accolte le spoglie mortali di uno dei grandi protagonisti della storia del comunismo europeo. Era una nuda lastra di pietra. L'iscrizione diceva solo: "Gramsci. Ales, 1891. Roma, 1937". E sotto, un'urna cineraria. Per qualche istante, i tre rimasero in silenzio. Anton era colpito dall'estrema semplicità di quella tomba. Non solo non aveva niente a che vedere con il titanismo del mausoleo di Lenin, ma non trovava paragone neanche tra i partiti occidentali. Maurice Thorez riposava al Père-Lachaise, il più famoso cimitero di Parigi, insieme a decine di altri dirigenti del movimento operaio e della Resistenza, accanto al muro dove erano stati fucilati i Comunardi, luogo di ritrovo delle manifestazioni della sinistra francese sin dalla fine dell'Ottocento. Gramsci, invece, era in una specie di limbo, un pezzetto d'Inghilterra trapiantato in Italia. Certo, era stato sepolto durante la dittatura fascista. All'epoca, quella scelta così discreta doveva essere stata una necessità. Eppure, dopo la guerra nessuno aveva pensato di spostarlo, o anche solo di costruirgli una tomba più grande. Era rimasto lì, con quella lapide disadorna, protestante, straniero in patria.

L'agente Yakovchenko decise che il muto raccoglimento in omaggio al grand'uomo era durato a sufficienza. "Dunque?", disse rivolta all'italiano, sforzandosi di cancellare l'impazienza dal suo tono di voce.

L'informatore fece qualche passo in là, quasi che non volesse disturbare il riposo di Gramsci.

"Hans Lichtblau è stato catturato a Bolzano il 12 maggio del 1945", esordì. "È per questo che abbiamo un fascicolo su di lui. È stato fermato da un reparto partigiano, che l'ha consegnato agli Alleati."

"E poi?"

"E poi ha fatto la carriera di molti di quelli come lui. Un po' di galera, e dopo un bel contratto con il dipartimento della difesa americano. È uno dei tanti scienziati nazisti ingaggiati durante l'operazione Paperclip."

"Yankee", commentò Natalja con disprezzo.

Anton avrebbe voluto replicare che gli scienziati nazisti, se non li avessero assunti gli americani, sarebbero stati di sicuro ingaggiati dai russi, che a ogni buon conto qualcuno erano riusciti ad accaparrarselo. Certo, la maggior parte aveva optato per lo zio Sam. I crucchi preferivano vivere a Miami piuttosto che a Mosca. Il compagno Epstein non si sentiva di dargli torto. Eppure, nonostante tutto, sentiva anche di rimpiangere l'entusiasmo e la fiducia di un tempo lontano, quando lui e Anna avevano abbracciato il comunismo come la via da percorrere per uscire dalle tenebre dello sfruttamento dell'uomo sull'uomo.

"Dov'è andato?", chiese ancora Natalja.

"Il dossier non dice niente in proposito. Però è ragionevole pensare che lo abbiano trasferito in America. Per i nazisti più ingombranti, quelli che avevano avuto rapporti diretti con Hitler, in genere erano restii a emettere il visto d'ingresso per gli Stati Uniti. Li facevano lavorare in laboratori militari allestiti sul territorio tedesco. Ma non è questo il caso. Per di più, Lichtblau era americano di nascita. Sarà stato abbastanza facile farlo entrare nel Paese."

"E allora, se era tutto così liscio, perché è finito in America Latina come Eichmann e gli altri fuggitivi?"

L'italiano si strinse nelle spalle: "Chissà. Se ha continuato a operare per gli americani, forse ce lo hanno mandato loro".

Natalja faticava a nascondere il fastidio montante per quell'informatore che non le stava fornendo alcuna informazione. Tre giorni di attesa per ottenere solo un mucchio di supposizioni. Avrebbe fatto meglio ad andarsene in giro per Roma anche lei.

"Nient'altro?", domandò, in un ultimo tentativo di ricavare qualcosa da quell'incontro.

"Ho una fotografia."

Natalja fissò allibita l'italiano. Perché ci aveva messo così tanto per arrivare al punto? Le venne quasi da pensare che lo pagassero a tempo.

L'informatore tirò fuori una busta e l'allungò all'agente sovietico.

"È la fotocopia del passaporto svizzero con cui viaggiava Lichtblau. I partigiani glielo avevano requisito."

Natalja aprì la busta. Piegata insieme a quella del passaporto, c'era una seconda fotocopia. Era di un documento molto più recente.

"E questo cos'è?"

"Era nel dossier. È un verbale della stazione dei carabinieri di Ostia. L'ho messo per scrupolo, ma mi sembra evidente che si tratta di un caso di omonimia. Tre anni fa, un cittadino americano di nome Victor Huberman è stato fermato per possesso di sostanze stupefacenti al festival dei poeti di Castel Porziano, poco fuori Roma. Lo hanno preso con una valigetta piena di marijuana e mescalina, al termine di una lettura di Allen Ginsberg. È stato rilasciato il giorno dopo, immagino su intervento del consolato."

Natalja fissò il volto dell'informatore, cercando di capire se quella storia se la fosse inventata per capriccio, così, per rendere più vivace la sua relazione. Ma non trovò nulla in quegli occhi scuri e sorridenti. Infilò la busta nella borsa e si avviò verso l'uscita.

46

Prussia orientale, 21 novembre 1944

"Ebreo Epstein!"

La voce dello Sturmbannführer Hans Lichtblau lo cercava stentorea per le stanze del laboratorio. Anton chiuse il registro del protocollo, si alzò dalla scrivania e si affrettò a uscire dall'ufficio.

"Ebreo Epstein, cosa fai? Prepari le candele per Hanukkah?"

Anton allungò il passo. Quando Lichtblau faceva dell'ironia, di solito voleva dire che era nervoso.

"Ebreo Epstein, dove sei?"

"Eccomi, signor maggiore."

Anton entrò nel laboratorio e si mise sull'attenti.

"Raduna i prigionieri, tutti quanti."

"Anche quelli del Kommando?"

"Sì, anche quelli. Ma non la ragazza che è arrivata la settimana scorsa da Soldau."

Nina, una polacca di quindici anni. Anton non sapeva dire se l'essere messa da parte fosse un bene o un male per lei. In ogni caso, non poteva farci niente, per cui era inutile domandarselo.

"Li voglio in fila qui fuori."

Lichtblau andò all'attaccapanni e prese l'impermeabile di pelle nera. Il tenente Dobbs, solerte, lo aiutò a infilarlo. "Tu ovviamente sei esentato", aggiunse rivolgendosi sempre a

Epstein. "Mi servi ancora." Si avvicinò al ceco e lo fissò negli occhi: "L'ultimo dei mohicani".

Dobbs si produsse in una risata dal suono sincero, che compiacque Lichtblau.

Anton abbassò lo sguardo.

"Signorsì", disse, e uscì dalla stanza.

Anton percorreva a passi svelti il vialetto che girava attorno al castello. La ghiaia scricchiolava sotto gli zoccoli di legno.

Dalla finestra, il barone von Lehndorff lo stava osservando. Per un istante, Anton rallentò. L'attentato di luglio gli aveva fatto cambiare idea sul vecchio Junker. Fino a quel momento, aveva pensato che fosse agli arresti domiciliari per un errore della Gestapo, per lo zelo eccessivo di qualche funzionario fanatico. Un nobile prussiano, per di più ufficiale di carriera, non poteva essere davvero anti-fascista. Ma la bomba di Rastenburg provava il contrario. Quando un prigioniero inglese gli aveva raccontato, tutto eccitato, che un colonnello della Wehrmacht era quasi riuscito a far saltare in aria Hitler, non ci aveva creduto. Aveva immaginato che fosse una delle tante voci senza fondamento che giravano di continuo. Ma erano giunte diverse conferme, non ultima da Lichtblau in persona. La Repubblica di Weimar disponeva del più autorevole partito socialdemocratico d'Europa, e di un partito comunista combattivo e ben organizzato. Né l'uno né l'altro erano stati capaci di sbarrare la strada ai nazisti, e dopo che questi erano andati al potere, non avevano neppure tentato di rovesciarli. Invece ci aveva provato un gruppetto di aristocratici e militari. Chapeau. Anton abbozzò un saluto con il capo all'indirizzo di von Lehndorff e proseguì.

Lichtblau stringeva tra le dita una pillola color cremisi. La fissava con immensa soddisfazione. Ci aveva lavorato per più di un anno. C'erano stati insuccessi, momenti di disperazione, ma in ottobre era finalmente pervenuto a risultati che riteneva pienamente soddisfacenti. Aveva portato la formula a Viktor Capesius, il responsabile del laboratorio farmaceutico di Auschwitz. Si era fermato nel Lager per una settimana, in modo da seguire ogni passaggio del processo produttivo. E ora il grande giorno era finalmente arrivato.

"Dobbs", ordinò. "Prenda il flacone e mi segua."

Anton fece scorrere il catenaccio e aprì la porta della baracca.

"Tutti fuori", disse.

I prigionieri lo guardarono atterriti.

Sara lo scrutava con i grandi occhi neri.

"Cosa dobbiamo fare?", domandò.

"Non lo so. Vi vuole schierati davanti al castello." La voce di Anton era disperata.

I prigionieri iniziarono a uscire ordinatamente. Anton restò sulla soglia. Quando Nina gli passò davanti, la prese per un braccio. Al contatto non provò alcuna sensazione. Era una bella ragazza. Prima della guerra, l'avrebbe di certo trovata attraente. Ma era molto tempo che non pensava a quel genere di cose.

"Tu no", disse Anton.

"Perché?"

Il ceco scosse la testa. Avrebbe voluto dirle che la maggior parte delle cose che accadevano in quel luogo erano incomprensibili. Avrebbe voluto confortarla. Ma non poteva confortare neppure se stesso. Si limitò a ripetere meccanicamente: "Tu no".

Tra i membri del Kommando Gardenia e gli altri prigionieri, erano una ventina, maschi e femmine, giovani e vecchi. Erano schierati su due file. Davanti a loro, lo Sturmbannführer Lichtblau. Alle sue spalle, Epstein e Dobbs.

"Prigionieri", disse Lichtblau.

Il silenzio era assoluto.

"Siete fortunati. Avete l'occasione di partecipare a un esperimento scientifico della massima importanza."

Ad Anton iniziarono a tremare le ginocchia. Lottò con se stesso per controllarsi. Erano arrivati al capolinea, al momento che aveva sempre temuto. Il momento in cui Lichtblau non avrebbe avuto più bisogno di loro.

"Ora vi verrà data una pillola. È una medicina miracolosa, almeno io spero che lo sia. E anche voi dovete sperarlo. Perché, se la pillola funziona, avrete la possibilità di sopravvivere."

Lichtblau estrasse la pistola dalla fondina e tolse la sicura.

"Vedete quella collina?"

I prigionieri si voltarono a guardare nella direzione che indicava il maggiore. Sul fondo, oltre il bosco, si stagliava un cocuzzolo spelacchiato.

"Quelli di voi che raggiungeranno la vetta di quella collina, avranno salva la vita."

Un brusio percorse il gruppo dei prigionieri.

"Vi do venti minuti di vantaggio. Poi verrò a cercarvi, e porterò con me il capitano Kiesel, i suoi uomini, e i loro migliori amici."

A qualche decina di metri, di fronte a una delle torri del castello, era schierata la guarnigione al completo. Otto soldati semplici, un caporale e un sergente, più Kiesel. Fucili in spalla e pastori tedeschi al guinzaglio.

Anton si chiedeva cosa dovesse fare. Forse era venuta l'ora di agire, ribellarsi fino a che c'era qualcuno con cui farlo. Meglio morire combattendo, che lasciarsi macellare come agnelli. Ma non fece nulla. E quando Lichtblau glielo ordinò, prese il grosso secchio pieno d'acqua e il mestolo, e diede da bere ai prigionieri, che si erano messi in fila davanti a lui e a Dobbs. L'inglese distribuiva le pillole e Anton gliele faceva mandar giù.

Quando fu il turno di Shlomo, prima di inghiottire, il polacco lo squadrò truce. "Sempre fortunati voi di città, eh?"

Anton provò a balbettare una risposta, ma la fila era già andata avanti.

Lo Sturmbannführer Hans Lichtblau controllò l'orologio.

"Avete venti minuti a partire da adesso."

I prigionieri si lanciavano l'un l'altro occhiate piene di sgomento. Un vento gelido sferzava i loro corpi magri, vestiti solo della leggera uniforme da internati. Shlomo guardò verso la collina. Sarebbe stata dura in condizioni normali, figuriamoci dopo quasi quattro anni trascorsi tra il ghetto e il Lager.

"Muoversi!", gridò Lichtblau. Puntò la pistola verso un prigioniero a caso e tirò il grilletto.

Quando Shlomo vide il cervello del signor Bloch schizzare fuori dal cranio, afferrò la mano di Sara e si mise a correre. Gli altri lo imitarono all'istante.

Correvano lungo il viale che conduceva fuori dalla proprietà. Stranamente, la ragazzina riusciva a tenere il passo. Alle sue spalle, Shlomo sentiva il resto del gruppo che sbuffava.

Superarono il mulino, il fienile, le case dei contadini, e si inoltrarono nel bosco. Shlomo si girò. C'erano tutti, anche i più anziani. Forse la pillola funzionava davvero. Non si sentiva neppure troppo stanco. Sara gli sorrise. Si infilarono tra gli alberi.

Davanti al castello, Kiesel osservava con il binocolo gli internati che scomparivano nella foresta uno dopo l'altro.

"Non dovremmo andare?", domandò nervoso.

"Ho detto venti minuti", risposte Lichtblau divertito, "e venti minuti saranno. Dov'è il suo *fair play*, capitano?"

"E se invece scappano?", ribatté Kiesel.

"Ma dove vuole che vadano? Non si preoccupi, andranno verso la collina, perché rappresenta la loro miglior possibilità di salvezza."

Il capitano si avvicinò a Lichtblau. "Ma perché tutto questo?", chiese a bassa voce.

"Perché devo verificare. Se qualcuno di loro ce la fa, nonostante la denutrizione, i cani e le pallottole che presto cominceranno a fischiare, vuol dire che la pillola funziona."

Lichtblau guardò l'orologio.

"Sergente Dietrich", chiamò. "Vada a prendere il camion."

Shlomo e Sara si erano fermati a riposare per qualche istante. Erano seduti ai piedi di un albero, con la schiena appoggiata al tronco. Poco più indietro, c'erano Goldwasser e la signora Berman. Il resto del gruppo doveva essere sparpagliato lì attorno.

Il polacco si alzò e tirò su Sara.

"Ce la fai?", le domandò con dolcezza. La ragazzina fece di sì con la testa.

Ripresero la marcia, seguiti dagli altri due. Uscirono dal bosco e si trovarono di fronte la collina.

Sara lanciò un grido di giubilo. Iniziarono a risalire il pendio. Goldwasser e la Berman erano sempre alle loro spalle. Più in là, sulla destra, Shlomo poteva vedere altri tre prigionieri. Erano lo zingaro e i due olandesi. Anche loro avevano attaccato l'erta. "Dai!", li incitò Shlomo, accompagnandosi con un gesto ampio del braccio.

All'improvviso, da dietro un cespuglio saltò fuori un cane lupo e azzannò uno degli olandesi. Dopo un attimo di incertezza, lo zingaro e l'altro olandese si avventarono sulla bestia, nel tentativo di liberare il compagno. Poi, alle urla degli uomini e ai versi dell'animale si unì un terzo rumore. La detonazione di un Mauser. Lo zingaro stramazzò al suolo.

Al volo, Shlomo prese in braccio Sara – era leggerissima – e raddoppiò gli sforzi. Avanzava spedito su per la collina, molto più veloce di quanto avrebbe pensato possibile. Un proiettile gli fischiò molto vicino.

Ormai mancava poco, erano quasi in vetta. Shlomo prese a salire ancora più rapido.

"Attento!", gridò Sara.

Un cane li aveva affiancati. Mostrava i suoi denti aguzzi, pronto a mordere. Shlomo pensò in fretta. Se ne stupiva lui stesso, ma si sentiva padrone della situazione. Scartò di lato, proprio mentre il pastore tedesco spiccava il balzo. La bestia andò a schiantarsi contro una roccia. Shlomo lasciò andare Sara, afferrò un grosso sasso e si avventò sull'animale. Due colpi ben assestati e gli aveva fracassato la mascella.

Sara era salita di qualche passo e lo aspettava.

"Vieni!", lo implorò.

Shlomo ripartì. Afferrò la mano della ragazza e in un soffio furono in cima.

Si lasciò cadere sulla schiena e strinse a sé Sara. Era senza fiato, ma ce l'aveva fatta. Chiuse gli occhi. Poteva anche morire, non gli importava. Aveva dimostrato a quei figli di troia che poteva farcela.

Rumore di passi. Ordini secchi. Latrati. Più lontano, lamenti e altri ordini. Spari.

"Manca qualcuno?"

"Nessuno. Due hanno cercato di scappare per il bosco, ma li abbiamo presi."

"Li avete giustiziati?"

"Signorsì."

Shlomo aspettava il colpo, che però non arrivava. Riaprì gli occhi. Vide sopra di sé la faccia sorridente dello Sturmbannführer Hans Lichtblau.

"Bravo, ebreo Libowitz. Charles Darwin sarebbe orgoglioso di te."

47

Roma, 15 luglio 1982

La sera precedente, rientrando in albergo, il portiere gli aveva consegnato un appunto. Lo aveva cercato il signor Greengrass. Sarebbe arrivato il giorno dopo, con il volo della Pan Am delle 17:25. Shlomo aveva ringraziato ed era salito in camera.

Usavano quel nome in omaggio a Barney Greengrass il "re dello storione", la tavola calda dell'Upper West Side dove gli emissari del Gruppo avevano incontrato per la prima volta i loro finanziatori americani. Il patto era stato siglato mangiando *bagels* farciti di salmone affumicato, cipolla cruda e *cream cheese*. Erano passati trent'anni, ma i pagamenti arrivavano ancora, puntuali, sul conto che il Gruppo aveva aperto presso la filiale cipriota della Banque du Liban et d'Outre-Mer.

Quella mattina, Shlomo si alzò presto e per prima cosa andò a controllare Epstein e la sua *shiksa*. Lo fece più per curiosità, che per una reale esigenza operativa. In ogni caso, i due non erano partiti. Presumibilmente, stavano girando a vuoto. Da che era cominciata la caccia, Shlomo era sempre stato un passo avanti a loro. E se dall'America era in arrivo ciò che sperava, li avrebbe lasciati al palo. Però, anche se non voleva ammetterlo, in fondo un po' gli dispiaceva non avere più occasione di incontrare Anton.

Il Boeing 707 atterrò in orario. Agli arrivi, Shlomo era in prima fila davanti alla porta d'uscita. Nella folla dei passeggeri, riconobbe il volto lentigginoso di Larry Zevi. Non si vedevano da molto tempo, ma si abbracciarono con il consueto calore.

"Quanta roba ti sei portato?", domandò Shlomo accennando alla valigia dell'amico. Il bagaglio gli sembrava sproporzionato per quello che immaginava sarebbe stato un soggiorno molto breve.

"Già che c'ero, ho pensato di fare un po' di vacanza. Tanto i ragazzi ormai sono grandi, e Meggy sta seguendo un cantiere in Arizona."

Uscirono dal terminal e si misero in coda per un taxi.

Larry faceva l'avvocato. Era un esperto di diritto societario. Un buon cittadino, come tanti. La bandiera a sventolare sul portico, il barbecue del 4 luglio, lo Yankee Stadium insieme ai figli. Ma la storia della sua famiglia non era così comune. I suoi genitori erano ebrei italiani fuggiti dall'Europa poco prima che cominciasse la mattanza. Alla fine del 1939 erano andati in Francia, dove si erano messi a cercare un visto per qualunque nazione fosse disposta a concederglielo. A maggio si erano imbarcati per gli Stati Uniti. Il 14 giugno la Wehrmacht sfilava lungo gli Champs-Élysées. Aldo e Micol si erano salvati, ma molti dei loro amici e parenti non avevano avuto la stessa fortuna. Lui aveva combattuto con l'esercito americano, partecipando alla liberazione del Lager di Dachau. Tornato a casa, si era laureato in Legge grazie al programma governativo di aiuti ai veterani, e poi aveva aperto uno studio a Elizabeth, nel New Jersey. Qualche anno dopo era entrato nella rete dei fiancheggiatori del Gruppo.

Aldo Zevi era morto giovane, di un cancro allo stomaco che se l'era portato via in sei mesi. Il figlio aveva preso il suo posto nella sezione nord-americana del Gruppo. Larry amava viaggiare. Quando c'era da fare una consegna, chiamavano lui.

"Dove mangiamo questa sera?", domandò Larry salendo sul taxi.

"Al ghetto. E dove se no?"

Terminata la cena, si erano ancora fermati a bere un ultimo bicchiere al bar dell'albergo, poi Shlomo aveva accompagnato Larry in camera, e lì l'americano aveva estratto il prezioso carico dal doppio fondo della sua valigetta di cuoio scuro. Shlomo non vedeva l'ora di aprire la busta, ma gli sembrava scortese andarsene subito. Larry capì, emise un sonoro sbadiglio, e disse di essere molto provato dal viaggio. Shlomo gli augurò la buonanotte e corse via. Si sedette sul letto e squarciò l'involucro. Gli tremavano le mani, quasi avesse Lichtblau già davanti a sé. Il Dipartimento della giustizia americano aveva finalmente avviato un'indagine sui vecchi nazisti residenti negli Stati Uniti. Durante Paperclip, diversi uomini politici, e anche alcuni generali, erano stati contrari all'idea di reclutare decine di scienziati tedeschi, alcuni dei quali erano stati addirittura processati a Norimberga. Ma c'era la Guerra Fredda. Il programma missilistico del Terzo Reich era avanti di vent'anni rispetto a quello americano. Non si poteva essere schizzinosi. Adesso però la situazione era diversa, e qualcuno aveva deciso che era venuto il momento di fare un po' di pulizia. Avevano iniziato da poco e non c'era ancora nulla di pubblico, ma il Gruppo aveva un buon amico che lavorava nello staff dell'*Attorney General*. Stavano facendo domande sul chimico Otto Ambros, ex responsabile degli impianti della IG Farben nel Lager di Monowitz, vicinissimo a Himmler, di cui era stato compagno di scuola. Come mai un uomo condannato per crimini di guerra era diventato consulente del governo degli Stati Uniti? E c'erano anche tre pagine su Victor Huberman, al secolo Hans Lichtblau. Illustravano la carriera post-bellica dello Sturmbannführer, e soprattutto dicevano dove era molto probabile che si trovasse al momento.

Squillò il telefono.

Shlomo era seduto sul letto. Mise giù i fogli e prese il ricevitore.

"C'è una chiamata per lei, signor Libowitz."

Alcuni secondi, e dalla cornetta uscì la voce gracchiante di Sara Mandelbaum.

Shlomo restò deluso. Aveva sperato che fosse Rivka, anche se sua moglie non sapeva neppure in quale paese si trovasse.

"Hai ricevuto il pacco?", domandò Sara.

Per quanto la donna si sforzasse di apparire distaccata, l'ansia si indovinava chiaramente nella sua voce. Quella missione per lei era importante tanto quanto lo era per Shlomo. Forse anche di più. Sara non si era mai fatta una famiglia. Viveva solo per il proprio lavoro di insegnante di matematica, e per la vendetta. Qualche volta Shlomo si pentiva di averla fatta entrare nel Gruppo. L'aveva rincontrata per caso, agli inizi degli anni Sessanta. Rivka lo aveva convinto a chiudere il bar per un paio di giorni e andare a Tel Aviv ad assistere a una rappresentazione della *Traviata*. Ci teneva tanto. A Haifa non c'era un teatro d'opera. Così si erano presi una vacanza. E una sera, mentre passeggiavano sul lungomare, Shlomo se l'era trovata di fronte. Si erano riconosciuti all'istante. Shlomo aveva faticato a trattenere le lacrime. Nei giorni seguenti, si erano riparlati al telefono. Quando l'anno scolastico era finito, Sara era andata a trovarli a Haifa. E Shlomo le aveva raccontato di ciò che faceva.

"Hai ricevuto il pacco?", chiese di nuovo Sara.

Shlomo grugnì una risposta affermativa.

"C'è tutto?"

"Tutto quello di cui ho bisogno. C'è solo un piccolo problema, che però conto di risolvere."

Seguì un lungo silenzio.

Shlomo era sul punto di riattaccare, ma Sara tornò a parlargli.

"Shlomo."

"Sì?"

"Uccidilo."

"Lo farò."

48

Allenstein, Prussia orientale, 5 dicembre 1944

Il palazzo della diocesi era uno sfarzoso edificio barocco di cotto rosso, ma l'ufficio di padre Grabski era piccolo e spoglio. Però disponeva di una finestra con una vista spettacolare sul castello trecentesco che dominava la città vecchia. Lichtblau pensò che quella collocazione dicesse molto sulla natura di Witold Grabski. Una modestia a prima vista genuina, sotto la quale si celava una robusta ambizione. Lo Sturmbannführer si era informato. Il prete veniva da una famiglia di contadini polacchi. Le mani di Grabski, intrecciate sulla scrivania, erano morbide e curate, ma l'arco sopraccigliare pronunciato, quasi scimmiesco, era lì a denunciare le origini del segretario del vescovo. Secoli di fame, miseria e lavoro da bestie. Insieme all'emigrazione, la carriera ecclesiastica probabilmente rappresentava la sola via di fuga. Quel figlio di servi doveva essersi fatto notare per la sua intelligenza, e al resto avevano provveduto astuzia e determinazione. Lichtblau si figurò un futuro radioso per il giovane sacerdote. Sempre che sopravvivesse alla guerra. Ma questo, con l'offensiva sovietica alle porte, valeva per tutti.

Grabski non sapeva bene che cosa aspettarsi da quell'incontro. Il maggiore gli aveva chiesto un colloquio, senza però anticipargli l'argomento. In ogni caso, lamentele, o anche solo pettegolezzi, sulle attività che si svolgevano nella proprietà dei von Lehndorff non ce n'erano più stati. Di questo Grabski era certo. L'arresto del vescovo Keller aveva chiuso molte bocche.

"Dunque, maggiore, di che cosa mi vuole parlare?", domandò Grabski.

Lichtblau si appoggiò allo schienale della sedia e tirò fuori una fotografia, che depose sul sottomano di cuoio che occupava buona parte del piano della scrivania.

Grabski allungò il collo.

L'istantanea ritraeva una ragazza. Quattordici, forse quindici anni. Grabski aveva sempre avuto difficoltà a dire con precisione l'età delle persone. Era nuda dalla vita in su. Aveva un bel viso, un ovale perfetto, con lunghi capelli neri che si raccoglieva sulla nuca, come se li stesse sistemando in uno chignon. Ma era evidente che si trattava di una posa richiesta dal fotografo. Il gesto era goffo, aveva un che di artificiale, e gli occhi sfuggenti facevano trasparire il disagio della modella. Però tutto ciò non rovinava l'effetto complessivo, anzi, rendevano il ritratto più autentico, e pertanto conturbante. E le braccia in su conferivano ulteriore slancio a un seno già di per sé magnifico. Due grossi pomi appena maturi, che si indovinavano sodi, duri, con al centro piccoli capezzoli chiari che puntavano verso il cielo, a sfidare la forza di gravità e il desiderio degli uomini. Grabski si costrinse ad alzare gli occhi.

Sul volto del nazista era comparso un sorrisetto ammiccante.

Il segretario del vescovo trasse un lungo respiro e soppesò con attenzione ogni parola.

"Ho già ricevuto una visita dei suoi colleghi. Abbiamo raggiunto un accordo", disse asciutto. E aggiunse, non riuscendo a celare una certa ansia: "In ogni caso, io questa ragazza non l'ho mai vista".

Lichtblau scoppiò a ridere.

"Non ci siamo capiti. Non sono venuto a ricattarla. Quello l'ha fatto la Gestapo, lo so. Io sono qui per proporle uno scambio." E accennò alla fotografia.

Quasi contro la sua volontà, Grabski tornò ad abbassare lo sguardo su quell'immagine. Il corpo giovane e sinuoso era promessa di dannazione e delizie infinite.

"È ancora vergine", aggiunse Lichtblau. Aveva fatto eseguire una visita ginecologica dal dottor Wasserman. "Lo dico perché so che per voi cattolici si tratta di un dettaglio importante", chiosò il maggiore continuando a sorridere.

Grabski non lo sentiva neppure. Era ipnotizzato. Quella non era la solita puttana. Quella era una ninfa dei boschi. Era la Venere di Milo. Era la Madonna di un'annunciazione rinascimentale.

Il prete alzò la fronte, smarrito.

"L'ho prelevata in un Lager", spiegò Lichtblau. "L'ho lavata e nutrita. È pronta per lei. Può farci tutto quello che vuole." Ripeté, scandendo le sillabe: "Tutto".

Sulle prime il prete era sbiancato, ma ora il suo volto glabro si stava ricoprendo di chiazze rossastre. Lichtblau sentiva di averlo in pugno, e portò l'affondo finale. "Può venire a incontrarla al castello. Oppure può prendersela, se ha un posto dove tenerla."

Sperò che Grabski riuscisse a organizzarsi in qualche modo. Wasserman aveva intuito a che cosa serviva la piccola polacca, ma Lichtblau era certo che avrebbe taciuto. Invece, sul silenzio di Kiesel e degli altri non poteva contare. Inoltre, fare da portinaio dell'alcova di un prete poteva risultare imbarazzante con i von Lehndorff, soprattutto con la baronessa. "E anche con Martha", gli venne naturale di pensare, ma in realtà erano diversi mesi che Martha non veniva più al castello. Alla lunga, benché lei avesse sempre detto che non le importava, il fatto che lui non si fosse deciso a sposarla aveva avuto il suo peso. Hans sapeva che a Neuhof c'era un uomo che le faceva la corte, un sottufficiale a riposo. Era senza un braccio, ma per molte donne un marito senza un braccio è meglio di un non marito con tutti gli arti al loro posto.

A Grabski girava la testa. La proposta era immonda. Un conto era andare con le mercenarie, che avevano scelto la via del peccato. Altra cosa era approfittare di una giovane vittima di circostanze sfavorevoli. Ma era davvero una vittima? Se era stata arrestata, qualche cosa doveva aver fatto. Sotto quel visino d'angelo, forse si celava una sovversiva senza scrupoli, un'assassina, una terrorista. Inoltre, se lui accettava l'offerta, in fondo anche la ragazza avrebbe avuto il suo vantaggio, perché sarebbe scampata al Lager. Witold Grabski sapeva che quelle argomentazioni erano pura ipocrisia, ma ci si crogiolava lo stesso. Parte della sua mente stava già macchinando. Magari poteva sistemarla da Anja. Oppure metterla nel solaio. Lì non li avrebbe uditi nessuno. Però doveva rinforzare la porta. Così com'era, andava giù con una spallata. No, casa di Anja era la soluzione migliore. Soltanto per qualche giorno, poi l'avrebbe lasciata andare. Se non era una stupida, la ragazza avrebbe collaborato. Guardò ancora la fotografia. Quando gli sarebbe capitata di nuovo un'occasione del genere? Se proprio doveva bruciare in eterno con le anime dannate, almeno che ne valesse la pena.

"E cosa vorrebbe da me?", domandò Grabski con un filo di voce.

"Essere inserito nella lista che sta compilando."

Ovvio. Perché non ci aveva pensato? Meccanicamente, Grabski si alzò dalla scrivania, staccò dal muro il ritratto di uno dei principi-vescovi – in quel momento non avrebbe saputo dire quale – che un tempo governavano la regione, e aprì la cassaforte. Ne cavò una cartellina beige e si rimise a sedere.

L'elenco contava una dozzina di nomi. Personalità del Partito nazionalsocialista e dell'apparato statale. Grabski prese la penna accanto al calamaio, ma quando intinse il pennino nella boccetta di vetro, si rese conto che era vuota. Fece per aprire il cassetto, ma Lichtblau già gli porgeva una stilografica. Era di lacca nera con inserti d'argento.

Il prelato se la rigirò tra le dita. "Molto bella", si complimentò.

"È una Dupont edizione limitata", spiegò orgoglioso Lichtblau. L'aveva comprata dal suo amico della Gestapo, insieme a un passaporto di nazionalità svizzera.

Il segretario del vescovo rimise il foglio nella cartellina.

"Tra qualche giorno potrò darle indicazioni precise su dove recarsi", disse.

Lichtblau annuì. Sperava che non sarebbe stato necessario. Forse la situazione militare era meno catastrofica di quanto apparisse. Forse, alla fine, le armi segrete avrebbero davvero rovesciato le sorti del conflitto. Qualcosa in effetti accadeva. I V-2 tempestavano Londra senza che la contraerea inglese potesse opporvisi. I Komet e i Messerschmitt 262 sfrecciavano nel cielo a una velocità impensabile per qualunque aereo a elica, infliggendo gravi perdite alle squadriglie dei bombardieri alleati. E anche le sue ricerche potevano avere il loro peso. Ma Hans sapeva che erano solo dettagli. Il quadro complessivo era fosco. Se il Reich rovinava, il maggiore Lichtblau non intendeva farsi travolgere dal crollo. In fondo, era un cittadino americano.

49

Los Angeles, 15 luglio 1982

La villa si sviluppava lungo il fianco della collina, in mezzo a fitte macchie di chaparral, che la rendevano invisibile dalla strada. Nel giardino c'era una grande piscina circolare. Era la prima cosa che si incontrava percorrendo il vialetto che dal parcheggio portava all'edificio principale, una striscia di vetro e cemento che terminava in una terrazza aggettante sorretta da piloni d'acciaio. Sotto, a perdita d'occhio, la massa verde delle Santa Monica Mountains. Per una volta, Victor Huberman non si sentiva in dovere di criticare l'architettura angelina. La rielaborazione dello stile della Prairie School era elegante, e la posizione era senza dubbio notevole. Ma gli aspetti positivi della serata finivano lì. Il buffet era ridicolmente inconsistente, come spesso nelle case dei ricchi. Era così che avevano fatto i soldi, risparmiando sulle tartine. I rossi la chiamavano accumulazione originaria.

Gli invitati erano un variegato assortimento di esemplari dell'industria dello spettacolo. Produttori. Registi. Cantanti. Sceneggiatori, facilmente riconoscibili perché se ne stavano in disparte, con l'aria di chi è venuto controvoglia e non si diverte affatto. Attori e attrici, distribuiti nelle numerose sfumature dello spettro che va dalla giovane promessa alla vecchia gloria. E tutt'intorno un pulviscolo di agenti, amanti, cicisbei, gigolò, ruffiani, maestri di yoga, consiglieri di varia natura, provenienza e specialità. Tra il chiacchiericcio, le risate e la musica disco, il rumore era infernale. E il barman era a dir poco approssimativo. Un giovanotto palestrato, che avrebbe fatto meglio a fare flessioni a Muscle Beach, sfornava vacui cocktail pieni di ombrellini e pezzi di frutta. Huberman gli aveva chiesto se sapeva preparare uno Stinger. Quello lo aveva fissato con tanto d'occhi, senza neppure riuscire a produrre una risposta. Huberman aveva ripiegato su qualcosa di elementare. "Un bourbon con ghiaccio." Aveva afferrato il bicchiere e si era cercato una posizione il più possibile defilata. Detestava quella gente e le loro feste. Ma dato che Monterey non c'era più, non si poteva fare in altro modo. Per fortuna, Melissa si occupava di tutto quanto: complimenti alla padrona di casa per il party riuscitissimo, conversazione brillante, e trattative commerciali.

Huberman si accomodò su un divano bianco, accanto a un grande caminetto in pietra, su cui era stato piazzato un teschio di vacca. Qualche arredatore d'interni doveva essersi fatto pagare profumatamente per quell'orrore, magari buttando là un riferimento a Georgia O'Keeffe, per rassicurare il committente circa il fatto che stava spendendo bene i propri soldi. Huberman si portò il bicchiere alle labbra e brindò in silenzio alla memoria del suo amico. Lui e Monterey avevano lavorato insieme per tredici anni. Avrebbe voluto giurare vendetta, ma sapeva che mettersi contro i colombiani era follia. Poteva solo sperare di rastrellare un bel gruzzolo e rientrare alla base con i rifornimenti necessari per il proseguimento della campagna.

Il frastuono della sala aumentava a mano a mano che la polvere bianca passava da un ospite all'altro. La vendita al dettaglio era una pratica faticosa, però il mercato rispondeva bene. Huberman si alzò per andare a prendere dell'altro bourbon, e nella calca incontrò il sorriso perpetuo di Timothy Leary. Come sempre, Leary era circondato da un uditorio adorante. Stava discettando sulla differenza tra estasi visionaria, a carattere solitario, ed estasi magico-rituale, inevitabilmente di gruppo.

Quando Leary vide Huberman, subito lasciò la conferenza e gli andò incontro. "*Hermano*, quanto tempo...", disse abbracciandolo con calore.

Huberman aveva conosciuto Leary nel 1963, a Millbrook, nel nord dello Stato di New York, dove l'ex *enfant prodige* della psicologia accademica statunitense, cacciato da Harvard per aver somministrato LSD ad alcune matricole, si era stabilito per proseguire le sue indagini sugli allucinogeni e la libertà interiore. Insieme a un gruppo di seguaci, si era installato nell'elegante tenuta offerta dai tre rampolli della dinastia Mellon, folgorati dal carisma di quella che stava diventando la figura di maggior spicco della cultura psichedelica. "L'uomo più pericoloso d'America", lo avrebbe definito qualche anno dopo il presidente Nixon. Nel 1946, quando era stato messo sotto contratto dallo U.S. Army Chemical Corps, Huberman aveva offerto ai nuovi padroni il frutto delle sue ricerche. Sulle prime, si erano dimostrati entusiasti, ma quando avevano capito che il suo stimolante generava dipendenza, avevano perso interesse. Huberman pensava che i militari americani fossero gente di mentalità ristretta. L'ex SS non ci trovava niente di male nella dipendenza. In ogni modo, lo avevano reimpiegato nelle ricerche sul condizionamento della mente. Era tornato a inseguire la pietra filosofale del siero della verità. Agli inizi degli anni Cinquanta, alla CIA si riponevano grandi speranze nell'LSD, e non solo per gli interrogatori. Si pensava che l'acido lisergico fosse in grado di plasmare la personalità degli individui, trasformandoli in killer a comando. Conducevano esperimenti su cavie umane, per lo più scarsamente informate, o anche del tutto ignare. A volte però erano gli stessi uomini della Compagnia ad assumere l'acido. In gergo, erano noti come "agenti illuminati". Huberman era stato uno dei loro santoni. Aveva messo a punto un piano per disperdere ingenti quantità di LSD nel sistema idrico di una grande città sovietica. Aveva affiancato il dottor Wilson Greene nel suo progetto di guerra psicochimica. Drogare i soldati nemici, anziché sparargli. Poi la controcultura aveva scoperto l'acido. Leary e Ginsberg pensavano di essere all'avanguardia, quando invece erano in ritardo di più di dieci anni. Però, se l'oggetto di studio era il medesimo, la prospettiva era opposta. La CIA vedeva nell'LSD uno strumento di controllo, mentre gli hippy lo consideravano un mezzo di liberazione. La Compagnia aveva spedito Huberman a Millbrook per tenerli d'occhio. Si era presentato con la maschera dell'intellettuale europeo espatriato. Aveva tenuto una specie di seminario. Gli studi di Eliade sullo sciamanismo. Artaud e il peyote. Le riflessioni di Ernst Jünger sull'LSD. Quest'ultimo Huberman lo aveva anche conosciuto. Il racconto – autentico – del trip che aveva condiviso con Jünger e con Albert Hofmann in persona, nell'estate del 1959, a Zurigo, era stato un colpo da maestro. La platea, Leary compreso, era rimasta conquistata. Negli anni seguenti, Huberman era stato un ospite assiduo di Millbrook, fino a che il circo della rivoluzione lisergica non si era trasferito a San Francisco. Si trattava soltanto di una banda di sognatori perennemente fatti, pericolosi più per loro stessi che per la sicurezza nazionale. Però Leary era un personaggio interessante. I suoi monologhi misticheggianti sul *Libro tibetano dei morti* a Huberman avevano subito ricordato Himmler. E quando gli aveva detto che per lui l'unico pensatore occidentale degno di nota era Jung, mentre riteneva che Freud si fosse lasciato sviare da ciò che chiamava "l'atmosfera surriscaldata della sua famiglia ebraica", Huberman aveva iniziato a pensare che le affinità non fossero del tutto casuali.

"Sto preparando qualcosa di nuovo e potentissimo", diceva Leary con il suo solito entusiasmo cieco e contagioso, quello stesso entusiasmo che nel 1969 lo aveva condotto a presentarsi alle elezioni per la carica di governatore della California. Alcuni avevano pensato davvero che potesse farcela. Il jingle della campagna glielo aveva scritto John Lennon. "Faccio uno spettacolo in coppia con Gordon Liddy."

"Gordon Liddy quello che metteva i microfoni al Watergate?", domandò Huberman stupito, ma neanche troppo.

"Proprio lui. È una formula tutta nuova, uno show dibattito a due voci sui temi più caldi del momento. Vedrai, sarà un successo."

Huberman stava per replicare, ma dalla folla sbucò una ragazza vestita di una tunica bianca, che si aggrappò al braccio di Leary e con voce bamboleggiante si mise a pregarlo di terminare il discorso interrotto poco prima. "È così raro trovare qualcuno di realmente progredito", pigolò la fanciulla.

Leary fissò Huberman, muto, limitandosi a inarcare le spalle. Aveva degli obblighi verso il suo pubblico, questo il vecchio Victor lo capiva di certo.

"*Adios, hermano*", gli disse Huberman divertito, e salutò Leary con la mano, mentre la ragazza lo trascinava via.

"Debuttiamo la prossima settimana", riuscì ancora a gridagli Leary. "Ti faccio avere due biglietti. Ci tengo alla tua opinione."

La serata era al culmine. Olivia Newton-John urlava dalle casse dello stereo. Gli ospiti ballavano, si tuffavano in piscina, amoreggiavano negli angoli. Qualcuno era già crollato e dormiva su una poltrona o steso sul pavimento. Qualcun altro si trascinava per il parcheggio, cercando di ricordare dove avesse lasciato la macchina. Huberman si sentiva sfatto. Da che era morto Monterey, quasi non aveva più dormito. Era la terza festa in quattro giorni. Però ne era valsa la pena. Avevano smaltito tutto il carico. Infilò una mano nella tasca interna della giacca ed estrasse una scatolina d'argento, da cui pescò una pastiglia di colore viola pallido. Melissa gli porse un bicchiere pieno a metà.

"Cos'è?", domandò Huberman ricacciando in gola uno sbadiglio.

"Gin tonic."

Huberman mandò giù, restituì il bicchiere alla donna, e le allungò la scatola. Anche lei prese una pillola.

Lasciarono trascorrere alcuni secondi, in silenzio. Intorno, il rumore iniziò a poco a poco a organizzarsi in suoni singoli, distinguibili uno dall'altro. Una risata stridula. Un bicchiere che si rompe. Una porta che sbatte. La puntina che graffia il vinile. Così, il frastuono si faceva più sopportabile, in qualche modo acquisiva un senso. Huberman porse il braccio alla sua compagna e i due s'incamminarono verso l'uscita.

José era seduto al posto di guida. Sonnecchiava con la nuca contro il poggiatesta. Accanto a lui, Carlos fumava una Marlboro. Il braccio era fuori dal finestrino, e le dita tamburellavano sulla carrozzeria seguendo il ritmo della canzone che proveniva dalla villa.

Let's get physical, physical.

Carlos vide *el jefe* e la *señora* che avanzavano lungo il vialetto. Gettò via la sigaretta e diede una gomitata al collega. Quando uscì dalla limousine per aprire la portiera posteriore, arrivò la prima raffica, che lo mancò d'un soffio.

D'istinto, la guardia del corpo si gettò a terra e prese la pistola. Il parabrezza andò in frantumi.

Proteggendosi dietro la fiancata della macchina, Carlos puntò l'arma nel buio e fece fuoco alla cieca.

Ai primi spari, Victor e Melissa si erano buttati dietro una siepe. Se i colombiani avessero atteso ancora qualche secondo, facendoli arrivare allo scoperto, in mezzo al piazzale, avrebbero potuto farli fuori senza problemi. E invece erano stati impazienti e avevano aperto le danze prima del tempo. Comportamento tipico delle razze inferiori. Le dita di Huberman corsero alla Walther P38 nella fondina di cuoio dietro la schiena. Melissa aveva già recuperato il revolver dalla borsetta.

La donna mise un ginocchio a terra, con la mano sinistra serrò il polso destro che reggeva il peso della Colt, come le aveva insegnato il suo ex marito, e tirò verso una grossa pianta di agave da dietro la quale sembravano provenire i colpi.

José giaceva inerte sul sedile, coperto di sangue e frammenti di vetro. Rannicchiato dietro la limousine nera, Carlos ricaricava la Beretta. Stava per rialzarsi, ma sentì un dolore terribile alla spalla. Riuscì a voltarsi. Una decina di metri più in là, c'era un uomo con un fucile d'assalto. L'arma doveva essersi inceppata, perché lo vedeva armeggiare con l'M16. Carlos puntò la pistola e tirò il grilletto. L'uomo crollò a terra.

Due killer correvano verso di lui sparando all'impazzata. Il frastuono era impressionante, ma i risultati mediocri. Victor strizzò gli occhi e prese la mira con calma. Degli otto proiettili contenuti nel caricatore, ne mandò a segno cinque, di cui due alla testa e uno all'addome.

Il tizio, un ometto grassoccio con una camicia sciancrata aperta sul petto, sedeva sui talloni, con la schiena appoggiata alla portiera dell'auto, una macchina da pappone dal colore inguardabile. Si nascondeva la testa nelle braccia, in posizione d'urto. Quando Melissa Blumenthal si chinò per guardalo in faccia, scoppiò a piangere.

"È tua?", gli domandò lei, indicando l'automobile.

Il tizio accennò di sì.

Melissa allungò la mano sinistra (nella destra stringeva sempre il revolver), con le dita aperte e il palmo rivolto verso l'alto.

L'uomo non disse niente. Anzi, parve quasi sollevato. E si affrettò a consegnare le chiavi.

Carlos era riuscito a raggiungere l'Uzi sotto il sedile della limousine e teneva impegnato il gruppo di fuoco appostato all'ingresso del parcheggio. Dalla villa, la musica era cessata e si levavano grida sempre più alte.

Huberman arrivò carponi accanto alla sua guardia del corpo.

"José?", gli domandò.

Carlos scosse il capo, si sporse oltre la fiancata della limousine punteggiata di fori di proiettile e lasciò partire una raffica. Huberman lo imitò.

Alle loro spalle, rombò un motore. Si voltarono e si trovarono davanti un'Alfa Romeo giallo limone.

Dal cancello, continuavano a piovere colpi, seppure con minore intensità.

"Salite!", gridò Melissa aprendo la portiera del passeggero.

In lontananza, ululava una sirena della polizia.

Huberman ordinò a Carlos di andare per primo, vuotò un caricatore contro ciò che restava del commando dei colombiani, e seguì la guardia del corpo.

L'honduregno aveva dovuto ripiegare la sua mole da peso massimo nello spazio angusto del sedile posteriore della coupé. Si teneva una mano premuta sulla ferita e digrignava i denti, sforzandosi di non gridare. Appena Huberman si fu seduto accanto alla *señora*, Carlos gli passò l'Uzi.

Le mani salde sul volante, Melissa pigiò l'acceleratore e l'Alfa schizzò verso l'uscita.

Victor spianò la pistola mitragliatrice fuori dal finestrino. Stringere in pugno un attrezzo da 600 colpi al minuto gli trasmetteva un'eccitante sensazione di potere. Mentre l'automobile volava fuori dal parcheggio, i fari illuminarono due corpi tozzi, dalla carnagione scura. Nasi grossi, schiacciati, con narici abnormi. Capelli neri appiccicati sulla fronte. Puro fenotipo indio. L'uomo che un tempo si era chiamato Hans Lichtblau non esitò. Allungò il braccio fuori dall'abitacolo, muovendolo in senso opposto rispetto alla curva che andava disegnando la macchina, in modo da tenere i bersagli nel mirino. L'urlo gli sorse dal profondo senza che neppure se ne rendesse conto, feroce, liberatorio, e si mischiò al fragore della raffica che spazzava la notte.

"*Untermenschen!*"

50

Prussia orientale, 18 gennaio 1945

Oltre le vetrate, la neve cadeva spessa, e la sala d'armi dell'antica dimora dei von Lehndorff pareva anche più cupa del solito. Il barone e lo Sturmbannführer Lichtblau tiravano da quasi un'ora. Il maggiore era riuscito a vincere due assalti. In un caso si era imposto grazie alla pura furia. Aveva messo tutte le botte sotto misura, con una violenza scomposta degna di una zuffa tra marinai. Von Lehndorff lo aveva trovato disdicevole sul piano dello stile, ma aveva riconosciuto la sconfitta. Nell'altro caso, invece, Lichtblau aveva dimostrato di possedere anche tecnica, oltre a doti da cinghiale. In particolare, aveva sorpreso il barone con una scomparsa di bersaglio eseguita alla perfezione. Il vecchio campione era andato in affondo, sicuro di prendere al petto l'avversario, che però si era accucciato di scatto, facendo partire l'arresto al braccio.

"È migliorato", disse il barone, freddo. Da quando aveva veduto il camion con il tubo di gomma attaccato allo scappamento, tre anni prima, non aveva più tirato con Lichtblau. Il maggiore si era proposto diverse volte, ma lui aveva sempre replicato con un rifiuto fermo, e alla fine l'altro aveva capito. Von Lehndorff si deterse la fronte con un fazzoletto di lino bianco e bevve un sorso di Bernkasteler Doctor. In quel caso, però, aveva deciso di accettare. "Il nostro ultimo incontro", aveva proposto Lichtblau. Il giorno prima, al castello erano arrivati tre grossi camion con la targa delle SS. I cassoni erano vuoti. Il maggiore e i suoi sodali si preparavano alla fuga. Il barone non aveva potuto rifiutare la sfida. Anzi, l'aveva accolta con un certo entusiasmo. Voleva umiliare il nazista. Se aveva perduto due assalti, era anche perché quel desiderio così acceso lo aveva reso meno lucido.

"Mi sono allenato con il capitano Kiesel", spiegò lo Sturmbannführer, e anche lui prese un sorso di vino. "Ma certo non è come tirare con lei." Si guardò attorno e aggiunse: "Questa sala d'armi mi mancherà molto".

"Il Gauleiter Koch non ha forse detto che i piani di evacuazione sono antipatriottici?", domandò von Lehndorff con finta noncuranza.

"Il Gauleiter Koch sta organizzando un treno per portare a ovest le famiglie dei pezzi grossi del Partito di Königsberg", replicò secco Lichtblau. "E quanto a me, ho ricevuto ordini direttamente dal Reichsführer-SS."

I due uomini si fissarono in silenzio.

"Vogliamo fare un assalto di sciabola?", propose il barone.

"Ma non diceva che la sciabola è per i selvaggi?", chiese stupito il maggiore.

"Ci attendono tempi selvaggi. Dobbiamo prepararci", replicò asciutto von Lehndorff, e andò alla rastrelliera per sceglersi una lama.

"Ha ragione", ribatté Lichtblau. "Abbiamo visto a Nemmersdorf di cosa sono capaci le orde slave." Raggiunse il barone e prese a esaminare le armi disponibili. Von Lehndorff già provava qualche colpo nell'aria.

"Così quelli come lei smetteranno di dire che è tutta propaganda. L'assalto dalla steppa è una realtà. Se non riusciamo a difendere i confini del Reich, la civiltà occidentale sarà spazzata via."

Il barone mise giù la sciabola.

"Il bolscevismo è un mostro che avete svegliato voi. E i crimini di Nemmersdorf sono la risposta ai tanti crimini, altrettanto orrendi, commessi in Polonia e in Russia dalle nostre truppe."

Il maggiore sbottò: "Vuole mettere giudei e comunisti sullo stesso piano di donne e bambini tedeschi?".

Di nuovo, i due uomini si fissarono in silenzio. Von Lehndorff si mise la maschera e salì in pedana. Lichtblau lo seguì.

Fecero cinque assalti, rabbiosi, barbarici. Lo Sturmbannführer ne vinse tre. Era veloce e preciso, e la sua parata di quinta solidissima. Colpendo dall'alto, il barone non riuscì a passare neppure una volta.

"È decisamente più versato per la sciabola. Dovrebbe eleggerla a sua arma principale", disse il barone accomiatandosi.

"Forse seguirò il suo consiglio", rispose Lichtblau, e gli tese la mano. "È stato un piacere fare la sua conoscenza."

Il vecchio Junker fissò il nazista con la mano a mezz'aria, e non mosse un muscolo. "Non posso dire altrettanto", rispose.

Con un gesto goffo, Lichtblau ritirò la mano. "Come vuole", disse piccato. "In ogni caso, le consiglio di andarsene. Se il fronte cede, i russi saranno qui nel giro di qualche giorno."

Quella formula dubitativa era un puro eufemismo. Lichtblau, come chiunque altro in Prussia orientale, sapeva benissimo che il fronte avrebbe ceduto. La Wehrmacht era ormai in una condizione di rovinosa inferiorità. Era a corto di carburante, di munizioni, di uomini, di tutto.

"Non credo che i suoi amici della Gestapo sarebbero contenti se lasciassi il castello", rispose lo Junker.

"Al posto suo, preferirei affrontare i miei amici della Gestapo, che i suoi amici bolscevichi. A quelli del suo patentino di antifascista non importa niente. La metteranno al muro come tutti gli altri aristocratici nemici del popolo."

Il barone non replicò.

Lichtblau mise a posto la sciabola sulla rastrelliera, si asciugò il viso con un piccolo asciugamano bianco, infilò la maschera sotto il braccio e lasciò la sala a grandi passi.

Il barone si esercitava di sciabola davanti allo specchio. Passo avanti-affondo, ritorno in guardia. Passo avanti-affondo, ritorno in guardia. Quelle tre sconfitte gli bruciavano, non solo perché le sconfitte bruciano sempre, e perché gli erano state inflitte da un nazista, ma anche perché dipendevano soprattutto dall'età. Certo, la brama cieca con cui si era lanciato a caccia della vittoria aveva avuto un peso, ma c'era dell'altro. Se il ritmo relativamente lento e la natura cerebrale, scacchistica, della spada potevano ancora permettergli di prevalere su avversari più giovani, la rapidità e la semplicità infantile caratteristiche della sciabola gli rendevano impossibile occultare i suoi cinquantaquattro anni. Si mise in guardia e cominciò a comporre quei passetti da papera degli sciabolatori, prima lentamente, poi via via più veloce, fino a scattare in un affondo che avrebbe dovuto essere fulminante, ma che von Lehndorff sapeva non avrebbe sorpreso lo Sturmbannführer Lichtblau. Rimase in affondo per un lungo istante, poi tornò in guardia e in un moto di stizza scagliò la sciabola sul pavimento. Subito si vergognò di quel gesto, che rappresentava la pura negazione dello spirito della scherma.

Quando si chinò a raccogliere la sciabola, von Lehndorff si accorse che Albert lo stava osservando da una distanza rispettosa.

"Mi dispiace disturbarla, signor barone."

Von Lehndorff andò incontro al vecchio servitore.

"Che cosa c'è, Albert?"

"Se permette, vorrei mostrarle una cosa. Riguarda i contadini."

Camminarono nel bosco per dieci minuti buoni. Quando giunsero a una radura, Albert gli indicò un punto sotto le fronde di un grande albero dal tronco nodoso. Von Lehndorff non scorse nulla. Allora il maggiordomo si chinò e spazzò via le foglie.

Apparve una botola rudimentale, fatta di rami di betulla. La sollevarono. Sotto c'era una buca profonda un paio di metri, e larga tre o quattro. Dovevano essersi spaccati la schiena per scavarla, perché l'inverno era particolarmente rigido e il terreno duro come pietra.

Von Lehndorff guardò Albert in attesa di una spiegazione.

"Vogliono nascondersi lì dentro", disse il servitore. Il suo tono era un misto di apprensione e disprezzo. "Ci hanno anche messo delle provviste."

Lo Junker si chinò sulla buca. In un angolo, si scorgeva un sacco di tela sporco di fango. Quali provviste poteva mai contenere? Un po' di patate. Un pezzo di lardo. Qualche forma di pane. I contadini che vivevano nella proprietà erano una dozzina, esclusi i bambini. Cosa pensavano? Che i russi avrebbero fatto una scampagnata di qualche ora e poi se ne sarebbero andati?

"I bolscevichi li troveranno", incalzò Albert. "Abuseranno delle donne, e poi le uccideranno insieme agli uomini, come a Nemmersdorf."

Il barone non riusciva a staccare gli occhi dalla buca. Quella cavità nella terra ghiacciata era il punto terminale di centinaia d'anni di storia tedesca. Lutero e Goethe e la Nona sinfonia e la gloria di Sedan finivano in un buco sporco e verminoso, una fossa comune concepita per i vivi, che probabilmente si sarebbe riempita di cadaveri. Stiparsi là sotto per sfuggire alla furia dell'esercito invasore era una soluzione da guerra dei Trent'anni. A questo li aveva condotti il caporale austriaco. Li aveva trascinati nel Diciassettesimo secolo. E sarebbero tornati ancora più indietro, fino al tempo in cui i guerrieri Pruteni si dipingevano la faccia prima di andare in battaglia e fracassavano il cranio dei nemici con asce di ossidiana.

"Vai a chiamare il fattore", disse von Lehndorff senza alzare lo sguardo dalla buca.

51

Roma, 16 luglio 1982

Il corteo sfilava alzando al cielo le spoglie di guerra. Alcuni dei personaggi avevano il capo cinto da corone di alloro e volti ispirati. Gli occhi di Anton Epstein e Shlomo Libowitz erano fissi sulla porzione del fregio in cui un gruppo portava sulle spalle una grande *menorah*. La distruzione del Secondo Tempio. L'inizio della Diaspora. Succhiando attraverso cannucce di un verde brillante, i due uomini sorbivano granite al limone da bicchieri di carta, indistinguibili dagli altri turisti che osservavano ammirati i bassorilievi. Sotto la volta di marmo dell'Arco di Trionfo faceva fresco, ma poco più in là, al fondo della via Sacra, la massa imponente dell'Anfiteatro Flavio tremolava nell'aria rovente. Shlomo, sandali e camiciotto bianco, era perfettamente a suo agio. Per lui, la Diaspora era finita da più di trent'anni. Anton invece pativa sotto il sole dell'estate mediterranea. Calzava un cappello di paglia a falde larghe, una passabile imitazione di un Panama comprata al mercato di Porta Portese. Aveva persino rinunciato a indossare la giacca. Ma non serviva a molto. La sua pallida carne mitteleuropea gemeva di dolore.

Shlomo lanciò un'occhiata in tralice al vecchio compagno di prigionia. Lo osservò mentre si faceva colare sulla lingua le ultime gocce di granita, nel tentativo di prolungare quell'effimero refrigerio. Rise dentro di sé, ma solo un poco.

"Andiamo", disse, e si avviò verso la fermata della metropolitana.

Anton esitò un istante prima di abbandonare l'ombra delle antiche pietre. Diede un'ultima occhiata al monumento, e si incamminò anche lui, lasciandosi alle spalle le memorie delle fulgide vittorie dell'imperatore Tito e le lacrime del regno perduto di Giudea.

Quando vide Shlomo affondato nel divano dell'atrio dell'hotel, placido, con un sorriso falso stampato sul faccione rugoso, l'agente Yakovchenko dovette fare appello a tutto il suo autocontrollo per evitare di dare in escandescenze davanti al concierge e agli ospiti dell'albergo che andavano e venivano. Epstein era un caso disperato. *Ebreo cosmopolita filo-sionista e filo-jugoslavo.*

"Che cazzo t'è saltato in mente?", gli ringhiò a bassa voce.

Afferrò Anton per un braccio e iniziò a spingerlo verso gli ascensori con apparente disinvoltura, come se si trattasse di un gioco.

"Shlomo ha una proposta da farci", disse l'ebreo cosmopolita.

"Ti ho già spiegato che non trattiamo con il Mossad", replicò Natalja continuando a spingere.

"Lui sa dove si trova Lichtblau."

L'agente Yakovchenko si arrestò.

"E allora perché non se lo va a prendere?"

"Vorrebbe andarci insieme a noi."

Natalja taceva. Non sapeva cosa pensare. E non si accorse che Shlomo si era alzato e si era avvicinato.

"Venga, compagna Yakovchenko."

Sul faccione, il sorriso falso era stato sostituito da un'espressione seria, professionale. Un uomo d'affari determinato a mandare in porto una trattativa difficile. "Sediamoci e parliamo."

Si accomodarono sui divani, scomodissimi divani svedesi troppo stretti per chiunque non fosse un bambino o un nano.

"Lichtblau si trova in Honduras", esordì Shlomo Libowitz. "Fa la guerra ai sandinisti."

"E io a che ti servo?", domandò secca l'agente Yakovchenko.

"È zona di guerra. Non sarà semplice entrarci. In più, Lichtblau è sempre circondato dai suoi uomini."

Natalja comprese.

"Allora è meglio passare da Managua", disse. "E magari presentarsi all'appuntamento insieme a un battaglione dell'esercito nicaraguese."

Shlomo si rilassò sullo schienale del divano, per quanto fosse possibile rilassarsi su quell'affare, e intrecciò le dita dietro la nuca calva.

"Sei una ragazza sveglia, compagna Yakovchenko."

"Dovrei farti da garante?"

"Esatto. Tu mi fai arrivare in Nicaragua e procuri una scorta. Io vi porto da Lichtblau. Potete prendervi tutto il bottino. A me interessa solo liquidare il bastardo."

Epstein fissava Natalja con gli occhi di un bambino che prega la mamma di comprargli il gelato. La donna ebbe la tentazione di tirargli uno schiaffo.

"Mosca non approverà", sentenziò.

"Puoi sempre provare a chiedere", le rispose sornione Libowitz.

52

Prussia orientale, 21 gennaio 1945

Hans Lichtblau si guardava allo specchio, ammirando soddisfatto la nuova mostrina sul colletto sinistro dell'uniforme. Ora, accanto alle quattro stellette da Sturmbannführer c'era un gallone verticale. Gliel'aveva cucita Martha. Era andato a trovarla a Neuhof con la scusa di quel lavoretto sartoriale, di cui avrebbe potuto occuparsi una qualunque delle domestiche del castello. Quando era arrivato, i bambini non erano in casa. In realtà, non erano più bambini. Elsie era con un gruppo di compagne di scuola a preparare bende per l'ospedale da campo allestito nei pressi del villaggio, dove arrivavano i feriti dalla prima linea. Paul, che aveva già compiuto quattordici anni e quindi faceva parte della Hitler Jugend, era stato inquadrato in un'unità della Volkssturm, insieme ad altri ragazzi della sua età e a un mucchio di vecchi e di invalidi congedati dalla Wehrmacht. In teoria, il servizio militare era obbligatorio solo a partire dai quindici anni, ma nelle batterie contraeree c'erano addirittura bambini di dieci. Martha non sapeva neanche con precisione dove si trovasse il figlio. Nella sua ultima lettera, le aveva scritto di essere ad Allenstein, ma era trascorsa più di una settimana. Era terrorizzata dall'eventualità che arrivassero i russi, però non voleva partire senza di lui. Aveva chiesto a Hans di fare qualcosa, conosceva Himmler. Di certo un suo intervento avrebbe permesso a Paul di lasciare la milizia. Hans le aveva detto che se ne sarebbe occupato, giusto per confortarla, ma la faccenda era al di là delle sue possibilità. Uscire dalle forze armate era difficilissimo. Corti marziali volanti battevano le retrovie del fronte in cerca di disertori, che venivano giustiziati sul posto. Martha aveva pianto, si era asciugata le lacrime, e gli aveva cucito le mostrine. Avevano riso, come una volta, e avevano fatto l'amore. Dopo di che, la donna gli aveva comunicato che stava per sposarsi con il suo sergente senza un braccio. Anche lui era nella Volkssturm. A giorni sarebbe arrivato a Neuhof con una licenza matrimoniale. "Se mi ammazzano, almeno avrai diritto alla pensione", le aveva detto in una proposta di matrimonio da tempo di guerra. "Con te era un'altra cosa", aveva chiosato Martha. Hans avrebbe voluto replicare in modo appropriato, ma era riuscito soltanto ad augurarle buona fortuna. Si era rimesso la giacca ed era tornato al castello.

A metà dicembre, il quartier generale delle SS aveva ricevuto il primo lotto di pillole dal laboratorio farmaceutico di Auschwitz, dove erano state confezionate sotto la supervisione di Lichtblau. Le avevano somministrate agli effettivi di un battaglione di fanteria impegnato sul fronte delle Ardenne. I risultati erano stati entusiasmanti. Gli uomini avevano combattuto con piena efficienza per tre giorni e tre notti, praticamente senza bisogno di riposare. All'alba del quarto giorno, il reparto era stato annientato in uno scontro contro truppe americane superiori per numero e mezzi, ma quello scacco non inficiava le qualità del prodotto. Dopo Capodanno, Lichtblau aveva ricevuto una lettera di Himmler zeppa di elogi, in cui lo promuoveva a Obersturmbannführer e gli ordinava di trasferire il laboratorio a Berlino. Non si poteva correre il rischio che il prezioso frutto di anni di fatica cadesse nelle mani dei bolscevichi. Il Reichsführer-SS consigliava anche di raggiungere Königsberg, e compiere il resto del viaggio via mare. Le strade erano sotto costante attacco aereo, mentre la flotta sovietica del Baltico era largamente inattiva. Le SS avevano già chiesto alla Marina di mettere a disposizione una nave. Hans però aveva ritardato la partenza. Voleva continuare a lavorare al castello fino all'ultimo. Immaginava che a Berlino non ci sarebbe stato modo di riprendere le ricerche. La città era un cumulo di macerie. La fine della guerra era questione di mesi, forse di settimane. Lui aveva il suo paracadute, ma ancora non lo voleva aprire. Aveva un debito verso Heinrich Himmler e intendeva onorarlo. Si sarebbe presentato a rapporto.

L'Obersturmbannführer si passò un dito sulle mostrine, prima quella di sinistra e poi quella di destra. Non era stato piacevole sentirsi dire da Martha che sposava un altro, ma era giusto così. In ciò che doveva fare ora, non c'era posto per una donna. Si infilò il cappotto foderato di pelliccia, i guanti, il berretto, e scese in laboratorio. Percorse i padiglioni deserti, controllando ovunque di non aver dimenticato nulla di fondamentale. Sul pavimento della sala operatoria c'erano le otto cavie che Wasserman aveva provveduto a eliminare con un'iniezione letale. Otto bambini ebrei, allineati sul pavimento. I tratti del viso erano distesi, le palpebre chiuse. Non si era sentito neppure gridare. Come sempre, Wasserman aveva fatto un buon lavoro.

In archivio incontrò il tenente Dobbs. Aiutava Schenk a bruciare dei documenti nella stufa. La stanza era piena di fumo.

"Andiamo Schenk, non c'è più tempo. Si sentono già i cannoni russi."

L'inglese gli tese la mano.

"Buona fortuna, maggiore", disse. Sembrava sinceramente commosso.

"Tenente colonnello", specificò Lichtblau in tono scherzoso, e indicò le mostrine argentate.

Raggiunse il piazzale seguito da Schenk. Gli altri erano già tutti lì, insieme ai veicoli, tre Opel Blitz su cui era stato caricato il materiale, un Kübelwagen, e un sidecar. Contro un muro, c'era una massa confusa di corpi. Tutta la servitù che era stata fornita dal Lager di Soldau. L'intonaco bianco era coperto da una composizione astratta di fori di proiettile e schizzi di sangue. In quel groviglio, Lichtblau scorse il volto della Testimone di Geova austriaca, la bocca aperta, congelata in un ultimo grido senza speranza. Sulle prime, aveva pensato di risparmiarla. Poi la ragione aveva prevalso. Quanto ai coniugi von Lehndorff e ai loro due domestici, ci avrebbero pensato i russi. Lichtblau alzò lo sguardo sulle finestre del barone. Lo Junker era lì, insieme alla moglie. Erano stretti l'uno all'altra e lo fissavano. Lichtblau immaginò la condanna dei loro occhi. Li ignorò.

"Tutti a bordo!", ordinò, e buttò nel Kübelwagen la voluminosa cartella di cuoio nero che conteneva i suoi appunti, il cuore dell'operazione Berserker.

I membri del corpo di guardia e lo staff del laboratorio iniziarono a prendere posto sui mezzi.

Il sergente Dietrich si avvicinò a Lichtblau.

"Bisogna ancora liquidare i superstiti del Sonderkommando", sussurrò.

"Non l'avete fatto?", replicò stizzito l'Obersturmbannführer.

In quell'istante, uno Sturmovik sorvolò il castello. Le stelle rosse sulle ali brillavano contro il cielo grigio. Il pilota si teneva basso, ma non aprì il fuoco. Forse aveva esaurito le munizioni, oppure non aveva tempo da perdere con un bersaglio insignificante. Però poteva segnalare la loro posizione. Lichtblau sapeva che spargarli era del tutto inutile. Il calibro più grosso di cui disponevano era una mitragliatrice, e quell'aeroplano era dotato di una fusoliera corazzata, praticamente invulnerabile alle armi leggere. Resisteva persino ai colpi della Flak. Dovevano muoversi. La baracca dei prigionieri era al fondo del parco, per arrivarci, camminando di buon passo, ci voleva almeno un quarto d'ora.

"Noi partiamo", disse Lichtblau al sergente. "Ci raggiunge-rai con la motocicletta."

"Signorsì", rispose l'Unterscharführer.

Lichtblau salì sul Kübelwagen. Alla guida c'era un caporale di cui non ricordava il nome. Sul sedile posteriore sedevano Wasserman e Schenk.

"Andiamo!", gridò Lichtblau.

Mentre la colonna iniziava a muoversi, il sergente Dietrich controllò il caricatore della pistola mitragliatrice e si allontanò verso il parco.

Oltre il bosco, il tamburreggiare dell'artiglieria dell'Armata Rossa pareva più vicino.

53

Dipartimento di Olancho, Honduras meridionale, 17 luglio 1982

Il secondo pilota lo venne a svegliare all'ultimo, quando la pista era già sotto di loro. Benché il vecchio C-47 fosse privo di qualunque tipo di comfort, lui e Melissa si erano addormentati poco dopo essere saliti a bordo. Si erano stesi su un materasso gettato tra le casse piene di armi e munizioni, ed erano scivolati in un sonno profondo, ignorando le vibrazioni e il frastuono dei motori. Ora Victor Huberman si sentiva meglio. Si stiracchiò e seguì il secondo in cabina. Aveva anche una gran fame. Nella folle settimana trascorsa a Los Angeles, non solo non c'era stato tempo per dormire, ma neanche per fare un pasto decente. Ripensò a Leary e al suo spettacolo con Gordon Liddy. Era un po' come se lui si fosse messo in coppia con un agente della polizia segreta di Stalin. Forse Timothy le aveva aperte un po' troppo le porte della percezione. O forse era soltanto l'aria del tempo. Un ex fricchettone e un ex cacciatore di fricchettoni, insieme, potevano costituire un numero di vaudeville di successo. La logica dello show business dominava incontrastata. Persino il presidente degli Stati Uniti veniva dallo show business, dove peraltro era stato una figura del tutto secondaria. Washington si prendeva gli scarti di Hollywood.

"Atterriamo", disse il pilota.

Huberman fece di sì con la testa e tornò nel vano di carico.

Il tragitto nella giungla non era lungo, ma era sempre faticoso. L'umidità che ti appiccicava i vestiti alla pelle. Gli insetti onnipresenti, in ogni bizzarra forma. Il sentiero scosceso in mezzo agli alberi, su cui i camion si arrampicavano a fatica, con radici secolari e buche che mettevano a dura prova le sospensioni dei veicoli e la schiena dei passeggeri. Prima di partire, Huberman aveva preso una delle sue pastiglie, ma aveva male lo stesso.

Finalmente, ad annunciare che il viaggio volgeva al termine, tra le foglie apparve una statua di pietra, un omino con le mani giunte e il volto ieratico, seduto sotto un enorme fungo. Era per via di quella statua che Huberman era arrivato lì la prima volta. Nel 1958, Hofmann aveva isolato i principi attivi della *Psilocybe cubensis*, un fungo che gli Aztechi chiamavano Teonanácatl, "carne degli dèi". Due anni dopo, in Messico, Leary ne aveva mangiati sette tutti insieme. Gli erano apparsi il serpente piumato, i giardini pensili di Babilonia, e il sacro Nilo. Leary aveva trentanove anni. Quell'esperienza aveva cambiato radicalmente la sua vita e il suo lavoro. Era ritornato a Harvard e aveva messo in piedi un programma di ricerca su quelle che si cominciavano a chiamare sostanze psichedeliche. Ma già nel 1956, con un finanziamento della RAND Corporation, Huberman aveva realizzato uno studio sugli allucinogeni vegetali e sul culto del fungo magico presso le civiltà precolombiane. Si era spinto sino a una valle remota tra le montagne al confine tra Honduras e Nicaragua, dove aveva trovato indios di sangue puro, nella cui cultura il fungo giocava ancora un ruolo importante, nonostante la Chiesa avesse fatto di tutto per cancellare quelle vestigia di paganesimo. Già normalmente la *Psilocybe zapotecorum* è di dimensioni notevoli, con un gambo che arriva ai venti centimetri, e una cappella che può superare i dieci di diametro, ma in quella zona, attorno a uno stagno paludoso poco lontano dalla statua, ne crescevano di enormi. Huberman non ne aveva mai viste di così grosse, né in Messico né in Guatemala. Le cappelle avevano tonalità che andavano dal porpora al bruno-nerastro, mentre i gambi variavano dal rosso, al verde, al blu. Artaud diceva che il peyote non è fatto per gli uomini bianchi, perché il rito del peyote permette di interagire con gli spiriti, e dal punto di vista dell'uomo rosso, il bianco è appunto "colui che è stato abbandonato dagli spiriti". Ma Artaud era un sovversivo morto in manicomio. Huberman riuscì a convincere lo sciamano a farlo partecipare alla cerimonia. Il fungo non aveva solo un aspetto lussureggiante. Era anche estremamente potente. Il trip era durato tre giorni.

Venticinque anni dopo, quando la CIA si era messa a fare la guerra ai sandinisti, Huberman si era ricordato di quell'angolo remoto di America. Era perfetto. La frontiera con il Nicaragua non era troppo lontana. E nei pressi del villaggio c'era un'antica fortezza spagnola dove installare il quartier generale. Huberman aveva reclutato tutta la tribù, gli uomini come guide e combattenti, le donne ai servizi logistici e alle coltivazioni di coca. Aveva risvegliato le virtù guerriere della comunità, e posto fine alla deleteria influenza del cristianesimo ficcando una pallottola in fronte al prete. Il vecchio sciamano se n'era compiaciuto. Ora capiva perché un tempo si fosse fidato di quello straniero, rivelandogli alcuni dei suoi segreti. Non era stato solo per i soldi che quello gli aveva offerto. Huberman era un messia giunto da lontano per donare loro una prosperità nuova e al contempo aiutarli a ristabilire l'ordine delle origini. Huberman aveva stupefatto il popolo con la potenza della sua magia. Aveva portato la luce elettrica, terrazzato il terreno, e introdotto fertilizzanti chimici e pesticidi. Aveva offerto agli indios un ospedale, con un vero medico, e li aveva addestrati alla guerra moderna. Victor Huberman era diventato il re di un regno perduto nella foresta.

Quando i camion sbucarono dagli alberi, i bambini gli vennero subito incontro, festosi. Gli automezzi proseguirono lenti verso la fortezza tra le urla dei piccoli, che correvano a fianco dei veicoli. Come sempre, Melissa lanciò loro caramelle e confezioni di gomma da masticare. Le comprava appositamente ogni volta che andava negli Stati Uniti. Di fronte a una capanna, un gruppo di donne pestava i funghi dentro mortai di pietra. Poco più in là, lo sciamano accoglieva il ritorno di Huberman con gesti di saluto. Huberman ricambio e saltò a terra.

Cercò con gli occhi Guillermo Rocas, il comandante del suo esercito.

Si fece avanti un uomo sui trent'anni, piccolo, un fisico asciutto e muscoloso. Portava un paio di logori pantaloni mimetici dell'esercito americano, con strisce nere su fondo verde scuro. Non indossava altro, a eccezione di alcune collane che gli adornavano il petto, sul quale correvano lunghe cicatrici, che si vedevano appena sulla carne bruna.

"Ben arrivato", disse. Il tono era deferente, ma non servile. Un vassallo che parla con il suo signore. Erano una razza fiera. Erano riconoscenti verso Huberman per ciò aveva fatto per loro, ma erano anche consapevoli di quanto loro facessero per lui.

"Ho portato nuove armi", disse Huberman

"Anche i fucili col lanciagranate?"

"Anche quelli."

Il guerriero parve soddisfatto.

"Quando attacchiamo?", domandò.

54

Prussia orientale, 21 gennaio 1945

Il sergente Dietrich tirò il chiavistello e aprì la porta della baracca più piccola, quella che aveva ospitato il Kommando Gardenia. Mise la testa dentro. I tre prigionieri erano stesi nelle cuccette. Al fondo dello stanzone, un debole fuoco di legna ardeva nella stufa.

"Fuori!", ordinò Dietrich.

I membri superstiti del Kommando non si mossero, né dissero nulla.

"Come volete", biascicò tra i denti l'Unterscharführer, e puntò l'MP40 su quello più vicino. Non ne era sicuro, perché erano tutti avvolti nelle coperte e si vedevano solo gli occhi, ma gli parve trattarsi del ceco che aveva fatto da segretario al maggiore Lichtblau.

"Basta così."

Dietrich si voltò e si trovò di fronte il barone Wilhelm von Lehndorff. Impugnava una vecchia Mauser modello 1912.

"Basta così", ripeté il barone. "La guerra è perduta. Ammazzare questi tre non cambia niente."

Per un istante, l'Unterscharführer sembrò non capire. Guardava con aria ottusa von Lehndorff, che fu quasi sul punto di pronunciare la frase una terza volta. Poi l'SS fece per alzare la canna della pistola mitragliatrice.

Il barone tirò il grilletto.

Lo prese alla gola.

Il sergente lasciò cadere la sua arma e si portò le mani sulla ferita. Si premeva lo squarcio nella carne, ma arrestare il sangue che usciva a fiotti era impossibile. Crollò a terra. Cercò di parlare. Dalle labbra gli uscì solo altro sangue. Dietrich sbiancava rapidamente, mentre si contorceva in una pozza purpurea che si faceva sempre più larga.

Von Lehndorff scavalcò il corpo di Dietrich ed entrò nella baracca.

I prigionieri erano ancora stesi nelle cuccette. Nessuno aveva proferito una parola. Si limitavano a guardarlo, interdetti.

"Sono andati via", disse il barone.

Di fronte al castello era parcheggiato un vecchio camion alimentato a gas. Tutt'intorno si accalcava la massa dei contadini della tenuta dei von Lehndorff. Ciascuno, anche i bambini, teneva in mano un bagaglio. Una donna stringeva al seno un neonato. Il camion lo aveva comprato la baronessa da un meccanico di Allenstein. Lo aveva pagato con un anello di brillanti che non le era mai piaciuto molto, il regalo di un corteggiatore facoltoso, ma privo di gusto.

"Ci sono tutti?", chiese Carlotta al fattore.

"Tutti, tranne Albert e il signor barone."

"Cominciate a salire!", disse Carlotta alla folla. "Tu siederai davanti, insieme a me e a Kate", aggiunse rivolta al fattore.

I contadini iniziarono a prendere posto sotto il telone cerato che ricopriva il cassone.

Carlotta li guardava montare sul camion e si sentiva stupida. Il ruolo della puttana redenta proprio non le si addiceva. Era diventata l'eroina del più banale dei melodrammi. Eppure, qualcuno doveva preoccuparsi di portare via quella gente.

Sulla soglia dell'ingresso principale del castello, Albert seguiva le operazioni, impassibile, come sempre. Carlotta lo raggiunse.

317

"Sei sicuro di non voler venire?"

Il maggiordomo scosse la testa, e fece un sorriso imbarazzato, come a scusarsi di una mancanza.

"Forse potrebbe ancora provare a convincere il signor barone", suggerì, e indicò qualcosa alle spalle di Carlotta.

Lei si girò e vide il marito che veniva a grandi passi verso di loro.

"Cos'è successo? Abbiamo sentito uno sparo", domandò lei allarmata.

"Niente di grave", disse il barone. "Però i russi potrebbero essere qui a momenti. Dovete andare."

Le accarezzò il viso.

Carlotta gli si strinse al petto e non riuscì a trattenere le lacrime.

"Vieni anche tu", sussurrò. "Venderò gli altri gioielli. Torneremo a Parigi. Forse i nostri amici sono ancora vivi. Forse sono ancora nostri amici. Io mi troverò un lavoro, uno qualunque, e tu insegnerai scherma."

Il barone Wilhelm von Lehndorff fissò sua moglie negli occhi, occhi che per molto tempo gli erano sfuggiti, e che in quegli ultimi anni pur così difficili, contro ogni aspettativa, erano tornati a cercarlo. Il progetto di Carlotta lo tentava. Parigi. La sala d'armi Le Coudurier. L'odore di cuoio delle pedane. Il maestro Dubois doveva essere sulla settantina. Forse aveva bisogno di un assistente. Si vide bere *pastis* con gli allievi dopo la lezione. Magari all'inizio sarebbe stato difficile, i francesi sarebbero stati diffidenti, ma avrebbero finito con l'accertarli. La città aveva sempre accolto gli esuli. Avrebbero preso in affitto un appartamento sul Boulevard Saint-Michel e mangiato il *far breton* nel bistrot sulla piazza. Un nuovo paese, una nuova lingua, una carriera. Alzò lo sguardo sul castello. L'edificio sembrava osservarlo. Finestre e abbaini erano tanti occhi attraverso i quali la sua cupa stirpe lo spiava, attirandolo a sé in un maelstrom di onore, disciplina e morte. Non c'era nessun luogo in cui il barone Wilhelm von

Lehndorff potesse andare. Strinse forte Carlotta, la baciò, poi allargò le braccia.

"Partite", disse.

La baronessa non replicò. Di tutti i fallimenti della sua vita, quello era il più doloroso e il più scontato. Aveva saputo sin dall'inizio che sarebbe stato impossibile convincere Wilhelm. Si girò, in silenzio, e s'incamminò verso il camion. Erano già saliti tutti quanti. Seduta accanto al posto di guida, Kate si asciugava le lacrime con un fazzoletto. Vicino a lei, il fattore succhiava una pipa spenta con lo sguardo perso nel vuoto. Carlotta si mise al volante, girò la chiave nel quadro e il motore partì, docile. Portare il camion non era poi così difficile. Aveva fatto pratica per un paio di pomeriggi con il meccanico che glielo aveva venduto. Nella tenuta, non c'era nessun altro che sapesse guidare. Carlotta sterzò e iniziò a eseguire un'inversione a U.

Albert e il barone osservavano muti. Rientrarono solo quando il camion ebbe percorso tossicchiando tutto il viale e fu scomparso dietro una fila di alberi.

In lontananza, nel silenzio che incombeva nella dimora dei von Lehndorff, si udiva distintamente il tetro monologo del fronte. Il barone era seduto al tavolo del fumoir. Aveva fatto volare dalla finestra quell'orribile cassapanca *völkish* messa lì dai nazisti, chissà per quale ragione, poi si era aperto una bottiglia di vino e si era messo a giocare a Babette. La cassapanca probabilmente sarebbe stata seguita dal resto del mobilio. Nel giro di un paio di giorni, quella stanza e tutto quanto il castello sarebbero diventati un acquartieramento per soldati. Mugik ubriachi avrebbero vomitato sui tappeti e fatto il tiro a segno con il servizio di Wedgwood che Carlotta aveva comprato a Londra, e prima di ripartire avrebbero dato alle fiamme il palazzo. La storia della sua famiglia finiva lì, e forse era un bene. Il mondo poteva fare a meno dei von Lehndorff e della Prussia. Il barone prese una carta dal tallone. Fante di quadri. Lo collocò sulla regina delle stesso seme. L'immagine dei corpi stipati nel furgone con il tubo di gomma attaccato allo scappamento, le lingue gonfie che pendevano tra i denti, gli attraversò la mente. Il mondo poteva fare a meno della Germania. L'Armata Rossa stava per impartire ai tedeschi una lezione esemplare nella materia che essi pensavano di padroneggiare meglio di chiunque altro. Nemmersdorf era stato solo l'inizio. Quattro di picche. Cercò invano una combinazione. Dopo ciò che i nazisti avevano fatto all'Est, solo un ingenuo o un ipocrita poteva stupirsi della condotta dei russi. Avrebbero ucciso e stuprato e annichilito tutto ciò che si fossero trovati davanti dalla Vistola a Berlino. Dieci di fiori.

Albert scivolò nella stanza.

"Ha ancora bisogno di me, signor barone?"

Von Lehndorff, assorto nelle combinazioni del solitario, rispose di no, distrattamente. Abbinò il dieci al tre di quadri.

"Allora vorrei prendere commiato."

Il barone alzò lo sguardo dalle carte e fissò Albert. Il maggiordomo era in piedi di fronte a lui, rigido nella sua livrea. Von Lehndorff comprese. Avrebbe dovuto immaginarselo. Albert sarebbe morto così come era vissuto, con discrezione. Il barone si alzò, girò attorno al tavolo, e tese la mano al suo maggiordomo. Albert non poté impedirsi di provare una certa emozione, mentre le sue dita incontravano quelle del barone. In tutta la sua esistenza, era la prima volta che stringeva la mano di uno Junker.

"Ci saranno sempre i signori e i loro servitori", esordì Albert, "ma non come noi. Le regole che hanno governato il nostro mondo, giuste o sbagliate che fossero, hanno rappresentato qualcosa, qualcosa che ha saputo portare ordine là dove non ce n'era, e che è durato per tanto tempo." Il maggiordomo s'interruppe. Non aveva mai parlato in quel modo, con nessuno, meno che mai con il signor barone. Von Lehndorff lo guardava attento. Fece un piccolo movimento col capo, spingendo in avanti il mento, come a invitare l'altro a proseguire. Albert riprese. "Il futuro non ci appartiene. La baronessa e tutti gli altri, loro possono andare altrove, ma io e lei siamo destinati a restare qui."

Il barone assentì.

"Addio", disse Albert.

"Addio."

La sua vecchia uniforme della Grande Guerra gli andava ancora bene. La cosa lo aveva compiaciuto. Aveva faticato un po' a chiudere i bottoni della giubba, ma alla fine ce l'aveva fatta. Von Lehndorff si appuntò sul petto la Croce di Ferro di prima classe, annodò la *Pour le Mérite* attorno al collo, e calzò l'elmetto d'acciaio con cui aveva combattuto sulla Somme. Allora, quella battaglia gli era parsa l'inferno in terra, il labirinto ultimo in cui si era smarrita la coscienza europea, e invece era stato solo l'inizio. Le parole di Albert lo avevano toccato, eppure il barone sapeva che in quel discorso, per quanto profondo, e di certo sentito, mancava qualcosa di essenziale. Albert, come altri tedeschi cresciuti nella Germania guglielmina, si ostinava a considerare il nazionalsocialismo una misteriosa calamità naturale, un bizzarro prodotto del caso che nulla aveva a che vedere con la storia patria. Ma Wilhelm von Lehndorff, violentando i suoi più intimi istinti, che lo avrebbero indirizzato verso le medesime conclusioni di Albert, nei momenti di maggior disperazione, che erano anche quelli di maggior lucidità, non poteva evitare di ammettere che Adolf Hitler e i suoi seguaci non erano mostri senza passato. Erano piuttosto il prodotto di una storia comune, una storia che comprendeva anche la casata dei von Lehndorff. Federico II di Prussia, la gloria di Sedan, il neoromanticismo e il mito del Volk, il coraggio e l'abnegazione che la sua generazione aveva dimostrato nelle trincee del fronte occidentale, avevano lavorato per l'avvento del caporale austriaco.

La stalla era quasi vuota. La maggior parte dei cavalli era stata venduta o macellata. Erano rimasti soltanto il baio e Stella, la puledra di Carlotta. Il barone accarezzò il bel manto nero di Stella. Le diede una zolletta di zucchero, la strigliò, e riempì la mangiatoia. Sperò che a trovarla fosse un bravo cosacco che sapesse prendersi cura di lei. Forse Stella avrebbe visto Berlino.

Il barone portò fuori Lampo, montò in sella, diede un ultimo sguardo al castello, e partì in direzione del bosco. Cavalcò senza voltarsi. Gli zoccoli di Lampo risuonavano sulla neve compatta. Si infilò tra gli alberi. Quando raggiunse il punto della foresta dove c'erano i pini dal tronco curvo, si fermò per far riposare il baio. Forse avevano ragione i vecchi contadini. Forse quello era davvero il presagio che gli antichi dèi volevano riprendersi ciò che era stato loro tolto.

Mentre usciva dal bosco, iniziò ad avvertire un suono che non era il soffio del vento. Sulle prime, lo percepì a stento, ma a poco a poco si fece più chiaro. Un rumore ritmico, incalzante. Un battere di metallo. Erano i guerrieri Pruteni che picchiavano con le spade contro gli scudi prima di lanciarsi all'assalto. Il cavallo nitrì, nervoso. Von Lehndorff si drizzò sull'arcione, cercando di scorgere il nemico. C'erano i signori e c'erano i servi. Lui era il signore di quelle terre. Sguainò la sciabola, in difesa di ciò che apparteneva alla sua famiglia da secoli.

Il tenente Borodin era stanco e aveva freddo. Sporgeva con la testa dalla torretta del T-34 e l'aria gli tagliava le guance ispide. Da quando era iniziato l'attacco, nove giorni prima, quasi non si erano fermati. A volte aveva l'impressione di non essersi mai fermato da Stalingrado. Avevano attraversato la vastità della steppa, un chilometro dopo l'altro, nel puzzo del gasolio e della polvere da sparo. E finalmente erano arrivati alle porte della Germania. La Prussia era piatta, con pochi ostacoli naturali. E l'inverno rigido aveva gelato fiumi e laghi. Erano condizioni ideali per un'offensiva corazzata.

"Quello chi cazzo è?", chiese qualcuno dall'interno del carro armato, ma la voce si perse nello strepito ipnotico dei cingoli, acciaio che batte all'infinito su acciaio.

"Chi cazzo è quello?!", disse ancora la voce.

Borodin stava pulendo gli occhialoni dalla condensa e dalla neve che si era depositata sulle lenti. Quando se li rimise, lo vide. Se era tutto ciò che i crucchi avevano da mandargli contro, sarebbero stati a Berlino in un paio di giorni.

"Fuoco!", ordinò Borodin senza pensarci.

Trascorsero alcuni secondi, durante i quali il cavaliere continuò nella sua assurda carica. Facendo leva sulle staffe, le ginocchia piantate contro il corpo dell'animale, l'uomo teneva il busto proteso in avanti. Aveva il braccio ben dritto dinnanzi a sé, a formare un'unica linea con la lama. La posa era elegante, un perfetto esercizio di equitazione.

Dalla mitragliatrice coassiale del T-34 partì una lunga raffica.

Cavallo e cavaliere rovinarono a terra, macchiando di porpora la neve.

Borodin gli gettò un'occhiata fuggevole mentre la colonna passava oltre.

"Un nazista di meno."

Il barone giaceva supino, con una gamba sotto il corpo del cavallo. Aveva il ventre squarciato, ridotto a una poltiglia indistinta di carne, sangue e stoffa. Lampo nitriva disperato, anche lui ferito a morte. Von Lehndorff li guardò passare come in un sogno. Sei titani sbuffanti, tutti bianchi, con le stelle rosse sulle torrette. Procedevano spediti, in un turbine candido. Poi venne il silenzio. L'unico suono che si udiva era il rantolo del cavallo. Il barone sfilò il polso dall'anello di stoffa della dragona, gettò via la sciabola, e con una certa fatica aprì la fondina. Estrasse la pistola e si tirò su il più possibile. Sentì le forze venirgli meno. Sputò un grumo denso, viscoso, e s'impose di rimanere dritto. Puntellandosi con il braccio sinistro, Von Lehndorff riuscì ad appoggiare la canna sopra l'orecchio di Lampo. L'animale nitrì debolmente.

Il colpo secco echeggiò nell'immobilità della pianura. Da lontano, rispose il gracchiare di un corvo.

Il barone si lasciò cadere nella neve. Non sentiva più alcun dolore.

Sopra di lui, il cielo si faceva scuro.

55

Roma, 18 luglio 1982

Quando l'agente del Mossad che pretendeva di non essere un agente del Mossad aveva detto "ristorante ebraico", Natalja si era aspettata, senza troppo entusiasmo, una cena a base di *Gefilte Fish*. E invece si era trovata di fronte a sapori esotici. I carciofi erano deliziosi. Le foglie croccanti, quasi bruciate, mentre il cuore era morbido e dolce. "La cucina ebraica che si mangia in Italia", aveva spiegato quello, nel suo tedesco impastato di yiddish, "è cucina del Mediterraneo."

Anton fece segno al cameriere che avevano terminato il vino e sul tavolo si materializzò un secondo fiasco di Frascati. Natalja trovava il rivestimento di paglia tanto pittoresco. Lasciò che Epstein la servisse.

Contro le aspettative dell'agente Yakovchenko, Mosca aveva approvato il progetto. La centrale del KGB di Managua era già stata informata. Avrebbe preso contatto con i sandinisti perché mettessero a disposizione uomini e mezzi.

"Alla nostra caccia", disse Libowitz, alzando in aria il bicchiere.

Anton e Natalja lo seguirono in un tintinnio di vetro.

La cosa che più la sconcertava era che non trovava affatto spiacevole la compagnia di quei due. Libowitz era una fucina di storielle una più stupida dell'altra, che però avevano il potere di divertirla. Quella del vecchio rabbino in punto di morte e della moglie che prepara lo strudel l'aveva fatta ridere fino alle lacrime. Il repertorio di Epstein era più raffinato. Piccoli racconti di vita tratti dalla storia della sua famiglia. La cugina che si fingeva vedova, anche se il marito era vivo e vegeto, e abitava a due isolati di distanza, insieme a una modista. Lo zio Max, urologo di fama, che una volta era stato chiamato a consulto dal principe Esterházy, uno dei più grandi proprietari terrieri dell'impero asburgico, e affermava che l'illustre personaggio disponesse di tre testicoli. Epstein era un buon narratore, creava scene vivide, piene di umorismo, ma non prive di malinconia, soprattutto se uno sapeva che fine aveva fatto il mondo di cui raccontava. A un certo punto, Natalja ebbe l'impressione che Libowitz si sforzasse di rendersi simpatico, ma al contempo evitasse di mettere in ombra Epstein, come se facesse gioco di squadra. Natalja immaginò di quale gioco si trattasse. Confusamente, se ne sentì lusingata.

Clienti ormai non ce n'erano più. I camerieri avevano già iniziato a ribaltare le sedie e sistemarle sui tavoli. Ci fu un ultimo giro di liquori offerto dal padrone, dopo di che pagarono e uscirono.

"Ci vediamo all'aeroporto", disse Epstein.

"A domani", rispose Libowitz e s'incamminò verso la metropolitana.

Anton e Natalja rimasero soli. Lei indossava l'abito verde acqua.

"Quel vestito ti sta molto bene", disse Anton, e subito si pentì di quella banalità. Per tutta la sera si era sforzato di essere brillante, e ora se ne usciva con il più trito dei commenti.

"Grazie", rispose Natalja e distolse lo sguardo.

Mentre rientravano, non si dissero gran che. Lui temeva di inciampare in un altro luogo comune. Senza Shlomo a fargli da spalla, si sentiva molto meno sicuro. Lei, invece, era persa nei propri pensieri. La faccenda rischiava di prendere una piega poco professionale.

Raggiunsero l'albergo, ritirarono le chiavi in portineria, e salirono al piano. Le stanze erano una accanto all'altra.

Anton indugiò sull'uscio di Natalja.

"Allora, buonanotte", disse esitante. Era il momento di agire. Una parte di lui desiderava baciare quelle labbra fresche, ma allo stesso tempo si sentiva paralizzato, un liceale nel corpo di un sessantenne.

"Buonanotte", disse Natalja.

Sul viso di lei si disegnò un sorriso che Anton decise di interpretare come un invito.

Le si avvicinò e lei si lasciò baciare.

Natalja Yakovchenko si svegliò di soprassalto. Muovendosi nel sonno, era finita addosso a Epstein. Quel contatto l'aveva fatta destare all'istante. Era molto tempo che non le capitava di dormire insieme a qualcuno. Si passò una mano sul viso e tra i capelli. Era sudata. Nonostante la finestra aperta, nella stanza faceva caldo. Il display luminoso della sveglia diceva 3:24. Perché l'aveva fatto? Un uomo molto più vecchio. La risposta era così banale, che non meritava neppure porre la domanda. E per giunta si trattava di un deviazionista. Rise in silenzio di se stessa e delle proprie ubbie.

Si alzò, aprì il piccolo frigo bar e prese una bottiglia d'acqua. Bevve un lungo sorso. Rimise a posto la bottiglia. Era nuda. Si gettò addosso la prima cosa che trovò, la camicia di Anton. I loro vestiti erano sparpagliati in giro per la camera. Prese l'accendino e il pacchetto di sigarette, e andò alla finestra. La strada era deserta. La luce della luna illuminava il profilo imponente di una chiesa. Di certo Anton avrebbe saputo dirle il nome, e forse anche quali capolavori d'arte custodiva. Natalja si accese una Gauloises. Aspirò a fondo quel fumo dal sapore pieno, vagamente dolce. Era fastidioso ammetterlo, ma le sigarette occidentali erano più buone. E i modi decadenti di Epstein non le dispiacevano affatto.

Doveva soltanto riuscire a gestire la cosa senza che interferisse con la missione.

Alle sue spalle, sentì Anton che si alzava. Non si girò. Rimase immobile, con i gomiti appoggiati al telaio della finestra, e la sigaretta che le bruciava tra le dita. Un alito di vento ravvivò per un istante la brace.

Anton si mise accanto a lei.

"Ne vuoi una?", domandò Natalja muovendo leggermente la sigaretta nell'aria.

Anton sfilò una Gauloises dalla confezione.

Natalja gli porse l'accendino.

"Non farci l'abitudine", disse.

Anton sorrise e si accese la sigaretta.

Fumarono in silenzio, guardando la città che dormiva.

Natalja diede un ultimo tiro e buttò giù il mozzicone. Il puntino rosso disegnò una parabola nell'oscurità, andando a spegnersi da qualche parte sul selciato. Poi Natalja appoggiò il capo alla spalla di lui.

"Non farci l'abitudine."

"Me l'hai già detto."

"Tanto per essere chiari."

Anton gettò anche lui il mozzicone in strada.

"Cerchiamo di dormire", disse Natalja. Il viaggio fino a Città del Messico sarebbe stato lungo. E una volta lì, avrebbero dovuto aspettare quattro ore il volo per Managua.

Natalja raggiunse il letto. Aveva ancora addosso la camicia di Anton. Lui gliela sfilò e la lasciò cadere sul pavimento. Le accarezzò i seni. Li strinse con dolcezza, e si chinò a baciarle i capezzoli. Quindi le afferrò il bacino, e con una lieve pressione delle dita la fece distendere. Natalja sentì la lingua di lui lambirle l'ombelico, umida, e scendere sempre più in basso.

Chiuse gli occhi.

"Non farci l'abitudine", tornò a ripetere, non sapendo se quella frase fosse rivolta a lui oppure a se stessa.

56

Prussia orientale, 21 gennaio 1945

Il paesaggio era una lastra bianca, senza punti di riferimento. Sulla strada coperta di neve, il tracciato si distingueva a stento, e i veicoli procedevano a velocità ridotta, il Kübelwagen in testa, seguito dai tre camion.

In lontananza, si udì una raffica. Lichtblau guardò l'orologio e si chiese come mai il sergente impiegasse tanto a raggiungerli. Avevano lasciato il castello da più di mezz'ora. L'Obersturmbannführer si girò verso Wasserman.

"Quanto ci mette Dietrich?", chiese.

Il dottore non rispose. La domanda era retorica, e lo sapevano tutti e due. Non si sarebbero fermati ad aspettarlo.

A obliterare ogni possibile remora, da un nuvolone grigio sbucò una coppia di Sturmovik. Si gettarono subito in picchiata, uno dietro l'altro, attaccando la colonna sul fianco. I tedeschi a malapena si erano accorti del pericolo che il primo apparecchio già apriva il fuoco con i suoi cannoncini da 23 mm. Un turbine di piombo investì in pieno il camion dietro il Kübelwagen. D'istinto, il caporale alla guida dell'automobile schiacciò a tavoletta. Il serbatoio del camion esplose. Schegge incandescenti saettarono dappertutto. Molte andarono a spegnersi nella neve. Una squarciò la capote di tela del Kübelwagen e si conficcò nella nuca del professor Schenk, che crollò addosso a Wasserman.

Il primo aereo aveva superato l'autocolonna e stava iniziando a virare. Il compagno procedeva sulla sua scia.

Il Kübelwagen sbandò e uscì di strada, andando a finire in un avvallamento poco più in là.

"Fuori!", ordinò Lichtblau. Afferrò la borsa di cuoio, aprì lo sportello e si mise a correre.

Da sotto le ali del secondo Sturmovik, due razzi schizzarono verso i bersagli.

I camion saltarono in aria in un boato spaventoso.

Accucciato dietro al tronco di un albero, Lichtblau osservava le carcasse dei tre Opel Blitz ardere come falò del solstizio d'estate. Con uno scatto ansioso, iniziò a frugarsi in tutte le tasche. Alla fine, trovò un piccolo flacone di pillole nella tasca esterna della giacca, e si calmò un poco. Strinse la boccetta nel palmo della mano. A parte gli appunti nella cartella, era tutto ciò che gli restava di più di tre anni di lavoro.

Gli aerei effettuarono un secondo passaggio, falciando alcuni dei superstiti che erano riusciti a saltare giù dai camion. Dopo di che, presero quota e scomparvero tra le nuvole da cui erano arrivati.

Lichtblau si alzò in piedi. Poco più in là, anche Wasserman e il caporale si erano tirati su. Il dottore cercava di pulirsi il cappotto lordo del sangue di Schenk.

S'incamminarono verso le carcasse dei camion avvolte dalle fiamme. Osservando la scena dal suo nascondiglio, Lichtblau aveva sperato che fosse possibile recuperare almeno una parte del materiale, ma il fuoco stava divorando ogni cosa.

Gli venne incontro il capitano Kiesel. Aveva la faccia annerita dal fumo e lo sguardo stravolto. Lichtblau immaginò di avere gli stessi occhi. Si fissarono per alcuni istanti, senza dire nulla. Nuvolette di fiato uscivano dalle labbra dei quattro uomini. Si avviarono verso il Kübelwagen.

Il caporale si mise alla guida e provò ad avviare il motore, che rispose senza problemi. Allora inserì la retromarcia, ma il mezzo non si mosse.

"Spingiamo", propose Kiesel.

I tre si distribuirono attorno al muso della macchina e poggiarono le mani sul cofano, pronti.

"Ora!", disse il caporale, e accelerò.

Il veicolo restò immobile, con il motore che andava su di giri e le gomme che schizzavano fanghiglia tutt'intorno. Poi, all'improvviso, il Kübelwagen rinculò, e fu di nuovo sulla strada. Quel successo venne accolto con un sospiro di sollievo collettivo. Allenstein distava almeno una trentina di chilometri.

Mentre stavano per partire, apparve un altro sopravvissuto, un soldato semplice. Era stato colpito a un braccio e perdeva sangue. Wasserman approntò una fasciatura di fortuna, facendo a brandelli una camicia che aveva nello zaino. Lichtblau ebbe l'istinto di dare al ferito una delle pastiglie, ma si trattenne. Erano il suo salvacondotto, non poteva sprecarne nessuna.

Salirono tutti a bordo e la macchina partì, nella vacuità della campagna ghiacciata.

Sopra di loro, il cielo si faceva scuro.

57

Roma, 19 luglio 1982

La massicciata della linea ferroviaria che portava all'aeroporto era punteggiata di papaveri, rossi e incongrui fra le pietre grigie, in una campagna brutalizzata dalla città.

"Le cose belle nascono dove meno te lo aspetti", disse Anton indicando i fiori attraverso il finestrino del vagone.

Natalja fece finta di non capire, e continuò a leggere un editoriale della *Frankfurter Allgemeine Zeitung* pieno di menzogne sull'Unione Sovietica.

"Lo so, non ci devo fare l'abitudine", disse ancora Anton.

Natalja abbassò il giornale.

"Ieri era ieri, e oggi è oggi", replicò didascalica.

"Ricevuto", rispose Anton, e tornò a sfogliare *Der Spiegel.* C'era un lungo servizio su Paul Marcinkus e il crack del Banco Ambrosiano. Nella complessa rete di spregiudicate operazioni finanziarie realizzate dallo IOR, pareva che il Vaticano avesse anche passato soldi a Solidarność e ai Contras. Quando l'articolo iniziò a farsi troppo tecnico, Anton lasciò perdere e si mise a cercare l'oroscopo.

Incontrarono Shlomo al banco dell'Alitalia. Fecero il check-in e superarono i controlli della sicurezza in file diverse, e si ritrovarono davanti all'ingresso di uno dei duty free. Natalja lanciava occhiate furtive alle vetrine.

"Vado a comprare le sigarette", disse, e s'infilò nel negozio.

Shlomo prese Anton da parte e gli sussurrò in tono complice: "Com'è andata ieri sera?".

"Com'è andata cosa?", rispose Anton distaccato. Detestava quel genere di conversazioni e gli uomini che le facevano. Almeno, così aveva sempre creduto.

"Guarda che mi sono accorto delle tue manovre da seduttore", insisté Shlomo. "Se non lo racconti a un vecchio amico, a chi lo vuoi raccontare?" Fu sul punto di aggiungere: "Non vado mica a spifferarlo a tua moglie". Per fortuna si ricordò in tempo che, qualche giorno prima, Anton aveva menzionato di essere vedovo.

Shlomo cercò comunque qualcosa di spiritoso: "A chi dovrei dirlo? Tutti i nostri amici comuni sono stati accoppati dai nazisti".

"Be', magari Zev è ancora vivo", lo corresse Anton.

"Forse, ma Zev non conta. Ai *chassidim* non interessano le storielle piccanti. Allora, ti sei scopato la *shiksa* oppure no?"

"Ai *chassidim* le storielle piccanti interessano anche di più che ai sionisti atei", replicò Anton. "E comunque la risposta è 'sì'." Il tono era quello esasperato di qualcuno cui si è estorta un'informazione con la forza, ma in verità Anton aveva una gran voglia di confessare. Aveva sempre pensato di essere diverso dagli altri uomini. Non aveva mai tradito la moglie, a eccezione di una breve tresca con un'infermiera, il peggior cliché della vita ospedaliera, e in ogni caso si era ben guardato dal rivelarlo a qualcuno. E invece, alla bella età di sessantun anni, si rendeva conto di essere proprio come tutti quanti. *Raccontarlo* era importante quasi quanto *farlo*. Si domandò se fosse così anche per le donne.

"E bravo il professor Epstein…", disse Shlomo con un sorriso di approvazione.

Natalja riapparve. Aveva una stecca di Gauloises sotto il braccio. E una confezione di Chanel nella borsetta. Una cliente araba aveva comprato il numero 5, e lei l'aveva imitata. Prima però, aveva provato diverse essenze.

Anton le si avvicinò e annusò ostentatamente nell'aria.

"Non farci l'abitudine, compagna Yakovchenko", le disse all'orecchio.

Natalja lo ignorò e tirò dritta verso il gate.

Avevano un largo anticipo. Shlomo lasciò che Anton e la *shiksa* andassero avanti, entrò in un bar, e scambiò tre banconote da mille lire con dei gettoni telefonici. Quei due si facevano il viaggetto romantico sul conto spese del KGB, e lui non poteva neppure chiamare sua moglie? Al diavolo la procedura.

Trovò una cabina e iniziò a inserire i dischetti di bronzo dentro la fessura. Sulle prime ebbe qualche difficoltà. Non si era reso conto che le facce non erano speculari. Su un lato c'erano due scanalature, e sull'altro una sola. Ma quando ci ebbe preso la mano, l'apparecchio iniziò a ingoiare gettoni come una slot machine.

Shlomo compose il numero e lasciò squillare.

"Pronto?"

Rivka aveva la voce stanca.

"Ciao."

"Ciao", rispose Rivka piena di stupore. Era la prima volta che Shlomo le telefonava mentre era in missione. Pensò subito al peggio.

"Cos'è successo?", domandò allarmata.

"Niente, non preoccuparti."

"Davvero?"

"Davvero. Avevo solo voglia di sentirti."

Rivka si sforzò di rilassarsi.

"Come stai?", chiese con finta noncuranza. Non sapeva bene cosa dire, né a quali domande lui potesse rispondere.

"Ho ritrovato un vecchio compagno di prigionia. Un ceco. Te ne ho parlato qualche volta. Siamo stati insieme a Soldau e poi al castello."

334

Rivka era sempre più confusa. A eccezione di Sara Mandelbaum, Shlomo non aveva mai ritrovato nessuna delle persone con cui era stato internato. E adesso, oltre a Lichtblau spuntava pure il vecchio compagno.

"Fate il lavoro insieme?", chiese la moglie.

"Sì."

"Ne sei contento?"

"Sì."

Rivka cominciava a spazientirsi. Quel genere di situazione era tipica di Shlomo. Faceva il gesto gentile, la telefonata che non ti aspetti, dopo di che si esprimeva a monosillabi.

"Quando torni?"

"Non lo so." Shlomo si sforzò di dirle qualcosa di minimamente preciso, senza però fornire informazioni utili a eventuali agenti dello Shin Bet in ascolto. "Se tutto va bene, tra un paio di settimane. Magari tre."

"E se invece va male?", sbottò Rivka.

"Andrà bene."

Silenzio.

"Adesso ho finito i gettoni. Ti richiamo quando posso", aggiunse Shlomo.

Si guardò gli ultimi due dischi di metallo nel palmo della mano.

"Fai quello che devi fare e torna a casa", disse Rivka.

"Certo."

La comunicazione s'interruppe. Shlomo restò lì, senza riagganciare, immobile, a fissare i gettoni. In mezzo alle due scanalature c'era il disegno di un telefono.

Oltre le portine della cabina, un uomo – alto, capelli biondi tagliati a spazzola, occhi azzurri – lo fissava con un'aria corrucciata.

"Das Telefon ist öffentlich", disse.

Shlomo alzò lo sguardo.

"Va' a fare in culo", gli rispose in ebraico.

Appese il ricevitore, si mise i gettoni in tasca e uscì dalla cabina.

58

Prussia orientale, 21 gennaio 1945

Il Kommando Gardenia non esisteva più. Degli undici uomini che lo avevano composto, uno era morto di setticemia l'inverno precedente, e gli altri otto erano stati uccisi nelle battute di caccia che Lichtblau chiamava "esperimenti scientifici". Erano rimasti in vita soltanto Shlomo, Anton e un *chassid* galiziano. Quando il sergente Dietrich aprì la porta della baracca, i tre superstiti erano a letto, intorpiditi dalla fame e dal freddo. Dal giorno prima non ricevevano il rancio. Non era stato neanche fatto l'appello. Si erano divisi le ultime patate e avevano trascorso il tempo a dormire, sotto vari strati di coperte. Nelle settimane degli esperimenti, a mano a mano che i compagni morivano, i vivi si erano impossessati dei loro beni. Più compagni morivano, e più i sopravvissuti dormivano caldi. L'Unterscharführer aveva gridato di uscire, ma nessuno dei tre si era mosso. Non si era trattato di un atto consapevole di disobbedienza. Semplicemente, il tepore della branda, contrapposto al gelo che sapevano esserci fuori, li aveva immobilizzati. Solo quando Dietrich gli aveva puntato addosso la pistola mitragliatrice, Anton aveva deciso che doveva alzarsi. A quel punto, però, era accaduto qualcosa di incredibile. Era comparso il barone e aveva sparato all'Unterscharführer.

"Sono andati via", aveva detto lo Junker.

Ora il corpo di Dietrich giaceva sulla soglia della baracca. Dalla porta entrava un'aria gelida.

Si alzarono all'unisono, lenti, senza dir nulla. L'unico rumore era costituito dalle assi del pavimento che cigolavano sotto i loro passi incerti.

Neanche da fuori veniva alcun suono, a parte il fruscio del vento che soffiava tra gli alberi del giardino, e ogni tanto faceva sì che i rami di quelli più vicini grattassero contro il tetto della baracca.

Uscirono. Tre naufraghi che si affacciano sulla spiaggia a osservare il relitto dopo il disastro da cui si sono salvati, per miracolo, per caso, o perché sono stati più forti, più capaci, più spregiudicati degli altri.

"Bravo, ebreo Epstein. Charles Darwin sarebbe orgoglioso di te", sussurrò Anton.

Lichtblau ripeteva quella battuta ogni volta che ne aveva l'occasione. In realtà, Anton sapeva che ai nazisti l'evoluzionismo non piaceva. L'idea che l'umanità intera – bianchi, gialli e neri, ariani e slavi – condividesse i medesimi progenitori scimmieschi, rappresentava la negazione radicale della dialettica tra razze superiori e inferiori. Però il meccanismo della selezione naturale si sposava bene con la loro visione del mondo, ovviamente a patto che fossero loro a guidare il processo.

Per prima cosa, andarono nella baracca lì accanto, che ospitava gli altri prigionieri. Era deserta. Molti erano morti. Altri erano stati trasferiti in Lager lontani dalla linea del fronte. Però qualcuno dei bambini era ancora al castello. Anton ne era certo, perché era stato lui a compilare la lista di quelli in partenza. Quando aveva detto a Shlomo che l'elenco includeva Sara Mandelbaum, il polacco si era fatto scuro in volto.

"Non sappiamo se sia meglio o peggio", gli aveva detto Anton per rincuorarlo. Ed era vero. Lì, come a Soldau, non c'era mai una correlazione logica tra gli eventi. Forse, nel nuovo campo, Sara avrebbe avuto più possibilità di sopravvivere. O meno. O le stesse. Quanto a Nina, una mattina di metà dicembre Lichtblau era venuto a prenderla e nessuno l'aveva più vista.

I tre prigionieri si avvicinarono al reticolato. Il cancello era aperto, le torrette di guardia vuote. Si fissarono l'un l'altro, dubbiosi. Anton si domandò se quello non fosse un altro, stranissimo, test concepito da Lichtblau.

Fu Shlomo a prendere l'iniziativa. Fece un passo, ne fece un altro, e si trovò oltre la recinzione. Non accadde nulla. Nessuno sparo, né sirena, né ordine di sentinella, né latrato di cane lupo.

Attraversarono il parco senza incontrare nessuno e raggiunsero il castello. Sulla ghiaia del cortile, a qualche metro dalle mura del castello, c'era una cassapanca intagliata. Giaceva su un fianco, sbilenca, come se fosse stata gettata dalla finestra.

All'improvviso, due aeroplani passarono rombando a bassa quota. Portavano le insegne dell'aviazione sovietica, e sotto le ali erano carichi di bombe e di razzi. La vista degli apparecchi sembrò liberare i tre uomini da un incantesimo. Era proprio vero, i tedeschi erano andati via. L'Armata Rossa, attesa così a lungo, stava finalmente arrivando. Iniziarono a parlare vorticosamente tutti insieme, senza ascoltarsi, persino Zev, che di solito era taciturno. E in quella tempesta di parole entrarono nel castello. Le loro voci rimbombavano nei saloni vuoti.

Si diressero in cucina. Qualcosa era rimasto. Del pane di segale raffermo. Mezzo vasetto di marmellata. Un pezzetto di lardo. Accesero la stufa, ci misero sopra una pentola d'acqua per il tè, e si sedettero a mangiare, il tutto senza mai smettere di parlare. Masticavano, parlavano e ridevano.

"Tra pochi giorni i russi saranno a Berlino."

L'immagine della bandiera rossa che sventolava sulle macerie della capitale del Reich era stupefacente.

Terminato il pasto, si divisero ed esplorarono il resto del palazzo.

Presero tutto ciò che poteva essere utile, abiti soprattutto. Nello studio del barone, Shlomo trovò una pistola. Se l'infilò nella tasca della nuova giacca di lana, insieme ai proiettili che erano nel cassetto.

In una delle stanze della servitù, Zev scoprì il cadavere di un uomo. Pendeva da una delle travi del soffitto. Ai suoi piedi c'era uno sgabello rovesciato. Il *chassid* non si pose domande e valutò la tenuta del morto. La livrea che indossava, benché in buone condizioni, non lo interessava. Il capo era visibilmente poco pratico. Le scarpe invece sembravano robuste, però era probabile che gli andassero strette. Decise di sfilargliele comunque. Non fu un lavoro semplice. Il corpo si stava già irrigidendo. Le provò. Troppo piccole. Allora Zev legò tra loro le stringhe e se le appese al collo. Forse ad Anton potevano andare bene. Guardò nell'armadio. Scelse una camicia di flanella, una sciarpa, e un paio di guanti. Si richiuse la porta alle spalle senza fare rumore.

Anton portava un giaccone da marinaio di panno spesso. Sentirselo addosso, caldo, confortevole, era una gioia. L'aveva trovato in una delle camere del primo piano, quelle in cui abitavano il barone e sua moglie. Insieme al caban, aveva preso un maglione e un paio di pantaloni di velluto. Per tenerli su, aveva dovuto stringere fino all'ultimo buco una bella cintura di cuoio con lo stemma di una confraternita universitaria sulla fibbia. Poi aveva puntato deciso sulla biblioteca. Si trovava al fondo del piano terreno, accanto al fumoir. Una stanza tutta foderata di scaffali di legno scuro, carichi di volumi, con due scale che scorrevano su binari di ferro per raggiungere i libri più in alto. Nei tre anni che aveva trascorso al castello, Anton aveva lanciato frequenti occhiate piene di desiderio verso quella stanza, ma non era mai riuscito ad accedervi. Ora l'aveva tutta per sé e ne era deluso. Durante la prigionia, quando più acuto si era fatto il bisogno di leggere, Anton aveva immaginato che la biblioteca contenesse chissà quali meraviglie, e invece c'erano soprattutto libri di storia militare e riviste di agronomia vecchie di qualche decennio. Eppure, qualcosa di interessante lo attendeva. In un angolo polveroso, scovò *Il libro della giungla*. Da bambino, nelle lunghe settimane in cui era rimasto a letto con il morbillo, sua madre glielo aveva letto per intero quattro o cinque volte. Lei cercava di proporgli altri titoli, ma lui chiedeva sempre di Mowgli e Bagheera, e di Rikki-tikki-tavi. Alla fine, più che leggere, sua madre recitava a memoria. Anton infilò il libro in una delle tasche del caban e scese in laboratorio. Sapeva cosa avrebbe potuto trovare e ne era spaventato. Aveva assistito a uccisioni e torture di ogni genere, e ormai poteva sopportare tutto. Tutto, tranne quella cosa lì. Aveva paura, ed era grato a quella paura che lo riportava tra gli uomini, in modo molto più brutale, ma anche con maggiore concretezza, di quanto avrebbero fatto d'Artagnan o Ivanhoe.

Nell'archivio la stufa era ancora calda. Il pavimento era coperto di carte. Anton buttò un'occhiata distratta e passò oltre. Nello studio di Lichtblau il disordine era ancora maggiore. Tutti i cassetti erano aperti. Gli schedari erano stati rovesciati per terra. Chino sulla grande scrivania di mogano, Harry Dobbs stava mettendo qualcosa dentro uno zaino. Quando vide Epstein sulla soglia, si immobilizzò.

"Cosa fai?", domandò il ceco.

"Incasso la mia liquidazione", rispose l'altro, e tornò subito al lavoro. Da una rastrelliera su cui erano allineate diverse provette di vetro, ne prese una contenente della sostanza violacea, l'avvolse dentro alcune pagine di giornale, e la infilò con grande cura nella tasca esterna dello zaino.

"Dove sono i bambini?", chiese Anton.

"Prova nella camera operatoria", rispose Dobbs senza staccare gli occhi dal materiale che stava esaminando.

Anton s'incamminò lungo il corridoio. Il cuore gli batteva forte. Raggiunse la stanza. Allungò la mano verso la maniglia. Le dita gli tremavano. Aprì la porta.

Erano lì, allineati uno accanto all'altro. Otto piccoli corpi, nudi, gli occhi chiusi. Anton cadde in ginocchio. L'odore di disinfettante lo nauseava. Confusamente, alle sue spalle, sentì qualcuno che usciva dal laboratorio. Non si voltò. Continuò a fissare i bambini. Tirò fuori il libro. Si rese conto di averlo preso proprio per quel motivo. Cercò la pagina e cominciò a leggere ad alta voce.

Allora qualcosa dentro di lui cominciò a fargli male, un dolore che non aveva mai provato in vita sua: gli mancò il respiro e singhioz-zò, mentre le lacrime gli scorrevano giù per le guance.
"Che cos'è? Che cos'è?", chiese. "Non voglio lasciare la Giungla e non so cosa mi stia succedendo. Sto morendo, Bagheera?"
"No, Fratellino. Sono solo lacrime, come quelle degli uomini", rispose Bagheera. "Adesso vedo che sei un uomo, e non più un cucciolo d'uomo. La Giungla è chiusa davvero per te d'ora in poi. Lasciale cadere, Mowgli. Sono solo lacrime".
Allora Mowgli sedette e pianse come se il cuore gli si spezzasse. Prima, nella sua vita, non aveva mai pianto.

Anton richiuse il libro, si asciugò le guance umide nella manica del caban, e si alzò in piedi. Accanto a lui c'erano Shlomo e Zev. Non avrebbe saputo dire da quanto tempo fossero lì.

"Ho visto Dobbs che andava via", disse Shlomo sforzandosi di non guardare i bambini. "Ci penserà Nichols. Lo metteranno davanti a una corte marziale."

"Nichols è morto", rispose Anton assente. "Tifo petecchiale."

"Quand'è successo?"

"La settimana scorsa."

"E tu come lo sai?"

"Ho sentito Dobbs che ne parlava con Lichtblau. Era contento. Diceva che il nuovo comandante degli inglesi era uno 'più ragionevole'."

Shlomo tirò fuori la pistola.

"Allora ci pensiamo noi", ringhiò.

Zev e Anton fissarono sorpresi la Luger.

Il galiziano posò una mano sulla spalla di Shlomo. I due uomini si scrutarono negli occhi.

"Dobbiamo seppellire i bambini", disse Zev.

Shlomo lasciò trascorrere qualche istante, e mise via la pistola.

In ogni caso, non aveva mai tirato un colpo. Non sapeva neppure come togliere la sicura. Imparare a sparare. La prima cosa da fare era imparare a sparare.

Andarono nel capanno degli attrezzi e presero vanghe e picconi. Scartarono subito l'idea di mettere i bambini nel cimitero del castello. Era pieno di croci con nomi tedeschi. Scelsero un punto del giardino ben esposto, sotto le fronde di una grande quercia. Il terreno era ghiacciato e faticarono a scavare. Avvolsero i corpi dentro sudari di fortuna, confezionati con teli e lenzuola presi qua e là nelle stanze, e li calarono nella fossa, uno vicino all'altro, così come erano morti. Poi Zev recitò il *Kaddish*. In teoria, non avrebbe potuto farlo, perché la regola prescrive che per recitare il *Kaddish* devono essere presenti almeno dieci maschi adulti. Il suo rabbino non avrebbe approvato. Ma il suo rabbino era morto, e così tutti gli abitanti del villaggio. E Zev lo recitò.

Nel capanno degli attrezzi era saltato fuori anche un sacco di barbabietole. Forse, nel caos della fuga, era stato lasciato lì per errore. Il *chassid* si offrì di preparare la zuppa.

"Io metto su l'acqua e comincio a sbucciarle", disse. "Voi cercate altra legna. Servirà anche per stanotte." Si mise il sacco in spalla e si avviò verso la cucina.

Anton e Shlomo presero un'ascia e una carriola, e iniziarono a perlustrare il giardino. Si ricordarono della cassapanca. Shlomo la fece a pezzi in pochi secondi.

"Adesso che farai?", chiese all'improvviso il polacco, mentre caricavano la legna sulla carriola.

L'altro lo guardò senza capire.

"In che senso?"

"Dove andrai?"

"A casa." I suoi occhi dicevano: "E dove se no?".

"Casa mia non esiste più", replicò Shlomo.

Anton si fermò a riflettere. Si rese conto di non averci mai davvero pensato. Aveva semplicemente dato per scontato che, finita la guerra, la vita sarebbe ricominciata là dove si era interrotta.

"Be', forse la mia famiglia non c'è più, ma Praga è sempre lì. Riprenderò gli studi. E poi, potrebbe esserci una ragazza che mi aspetta."

"Ti illudi se pensi che sia ancora viva."

"Lei non è ebrea."

"Una *shiksa*", commentò Shlomo con un misto di stupore e ammirazione.

"Neanche io sono ebreo", sussurrava una voce dentro Anton Epstein, ma era una voce ormai flebile. Anton, che a scuola aveva cantato *Ich hatt' einen Kameraden* come qualunque bambino di madre lingua tedesca, e che non aveva fatto il Bar Mitzvah, ora sentiva di appartenere – anche – a quel popolo. Il Lager era stato il suo Bar Mitzvah.

"E tu invece?", domandò a Shlomo.

"Palestina."

Anton fu preso del tutto alla sprovvista.

"Sei diventato sionista?"

"Liquidare la Diaspora, prima che la Diaspora liquidi voi", disse Shlomo. "In tutto questo merdaio, i sionisti sono gli unici che ci avevano capito qualcosa."

"Il sionismo è soltanto un'altra forma di nazionalismo", ribatté Anton. "È il nazionalismo che ci ha portati a questo", e fece un gesto ampio con le mani, ad abbracciare il castello, la fossa comune ai piedi della quercia, e il campo di prigionia al fondo del giardino.

Shlomo scrollò le spalle.

"Sarà pure come dici. Sei uno studente, di certo sai molte più cose di me. Io però so che voglio vivere in un paese dove non dovrò mai più incontrare un *goy*."

Anton cercò una risposta convincente, un progetto nobile di umanesimo, pace e internazionalismo, ma le parole di Shlomo non ammettevano replica.

Terminarono di caricare la carriola e se ne andarono cigolando verso la cucina del castello.

Sopra di loro, il cielo si faceva scuro.

59

Cordillera de Amerrisque, Nicaragua settentrionale, 20 luglio 1982

Avevano marciato attraverso la giungla per tutta la mattina e l'effetto della pastiglia stava svanendo. Guillermo Rocas, che era in testa alla colonna, si voltò verso Huberman e fece il gesto di portarsi qualcosa alla bocca. Il tedesco annuì.

"Appena ci fermiamo", disse.

Senza smettere di camminare, Huberman sciolse il fazzoletto annodato attorno al collo e lo usò per asciugarsi la fronte. Non che servisse a molto. Dopo qualche passo, la fronte era di nuovo imperlata di sudore.

Il confine era alle loro spalle da diversi chilometri. Non doveva mancare molto all'obiettivo. Procedettero per un'altra mezz'ora e incontrarono gli esploratori che li attendevano in una radura, intenti a masticare carne salata.

Il reparto si fermò. Erano una trentina, per lo più armati di M16 di seconda mano, residuati della guerra del Vietnam. Ma alcuni, come Rocas e Huberman, avevano recentissimi fucili d'assalto francesi FAMAS. Tutti erano dotati di un machete o di un coltello da caccia. E in fondo alla colonna, c'era un uomo con un lanciafiamme.

Tra gli alberi, si sentiva il rumore di un torrente che scendeva dalla montagna.

"Non è profondo", esordì il più anziano degli esploratori,

intorno ai trent'anni – l'altro era un ragazzino. "Si passa senza problemi. Il villaggio è più a valle. Niente soldati, solo qualcuno della milizia."

Huberman si sfilò lo zaino e tirò fuori il sacchetto di cuoio chiaro che conteneva le pillole. Ne prese una e lo passò a Rocas.

Il vento portava le voci dei bambini impegnati a giocare. Quando uscirono dalla boscaglia, se li trovarono di fronte. Una dozzina di bambini e un vecchio seduto sotto una pianta.

Guillermo Rocas, le pupille dilatate e il bianco degli occhi striato di rosso, emise il suo potente urlo di guerra e si lanciò di corsa verso il villaggio, trascinandosi dietro i suoi uomini, una turba selvaggia e urlante.

Victor Huberman avanzava subito dietro Rocas, le mani ben strette sul fucile. Immagini e pensieri gli galleggiavano pigri nella mente, salvo poi accelerare all'improvviso. Mentre i bambini erano fuggiti in un soffio, il vecchio arrancava. A tratti accennava dei tentativi di corsa, ma il peso degli anni gli permetteva a mala pena di camminare. A un certo punto perse il cappello, e tornò indietro a raccoglierlo. Huberman si sentì offeso nel profondo da quella mancanza di cognizione. Si sistemò il calcio rivestito di gomma del FAMAS contro la spalla, prese la mira con calma e lasciò partire una raffica breve, più che sufficiente per un bersaglio lento. Il vecchio crollò a terra e il cappello finì nella polvere. Huberman scavalcò il corpo ed esaminò il copricapo. Era un vecchio sombrero tutto sformato.

"*Untermenschen*", sentenziò tra sé.

La bandiera rossa e nera del Fronte Sandinista, che pendeva dalla ringhiera del balcone rugginoso del primo piano, era l'unico particolare che distinguesse l'edificio da quelli circostanti, tutti miserabili, e forse indicava che si trattava di un luogo investito di un ruolo istituzionale. In ogni caso, quale che fosse il significato, era lì che si concentrava la sola resistenza che gli invasori avevano incontrato. Dalle finestre piovevano colpi imprecisi, ma abbastanza frequenti da costringere Guillermo Rocas e i suoi a restare al coperto. Si erano sparpagliati attorno alla casa con la bandiera, alcuni dietro a un vecchio pick-up, la maggior parte al riparo del muretto che circondava il giardino pubblico. Rispondevano al fuoco, ma ancora non avevano tentato un attacco.

Octavio Perez venne abbattuto con un centro perfetto al cuore, presumibilmente del tutto casuale, e Guillermo Rocas decise che ne aveva abbastanza. Fece segno al gruppo dietro al furgoncino di prepararsi a fornire fuoco di copertura e inserì un proiettile anticarro nel lanciagranate di cui era dotato il fucile. Quando fu certo che tutti fossero pronti, mirò sulla porta della casa, proprio sotto la bandiera. Tirò il grilletto e l'ingresso esplose in una pioggia di calcinacci.

"Avanti!", gridò, e saltò oltre il muretto.

Gli altri erano dietro di lui. Mentre si avvicinavano alla casa, alle loro spalle, quelli al coperto tempestavano le finestre dell'edificio con gli M16.

"Siete già morti", disse Guillermo Rocas mentre s'infilava nella breccia aperta dalla granata.

L'interno era pieno di fumo. Avvertì un movimento da qualche parte davanti a sé. Aprì il fuoco senza esitare. Un grido gli confermò che l'intuizione era stata giusta.

"Duarte, con me", disse rivolto all'uomo che era entrato dopo di lui, e gli indicò la scala interna al fondo della stanza. Si girò per vedere chi altro ci fosse. "Alfonso e Segundo, anche voi con me. Gli altri ripuliscano questo piano", ordinò.

Si mossero in silenzio. Rocas e gli altri tre avanzavano con circospezione verso la scala, le armi spianate. Giù dai gradini arrivò una bomba a mano. Rapidissimo, Guillermo Rocas l'afferrò, la rilanciò da dove era piovuta, e si buttò a terra, tenendosi la testa tra le braccia. Un boato gli tappò le orecchie. Fece trascorrere alcuni istanti e si rialzò. Era coperto di polvere bianca. La scala era ancora in piedi, ma sul soffitto c'era un enorme squarcio, attraverso il quale due uomini erano crollati al piano di sotto. Uno era ancora vivo. Duarte lo finì con un colpo di coltello alla gola, veloce e preciso.

Da qualche parte echeggiarono degli spari, poi più nulla.

Quando uscirono, videro che gli uomini rimasti all'esterno, sotto il comando di Huberman, avevano iniziato ad abbattere gli animali e a dare fuoco all'abitato.

L'uomo con il lanciafiamme passava con metodo da una casa all'altra. Sfondava la porta con un calcio e subito una lingua rossastra guizzava dentro. Chiunque cercasse di intralciare in qualunque modo l'esecuzione del piano veniva giustiziato sul posto. Uccisero una contadina che tentava di difendere il suo maiale, e un vecchio che provò a colpire con un machete l'uomo con il lanciafiamme.

Mentre sovrintendeva alle operazioni, con la coda dell'occhio Huberman vide uno dei guerrieri che trascinava una ragazza dentro una casa. Fece segno a Rocas e il comandante si mosse subito.

L'uomo aveva gettato la ragazza per terra e si era già calato i pantaloni, quando il suo capo gli arrivò alle spalle.

"Conosci la legge", disse Rocas asciutto.

L'uomo si girò, fissò Rocas, poi abbassò lo sguardo e si tirò su i calzoni.

La ragazza, ancora a terra, li osservava atterrita.

Guillermo Rocas non la degnò di un'occhiata. Afferrò l'uomo per un braccio e lo spinse verso l'uscita. Nessun rapporto sessuale con la gente del bassopiano era permesso. Era una delle poche regole imposte da Huberman. Gli aveva spiegato che il loro sangue era puro e non dovevano corromperlo. Quelli del bassopiano erano meticci, discendenti di schiavi. Una stirpe guerriera non si mischia con la schiuma dell'umanità.

Il villaggio era per metà in fiamme. Victor Huberman si muoveva sicuro per le strade polverose, additando ai suoi uomini gli obiettivi da colpire. Bastava un piccolo cenno della sua mano, e morte e distruzione seguivano all'istante. Quei degenerati della CIA gli avevano detto che i suoi metodi erano troppo brutali. Poveri stronzi. Erano ancora convinti che si dovessero conquistare "i cuori e le menti", come in Vietnam. Non l'avevano imparata la lezione? Con la feccia funzionavano solo due cose, il fuoco e il ferro.

Quando arrivarono di fronte alla scuola, un piccolo edificio verniciato di fresco, con vasi di fiori alle finestre, il maestro era davanti alla porta d'ingresso. Era un uomo giovane, magro, con una chioma corvina che gli ricadeva sulle spalle, e una barbetta spelacchiata. Huberman si domandò se valesse la pena sprecare una pallottola per quel trito cliché di studente idealista che lo fissava colmo di sdegno. Huberman gli si avvicinò e lo colpì in faccia con il calcio del fucile. Se ciò che desiderava era il martirio, forse lo avrebbe accontentato. Spinse il maestro dentro la scuola e lo trascinò nell'unica classe. Una cattedra, qualche fila di banchi, e un ritratto di Augusto Sandino alla parete.

"Questa è una scuola, non un obiettivo militare", disse il maestro asciugandosi il sangue che gli colava dal naso. Nella sua voce non c'era traccia di paura.

Il tedesco lo fissò gelido.

"Proprio perché è una scuola, è un obiettivo militare", disse, e gli puntò contro il fucile.

Quando si trovò la bocca scura del FAMAS davanti agli occhi, il martire smarrì la propria fede, e tentò di sottrarsi al martirio. Fece una specie di salto, di lato, un balzo goffo da tacchino.

Huberman ruotò leggermente il busto, tenendo il mirino sul bersaglio.

Il cervello del maestro si spiaccicò sulla lastra di ardesia della lavagna.

Untermenschen.

60

Allenstein, Prussia orientale, 22 gennaio 1945

Nelle razioni dei membri della Hitler Jugend inquadrati nella Volkssturm, al posto delle sigarette c'era la cioccolata. Era stato il Reichsführer-SS Himmler a insistere affinché si vigilasse sulla salute della gioventù tedesca. Però Paul e i suoi quattro camerati fumavano tutti. Se erano abbastanza grandi per affrontare le orde bolsceviche, allora lo erano anche per il tabacco. E se per questo, avrebbero dovuto esserlo anche per le donne. Ma dei cinque componenti della squadra di caccia-carri, solo Ernst, il più vecchio, che infatti era caporale e aveva il comando del reparto, era già stato con una donna. Paul e gli altri tre, tutti tra i quattordici e i sedici anni, erano ancora vergini. Sere prima, sotto la guida di un Ernst baldanzoso e ciarliero, si erano recati al bordello della città, solo per scoprire che era chiuso. Il portiere del palazzo aveva detto che le signorine erano partite per l'Ovest, e aveva aggiunto che, in ogni caso, nessuna *maison* di una qualche reputazione avrebbe ammesso dei mocciosi. Paul aveva ostentato il medesimo disappunto degli altri, ma in verità si era sentito sollevato. Negli ultimi mesi, soprattutto da quando era entrato nella milizia, il desiderio e la curiosità di un corpo femminile erano andati crescendo dentro lui. Però, nel momento in cui l'idea aveva assunto concretezza, era stato colto dal panico. Ernst aveva promesso che avrebbe trovato delle ragazze. Paul non vedeva l'ora, ma allo stesso tempo sperava che la paura dell'Armata Rossa facesse scappare tutte le donne da Allenstein. E sperava anche che sua madre e sua sorella fossero andate via. Nella sua ultima lettera, le aveva pregate di lasciare Neuhof. Non c'era stata risposta – il servizio postale funzionava in modo intermittente, e in più c'era la censura –, ma dubitava che sua madre avesse seguito il consiglio. La casa e il negozio le erano costati troppa fatica per abbandonarli alla mercé dell'invasore. E inoltre, gli aveva detto più volte che senza di lui non si sarebbe mossa.

Finirono di bere il caffè, spensero le cicche e uscirono dal bunker in cui avevano trascorso la notte. L'aria era di un freddo pungente, e il cielo terso, striato del rosa dell'alba. Non era la giornata ideale per combattere. La nebbia aiutava molto nelle imboscate ai reparti corazzati, ma disponevano di una discreta scorta di granate fumogene. E tutti quanti avevano già ricevuto il battesimo del fuoco. Ernst e Peter addirittura sfoggiavano sulla manica destra il nastrino argento, con in mezzo la silhouette di un Panzer, che indicava che avevano distrutto un carro armato. Erano una buona squadra. Paul si sentiva sicuro insieme a loro, e voleva anche lui il suo nastrino d'argento.

"Dolce e onorevole è morire per la patria!", gridò allegro Hasso, mentre batteva i piedi in terra per scacciare l'umidità dalle ossa.

"Dolce e onorevole è morire per la patria!", risposero in coro gli altri quattro.

Ridendo, salirono sulle biciclette, con i Panzerfäuste attaccati in verticale al manubrio, uno per lato, e si avviarono verso la posizione che gli era stata assegnata.

Il tenente Borodin era accovacciato in un angolo della stanza, con le spalle contro il muro. Fissava la ragazza, distesa su un materasso pieno di macchie scure di sangue rappreso. Era nuda e fredda, con un buco nerastro in mezzo alla fronte. Era stato

Borodin a ucciderla. L'aveva violentata, insieme agli altri, e poi le aveva sparato. Una puttana fascista di meno. Continuava a ripetersi quella frase, ma ora che era sobrio e aveva dormito qualche ora, comprendeva appieno il senso di ciò che aveva fatto.

Aveva detto di chiamarsi Nina. L'avevano incontrata la sera prima, quando si erano acquartierati in quel gruppo di case subito fuori Allenstein. Neppure si nascondeva. Li aspettava piena di fiducia. In un russo fluente, aveva raccontato di essere iscritta alla federazione giovanile del Partito comunista polacco, e per questo era finita in un Lager. Ma in novembre un ufficiale delle SS l'aveva portata via dal campo, e l'aveva data a un prete di Allenstein. Questi l'aveva messa a vivere nella stanza di una puttana, sopra il bordello cittadino. Su questa parte della storia Nina era stata vaga, ma era evidente che il prete aveva abusato di lei. Quando nel cielo erano apparsi gli aeroplani sovietici, e si era iniziato a udire il rombo dei cannoni, il prete e le puttane erano partiti. E la giovane comunista era andata incontro alla gloriosa Armata Rossa. Borodin e i suoi uomini si erano guardati l'un l'altro, increduli. Quella storia era così strampalata che poteva persino essere vera. "Se hai scopato con un prete amico dei nazisti, puoi farlo pure con noi che siamo compagni", aveva detto Karmin, l'autista del carro. Il sorriso era scomparso dal volto della ragazza. Le erano saltati addosso. Da qualche parte nel suo cervello, Borodin sapeva che era sbagliato. Ma in quei giorni vivevano come in un caleidoscopio, in una condizione di stupore permanente, frutto del poco sonno e del troppo alcol. I villaggi ardevano nella notte, e i conquistatori si facevano largo tra le case a cannonate. "Avanziamo come lava", gli aveva detto qualche giorno prima un ufficiale dell'artiglieria, un letterato. Stava scrivendo un poema sulla loro offensiva in Prussia. Gli aveva recitato alcuni versi. Borodin ne ricordava solo due: "Una ragazza diventa donna / Una donna diventa un cadavere". Abbassò il capo e si strinse le mani contro le tempie. Una volta, era stato una persona

onesta e pulita, che non ammazzava nessuno. Una volta, studiava Storia dell'arte all'Università di Leningrado. Una volta,
possedeva un cane, e parlava d'amore a una compagna di corso
che si chiamava Sofia e aveva i capelli rossi. Tornò a fissare quel
corpo scomposto, cui lui, proprio lui, Konstantin Vasilievich
Borodin, aveva tolto la vita. Questa era la cosa peggiore che
gli avevano fatto i nazisti. Non invadere il suo paese, uccidere milioni di suoi connazionali, condannarne altri milioni alla
fuga e al terrore. Ed era per questo che li avrebbe scannati tutti,
uno dopo l'altro. Si alzò in piedi, si tirò su le bretelle, infilò la
giubba, e barcollò fuori dalla stanza.

Quando uscì nel cortile, trovò il reparto in piena attività. Il
sergente Sorin, efficiente come sempre, gli si presentò subito
con una tazza di tè bollente.

Borodin borbottò un ringraziamento e bevve un sorso. La
bevanda lo snebbiò ulteriormente. Il viso stravolto di Nina gli
danzava di fronte agli occhi.

"La coscienza umana non è altro che un'invenzione ebraica", disse, e sorbì un secondo sorso. "Sai chi l'ha detto?", domandò al sergente.

Sorin scosse la testa, imbarazzato. Borodin non era un cattivo ufficiale, ma era troppo istruito. A volte non gli riusciva
di capirlo.

"Adolf Hitler", si rispose Borodin.

Il sergente sfoderò un sorriso di circostanza.

"E allora", incalzò Borodin, "andiamo a far vedere ai crucchi
che non siamo ebrei."

"Certo, compagno tenente", disse Sorin. "Vado a occuparmi del gasolio." E si allontanò rapido.

Borodin si sedette sul predellino di un semicingolato di
produzione americana, cui era attaccato un cannone russo. Accanto all'half-track era parcheggiato un camion. Due soldati
dai tratti asiatici stavano caricando nel cassone gli oggetti più
diversi, utili e inutili. Un aspirapolvere, bottiglie di vino, una

coppia di candelabri, una carrozzina, cornici, ombrelli, una sedia a dondolo, una macchina da scrivere con caratteri latini. I combattenti dell'Armata Rossa, soprattutto quelli che venivano dalla campagna, erano rimasti esterrefatti di fronte alla ricchezza delle fattorie tedesche. Solide case di mattoni, vere strade di asfalto che collegavano tra loro i centri abitati, anche i borghi più piccoli. Quell'opulenza aveva incrementato il loro odio.

"Pronti a partire."

Borodin alzò lo sguardo e si trovò di fronte il sergente. Si alzò senza rispondere e si incamminò verso il suo T-34.

La compagnia si mise in marcia. Travolsero la fragile linea difensiva disposta fuori dalla città e puntarono sulla stazione ferroviaria. Alla loro sinistra, un reparto di SU-122 si dirigeva verso il castello, ben visibile sulla collina, nella luce pulita della prima mattina. Mentre avanzavano, con il periscopio Borodin scorse il campanile di una chiesa che svettava dritto di fronte a loro. Una bella costruzione gotica. Quattordicesimo secolo, probabilmente. In cima doveva esserci un cecchino, o un osservatore dell'artiglieria.

"Sergente, facciamo fuori quel campanile lì davanti!", ordinò Borodin.

Cannoniere e servente si misero subito all'opera. Aprirono il fuoco nel giro di pochi secondi. Al terzo colpo, il campanile venne giù di schianto.

"Avanziamo come lava!", urlò eccitato Borodin.

Il maggiore delle SS che presiedeva la corte marziale volante aveva una profonda cicatrice da duello sulla guancia sinistra e l'aria di chi non ha tempo da perdere. Era accompagnato da quattro uomini, tutti armati, e dall'aspetto altrettanto determinato. Li avevano fermati mentre stavano lasciando la città, lungo la strada che conduceva a nord, su una collina che dominava l'abitato. Uno dei quattro si era piazzato in mezzo alla carreggiata, con una paletta della polizia militare ben in vista, e una pistola mitragliatrice nell'altra mano. Il caporale alla guida del Kübelwagen non aveva potuto far altro che accostare.

"Dove siete diretti?", chiese il maggiore.

"Königsberg", rispose Lichtblau, seduto accanto al caporale. "Ho ordini del Reichsführer-SS in persona."

Per un istante, il maggiore parve esitare.

"Documenti", chiese asciutto, ma leggermente più cortese.

Lichtblau tirò fuori il tesserino e l'ordine di trasferimento, e li tese all'ufficiale.

"Scendete dall'auto", disse quello.

"È tutto in regola", lo rassicurò Lichtblau.

"Questo lo vedremo, intanto scendete", replicò il maggiore, e raccolse i documenti degli altri quattro occupanti dell'auto, che stavano iniziando a smontare. L'ultimo a uscire fu il soldato semplice. Aveva un braccio al collo, e fece un po' di fatica ad alzarsi dal sedile posteriore.

Lichtblau guardò l'orologio. Erano quasi le sette. Quel contrattempo proprio non ci voleva. La nave che Himmler aveva mandato per portarli via non avrebbe atteso in eterno. Senza contare che i russi potevano circondare Königsberg da un momento all'altro, o addirittura espugnarla. Alle loro spalle, la massa in cotto rosso del castello dei principi-vescovi della Varmia si stagliava contro il cielo azzurro. Oltre quelle mura, echeggiavano le prime cannonate della giornata.

Il maggiore andò a esaminare le carte a qualche metro di distanza dal Kübelwagen, insieme a uno dei sui uomini. Parlavano fitto, sotto voce, mentre gli altri tre tenevano d'occhio Lichtblau e i suoi.

"È solo una formalità", disse Wasserman, nel tentativo di rassicurare soprattutto se stesso.

"Ci mancherebbe altro...", sbottò Kiesel, e con uno scatto nervoso si accese una sigaretta.

Anche Lichtblau tirò fuori il portasigarette, ma prima lo passò in giro, a cominciare dai tre del tribunale volante.

"Di sicuro non ci saranno problemi", disse in tono conciliante quello con la paletta, mentre prendeva la Muratti.

Lichtblau stava per convenire, ma in quell'istante uno dei campanili della città esplose.

Gli otto uomini fissavano la nube di polvere che aleggiava sui tetti di Allenstein. Aspiravano a fondo le sigarette. Nessuno parlava.

"Non ci saranno problemi", ripeté quello con la paletta.

"Più o meno", intervenne brusco il maggiore, che era tornato sui suoi passi. Tese i documenti a Lichtblau e Wasserman. "Voi potete andare."

Lichtblau lo fissò senza capire.

"Voi due potete andare", ribadì il maggiore.

"E Kiesel e gli altri?"

"Loro sono disertori. Li prendo in consegna io."

"Disertori?", ruggì Kiesel indignato. "A Sebastopoli sono stato decorato con la Croce di Cavaliere con Fronde di Quercia!"

Il maggiore lo ignorò. Continuava a rivolgersi a Lichtblau. "Il suo ordine di trasferimento menziona unicamente il personale scientifico, ovvero lei e il dottor Wasserman."

Lichtblau era incredulo. "Ma loro sono la mia scorta...", balbettò.

"Nella documentazione che lei ha prodotto non si fa cenno ad alcuna scorta."

"Ma è data per scontata."

"Siamo in guerra, non c'è niente di scontato."

Gli occhi del presidente della corte marziale volante erano gelidi e ottusi. Lichtblau era senza parole.

Il fragore della battaglia si stava facendo via via più vicino, ma ora nessuno ci badava. I due gruppi si fissavano con aperta ostilità. Gli uomini che accompagnavano il maggiore avevano tolto la sicura alle armi. Ancora non le puntavano su Kiesel e gli altri due, ma erano pronti a entrare in azione.

"Io me ne vado", disse Kiesel risoluto, e fece un passo verso il Kübelwagen.

"Non si muova, capitano. Lei è in arresto", disse il maggiore, ed estrasse la pistola dalla fondina.

"Dovrà spararmi per impedirmi di andarmene da qui", sentenziò Kiesel aprendo lo sportello del guidatore.

Il maggiore esplose tre colpi in rapida successione. Kiesel si accasciò a terra senza emettere un fiato.

"Voi due potete andare", tornò a ripetere il maggiore.

Senza dire nulla, Lichtblau e Wasserman salirono in macchina, ignorando i loro ormai ex compagni di viaggio che li pregavano di non abbandonarli.

Il presidente della corte marziale iniziò a recitare la formula di rito.

"Nel nome del Führer, e per l'autorità conferitami dal comandante in capo del gruppo di armate Centro, il feldmaresciallo Schörner, vi dichiaro colpevoli di diserzione, e pertanto vi condanno a morte per fucilazione."

Lichtblau cercò di allontanarsi in fretta, ma l'eco della raffica lo raggiunse lo stesso.

Le difese esterne avevano ceduto e i russi erano penetrati in città. La vera battaglia cominciava ora, un logorante scontro casa per casa. All'inizio del viale che portava al castello, erano state collocate delle mine. Le prime perdite gli attaccanti le avevano subite lì. Dato che i tedeschi avevano fatto saltare i palazzi agli angoli delle vie traverse, ed eretto barricate con le macerie, i russi non avevano potuto far altro che procedere lungo il viale, in formazione compatta. Aprivano la strada i fucilieri, con il compito di stanare i difensori in agguato con le armi anticarro, e dietro venivano i mezzi corazzati, semoventi SU-122. Erano ottimi cacciatori di carri. A distanza ravvicinata, il loro cannone poteva mettere fuori combattimento un Tiger o un Panther con un solo colpo. Ma come tutti i semoventi, mancando di mitragliatrici e di una torretta girevole, erano poco adatti allo scontro con la fanteria, soprattutto in ambiente urbano. Il comando sovietico intendeva usare quella compagnia di SU-122 contro le poche forze corazzate avversarie, che la ricognizione aerea aveva individuato attorno al castello. Prima però, dovevano arrivare al fondo di quel corridoio dove i crucchi facevano il tirassegno.

I russi erano a metà del viale. Una loro squadra di genieri d'assalto era riuscita a localizzare e distruggere il mortaio nascosto in un cortile, che aveva bersagliato gli attaccanti da quando avevano messo piede nel quartiere. Anche un nido di mitragliatrice era stato neutralizzato. Ma una seconda MG42, piazzata nella vetrina di quella che era stata la miglior pasticceria di Allenstein, sparava ancora. La maneggiavano un sessantenne veterano della Grande Guerra, un quindicenne della Hitler Jugend e un ex pilota della Luftwaffe senza un braccio. Dai piani alti delle case, altri combattenti della Volkssturm rallentavano l'avanzata nemica con armi leggere e bombe a mano. In risposta, le bocche da 122 mm dei semoventi sovietici sparavano alla cieca, spianando tutto ciò che si trovavano davanti.

Da dietro il tronco di un albero caduto sul selciato saltò fuori un fante di Marina. La sua nave era stata affondata da aerosiluranti inglesi al largo del porto di Kiel, e i superstiti del naufragio erano stati inquadrati nella milizia. Lo si riconosceva come appartenente alla Kriegsmarine solo dai pantaloni blu, perché per il resto la sua tenuta era composta da un giaccone dei paracadutisti e da un elmetto color sabbia dell'Afrikakorps, che calzava su uno scialle di lana nero che gli copriva la testa e le spalle, fermato sul petto da una grossa spilla da balia. Dietro il marinaio veniva un volontario francese della divisione delle Waffen-SS Charlemagne, con la mimetica d'ordinanza, e un colbacco sovietico con tanto di stella rossa. Quest'ultimo andò a prendere posizione accanto al basamento di una statua divelta, mise giù un ginocchio, puntò la sua mitraglietta, e fece fuori la coppia di fucilieri che procedeva a fianco del mezzo corazzato in testa alla colonna nemica. Il marinaio stringeva una granata magnetica. Appena vide cadere i due russi, scattò verso il SU-122, attaccò l'ordigno anticarro a una delle ruote, armò la carica cava strappando la spoletta in cima al manico, e corse via. Si gettò in una buca un attimo prima dell'esplosione. La fiancata del semovente andò in pezzi. Il cingolo sferragliò impazzito e il veicolo sbandò paurosamente, andando a piazzarsi di traverso al centro del viale. L'equipaggio tentò di abbandonare il semovente, e il francese li fece fuori tutti. Dopo di che, ripiegò zigzagando tra le rovine, seguito dal marinaio. Scomparvero nel portone di un palazzo. Al terzo piano, era installato il comando di compagnia.

Quando entrarono nella stanza, il Kampfkommandant, un ufficiale a riposo da poco richiamato in servizio, che indossava un pastrano degli anni della Repubblica di Weimar, stava osservando dalla finestra l'esito dell'azione.

"Ottimo lavoro", disse senza staccare gli occhi dal binocolo puntato sul semovente in fiamme. Un altro veicolo stava cercando di spingerlo di lato, ma il mezzo colpito non si muoveva.

"È il momento di far entrare in azione la squadra con i Panzerfäuste", disse il comandante, e si girò verso il suo portaordini, un caporale di un reggimento di fanteria di montagna annientato l'anno prima sui Carpazi. Questi riuscì a fare appena un paio di passi verso la porta, che il marinaio gli si piazzò davanti.

"Vuole davvero mandare a morire quei ragazzini?", ringhiò il marinaio all'indirizzo del Kampfkommandant.

"Lo perdoni", intervenne il francese, "è vittima di una forma acuta di sentimentalismo umanitario decadente." Scoppiò a ridere, e sostituì il caricatore della pistola mitragliatrice.

Il Kampfkommandant squadrò il marinaio. "Sei un buon combattente, ma qui sono io a dare gli ordini. Grazie a voi due, per il momento siamo riusciti a fermare i russi. Dobbiamo sfruttare la situazione. E lo facciamo con ciò di cui disponiamo. Se hai delle obiezioni, puoi illustrarle davanti a una corte marziale."

Il marinaio scrollò le spalle. Quei ceffi dei tribunali volanti gli facevano paura, ma non erano niente a confronto dei russi. Era per il terrore di essere fatti prigionieri dai bolscevichi che i soldati tedeschi continuavano a battersi. E anche per dare tempo ai civili di fuggire dalle province orientali. Era nobile, ma c'era un prezzo da pagare. Il marinaio si scostò dalla porta e prese la sigaretta già accesa che gli porgeva il francese.

Una cannonata annichilì la mitragliatrice nella pasticceria. A questo punto la compagnia era priva di armi pesanti.

"Muoviti!", gridò il comandante al portaordini.

Il caporale schizzò via. Corse giù per le scale, uscì in strada, e si diresse verso la barricata al fondo del viale, dove era appostata la squadra di Ernst. I ragazzi accolsero le istruzioni con un misto di eccitazione e terrore.

Un secondo SU-122 aveva affiancato l'altro, e in due erano quasi riusciti a spostare il relitto. Paul strisciava tra le macerie insieme ai propri camerati. Le pallottole gli fischiavano sulla testa, ma tutto ciò che sentiva era il rumore dei suoi denti che battevano furiosamente.

"Bombe fumogene!", ordinò Ernst.

Hasso, Peter e Uwe aprirono i tascapane, estrassero le granate e lanciarono. In pochi istanti, i veicoli sovietici si trovarono immersi in una fitta nebbia. I ragazzi si sparpagliarono sui due lati della strada, alle spalle dei mezzi. Dai tetti e dai balconi, quanto restava della compagnia li copriva sparando con tutto ciò che avevano, addirittura scagliando tegole e mattoni. I ragazzi andarono a cercare un rifugio da cui tirare. Paul si infilò in un fossato anticarro insieme a Peter. Alzò il mirino del Panzerfaust e si mise l'arma sulla spalla, come gli avevano insegnato al corso. Gli tremavano le mani. Peter pareva altrettanto nervoso, e questo aiutava Paul a imporsi di stare calmo. Nella nebbia, il respiro di gasolio del semovente si faceva sempre più vicino. Paul aguzzò lo sguardo. Sulla leva di sparo, ora le dita erano ferme e pronte. Dopo un tempo che gli parve lunghissimo, il semovente sbucò da quel mare bianchiccio. Procedeva in retromarcia, lento. Era un bersaglio perfetto. Quando se lo trovò al centro del mirino, Paul schiacciò la leva.

Il proiettile centrò in pieno il motore. L'esplosione fu spaventosa. Il veicolo iniziò subito a bruciare. Paul sentiva Peter, accanto a lui, inneggiare al suo successo, e gli altri camerati, tutt'intorno, che urlavano di giubilo. Era al colmo della felicità. Avrebbe avuto il nastrino d'argento. E per festeggiare la vittoria, di sicuro Ernst quella sera avrebbe trovato delle ragazze. Come la volesse, la sua ragazza, Paul non lo avrebbe saputo dire. Era un desiderio urgente, eppure indistinto. Però era certo che non avrebbe avuto paura. Ora, poteva fare tutto. Era così felice, che non si accorse che una pallottola gli aveva trapassato l'elmetto e spaccato il cranio. Sentì il fiato e le labbra morbide. Sentì il seno nel palmo della sua mano. Poi il buio.

61

Cordillera de Amerrisque, Nicaragua settentrionale, 22 luglio 1982

Le rovine del villaggio fumavano ancora. Anche le case che gli invasori avevano risparmiato erano andate distrutte, perché il vento aveva fatto propagare gli incendi e il fuoco aveva finito col divorare quasi tutto l'abitato. Davanti alla scuola, trovarono il corpo del maestro appeso a un albero, con un cartello al collo che diceva: "Sandinista". Peter Jennings si tolse il basco nero, si passò una mano tra i capelli umidi di sudore e ordinò di tirarlo giù. Ordinò anche di andare a cercare i superstiti. A giudicare dal numero dei cadaveri che giacevano tra le macerie, una parte degli abitanti doveva essere scampata alla mattanza.

Si accese un sigaro, uno di quelli buoni, che gli aveva regalato il colonnello Reyes dei Servizi segreti cubani. Assaporò il gusto del tabacco sul palato. L'aggressività del gruppo di Huberman era andata aumentando. Erano più feroci di qualunque altra formazione dei Contras, che pure non si erano mai distinti per moderazione. Stando alle informazioni di cui disponeva Reyes, Huberman aveva una piantagione di coca. Sul mercato nordamericano un chilo di *blanca* valeva sessantamila dollari. Huberman non aveva bisogno della CIA per finanziare le sue campagne. Ma in Honduras non c'era tradizione di coltivazione di coca. Jennings era andato a parlare con un docente della facoltà di Agraria dell'Università di Managua, che gli aveva spiegato che era possibile coltivare una pianta fuori dalla sua regione d'origine. "In California hanno i vigneti. Però, per fare una cosa del genere su larga scala, ci vogliono mezzi e competenze notevoli." Evidentemente Huberman disponeva di entrambi. Era presumibile che il suo rifugio fosse vicino alla piantagione. "In Bolivia e Perù", aveva osservato il professore, "la coca cresce sulle pendici delle Ande." Questo però non riduceva di molto il campo di ricerca, visto che l'80% del territorio dell'Honduras è montagnoso. E bisognava pure considerare – aveva aggiunto lo studioso – che la coca attecchisce anche in serra. In buona sostanza, Huberman poteva essere ovunque.

Il sigaro si era spento. Jennings si aggirava per le strade di ciò che restava del villaggio, meditando e ruminando il *purito*. Era arrivato in Nicaragua sei mesi prima, insieme a una ventina di altri consiglieri sovietici. Era la sua prima missione fuori da Managua. Fino a quel momento, aveva addestrato ufficiali e soldati dell'esercito popolare. Sulle prime, i russi erano stati diffidenti verso il Fronte Sandinista di Liberazione Nazionale. Li giudicavano poco ortodossi sul piano ideologico. Mosca avrebbe preferito che a guidare le danze fosse il Partito comunista nicaraguense. Ma alla fine del 1981, Fidel Castro da un lato, e i rapporti favorevoli spediti dalla centrale del KGB di Managua dall'altro, avevano convinto il Soviet Supremo del rigore rivoluzionario dei sandinisti. E così erano cominciati ad arrivare gli aiuti. A Jennings quell'incarico piaceva. Da quando era passato dall'altra parte del Muro, era il lavoro migliore che gli avessero assegnato. E gli piaceva anche il fatto di essere stato mandato al Nord, a stanare quel vecchio bastardo di Huberman. Jennings era un combattente. Alla lunga, fare lezione nel cortile di una caserma lo avrebbe annoiato. Però, doveva riuscire a prenderlo, il vecchio bastardo. La base di Huberman non poteva essere troppo lontana dal confine, altrimenti avrebbe avuto difficoltà a condurre le incursioni. Ma non era facile effettuare una stima precisa. Gli uomini di Huberman dimostravano una resistenza straordinaria alla fatica. Il punto non era che si trattava di gente del posto, abituata al clima. Anche i sandinisti lo erano. La banda di Huberman pareva in grado di marciare per un giorno intero nella giungla, combattere per tutta la notte, e rimettersi in cammino all'alba. Peter Jennings non aveva mai affrontato un nemico del genere, né quando era stato un ufficiale dello Special Air Service, né dopo, quando si era messo al servizio dell'Unione delle Repubbliche Socialiste Sovietiche. Erano settimane che batteva la zona a caccia di quei fantasmi, ma non era ancora riuscito a vederne neppure uno. Tutto ciò che vedeva, erano gli effetti dei loro attacchi.

"Li abbiamo trovati", arrivò ad annunciargli Nestor pieno di orgoglio.

Nestor era l'attendente del maggiore Jennings. Diciassette anni, un figlio di contadini che aveva studiato dai gesuiti, un sostenitore entusiasta della rivoluzione. E un ammiratore incondizionato di Peter Jennings dal primo giorno in cui lo aveva incontrato. Nestor aveva un'idea molto vaga del perché quel gringo fosse in Nicaragua. Non sapeva che era andato a Eton. Non sapeva neanche cosa fosse Eton. Né sapeva che in Irlanda del Nord aveva ucciso un uomo che non avrebbe voluto uccidere, e che aveva tradito il suo paese, un po' per denaro e un po' per gioco. Nestor sapeva solo che Jennings era un gringo, che avrebbe potuto condurre la vita comoda che sempre conducono i gringo, e invece era venuto lì con loro, a vivere di fagioli freddi e a rischiare di farsi ammazzare. Peter Jennings era giunto da molto lontano per aiutare la rivoluzione e, se fosse stato necessario, Nestor lo avrebbe seguito all'inferno.

"Sono scappati nella foresta appena ci hanno visti arrivare. Pensavano che fossimo Contras", spiegò Nestor.

Indicava un gruppo di una trentina di persone. Uomini e donne, vecchi e bambini. Stanchi, sporchi, spaventati. Quella era la guerra che conduceva Victor Huberman, la guerra ai civili, la guerra alle più basilari leggi dell'umanità.

"Lo prenderemo?", domandò ansioso Nestor.

Jennings fissò il ragazzo negli occhi.

"Lo prenderemo", promise.

Nestor sorrise soddisfatto, fece scattare l'accendino e avvicinò la fiamma per permettere al suo comandante di riaccendere il sigaro.

62

Königsberg, 30 gennaio 1945

Dai lampioni del lungofiume pendevano corpi rigidi, alcuni in divisa, altri in abiti civili. Ciascuno portava al collo un cartello. Il contenuto era uguale per tutti: "Sono un disertore". Il vento faceva oscillare gli impiccati, e i tacchi delle loro scarpe sbattevano contro il metallo. I passanti facevano finta di niente. Solo i bambini si fermavano a guardare. Lichtblau camminava spedito verso la capitaneria del porto fluviale, ignorando i vivi come i morti. Era ormai una settimana che vi si recava ogni giorno, anche più volte al giorno. Quando lui e Wasserman erano finalmente riusciti a raggiungere Königsberg, avevano scoperto che il cacciatorpediniere inviato da Himmler era stato affondato da un sommergibile sovietico. Wasserman non si era scomposto. Il dottore aveva un piano di evacuazione suo personale. Prima della guerra, aveva lavorato presso l'Università di Stoccolma e aveva mantenuto i contatti. Sua moglie si trovava già in Svezia. Il progetto prevedeva che la consorte noleggiasse una barca e venisse a prenderlo su una spiaggia della penisola di Sambia, vicino al porto di Pillau, a una cinquantina di chilometri da Königsberg. Da tempo Lichtblau aveva intuito che il suo amico e collega si era preparato una via di fuga. Non gliene voleva. Anche lui aveva il suo piano di emergenza. Quando Wasserman era partito,

Lichtblau lo aveva accompagnato sino ai confini della città, nonostante il freddo terribile. L'acqua della laguna della Vistola era ghiacciata e ci si poteva camminare. Ogni mattina, migliaia di profughi si mettevano in marcia verso Pillau, da dove salpavano le navi che facevano la spola con il Baltico occidentale. La maggior parte andava a piedi, ma c'erano anche slitte e carri guidati da prigionieri francesi e belgi, che si trovavano in Prussia dall'inizio della guerra. Il viaggio era pericoloso, e a volte qualcuno tornava indietro, soprattutto le donne con bambini piccoli. Il ghiaccio si muoveva, c'erano le bufere, e si poteva perdere l'orientamento a causa della nebbia. Inoltre, c'era l'eventualità di un attacco aereo. Ma se si voleva partire, bisognava raggiungere Pillau. Wasserman aveva ingaggiato un contadino dei dintorni per accompagnarlo con una slitta a vela. Gli aveva dato il suo bell'orologio d'oro. Nel momento del commiato, Hans e il dottore si erano abbracciati. "La prossima volta, staremo dalla parte dei vincitori", gli aveva sussurrato Wasserman prima di saltare dentro quello strano veicolo e scomparire in un turbine di neve. L'Obersturmbannführer Hans Lichtblau era rimasto solo.

Di fronte alla capitaneria, un uomo vestito completamente di nero, a eccezione di un colletto bianco, tutto unto, che spuntava dal cappotto, era ritto su una cassetta del pesce. Con quanto fiato aveva in gola, ammoniva quelli che entravano e uscivano dall'edificio. "E l'angelo gettò la sua falce sulla terra, e vendemmiò l'uva della terra, e la gettò nel grande tino dell'ira di Dio!"

Un impiegato della capitaneria aprì la finestra e si sporse fuori. "Piantala, vecchio scemo. Qui stiamo cercando di lavorare!"

Il predicatore ammutolì, fissando con sguardo torvo l'impiegato. Ma appena quello scomparve, riprese subito.

"E il tino fu pigiato fuori dalla città, e il sangue uscì dal tino, fino al morso dei cavalli!"

Lichtblau non credeva nella Bibbia, ma ammirava la bellezza della traduzione di Lutero, la grandiosità di quell'impresa, quando la parola di Dio si era fatta tedesca. Attorno a lui, ombre mute, ingobbite dal freddo e dalla paura, erravano senza pace. Dio pareva aver abbandonato la Germania. Lichtblau afferrò la maniglia di ottone, tirò il battente ed entrò nella capitaneria.

La struttura era abbastanza ampia, ma non era stata concepita per ospitare tutta quella gente. Il personale non riusciva quasi a muoversi. Davanti alle porte degli uffici, si assiepava una folla di questuanti, che animava trattative senza fine, intessute di preghiere, minacce, e tentativi di corruzione.

Al pianterreno erano stipati i funzionari del Partito che rilasciavano i lasciapassare. Tutti i maschi abili dovevano restare a Königsberg. Il problema era stabilire chi fosse un maschio abile.

"È miope e ha l'asma", piagnucolava una madre indicando il figlio, il quale seguiva la conversazione senza fiatare, da sotto un pesante berretto di lana, le lenti degli occhiali tutte appannate.

Il funzionario scuoteva la testa.

"Ha quindici anni. Senza un'esenzione firmata da un medico militare, non va da nessuna parte."

Il primo piano era occupato dal personale della Marina. Erano loro che coordinavano l'operazione Hannibal, concepita dal Großadmiral Dönitz per portar via quante più persone possibile dalle zone che erano state isolate dall'offensiva nemica. Anche avendo il lasciapassare, trovare un posto su una di quelle imbarcazioni non era semplice. La Kriegsmarine aveva fatto ricorso a qualunque mezzo fosse in grado di stare a galla. Navi da guerra, mercantili, transatlantici, pescherecci. Ma c'erano decine di migliaia di persone da evacuare. Lichtblau un lasciapassare lo aveva. Il suo ordine di trasferimento glielo aveva fatto ottenere subito. Il problema era la nave. Attraversò l'atrio. In una saletta laterale, alcuni uomini in varie uniformi delle SS e delle SA erano radunati attorno alla radio. A breve sarebbe andato in onda il discorso del Führer. Lichtblau non aveva tempo per la politica.

Ostinarsi a combattere per una causa persa era infantile. Andava bene nei romanzi di Walter Scott, ma non nella realtà. Tirò dritto, salì le scale, e raggiunse l'ufficio del capitano di corvetta Looss. In una settimana di abboccamenti quotidiani, erano divenuti piuttosto intimi, anche grazie al fatto che l'Obersturmbannführer aveva fatto dono all'ufficiale di Marina della sua stilografica Dupont edizione limitata, insieme a un fermacravatta d'argento.

"Tenente colonnello Lichtblau", lo accolse cordiale Looss, quando lo vide sulla porta. "Mi stavo giusto domandando come mai questa mattina non mi avesse ancora fatto visita."

Lichtblau si tolse il berretto e si aprì il cappotto foderato di pelliccia. La stanza era piccola e calda. Nella stufa di maiolica, il fuoco scoppiettava vivace. Per un attimo, quel tepore gli fece dimenticare le difficoltà in cui si trovava. La mappa del fronte appesa alla parete lo riportò subito alla durezza del mondo. Spilli dalla capocchia colorata segnavano le posizioni delle truppe tedesche e sovietiche. Una linea rossa serpeggiava inesorabile da Varsavia alla costa del Baltico, tagliando fuori la Prussia dal resto del Reich.

"Quest'oggi preferivo procrastinare un po' il momento della giornata in cui mi dice che non sono fortunato", rispose Lichtblau in tono filosofico.

Il capitano di corvetta Looss sfoderò un largo sorriso.

"E invece…"

Lichtblau trattenne il respiro.

"…le ho trovato una confortevolissima cabina di prima classe su una nave che salpa tra due giorni."

La tensione accumulata in quella settimana di trattative lo abbandonò di colpo, e Lichtblau si accasciò sulla sedia davanti alla scrivania del capitano.

"Di regola", prese a spiegare Looss in tono ironicamente cerimonioso, "le cabine di prima classe sono riservate agli ufficiali feriti e alle donne in stato interessante, però nel suo caso siamo riusciti a fare un'eccezione. Dovrà condividerla con un compagno di viaggio, ma sono certo che saprà adattarsi."

Looss aprì un cassetto, ne estrasse una busta su cui erano scritti nome, cognome e grado di Lichtblau, e gliela porse.

Al tenente colonnello quasi tremavano le dita. Per un attimo, ebbe paura ad aprire la busta, nel caso ci fosse qualcosa che non andava. Ma non c'era niente che non andava. I documenti di viaggio erano perfettamente in ordine.

Uscì fischiettando dalla capitaneria. Mentre tornava in albergo, fu colto dall'ansia di non aver guardato bene. Si sfilò i guanti e tornò a esaminare il biglietto. Il vento teso che spirava dalla laguna piegava gli angoli dei fogli. Per poter leggere, Lichtblau doveva tenerli con entrambe le mani. Era tutto in ordine, però nell'ufficio di Looss non aveva fatto caso a un dettaglio. Il nome della nave. Incredulo, scoppiò in una risata fragorosa e prolungata, che attirò le occhiate sospette dei passanti. Lichtblau si ricompose, mise via la busta, e riprese a camminare, eccitato. Si trattava del *Bremen*, il transatlantico che nove anni prima lo aveva condotto dall'America in Germania.

PARTE TERZA

Il nuovo mondo

63

Varsavia, 22 agosto 1945

Macerie. Ovunque Rivka Berkovits volgesse lo sguardo, vedeva soltanto macerie, cumuli e cumuli di macerie, senza fine. Tra quelle dune di pietra e cemento che un tempo erano state palazzi e fabbriche e chiese, si ergevano muri solitari coperti di fori di proiettile, camini rimasti in piedi come per errore, o avanzi di case, più o meno integre nelle strutture portanti, ma prive del tetto. Nella zona che aveva ospitato il ghetto, non c'erano neppure quei gusci vuoti e lacerati. La devastazione era stata totale. Non c'era altro che una distesa uniforme di calcinacci, da cui spuntavano gli oggetti più diversi. Tinozze, divani sventrati, stufe, tubi dell'acqua, e letti di ferro contorti simili a scheletri di antichi animali.

Rivka scorse una grossa buca di granata che si apriva in mezzo alla strada e rallentò. Controllò nel retrovisore di non avere nessuno dietro, sterzò, e la jeep aggirò il cratere. Continuò lungo il viale, in direzione del Municipio. Il paesaggio non mutava. Era come se il dio della guerra fosse sceso dal cielo a schiantare l'intera città con un potentissimo colpo di maglio. Eppure, in quel deserto, come in ogni deserto, c'era vita. Tra le rovine si muovevano delle persone. Rivka si chiese come potessero vivere in quel modo, ma subito si rese conto che la domanda non aveva senso. Aveva fatto un balzo troppo rapido dal giardino al deserto. Solo una settimana prima si trovava a Haifa, una città dove le cose erano integre, una città con lampioni, mezzi pubblici, ristoranti, scuole. L'accostamento non poteva che stordirla. Gli abitanti di Varsavia, invece, almeno quelli che erano sopravvissuti, avevano avuto cinque anni per abituarsi, un giorno dopo l'altro, una bomba dopo l'altra. Dall'invasione del 1939 ai combattimenti del 1944, passando per l'insurrezione del ghetto del 1943, pezzo per pezzo la città si era disfatta. Prima di abbandonarla, i tedeschi avevano fatto saltare quasi tutto quello che ancora stava in piedi, compresi il Castello reale, cui la guida Baedeker dedicava ben tre pagine, la cattedrale del Quattordicesimo secolo e gli archivi nazionali. La quasi totalità delle abitazioni della capitale polacca era distrutta o inagibile.

In prossimità di un incrocio, Rivka dovette frenare. Stava passando una colonna di camion dell'Armata Rossa. Dal bordo della strada, tra i mulinelli di polvere, un gruppo di ragazzini cenciosi le chiese a gesti qualcosa da mangiare. Lei inarcò le spalle e si sforzò di ignorarli, guardando dritto di fronte a sé. Aveva già dato quello che avrebbe dovuto essere il suo pranzo ad altri due, che l'avevano avvicinata, quando aveva accostato per consultare la mappa. Non dimostravano più di sette o otto anni, ma era difficile indovinare l'età di quelle creature cresciute nella denutrizione. Ovunque in Europa, da Napoli a Kiev, folle di orfani sopravvivevano con l'accattonaggio, il furto e la prostituzione. Non che per gli adulti la vita fosse più facile. Per tutta la durata del conflitto, milioni di uomini e donne erano stati depredati, stuprati, ridotti in schiavitù dagli eserciti invasori. E per quanto ufficialmente le ostilità fossero cessate in maggio, con la resa del Terzo Reich, in molti paesi si combatteva ancora, conflitti locali innescati dal conflitto mondiale, che ora continuavano in autonomia. In Grecia c'era la guerra civile tra monarchici e comunisti. Nelle repubbliche baltiche, i partigiani nazionalisti si opponevano alla presenza sovietica. Lungo il confine tra Polonia e Ucraina infuriava uno scontro etnico in cui il prezzo maggiore veniva pagato dalla popolazione civile, oggetto di stragi e trasferimenti forzati. L'intero continente era sprofondato in una spaventosa condizione di miseria e brutalità, da cui Rivka proprio non vedeva come potesse risollevarsi, nonostante le parole rassicuranti dei capi delle potenze vincitrici e gli sforzi dell'UNRRA, l'agenzia delle Nazioni Uniti incaricata di fronteggiare l'emergenza dei profughi. La ragazza infilò una mano nel tascapane sul sedile del passeggero, tirò fuori un pacchetto di Camel e se ne accese una. La sopravvivenza della civiltà europea non era un problema che la riguardasse. La colonna sovietica era passata. Rivka ingranò la marcia e l'automobile ripartì.

Come convenuto, Nahum l'attendeva davanti alle macerie del Municipio, dove era stata eretta una grande tenda su cui sventolava la bandiera dell'UNRRA. L'uniforme kaki dell'8ª Armata inglese e la pipa stretta tra i denti gli conferivano una distinta aria britannica, ma la mostrina con la stella di David sulla spalla sinistra indicava che si trattava di un tipo particolare di ufficiale di Sua Maestà. Il maggiore Nahum Goldstein si era fatto tutta la campagna d'Italia nella Brigata Ebraica, che al momento era acquartierata al confine con l'Austria. Era riuscito a procurarsi una lunga licenza per inesistenti motivi di salute e lavorava a tempo pieno per Berihah, la struttura che raccoglieva e spediva in Palestina i sopravvissuti dei campi. C'erano membri della Resistenza che avevano combattuto i nazisti nei ghetti e nelle foreste dell'Europa orientale. C'erano soldati della Brigata Ebraica, come Nahum. E c'era gente arrivata da Eretz Israel, come Rivka, partita con i buoni uffici del comitato centrale della Lega socialista della Palestina. Nahum, che era un laburista, anche piuttosto moderato, quando aveva saputo dell'affiliazione politica della ragazza, aveva sputato un commento velenoso a proposito di quelle che riteneva le ingenuità della linea politica della Lega e dei suoi alleati di Hashomer Hatzair, le uniche organizzazioni sioniste che si fossero pronunciate a favore di uno Stato binazionale arabo-ebraico. La notte precedente, Nahum e Rivka avevano discusso per ore. Alla fine, esasperata, Rivka gli aveva gridato che quasi preferiva quei fascistoidi dell'Irgun, almeno loro avevano il coraggio di dire apertamente che volevano cacciare gli arabi con la forza. I laburisti di Ben Gurion, invece, degli arabi semplicemente non parlavano, come se non esistessero. Era così sin dall'inizio del sionismo. "Una terra senza popolo per un popolo senza terra", era stato il motto dei fondatori del movimento. Ma Rivka lo vedeva ogni giorno, per le strade e nelle piazze di Haifa, che sulla loro terra c'era anche un altro popolo. Alla fine, ne era certa, lo soluzione dello Stato binazionale avrebbe prevalso. Era l'unica strada percorribile, l'unica soluzione che rispondesse al principio della giustizia, un principio molto caro agli ebrei. Costruire uno Stato dove gli ebrei potessero vivere al sicuro era vitale, ovviamente, ma non bastava. Bisognava anche costruire uno Stato dove cessasse lo sfruttamento dell'uomo sull'uomo, a qualunque popolo questi appartenesse. Rivka fermò la jeep accanto al marciapiedi e mise il tascapane sul sedile posteriore. Nahum saltò dentro.

"Com'è andata la riunione?", domandò lei mentre ripartiva, zigzagando a fatica tra la folla smunta e nervosa che all'improvviso aveva iniziato ad accorrere da tutte le parti verso il Municipio. Rivka si lanciò un'occhiata alle spalle. Avevano aperto la mensa. Fuori dal tendone si era già formata una coda lunghissima. La bandiera rossa e bianca dell'agenzia delle Nazioni Unite baluginò per un istante nello specchietto retrovisore, poi la jeep svoltò.

"Meglio del previsto", rispose Nahum. "Quelli dell'UNRRA stanno cominciando a capire che i profughi ebrei non vanno radunati in base alla loro nazionalità, ma messi tutti insieme."

"E i russi?"

"I russi sono antisemiti quasi quanto i tedeschi. Non vedono l'ora che gli ebrei se ne vadano. Non faranno nulla per ostacolarci, e così i polacchi."

Rivka non rispose, ma quel commento in qualche modo la feriva, metteva in crisi la sua ammirazione per la patria del socialismo. Era stata la gloriosa Armata Rossa a fermare i nazisti a Stalingrado, ricacciarli fino a Berlino, e liberare molti dei campi. Eppure, sapeva che Nahum aveva ragione. Nella *Grande enciclopedia sovietica*, che aveva compulsato nella biblioteca della federazione, di Karl Marx si taceva il fatto che fosse ebreo.

"E tu?", domandò Nahum.

Rivka scosse il capo.

"Al solito", disse. "L'Irgun continua a rifiutare di far partire prima i più giovani. Secondo loro dovremmo imbarcare anche gli ottantenni."

Nahum svuotò la pipa fuori dalla jeep e iniziò subito a ricaricarla. "Sono dei fanatici. Portano solo guai, qui come a casa."

Rivka assentì. L'anno precedente, quelli dell'Irgun avevano lanciato una campagna terroristica contro le truppe britanniche in Palestina. Certo, gli inglesi dovevano andarsene, ma spargli addosso mentre era ancora in corso la guerra con la Germania era una pura assurdità. Begin si era di fatto alleato con Hitler. Rivka non credeva nelle virtù palingenetiche della violenza, neppure di quella rivoluzionaria, ma nel caso di Menachem Begin era disposta a fare un'eccezione. Il giorno che lo avessero fucilato come nemico del popolo sarebbe stato un bel giorno per gli abitanti di Eretz Israel, quelli ebrei e quelli arabi.

64

Managua, Nicaragua, 23 luglio 1982

La birra era calda e non offriva neppure un'illusione di refrigerio, ma Shlomo la buttava giù lo stesso con avidità, per restituirla quasi subito sotto forma di sudore. Rivoli salini gli scendevano dalla nuca, attraverso la peluria, ormai bianca, che gli ricopriva la schiena e le spalle. Era notte fonda, ma l'aria era comunque afosa. A torso nudo, Shlomo era appoggiato alla ringhiera rugginosa del balconcino nella sua stanza d'albergo, in attesa dello sporadico refolo che di tanto in tanto veniva a consolarlo. Terminò la bottiglia e rientrò in cerca delle sigarette. Dall'altra parte del muro, neppure Anton e l'agente Yakovchenko dormivano. Sentì il cigolio delle molle del letto e una risata soffocata. Quando erano arrivati all'hotel, la russa aveva chiesto a gran voce tre camere singole, ma evidentemente c'era stato un rimescolamento di carte. Shlomo si accese una Lucky Strike senza filtro e tornò fuori. Provava un po' d'invidia verso il suo amico. Lui con una *shiksa* non c'era mai stato. Anzi, per dirla tutta, non era mai stato con nessuna donna eccetto Rivka, se si escludevano un paio di affari adolescenziali, torridi e concitati, di prima della guerra. La cosa a volte lo deprimeva ma, a fronte del naufragio miserabile che sarebbe potuta essere la sua esistenza senza di lei, la fedeltà coniugale era stato un prezzo davvero lieve. Si portò la sigaretta alle labbra e ispirò. Sulla facciata dell'edificio di fronte, nella luce incerta di lampioni rachitici, si poteva indovinare un imponente *mural* con il volto corrugato di Augusto Sandino, sotto quel suo cappello dalle grandi falde che lo faceva assomigliare più a un eroe del Far West che a un capo guerrigliero. Shlomo diede un ultimo tiro e fece volare il mozzicone oltre la ringhiera. A Rivka il Nicaragua sarebbe piaciuto. Le sarebbero piaciute le ragazze con il fucile in spalla che pattugliavano le strade. Tanto tempo prima era stata una di loro, in un altro paese, un paese che ormai Rivka non riconosceva più. Quando Begin era diventato Primo ministro, nel 1977, era rimasta così sconvolta, che per settimane aveva cercato di convincerlo a emigrare, in Francia, oppure in Italia, o quanto meno ad andare a vivere in un kibbutz. Le ripugnava l'idea di avere attorno della gente che aveva votato per quel fascista. Shlomo però era stato irremovibile. Di tornare nel continente dove era stata sterminata tutta la sua famiglia, non voleva neppure sentirne parlare. E quanto a chiudersi in una comune a zappare la terra e fare finta che il capitalismo avesse i giorni contati, era una soluzione che non lo attraeva per niente. Era nato in campagna, sapeva com'era quella vita. L'utopia egualitaria non l'avrebbe resa più piacevole. Al limite, avrebbe potuto considerare l'eventualità di trasferirsi negli Stati Uniti. Quando era ragazzo, lui e suo padre ne avevano parlato spesso. L'America gli sembrava un sogno più concreto e accessibile rispetto al socialismo. Ma a Rivka gli Yankee non parevano tanto meglio degli elettori di Begin. E poi c'era Eli. Ormai era adulto, avrebbe deciso per sé. E lui a lasciare Israele neppure ci pensava. Rivka si era arresa al volere della maggioranza. Poi Begin aveva deciso di invadere il Libano, ed Eli era stato richiamato.

Shlomo si accese un'altra sigaretta. Si chiese se non fosse giunto il momento di riprendere quell'idea dell'espatrio. Forse avrebbe aiutato Rivka. A Haifa, ovunque si girasse c'era qualcosa che le ricordava il figlio. Ora, nulla li tratteneva in Israele. Vendere il bar e via. Eppure, tutto li tratteneva, almeno Shlomo.

Non riusciva a immaginare di vivere altrove, neanche in America. Quello forse era un sogno bello e realizzabile, ma non era il suo. Era stato il sogno di Baruch.

All'alba, la pioggia giunse a liberarlo dalla calura e dai pensieri che gli si erano andati affastellando nella mente nel corso di quella notte senza sonno. Gocce spesse cadevano nelle tenebre. Shlomo piegò la testa all'indietro e abbassò le palpebre. Restò sotto l'acqua per alcuni secondi. Si passò una mano sul viso bagnato, come per avere conferma del fatto che il suo corpo si stesse finalmente rinfrescando. La forza del temporale cresceva. Shlomo rimase ancora un istante sul balconcino, quindi rientrò nella stanza, chiuse le imposte lasciando aperti i battenti della porta-finestra, e si gettò sul letto. Si addormentò nella brezza dolce che filtrava attraverso le persiane, nel tamburellare incessante della pioggia.

Quando si svegliò, il cielo era azzurro. Si fece la barba, indossò un camiciotto pulito, l'ultimo che gli restava, e scese a fare colazione. Anton e la *shiksa* erano già al ristorante. Shlomo li salutò con un cenno del capo e sedette insieme a loro. Il cameriere portò il solito piatto di uova strapazzate, riso e fagioli neri. Erano in Nicaragua da tre giorni, e in pratica non avevano mangiato altro, fatta eccezione per un po' di pollo a cena. Shlomo sorbì un lungo sorso di caffè. Quello era davvero buono. Dall'altra parte del tavolo, Anton sorrideva come un bambino. "Le cose bisogna farle a tempo debito", pensò Shlomo con una punta di disapprovazione. Forse lui non aveva avuto un'esuberante vita sessuale, ma almeno non gli era mai capitato di fare la figura del vecchio che sbava per una donna di vent'anni più giovane. Lanciò un'occhiata in tralice a Natalja. Non era male. Bella in carne. Tornò a fissare il suo amico dallo sguardo estatico. "Bella in carne, ma c'è un tempo per ogni cosa", confermò Shlomo dentro di sé. Però quella mattina Anton Epstein, oltre che per le sue conquiste amorose, aveva anche un altro motivo per essere felice, e glielo comunicò subito.

"Abbiamo avuto il permesso di partire", disse. "La guida viene a prenderci domattina. Andiamo a unirci a un battaglione d'élite dell'esercito sandinista." Fece una pausa, si guardò attorno con aria circospetta, come se dovesse rivelare chissà quale segreto militare, e aggiunse in un sussurro: "Lo comanda un consigliere militare sovietico".

"In Nicaragua non ci sono consiglieri militari sovietici", intervenne puntuale Natalja. Il tono non era aggressivo. Più che la smentita ufficiale da parte di un funzionario, la frase era suonata come l'osservazione di una mamma premurosa che corregge un'imprecisione del proprio bambino. "Si tratta di un compagno internazionalista, un volontario venuto per aiutare la rivoluzione del popolo nicaraguense", spiegò Natalja.

"È un mercenario", commentò Shlomo sardonico.

L'agente Yakovchenko si irrigidì.

"Pensa quello che vuoi, ma ti avverto: il tuo cinismo e la tua ironia non troveranno molti estimatori da queste parti. È meglio che i tuoi commenti, li tenga per te."

Shlomo non rispose e si concentrò sulle uova. Natalja Yakovchenko poteva pure essere una donna attraente, ma era sempre un'agente del KGB. Doveva avere un ritratto di Lavrentij Berija ricamato sulle mutande. Se riusciva a farselo rizzare con una così, voleva dire che il professor Epstein aveva proprio sbagliato mestiere. Tanti anni passati sui libri, quando avrebbe potuto fare una carriera folgorante come gigolò. Shlomo ridacchiò tra sé e sé.

"Ho rispettato la mia parte dell'accordo", disse l'agente Yakovchenko. "Ora tocca a te."

Shlomo alzò la testa dal piatto.

"Non preoccuparti", le disse. "Appena arriviamo in zona di operazioni, vi dico dove si trova il covo di Huberman. È in un'antica fortezza spagnola."

"Niente meno", disse Natalja con un tono di falsa meraviglia.

"Le antiche fortezze hanno mura spesse. Sarà meglio che i vostri amici sandinisti si portino dietro qualcosa di adeguato", rispose secco Shlomo.

Tornò a dedicarsi alla colazione. Masticava lento, lo sguardo perso nella piazza brulicante di vita che si vedeva oltre la vetrata del ristorante. Presto sarebbe tornato in battaglia, ancora una volta. Shlomo non temeva la morte. Dopo il Lager, non l'aveva più temuta. Ma sapeva che Rivka non avrebbe sopportato di perdere anche lui. Era una ragione sufficiente per avere paura. Shlomo Libowitz voleva vivere. Però voleva anche vendicarsi. Si augurò che una cosa non escludesse l'altra.

65

Klagenfurt, Austria, zona di occupazione britannica, 28 agosto 1945

Li avevano ammassati nel campo tutti insieme, tedeschi e polacchi, ucraini e baltici, uomini, donne e bambini, tutti fuggiti o scacciati dall'Armata Rossa, tutti a fare la fila per la stessa zuppa. Martha Kernig era in fila anche lei. Teneva gli occhi bassi, e con gesti nervosi stirava senza posa la gonna stinta e sgualcita che aveva addosso da settimane, mormorando tra sé discorsi cui nessuno badava. Martha parlava con Elsie. L'ammoniva contro i rischi della sciatteria: "Devi essere sempre attenta al tuo aspetto, anche in un posto come questo. Basta poco a fare la differenza". E scuoteva la testa, continuando a passare e ripassare il palmo della mano sul tessuto stazzonato. La figlia però non poteva ascoltare le sue lezioni di economia domestica. Elsie era morta, massacrata a pugni e calci. A tratti, l'immagine agghiacciante della sua bambina nuda, i lineamenti del volto deformati dai colpi ricevuti, le si affacciava alla mente, e allora Martha taceva, trattenendo il respiro. Poi l'immagine svaniva e il monologo riprendeva.

Paul l'aveva pregata più volte, a voce e per lettera, di lasciare Neuhof. Anche il nuovo marito, che sarebbe stato dato per disperso in febbraio, aveva cercato di convincerla, nei pochi giorni che avevano trascorso insieme durante la licenza matrimoniale. Martha però non aveva inteso ragioni. Non se ne sarebbe andata senza suo figlio. Quando le era stato comunicato che Paul era caduto in combattimento, ormai era troppo tardi. Il nemico era vicinissimo, le possibilità di fuga inesistenti. Il reparto della Volkssturm schierato a difesa della cittadina era stato spazzato via in un soffio. I russi avevano fatto il loro ingresso nel villaggio e si erano presi tutto ciò che volevano. Si erano presentati da Martha Kernig in una ventina. Puzzavano di alcol, sudore e morte. In quella casetta che sembrava di marzapane, il bottino si annunciava ricco. Tra il negozio e l'appartamento, c'era tutto quello che si poteva desiderare in una razzia. Cibo, alcol, abiti, persino qualche gioiello. E c'erano Martha, Elsie e Hilde. Se le erano divise nel corso di un'elaborata trattativa e ciascun gruppo si era appartato in una stanza. Quelli che si erano aggiudicati Martha si erano sistemati nella sala da pranzo. Mentre la violentavano a turno, lei sentiva Elsie e Hilde che urlavano. Li aveva pregati di risparmiare almeno la figlia, che aveva appena tredici anni. Ma i soldati non capivano il tedesco. E anche se lo avessero capito, non avrebbe fatto alcuna differenza. A un certo punto però doveva essere accaduto qualcosa. Martha non aveva visto la scena, aveva solo provato a ricostruirla a posteriori, dopo che quelli se ne furono andati, credendola morta. Hilde era stata trascinata in negozio. L'avevano sdraiata sul bancone dietro al quale aveva servito per anni. Era sempre stata una ragazza timida e remissiva, ma in quegli ultimi istanti di vita, doveva aver tirato fuori tutta la rabbia che non aveva mai espresso. Forse mentre due degli stupratori si davano il cambio, Hilde aveva preso da un cassetto un grosso paio di forbici da sartoria e aveva ucciso uno dei russi. Il cadavere era ancora lì, con la lama piantata nella gola e la lingua a penzoloni. Quegli animali non si erano neppure presi la briga di seppellire il loro compagno. Però lo avevano vendicato. Avevano ucciso Hilde, e poi si erano accaniti su Martha e su Elsie. Martha però era solo svenuta. Quando si era ripresa, nel cuore della notte, i denti spaccati, coperta di lividi e di sangue, aveva barcollato per la casa. Le stanze erano illuminate dalla luce rossastra degli incendi che divoravano gli edifici circostanti. Aveva trovato prima Hilde, e poi Elsie. Era rimasta abbracciata al corpo senza vita della figlia fino al mattino, quando una vicina, dopo molto discutere, era riuscita a convincerla a unirsi a lei e agli altri sopravvissuti nell'esodo verso occidente. I russi li lasciavano partire. Ripulivano tutta la regione dai tedeschi. Quelli che non venivano scannati, dovevano andarsene.

L'inserviente della cucina del campo indossava un'uniforme simile a quella dei soldati americani, con la mostrina scarlatta dell'UNRRA sulla manica. Da quando la guerra le era piombata addosso come un cane rabbioso, era la prima divisa militare la cui vista non le incutesse paura. L'uomo le fece segno di porgergli la gavetta. Martha obbedì e lui gliela riempì con tre generose mestolate di una zuppa densa, in cui galleggiavano pezzi di patate, carne e occhielli di grasso. Martha uscì da sotto il tendone e andò ad accucciarsi in un angolo. Mangiava con voracità, non perché fosse affamata, ma per timore che qualcuno potesse portarle via quella minestra calda e saporita. Mentre mangiava, confusamente, avvertì da qualche parte l'accendersi di un alterco. Non alzò la testa fino a che non ebbe ripulito il fondo della gavetta con un pezzo di pane che aveva tenuto da parte a colazione. A quel punto si levò in piedi, ripose la gavetta nel tascapane che portava a tracolla, diede un paio di colpetti alla gonna, e andò a vedere cosa stesse accadendo.

Due agenti della polizia militare britannica stavano strattonando un uomo che portava un cappotto della Wehrmacht pieno di toppe, troppo largo per la sua corporatura. Quello cercava di spiegare, in un misto confuso di inglese e tedesco, che non era un nazista, bensì un semplice caporale dell'esercito, come tanti. Aveva ricevuto la cartolina precetto ed era dovuto partire, proprio come loro. Che altro avrebbe potuto fare? Ma i poliziotti erano irremovibili, e indicavano la cicatrice che il sospetto aveva sulla guancia.

"È una ferita di guerra. Sul fronte orientale", si giustificava l'uomo.

I poliziotti facevano segno di no. Gli Alleati battevano i campi profughi in cerca di ufficiali delle SS e dirigenti del partito nazionalsocialista. Uno degli indizi per riconoscerli erano le cicatrici da duello. Per secoli, i membri delle confraternite universitarie tedesche avevano amato sfoggiare simili decorazioni, che si procuravano nella *Mensur*, la tenzone studentesca, durante la quale i due contendenti non possono muovere le gambe, e il cui obiettivo non è altro che la semplice attestazione del proprio coraggio nell'esporsi al ferro dell'avversario. I nazisti, che pure avevano sciolto le confraternite quali possibili centri di resistenza al loro dominio, avevano abbracciato con entusiasmo quella moda. Ora se ne pentivano.

"Vi dico che è stata una scheggia di granata!"

L'uomo fu trascinato via a forza. Tra la folla, qualcuno, forse un polacco, applaudì.

"Porco nazista!", gridò un altro.

Martha annuì. Sì, i nazisti erano dei porci. Erano stati loro a spalancare le porte dell'inferno, e adesso avevano anche il coraggio di nascondersi tra le vittime della loro follia.

"Porco nazista!", gridò Martha Kernig con quanto fiato aveva in gola.

66

San Ramón, Nicaragua centrale, 24 luglio 1982

La voce si era sparsa in fretta e ora di fronte alla taverna c'era una lunga fila di persone in attesa. La vecchia Dodge dei tempi della dittatura, riverniciata con i colori dell'esercito sandinista, era comparsa nella tarda mattinata, attirando subito gli sguardi dei paesani. Veicoli militari se ne vedevano spesso passare nella zona, per via della guerra ai Contras su al Nord, lungo il confine con l'Honduras. Di solito, però, quei veicoli trasportavano soldati, mentre su quell'auto scoperta, oltre al sergente alla guida, c'erano tre stranieri in abiti civili, uno dei quali era addirittura una donna, una bionda dalla carnagione bianchissima, come nessuno nel villaggio ne aveva mai viste, se non al cinema, quei pochi fortunati cui era capitato di assistere alle proiezioni del Salón Nacional di Matagalpa. Gli stranieri si erano fermati nell'unica locanda di San Ramón, sulla piazza principale, davanti alla chiesa.

Prima di entrare, il sergente Corral aveva allungato una moneta a un ragazzino, perché tenesse d'occhio i bagagli. Non che i tre avessero qualcosa di particolarmente prezioso negli zaini. Le valige in cui Anton e Natalja conservavano i vestiti comprati in Europa occidentale erano rimaste al sicuro nell'albergo di Managua.

Quando avevano terminato di mangiare, Anton si era offerto di dare un'occhiata al brutto orzaiolo del figlio della padrona, un bambino di una decina d'anni, che li aveva fissati serio da dietro il bancone per tutta la durata del pranzo. Senza medicinali, Anton non aveva potuto far molto, ma quanto meno aveva praticato una piccola incisione, con un bisturi di fortuna, in modo da togliere il pus e fermare l'infezione, e aveva prescritto un impacco di aloe per disinfettare e aiutare la cicatrizzazione. La padrona si era profusa in ringraziamenti e aveva rifiutato il loro denaro. A quel punto, però, la situazione era sfuggita di mano. Il villaggio era sprovvisto di qualunque servizio medico e molti degli abitanti volevano farsi visitare anche loro da quel dottore così bravo e generoso. Shlomo e Natalja avevano fatto per andare, ma fuori dalla locanda si era radunata una vera folla. C'erano state urla. Qualcuno aveva brandito un bastone nell'aria. Il sergente Corral aveva consigliato di accondiscendere alle richieste, almeno un poco. Anton, assistito dalla padrona della taverna, che gli faceva da infermiera, e che sembrava assai fiera di quel ruolo, si era messo a ricevere, usando una panca come lettino per i pazienti.

Shlomo e Natalja, seduti al fondo del locale, fumavano una sigaretta dietro l'altra. Lui aveva terminato le sue Lucky Strike e si serviva senza tante cerimonie delle Gauloises della donna, staccando il filtro prima di accendere. Le aveva preso già un quarto di pacchetto, ma Natalja non sembrava badarci. Erano altri i problemi. Si erano fermati con l'idea di sgranchirsi le gambe, mangiare un boccone, e ripartire subito, e invece erano impantanati in quel buco da più di due ore.

Anton era alle prese con una bambina, accompagnata dalla nonna. La vecchia aveva toccato ripetutamente la gola della nipotina, per spiegare al medico quale fosse il problema. Anton fece segno alla bimba di aprire la bocca e quella obbedì, giudiziosa. La padrona della taverna si affrettò a porgergli una torcia elettrica di produzione sovietica, alimentata da una dinamo che si attivava continuando a schiacciare una leva inserita nell'impugnatura. Shlomo sembrava l'unico a trovare quell'oggetto assurdamente vetusto. Il cigolio del marchingegno lo stava facendo impazzire. Lasciò cadere il mozzicone e lo spense rabbiosamente con il piede.

"Intendi continuare a giocare al dottor Schweitzer ancora per molto?", ringhiò all'indirizzo di Epstein, che gli dava le spalle.

Anton fece una risatina, senza smettere di esaminare le tonsille della sua piccola paziente.

"Te l'ha già detto ieri la compagna Yakovchenko: il tuo umorismo cinico è fuori luogo in un paese socialista."

"In questo caso", intervenne Natalja, spegnendo anche lei la sigaretta sul pavimento di terra battuta, "sono d'accordo con Libowitz. Andiamocene. Abbiamo già perso anche troppo tempo."

"Ho fatto il giuramento di Ippocrate", replicò Epstein sardonico, sempre chino sulla bambina.

"E io ho giurato di liquidare Lichtblau", sbottò Shlomo. "Se continuiamo così, finisce che ci muore di vecchiaia."

Epstein lo ignorò e fece capire alla bambina che poteva chiudere la bocca.

"Dovrebbe andare in ospedale. Va operata di tonsille", disse in inglese alla nonna, scandendo bene le parole. La vecchia però non sembrava capire.

"Ecco, appunto, deve andare in ospedale. Tu non puoi fare niente per lei in queste condizioni", s'intromise Shlomo. E afferrò Anton per un braccio.

La vecchia mandò un grido.

Shlomo si guardò attorno, in cerca di una soluzione.

"Pagala", ingiunse a Natalja.

"Cosa?"

"Dalle dei soldi, così potrà permettersi di andare in una città dove c'è l'ospedale."

Natalja non sapeva come reagire. Detestava l'idea di prendere ordini da quel vecchio sionista, però la proposta era sensata.

"E quanto le do?", chiese Natalja senza riuscire a celare il proprio smarrimento.

Shlomo non lo sapeva. Lanciò un'occhiata al sergente Casimiro Corral, che seguiva la scena tutto divertito, seduto a uno dei tavoli.

"Dieci dollari vanno bene?", gli chiese Libowitz.

Il militare fece di sì con la testa.

Shlomo spinse Anton verso la porta.

La vecchia cacciò un altro grido, richiamando l'attenzione dei compaesani fuori dalla locanda.

Natalja le mise in mano una banconota e la vecchia tacque.

Il terzetto, seguito dal sergente, uscì all'esterno. Furono subito circondati dalla folla, che reclamava il proprio diritto all'assistenza sanitaria. Parlavano, minacciavano, supplicavano, qualcuno allungava le dita per sfiorare Anton, quasi che con il semplice contatto potesse ottenere un effetto curativo.

"Altri soldi!", ordinò Shlomo.

L'agente Yakovchenko aprì il portafogli e si mise a lanciare qua e là banconote, cercando di pescare solo i tagli più piccoli. Fece volare di tutto. Dollari americani, marchi occidentali e orientali, lire italiane, persino un biglietto della metropolitana di Londra. La folla iniziò a dividersi. Qualcuno già si contendeva i soldi con il vicino. I quattro raggiunsero il fuoristrada, saltarono a bordo e il sergente mise in moto.

Dall'uscio della taverna, la padrona faceva cenni di saluto.

Anton, che sedeva nella parte posteriore del veicolo insieme a Shlomo, si alzò in piedi per ricambiare.

"Addio", urlò, per farsi udire sopra il frastuono della folla.

"Smettila, idiota", gli disse Natalja, che aveva preso posto davanti, accanto al sergente.

"Sei gelosa?", le chiese Anton con un sorriso strafottente.

Lei non rispose e si girò dall'altra parte.

La Dodge scattò brusca in avanti e Anton ricadde sul sedile.

"Be', i medici hanno sempre un forte ascendente sulle infermiere", commentò Shlomo con una pretesa di oggettività.

Anton e Shlomo scoppiarono a ridere, prima piano, poi sempre più forte. Il sergente non aveva capito, ma rideva anche lui. I due amici si fissarono negli occhi, ciascuno indovinando il pensiero dell'altro. Da che si conoscevano, era la prima volta che ridevano insieme.

67

Heilbronn, Germania, zona di occupazione americana, 2 ottobre 1945

Quelli dell'UNRRA preferivano usare l'espressione "centro di raccolta", perché ritenevano che "campo" potesse avere un'eco sinistra. Ma comunque lo si chiamasse, era quanto di più vicino a una casa Shlomo avesse avuto da quando era stato deportato dal suo villaggio, più di quattro anni prima. Ci era arrivato al termine di un lungo vagabondare, in buona parte solitario, attraverso le rovine del Terzo Reich. Il primo ad andarsene era stato Epstein. Shlomo e Zev avevano provato a convincerlo che tornare a Praga era insensato, ma alla stazione di Poznań quel saputello era saltato su un treno diretto a sud. Peggio per lui. Poi però era stato il turno di Zev. In Slesia si erano imbattuti in un gruppo di ebrei galiziani, originari di uno shtetl non molto distante da quello da cui veniva Zev. Erano sopravvissuti nascondendosi nei boschi, mangiando bacche e radici. Erano molto magri, ma vivi. Anche loro erano in cammino verso ovest. Volevano andare in America, dove qualcuno aveva dei parenti, o in Inghilterra, o forse addirittura in Australia. L'unica certezza era che intendevano raggiungere un porto francese sull'Atlantico. Shlomo e Zev camminarono insieme a loro per diversi giorni, condividendo il cibo e gli alloggi di fortuna. Nel gruppo c'era anche una donna nubile. Zev si convinse abbastanza in fretta. Forse per lui, che era più vecchio di Shlomo, e che prima della guerra aveva avuto moglie e figli, il fatto di formare di nuovo una famiglia era più importante della destinazione del viaggio. Ma c'era anche dell'altro. Se i tre superstiti del Kommando Gardenia si erano separati senza tante cerimonie nel giro di qualche settimana dalla liberazione, non era solo perché avevano aspirazioni differenti. Da subito, sin dal momento in cui il barone aveva sparato a quell'SS, tra loro tre c'era stato un silenzioso imbarazzo. L'imbarazzo di essere ancora vivi, proprio loro, mentre tutti gli altri erano morti. Quella fortuna rappresentava un mistero doloroso, una domanda ineludibile e senza risposta. Dividersi era stato un modo di sottrarsi a tale domanda. Shlomo aveva continuato a camminare, su strade ingombre di profughi, fame e disperazione. Dormiva dove capitava, rubava del cibo, quando poteva compiva piccoli o grandi atti di vendetta. Ma a poco a poco, l'eccitazione che aveva provato nei primi giorni era svanita. E anche il miraggio della Palestina era andato affievolendosi. Come avrebbe fatto ad arrivarci? Con quale nave? Con quale passaporto? Quando raggiunse Heilbronn era esausto, e non solo perché aveva attraversato a piedi tutta la Germania da est a ovest.

Lì, quantomeno, aveva ricevuto dei vestiti nuovi, faceva pasti regolari, e disponeva di un alloggio, anche se si trattava solo di una tenda dove dormiva insieme ad altri tre. Nonostante questi evidenti miglioramenti, viveva in un limbo. La guerra era finita, ma la pace non era cominciata. La pace la firmano gli Stati. A quale Stato apparteneva Shlomo Libowitz? Tecnicamente, era un cittadino polacco, ma laggiù non c'era più niente per lui. E più passava il tempo e più sentiva raccontare storie raccapriccianti sulle nuove violenze che gli ebrei subivano in quel paese. Ed era così anche in Ungheria. Gli ebrei ritornavano nelle città e nei villaggi dove erano nati e venivano insultati, picchiati, oppure non riuscivano a recuperare le proprietà che gli erano state sottratte durante la prigionia. Era paradossale, ma ora, per gli ebrei, la Germania era di certo un luogo più sicuro della Polonia o di qualunque altra nazione dell'Europa orientale.

Shlomo si accese un mozzicone di sigaretta pescato dal posacenere sotto la branda, tirò con gusto, poi si alzò e si vestì. Il sole era alto nel cielo e gli altri erano già al lavoro. Uno faceva il calzolaio nel risuolificio del campo. Il secondo insegnava matematica nella scuola per i figli dei profughi. Il terzo era meccanico in un'officina nei dintorni. Shlomo invece non aveva un'occupazione, nonostante i predicozzi degli uomini dell'UNRRA, bravi protestanti americani, molto ben intenzionati, ma noiosissimi. Shlomo uscì fuori e subito s'imbatté in un ucraino. Si scambiarono un'occhiata carica di diffidenza e ciascuno se ne andò per la sua strada. Nel campo erano presenti una quindicina di nazionalità diverse, dal Baltico al Danubio, e spesso la convivenza era difficile, soprattutto con quelli – come gli ucraini e i lettoni – che avevano dimostrato un vero entusiasmo nel collaborare con i tedeschi. Shlomo si fermò a chiacchierare con un rumeno intento a spidocchiare una bambina. Ottenne una sigaretta da un funzionario dell'UNRRA, un quacchero che in cambio del tabacco gli inflisse un'estenuante lezioncina su Gesù. E si trovò a bighellonare davanti all'ingresso del centro di raccolta proprio mentre varcava il portone la creatura più straordinaria che Shlomo avesse mai visto in vita sua.

Era un ebreo, ma aveva il passo sicuro di una stirpe guerriera. Era un ebreo, ma indossava un'uniforme. E su quell'uniforme c'era una mostrina bianca e azzurra, con in mezzo una stella a sei punte, la bandiera del focolare nazionale ebraico, qualcosa di cui non si era più parlato dalla distruzione del Secondo Tempio, nel 70 d.C. Era un ebreo, ma il suo yiddish era stentato, la sua lingua madre l'ebraico, un idioma che negli ultimi duemila anni era andato spegnendosi e che ora rinasceva, in Palestina. Ed era là, a Eretz Israel, che l'ebreo con la divisa voleva condurre gli ebrei senza divisa. Ma andarci non era semplice, spiegò l'ufficiale, e non solo perché l'Impero britannico – che intendeva tenersi buoni gli arabi – non voleva che ci andassero. In Palestina si poteva arrivare anche senza visto, sgusciando tra i controlli della Marina di Sua Maestà, che pattugliava il Mediterraneo e spediva a Cipro tutti gli ebrei su cui riusciva a mettere le mani. In molti avevano già raggiunto Eretz Israel, e molti di più sarebbero arrivati nei prossimi mesi e anni. Ma bisognava essere preparati, perché la vita in Palestina era dura, una vita da pionieri, una vita di vanga e fucile. Per questo, il movimento stava allestendo dei campi speciali. *Hakhsharot* era la parola. Lì, istruttori venuti da Eretz Israel avrebbero insegnato ai futuri cittadini dello Stato ebraico tutto ciò di cui avevano bisogno, dalla nuova lingua a come centrare un bersaglio in movimento con una carabina.

"Ne stiamo organizzando uno proprio qui vicino. A chi è che interessa?", chiese stentoreo Nahum Goldstein alla piccola folla radunata attorno alla jeep. L'oratore era in piedi sul sedile posteriore della macchina. Mentre parlava, una donna di una ventina d'anni passava tra i presenti a prendere i nomi. Lei non era in uniforme, ma aveva lo stesso il piglio marziale del compagno. Shlomo fu colpito dalla serietà del suo sguardo, che confliggeva con la dolcezza del viso.

"Ci vengo io", disse Shlomo a mezza bocca, guardandosi la punta delle scarpe.

68

Cordillera de Amerrisque, Nicaragua settentrionale, 26 luglio 1982

Trovare il 5° Batallón de lucha irregular dell'esercito popolare sandinista si rivelò un'impresa più ardua del previsto. L'appuntamento concordato via radio, al momento della partenza del gruppo dell'agente Yakovchenko da Managua, era saltato perché il battaglione aveva dovuto muoversi all'improvviso, nella speranza, vana come in tutte le occasioni precedenti, di intercettare la banda di Huberman, la cui presenza era stata segnalata in una valle poco lontano. Il 5° si era spostato, ma non aveva avuto modo di informarli, perché la Dodge non era dotata di ricetrasmittente. "Organizzazione sovietica", aveva ridacchiato Shlomo a voce bassa, ma non così bassa da non farsi sentire da Natalja.

Il comandate del 5° battaglione, però, aveva lasciato il suo attendente sul luogo convenuto per l'incontro. Nestor aveva spiegato l'accaduto; gli avevano fatto posto nella macchina, e li aveva guidati lungo una stradina piena di curve e di buche, che si inerpicava su per la montagna. A un certo punto, però, la Dodge non era stata più in grado di proseguire, perché una frana si era portata via un tratto di strada. Corral era tornato indietro con l'auto, mentre gli altri avevano proseguito a piedi. "Impeccabile pianificazione socialista", era stato il commento di Shlomo. Questa volta l'agente Yakovchenko non si era trattenuta. Lo aveva coperto di improperi e minacciato di gettarlo nel burrone.

Shlomo si era lasciato insultare, impassibile. Non aveva voglia di litigare, e poi magari diceva sul serio. Era del KGB. Forse aveva davvero il coraggio di farlo volare giù per il dirupo. Nel caso ci avesse provato, Shlomo avrebbe potuto vedersela brutta, perché di certo il ragazzino sarebbe stato dalla parte della compagna venuta da Mosca, ed Epstein difficilmente si sarebbe schierato contro la sua amante. Shlomo ridacchiò tra sé e desiderò una sigaretta. Per come si erano messe le cose, di scroccare una Gauloises proprio non se ne parlava.

Si misero in cammino, zaino in spalla, e ogni conversazione o polemica fu spenta dalla pioggia che li accompagnò inclemente fino all'imbrunire. Bagnati e digiuni, si sistemarono sotto un grande albero e cercarono di dormire, cosa che riuscì pienamente solo a Nestor. Gli altri tre trascorsero la notte in bilico tra sonno e veglia, con i sensi che si destavano di continuo a causa dell'umidità e degli animali, i cui versi risuonarono tra le fronde scure per tutta la notte. Appena ci fu luce per muoversi, sfatti, si alzarono e partirono in fila indiana dietro a Nestor. Nessuno disse una parola finché non arrivarono al campo del 5° battaglione. Era ancora presto. Gli uomini si erano levati da poco. Gli ordini di sergenti e caporali echeggiavano nell'aria. Nestor li guidò tra i bivacchi fino alla tenda del comandante.

Il quartier generale di Managua aveva comunicato che avrebbero mandato dei rinforzi. Quando li vide sbucare dalla giungla, Peter Jennings pensò che la rivoluzione nicaraguense fosse messa davvero male, se per rinforzi si intendevano due vecchi e una culona.

Anton Epstein si era aspettato qualcuno di completamente diverso. La sua idea di consigliere militare sovietico era un colonnello di mezz'età sovrappeso e con gli occhi appannati dalla vodka. E invece si trovava di fronte a un uomo giovane, tra i trentacinque e i quarant'anni, longilineo, e un paio di baffi biondi che davano al suo volto un'aria simpaticamente insolente.

"Il maggiore Peter Jennings", disse Nestor indicando il suo comandante ai tre stranieri. Nel tono serio del ragazzo, si intuiva tutto l'orgoglio per la posizione che ricopriva nella gerarchia del 5° Batallón de lucha irregular, e insieme la venerazione che nutriva per quell'uomo.

Jennings era a torso nudo. Aveva un torace ampio e glabro. La carnagione anglosassone, ostinatamente pallida nonostante il sole dei tropici. Si stava radendo davanti a uno specchio appeso a un ramo. Sciacquava il rasoio in una bacinella smaltata su un tavolino da campo. Ad Anton ricordò un eroe di Conrad, un novello Lord Jim venuto in quella foresta primeva a combattere una guerra altrui, come sfida a se stesso e al mondo.

Alle spalle del maggiore Jennings c'era la sua tenda. E dentro la tenda c'era una donna. Aveva al massimo venticinque anni, il naso aquilino dei Maya, e una lunga chioma corvina che, con un gesto svelto e sicuro, raccolse in una coda, per fermarla con un elastico e lasciarla ricadere morbida sul verde della divisa. La ragazza si legò al collo il fazzoletto rosso e nero con l'acronimo del Fronte Sandinista di Liberazione Nazionale e uscì dalla tenda. Shlomo la trovò bella, bella come era stata Rivka alla sua età. Lei abbozzò un sorriso all'indirizzo dei nuovi venuti e si avviò verso la cucina del campo. Il vento diffondeva nella radura un penetrante aroma di caffè che mise Shlomo di buon umore, facendogli quasi dimenticare le fatiche della marcia nella giungla e la notte senza sonno.

Natalja seguì con lo sguardo la ragazza sgusciata fuori dalla tenda del maggiore. Si domandò se la rilassatezza che evidentemente regnava tra i ranghi del 5° Battaglione dipendesse dall'indole del suo comandante, oppure fosse dovuta allo scarso rigore ideologico dei sandinisti. Forse era un prodotto di entrambe le cose. In ogni modo, quale che ne fosse l'origine, quell'andazzo a metà strada tra l'assemblea studentesca e la Comune di Parigi richiedeva una relazione alla centrale del KGB di Managua. Ma in quanto a rilassatezza dei costumi, Natalja Yakovchenko era consapevole di non essere esente da critiche. E poi non era arrivata fin lì per scrivere rapporti. Decise di dare una possibilità al maggiore Jennings. Forse, sotto quell'aria fastidiosa da avventuriero bohémien, si celava un combattente capace.

Peter Jennings li salutò con un cenno del capo, uno dopo l'altro, a mano a mano che Nestor glieli presentava. Gli parvero un terzetto piuttosto male assortito. E neppure individualmente si presentavano bene, soprattutto la donna, che lo fissava torva da sotto i capelli giallo paglia. Perché gli avevano mandato quei tre?

Natalja colse la perplessità negli occhi dell'inglese.
"Noi sappiamo dove si trova il covo di Huberman", disse.
Il volto di Peter Jennings si aprì in un sorriso cordiale e ironico.
"Siete i benvenuti. Prego, fate colazione insieme a noi."

69

Oberursel, Germania, zona di occupazione americana, 23 gennaio 1946

La stanza era priva di finestre e puzzava di fumo. Tra quelle quattro mura di cemento armato, completamente spoglie, c'erano soltanto due sedie, un tavolo e un posacenere. Un inserviente lo aveva svuotato dei mozziconi, ma sul fondo di vetro azzurro erano rimasti spessi baffi grigiastri. Il colonnello Siegel allungò le gambe sotto il tavolo, sbadigliando rumorosamente. Tolse gli occhiali con la montatura di metallo e si passò una mano sul viso, come se quel gesto potesse aiutarlo a scacciare la stanchezza. Era chiuso lì dentro da dieci ore. A volte aveva l'impressione di non essere in una condizione molto diversa da quella degli uomini che interrogava. Prese la lista.

"Un altro e basta!", gridò, perché il piantone oltre la spessa porta di metallo potesse sentirlo.

Il soldato si affacciò nella stanza.

"Chi vuole, colonnello?", chiese.

Siegel scorse i nomi di coloro che gli restavano da esaminare.

"Lichtblau. Portami Herr Obersturmbannführer Hans Lichtblau", rispose con un secondo sbadiglio. "E anche una tazza di caffè", aggiunse.

Il caffè arrivò subito. Niente zucchero, un cucchiaino di panna. Ormai in cucina sapevano come gli piaceva. Sul vassoio c'era anche un sandwich al prosciutto. "Ottima idea", pensò il colonnello, e lo fece sparire in un paio di bocconi. Lo spazio lasciato all'iniziativa personale era un motivo di vanto delle forze armate dello zio Sam. Nell'esercito del Terzo Reich, a nessuno sarebbe mai venuto in mente di preparare un tramezzino non richiesto. Il colonnello ringraziò la sua buona stella per essere finito nell'esercito giusto, quello che aveva vinto la guerra e disponeva di tonnellate di tramezzini al prosciutto. Bevve un sorso di caffè. Sarebbe bastato che suo padre non fosse emigrato da Francoforte, alla fine del secolo precedente, e in quel momento Robert Siegel si sarebbe trovato dall'altra parte del tavolo. Oppure sepolto in una fossa comune nella steppa. Questa volta i crucchi l'avevano veramente fatta fuori dal vaso. Eppure, un po' sentiva di appartenere a quel popolo, di cui ammirava il rigore e la cultura. Se era stato assegnato alla Joint Intelligence Objectives Agency, diventando presto uno dei suoi migliori segugi, era proprio perché conosceva quella gente e parlava la loro lingua.

Tornò a portarsi la tazza alle labbra, dopo di che pescò il dossier di Lichtblau dalla grossa borsa di pelle appoggiata alla gamba del tavolo. Un gruppo di partigiani italiani lo aveva fermato a Bolzano il 12 maggio 1945. La relazione diceva che aveva con sé un passaporto svizzero, che però non era stato incluso nell'incartamento. In ogni caso, era risultato falso. Era per quello che lo avevano arrestato. Si trattava di partigiani dei GAP. Siegel immaginò che si dovessero intendere di documenti contraffatti, dopo due anni di spietata lotta clandestina in città. Aveva conosciuto qualche gappista, nell'inverno del 1944, quando si era trovato a operare dietro le linee tedesche, tra Padova e Vicenza. Erano in gamba. Un po' troppo a sinistra per i suoi gusti, ma le loro competenze in fatto di guerra non convenzionale erano indiscutibili. I partigiani avevano consegnato Lichtblau alla polizia militare britannica, che lo aveva messo in prigione in Austria, insieme a un mucchio di altri sospetti nazisti. Gli indizi c'erano tutti: il passaporto falso, la cicatrice sul sopracciglio, le mostrine strappate da giacca e cappotto, l'aria da razza superiore. Però gli inglesi pensavano che fosse solo uno dei tanti ufficiali delle SS. Non avevano capito che si trattava di un illustre membro dell'Ahnenerbe. In dicembre, Siegel aveva visitato la prigione. Lui e i suoi colleghi setacciavano i centri di detenzione allestiti dagli Alleati sul suolo del defunto Terzo Reich. Non era stato difficile indentificare Lichtblau. Era nato e cresciuto sul suolo degli Stati Uniti. L'agenzia disponeva di parecchie fotografie, anche se un po' datate. Siegel lo aveva riconosciuto grazie a una pagina dell'annuario scolastico. Erano trascorsi quasi vent'anni, ma Hans Lichtblau non era cambiato molto da quando era stato un allievo della Lincoln Park High School di Chicago. Il nazismo manteneva giovani. Siegel aveva subito chiesto che venisse trasferito a Oberursel. Gli inglesi avevano fatto un po' di storie, ma alla fine si erano arresi.

Durante la guerra, a Oberursel quelli della Luftwaffe interrogavano i piloti nemici catturati. Gli americani avevano requisito l'edificio e ne stavano facendo il loro principale centro di intelligence in Europa. Era lì che Siegel e i suoi colleghi vagliavano i candidati. L'operazione aveva preso il via già prima della fine del conflitto. A mano a mano che le forze anglo-americane si addentravano nel Reich, bisognava localizzare le strutture di ricerca naziste, smontarle e spedire tutto negli Stati Uniti. Il primo, grande, ritrovamento era avvenuto il 13 aprile del 1945, in Turingia, quando un battaglione della 1ª Divisione di fanteria, ai margini di una cittadina qualunque, aveva scoperto un laboratorio aeronautico. C'erano apparecchi a reazione, carburante per razzi V-2, e un'avanzatissima galleria del vento. E c'era anche il direttore del laboratorio, il dottor Adolf Busemann, uno dei massimi esperti mondiali nel campo dell'aerodinamica. La caccia era cominciata. I primi scienziati della Luftwaffe pescati dagli agenti americani erano stati chiusi in un albergo della città termale di Bad Kissingen. Per tenerli buoni, li avevano riempiti di cibo, alcol e sigarette.

Siegel non era entusiasta del fatto che lo zio Sam imbarcasse tutti quei nazisti. Però, come dicevano i nazi, gli ordini sono ordini. E poi, se non se li arruolavano loro, c'era il rischio che se li prendessero i russi. Non si poteva lasciare il meglio della ricerca militare tedesca in mano a Stalin. Ma i rossi non erano i soli concorrenti degli uomini della Joint Intelligence Objectives Agency. Siegel e i suoi colleghi percorrevano l'Europa centrale in lungo e in largo in cerca degli scienziati di Hitler. Contemporaneamente, altri uomini dell'intelligence americana battevano le stesse piste in cerca di criminali. Spesso si trattava delle stesse persone, e l'esito era piuttosto imprevedibile. Con il medesimo curriculum si poteva finire sul patibolo, oppure in un elegante appartamento di Manhattan. Al momento, negli Stati Uniti c'erano centosessanta scienziati nazisti, e altri ne sarebbero arrivati.

La porta si aprì e il piantone lasciò entrare Lichtblau.

Siegel gli fece segno di sedersi e il prigioniero si accomodò.

"Sigaretta?"

Era la formula di rito.

Il tedesco sfilò una Camel dal pacchetto sul tavolo. Siegel fece scattare lo Zippo e gli avvicinò la fiamma.

"Sapeva che è copiato da un accendino austriaco?", chiese Lichtblau accennando allo Zippo.

Siegel lo sapeva. Lichtblau era il terzo scienziato nazista che gli spiegava che chi aveva disegnato lo Zippo si era ispirato a un modello della ditta IMCO di Vienna. I crucchi volevano sempre dimostrarti di essere più avanti. Ma se erano così avanti, com'è che avevano perso la guerra?

Siegel buttò giù un sorso di caffè.

"Ne vuole anche lei?", chiese.

Lichtblau rifiutò.

Il colonnello Siegel era sorpreso dall'evasività dell'interlocutore. Di solito non stavano nella pelle dal desiderio di esibire la loro mercanzia. Qualche volta non era neppure necessario andare a cercarli. Si consegnavano spontaneamente, come Werner von Braun, una vera prima donna. Non si era neanche preso la briga di fingere un po' di rimorso. Si era presentato insieme al suo sodale Dornberger. Avevano detto di essere venuti a mettere il loro bambino nelle mani giuste. Nel complesso industriale sotterraneo di Nordhausen, dove venivano costruiti i V-2, l'equipe di von Braun impiegava operai schiavi prelevati dal Lager di Mittelbau-Dora. Le condizioni di lavoro erano spaventose. Là sotto erano morti a migliaia. Von Braun abitava a qualche chilometro dal complesso, in una villa confiscata anni prima a una ricca famiglia ebrea. Siegel pensava che si sarebbe dovuto prendere quel bastardo e impiccarlo senza tante cerimonie. Ma era stata la mente più brillante del programma missilistico tedesco.

"Va bene", disse il colonnello, intenzionato a chiudere in fretta la pratica e andarsene a dormire. "Che cos'ha da vendermi?"

Lichtblau gli raccontò una storia lunga e articolata, a tratti oscura. Siegel era laureato in Ingegneria. La sua specialità erano i colloqui con i progettisti dell'industria aeronautica. Era in dubbio. La storia di Lichtblau poteva apparirgli oscura per la semplice ragione che non sapeva un gran che di chimica vegetale. Oppure il crucco cercava deliberatamente di omettere delle informazioni. Dopo mesi trascorsi a interrogare scienziati nazisti al fine di vagliarne intenzioni e credibilità, Siegel si era reso conto che erano dei bugiardi patologici. Mentivano come respiravano. Mentivano agli altri e a se stessi. Von Braun aveva dichiarato di non aver mai saputo che nelle gallerie di Nordhausen i suoi operai crepavano per la fame e il troppo lavoro. Lichtblau forse non mentiva, ma certo poteva tralasciare qualche dettaglio importante. Forse voleva tenere alcune delle sue conoscenze per sé, per venderle più avanti, magari a un altro acquirente. Forse. Però, nel complesso, l'Obersturmbannführer sembrava un candidato piuttosto solido per il programma. Siegel rilesse le due pagine di appunti che aveva preso durante il racconto di Lichtblau.

"Devo parlare con i miei superiori", disse infine il colonnello, "ma credo che si possa fare."

Lichtblau parve soddisfatto.

"Quali sono i tempi?", chiese.

Siegel si strinse nelle spalle.

"Dipende. In ogni caso, potrebbero metterla a lavorare subito, in uno dei laboratori che stiamo allestendo qui in Europa, mentre aspetta il rilascio del visto."

"Visto?", domandò Lichtblau con un misto di stupore e disprezzo. "Io sono cittadino americano."

Siegel lo fissò dritto negli occhi.

"Lei *era* cittadino americano. Ha restituito il suo passaporto al consolato di Berlino il 12 settembre del 1938, una settimana prima di entrare nel corpo delle SS", ribatté Siegel leggendo dal dossier aperto sul tavolo.

Lichtblau non rispose. Reggeva lo sguardo del colonnello con assoluta indifferenza, come se ciò che aveva detto non lo riguardasse.

"E buon per lei", aggiunse Siegel. "Se non avesse rinunciato alla cittadinanza, ora l'FBI sarebbe tenuto a perseguirla per tradimento."

Lichtblau prese un'altra sigaretta dal pacchetto, senza domandare il permesso.

"Lei di dov'è, colonnello?", chiese in tedesco. Fino a quel momento, la conversazione si era svolta largamente in inglese. Ma se il governo americano ci teneva a sottolineare che lui era in tutto e per tutto un tedesco, allora che si sforzassero di parlargli nella sua lingua.

"Sono di Chicago."

Il volto di Lichtblau assunse un'espressione di filosofico distacco rispetto ai rovesci e alle bizzarrie della vita.

"Tanta strada per farmi beccare da un mangiacrauti del North Side come me."

"Veramente sono cresciuto a Taylor Street. Mia madre era italiana", replicò Siegel.

"Ah, l'Asse Roma-Berlino."

In un'altra occasione, per cortesia, Robert Siegel avrebbe almeno accennato un sorriso a quella battuta idiota. Ma era stanco, e restò impassibile. Ripose il dossier di Lichtblau nella borsa e il pacchetto di Camel nella tasca della giacca, insieme allo Zippo.

"Ci rivedremo tra un paio di giorni", disse alzandosi in piedi. E se ne andò in albergo.

70

Cordillera de Amerrisque, Nicaragua settentrionale, 26 luglio 1982

Prima di partire da Managua, il quartier generale dell'esercito popolare sandinista li aveva omaggiati di uno zaino a testa, con dentro una mimetica stinta di produzione cubana, un poncho impermeabile, un berretto e un paio di anfibi. Avevano fatto tutto il viaggio in abiti civili, ma una volta raggiunto il battaglione si erano cambiati. Sulle prime, Anton si era rifiutato, ma quando gli era stato fatto notare che la sua camicia bianca avrebbe rappresentato un bersaglio perfetto per gli uomini di Huberman, aveva capitolato. In quella tenuta Shlomo si sentiva abbastanza a suo agio, mentre era evidente che Anton ci si trovava malissimo. Si aggirava infelice per l'accampamento. Più che un soldato, sembrava un carcerato durante l'ora d'aria. Natalja Yakovchenko invece era nata per portare la divisa. Più Libowitz la guardava, e più pensava che le donasse. Ma forse, si disse, era soltanto la sua fissazione, tutta israeliana, per le donne in uniforme.

Di fronte alla tenda di Jennings, il comandate del 5° Batallón de lucha irregular e i suoi ufficiali erano a consiglio. Erano seduti per terra, in cerchio, e in mezzo c'era una grande cartina militare della zona, insieme al materiale che Shlomo aveva consegnato a Jennings. Il pezzo forte era ovviamente rappresentato dalla mappa dove era segnato il luogo in cui si trovava il rifugio di Huberman, ma c'era anche una fotografia della fortezza. L'immagine non era molto nitida, e si vedeva solo una sezione della struttura, un bastione parzialmente coperto di vegetazione, però bastava a far intuire che le mura erano spesse.

Shlomo si rilassò contro il tronco dell'albero sotto il quale era seduto. Per una volta, non era lui a dover elaborare il piano e prendere le decisioni. Bevve un sorso del rum che gli aveva portato Nestor alla fine del pranzo. Jennings doveva avergli ordinato di occuparsi degli ospiti. E il ragazzo aveva obbedito con grande scrupolo. Il pasto era consistito nel solito piatto di fagioli, e per di più nella declinazione sbobba militare. Però il rum era buono. Shlomo prese il sigaro che gli aveva regalato uno degli uomini, una recluta che aveva aiutato a riempire i nastri della mitragliatrice, un tracciante ogni nove proiettili. Staccò il fondo del *purito* con un morso, accese, e si mise a tirare di gusto. La guerra insieme ai sandinisti non gli dispiaceva affatto.

I comandanti di compagnia erano cinque. Carla era l'unica donna. Lei guidava la I Compagnia, ed era il vicecomandante del battaglione. Lo era da prima che arrivasse Peter Jennings. Era entrata nel movimento a quindici anni. Si era fatta la guerriglia, e pure sei mesi di prigione somozista. Sulla schiena Carla portava ancora i segni di quell'esperienza. Tra gli effettivi del 5°, Jennings era l'unico a saperlo.

"Sono mura spesse almeno tre metri", stava dicendo Oscar, della III Compagnia. "I nostri mortai non riusciranno nemmeno a scalfirle. Chiediamo l'appoggio aereo. Due elicotteri d'assalto ci spianerebbero la strada."

Carla scrollò la testa.

"Troppa confusione", disse. "Già in Honduras non ci dovremmo andare. Se ci portiamo dietro pure gli elicotteri, sai che vespaio solleviamo? Managua non ci darà mai l'autorizzazione."

"Ma se è Managua che ci ha chiesto di accompagnare quei tre a prendere Huberman?", ribatté Oscar.

"Appunto", rispose Carla. "La compagna Yakovchenko è qui per il laboratorio di Huberman, che non sappiamo in che parte della fortezza si trovi. Se cominciamo a sparare razzi a casaccio, rischiamo di far saltare tutto e la lasciamo con un pugno di mosche."

L'osservazione di Carla era inconfutabile. Jennings e gli altri ufficiali tacevano. L'inglese ruminava tra i denti il sigaro spento. La faccenda della droga sintetica di cui gli aveva raccontato l'agente del KGB era un po' bizzarra, ma certo spiegava molte cose. In ogni modo, a parte il problema del laboratorio, gli elicotteri non glieli avrebbero dati. Era come diceva Carla. Managua non poteva permettersi un intervento troppo pesante in territorio honduregno. Si rischiava un'escalation del conflitto. E non ce n'era bisogno. I Contras non rappresentavano una minaccia reale. Non avevano alcuna credibilità presso la popolazione, erano pochi, e per di più divisi in fazioni in lotta tra loro.

"Potremmo usare questa pista d'atterraggio qui", intervenne Lucio, il comandante della IV Compagnia. Indicava un punto sulla cartina fornita da Libowitz. "Facciamo arrivare dei cannoni con un elicottero da trasporto."

Jennings lo guardò allibito. Lucio era un combattente coraggioso ed esperto, e un compagno serio, dedito alla causa, però era un po' ottuso.

"Ma scusa", gli disse sforzandosi di essere gentile, "se abbiamo detto che non ci permettono di usare gli elicotteri da combattimento, perché dovremmo avere quelli da trasporto?"

Lucio abbassò lo sguardo, imbarazzato. Gli altri ufficiali ridacchiarono. Carla non ebbe pietà.

"E poi i cannoni come li porti fino alla fortezza?", domandò a Lucio. "Stando alla piantina, dal campo di volo saranno almeno dieci chilometri."

Lucio si seppellì sotto la visiera del berretto.

"Faremo così", disse Jennings.

Gli occhi di tutti si posarono su di lui.

"Se le informazioni di Libowitz sono esatte, Huberman non ha più di un centinaio di uomini. Dunque, saremo in una superiorità schiacciante. Attaccheremo all'imbrunire. Faremo un'azione diversiva coi mortai qui." Puntò il dito sul lato nord della fortezza. "Intanto, una squadra farà saltare il portone." Il dito si spostò sul lato sud. "La squadra la guiderà Lucio, che tra tutti, ha più esperienza di esplosivi."

Lucio fece di sì con la testa, pieno di gratitudine.

"Domande?", chiese l'inglese.

Non c'erano domande.

"Il battaglione muoverà all'alba", comunicò Jennings, e sciolse la riunione.

Da sotto l'albero, Shlomo aveva seguito lo svolgimento del vertice. Non era abbastanza vicino da sentirli. E anche se avesse potuto, non avrebbe capito molto. Il suo spagnolo, appreso durante un paio di operazioni condotte tra Argentina e Paraguay, era piuttosto elementare. Andava bene per scambiare quattro chiacchiere con Nestor, non per star dietro a una conversazione fitta. Ma anche senza sonoro, gli equilibri interni al gruppo di comando del 5° Batallón de lucha irregular erano piuttosto semplici da leggere. Jennings era chiaramente un capo carismatico, la cui opinione veniva messa in discussione di rado. Però l'inglese non dava l'idea di essersi montato la testa. Manteneva un certo distacco rispetto al proprio ruolo e all'aura che lo circondava. L'agente Yakovchenko aveva ragione. Peter Jennings non era un mercenario. Era un incrocio tra un avventuriero e un rivoluzionario di professione. A Shlomo ricordava certi volontari che aveva conosciuto nel 1948, durante la Guerra d'indipendenza. Erano venuti a combattere in Palestina da tutto il mondo. Marines americani, partigiani francesi e italiani, piloti della RAF. Erano venuti perché credevano nella causa di Israele, e alcuni non erano neppure ebrei. Ma forse erano venuti anche perché per loro combattere era diventata un'abitudine. Dopo anni trascorsi sui campi di battaglia, non potevano immaginare un altro modo di esistere. Avevano i modi asciutti dei professionisti, e negli occhi lo sguardo sornione del giocatore d'azzardo. Proprio come il maggiore Jennings.

71

Heilbronn, Germania, zona di occupazione americana, 7 agosto 1946

Erano sgattaiolati fuori nel buio e avevano percorso le strade deserte della città. Erano stati fortunati. Nessuno li aveva visti infilarsi nel campo dell'UNRRA. Inoltre, la giornata era stata molto calda. L'ucraino era davanti alla sua tenda che fumava e si godeva il fresco della notte. Li aveva notati arrivare, ma non si era allarmato. Perché avrebbe dovuto? Erano solo tre ragazzi.

Appena gli furono vicini, quello più alto tirò fuori un revolver.

"Seguici, o ti ammazzo come un cane", disse.

L'ucraino obbedì senza un fiato.

Shlomo e i suoi due compagni avevano studiato il piano in ogni dettaglio. Lo avrebbero portato alla fabbrica di guanti vicino al ponte sul Neckar. Era andata a fuoco durante un bombardamento. Di lì non passava mai nessuno. Lo avrebbero giustiziato e poi sepolto tra le rovine. Nel cortile interno era pronta la fossa. Mancava solo il cadavere.

Ma in ogni piano c'è una falla. L'ucraino era grosso e veloce, come un pugile. Quando si addentrarono tra i ruderi dello stabilimento, a un certo punto quello si voltò di scatto e colpì Shlomo in piena faccia, mandandolo al tappeto. Aveva ancora la pistola, ma l'ucraino gli saltò addosso. Gli piantò un ginocchio sullo sterno. Era così pesante che Shlomo non riusciva quasi a respirare.

Contemporaneamente, l'aggressore gli immobilizzò il polso. La sua stretta era fortissima. Shlomo cercava di resistere, ma sentiva che poco a poco le dita attorno al calcio del revolver si aprivano.

Mordechai balzò sulla schiena dell'uomo, tentando di strapparlo via da Shlomo. All'ucraino bastò la sola mano destra per far volare un ragazzino che pesava a malapena quaranta chili. Mordechai finì contro una trave annerita dal fumo che giaceva a terra un paio di metri più in là. Yossi, invece, era così spaventato che neanche provò a intervenire. Senza staccare gli occhi da Shlomo e dall'ucraino che lottavano, retrocedette fino al muro, e vi si appiattì contro, quasi sperasse che i mattoni si aprissero e lui potesse scomparire nella parete.

Dopo essersi liberato di Mordechai, l'ucraino tornò a colpire Shlomo in faccia. Una, due, tre volte. Shlomo lasciò andare il revolver. L'ucraino fece per raccoglierlo.

"Stai fermo!"

L'ucraino si girò.

Rivka Berkovits gli puntava contro una 9 mm silenziata.

D'istinto, l'uomo decise che quella maestrina non faceva sul serio. Ne aveva fatti fuori tanti di giudei. Urlavano, piangevano, ma non avevano mai il fegato di battersi. Allungò la mano verso il revolver che giaceva nella polvere.

Dalla Beretta di Rivka uscì un soffio. L'ucraino lanciò un grido e ritirò la mano con uno scatto. Se la portò al petto e l'esaminò. Il proiettile lo aveva preso di striscio, sul dorso. Niente di grave. In guerra gli era accaduto ben di peggio. Cercò comunque di tamponare la ferita con l'altra mano.

"Sta' fermo", ripeté Rivka.

L'uomo fece di sì con la testa e rimase in ginocchio.

Shlomo e Mordechai si erano rialzati. Il primo era malconcio. Un sopracciglio era spaccato e il naso stava diventando viola.

Rivka fece un giro largo attorno all'ucraino, raccolse il revolver e se l'infilò nei pantaloni, dietro la schiena.

"Come ci hai trovati?", le chiese Shlomo.

"Talia è venuta a raccontarmi tutto."

"Quella cretina", disse Mordechai.

Rivka gli lanciò un'occhiataccia.

"I cretini siete voi tre. Che cosa pensavate di fare?"

"Giustizia!", sentenziò Shlomo.

"Giustizia!", gli diede manforte Mordechai. "Questo porco era una delle guardie di Majdanek. Yossi l'ha riconosciuto."

Rivka spostò gli occhi sul più piccolo dei tre, che non si era mosso dal suo angolo.

"Sei sicuro?", gli chiese.

"Sì", rispose Yossi in un filo di voce. "L'altra settimana, al campo da calcio dell'UNRRA. Quando siamo andati a vedere la partita. Era lì, in mezzo al pubblico. A Majdanek ci sono stato sei mesi. Sono sicuro."

Lo sguardo di Rivka tornò sull'ucraino.

"Eri con gli Hiwis?"

L'uomo non rispose.

"Eri con gli Hiwis?", chiese di nuovo Rivka e questa volta distese il braccio, puntandogli la pistola dritto in fronte.

"Sì, ma è stato prima. C'era la guerra", si giustificò l'uomo nel suo rozzo tedesco da ascaro.

"Ammazziamolo!", urlò Mordechai.

Si avvicinò a Rivka e cercò di sfilarle il revolver dalla cintura.

Lei gli tirò un manrovescio. Mordechai accennò un secondo assalto, ma a Rivka bastò alzare la mano per fermarlo.

L'ucraino scoppiò in una risata fragorosa.

Rivka lo guardò. La stanza era illuminata a sprazzi dalla luce della luna che filtrava attraverso il tetto semidistrutto. Rivka non riusciva a distinguere bene i tratti dell'uomo. Invece poteva sentirne distintamente il puzzo di sudore che cresceva. Nonostante le pose da spaccone, l'ex guardia del campo di sterminio di Majdanek aveva paura.

"Adesso mammina vi mette in castigo, piccoli ebrei", disse l'ucraino, e rise di nuovo.

Un furore cieco, arcaico, si impadronì di Rivka. Scrutò nel buio in cerca degli occhi dell'ucraino. Una parte di lei sperava di trovarli. Sapeva che se l'avesse guardato negli occhi, non avrebbe avuto il coraggio di sparare. L'altra parte di sé fu contenta che le nuvole avessero velato la luna. Nell'oscurità, tornò a echeggiare la voce rauca dell'ucraino. Rivka non gli diede il tempo di finire la frase.

I tre ragazzi la fissavano in silenzio.

"Se sgarrate un'altra volta, vi butto fuori dall'*hakhshara*, e in Palestina ci andate a piedi", disse Rivka. "Non siete cani sciolti. Siete militanti sionisti, e dovete seguire le direttive. Se scovate un nazista, venite a dirlo a me oppure a Nahum. È chiaro?"

"È chiaro", rispose Shlomo.

"Avanti, seppelliamolo", ordinò Rivka.

Gettarono il corpo nella fossa che avevano scavato il giorno precedente, e lo ricoprirono con mattoni e tegole presi tra le macerie.

Quando ebbero finito, Shlomo tornò nella stanza dove era stato giustiziato l'ucraino. Rivka gli andò dietro. Lo osservò frugare nella polvere, alla luce di un cerino.

"Che fai?", gli chiese.

Il ragazzo le tese la mano aperta. Nel palmo, illuminato dal debole chiarore della luna, brillava il bossolo di un proiettile da 9 mm. Shlomo le porgeva quel pezzo di ottone come se si trattasse di un gioiello prezioso.

"Nel caso la polizia militare americana si mettesse a indagare", spiegò.

Rivka fece un passo verso di lui. Lo studiò con i suoi occhi neri, sempre così seri.

Per un istante, Shlomo pensò che stesse per baciarlo, e gli tremarono le gambe.

"Ti fa male?", gli chiese Rivka indicando il naso tumefatto.

"Non molto", mentì Shlomo.

"Comunque, domattina va' in infermeria a farti vedere."

Shlomo disse di sì. Era contento che si preoccupasse per lui. Però non gli piaceva quel tono da sorella maggiore. In fondo, non avevano che un anno di differenza.

"La vendetta non serve", disse Rivka. "Vendicarsi significa voler restaurare un qualche ordine morale. In Europa non c'è niente da restaurare. Il modo migliore di vendicarsi dell'Europa è abbandonarla per sempre."

"E quello lì, allora?", replicò Shlomo accennando alla tomba in mezzo al cortile.

La donna si strinse nelle spalle. Non sapeva spiegarlo neppure a se stessa.

"Io nei campi non c'ero. Però ho visto quello che hanno fatto i tedeschi." Fece una pausa, cercando le parole. "Non possiamo più permetterci di essere deboli."

S'incamminò verso l'uscita. Shlomo la seguì, imitato dai suoi due compagni.

"Spari bene", le disse con ammirazione.

Rivka non rispose.

La luna era di nuovo scomparsa.

"Prima ce ne andiamo da questo immenso cimitero, meglio è", disse Rivka nel buio spesso che avvolgeva le rovine.

72

Cordillera de Amerrisque, Nicaragua settentrionale, 26 luglio 1982

Il pomeriggio passò nei preparativi per la spedizione. All'alba del giorno seguente, come disposto dal suo comandante, il 5° Batallón de lucha irregular si sarebbe messo in marcia. Gli uomini e le donne del battaglione pulirono le armi, e riempirono zaini e giberne di munizioni e bombe a mano. Lucio e i suoi verificarono che l'esplosivo al plastico fosse conservato in modo adeguato. Controllarono basto e finimenti degli asini che avrebbero trasportato i mortai. Jennings ordinò che si portassero due bestie in più, nel caso Anton e Shlomo non ce l'avessero fatta a stare dietro al reparto. L'israeliano gli dava l'idea di essere piuttosto resistente, ma sul ceco nutriva dei dubbi. Jennings ordinò anche che ai tre venissero fornite delle armi. Se ne occuparono Nestor e un sergente della II Compagnia. Anton rifiutò senza esitazione. Non aveva mai sparato un colpo in vita sua. Il sergente gli disse che era per la sua sicurezza, ma Anton tornò a rifiutare, e l'altro pensò che non fosse il caso di insistere. Natalja si fece consegnare una pistola semiautomatica Makarov e un fucile d'assalto AK-47. Quando venne il turno di Shlomo, il sergente gli offrì solo la semiautomatica. Shlomo replicò che anche lui voleva il Kalašnikov. Il sergente era giovane e non intendeva sembrare irrispettoso, ma era chiaro ciò che pensava. Shlomo non si scompose. Neanche lui voleva litigare, però doveva dimostrare al sergente che non era un vecchio coglione che si sarebbe sparato in un piede appena fosse cominciato l'attacco. Shlomo tirò fuori dallo zaino il poncho antipioggia e lo stese per terra. Poi si avvicinò al sergente e allungò una mano verso l'AK-47 che portava a tracolla. Il sergente se lo lasciò sfilare. Era proprio curioso di vedere come andava a finire. Shlomo prese il fucile d'assalto, rimosse il caricatore, controllò che la camera di scoppio fosse vuota, si accovacciò sul poncho, e iniziò a smontare l'arma. Era molto simile a un Galil, a eccezione del calcio in legno. Non ebbe problemi. Allineò i pezzi in bell'ordine sul telo impermeabile. Quando ebbe finito, rimontò il fucile, con calma e precisione. In tutto, impiegò meno di quattro minuti. Si alzò in piedi e riconsegnò l'AK-47 al sergente. La piccola folla che si era radunata a seguire l'esibizione scoppiò in un applauso. Nestor strinse con calore la mano a Shlomo.

"Date un fucile al signor Libowitz", ordinò Jennings. Stando a Yakovchenko, era una specie di killer del Mossad fanatico. Per forza che sapeva smontare un Kalašnikov. Però Jennings lo trovava istintivamente simpatico. E poi aveva imparato a non prendere troppo sul serio le informazioni del KGB. I loro analisti avevano assicurato che la partita in Afghanistan si sarebbe chiusa nel giro di qualche settimana. L'Armata Rossa era impantanata in quella guerra da più di due anni, e ancora non si vedeva una concreta prospettiva di vittoria.

La notte calò all'improvviso e trovò Anton e Shlomo seduti accanto a un piccolo fuoco ormai quasi estinto, sul quale Nestor gli aveva preparato il caffè. Peter Jennings sbucò dall'ombra e si sedette accanto a loro.

"Posso?", domandò garbatamente.

"Prego", rispose Anton.

Jennings ed Epstein non parevano avere nulla in comune. Ma a unirli, nel profondo, senza che se ne accorgessero, c'era la medesima origine borghese. L'educazione che avevano ricevuto da ragazzi, i valori in cui erano stati allevati, le regole, tutto era stato sommerso dalla temperie dell'età inquieta in cui era toccato loro di vivere. Eppure, dopo gli anni, le battaglie e le abiure, nel cuore di una giungla tropicale, i due uomini inscenavano il rituale del mondo che entrambi si erano lasciati alle spalle.

Posso?

Prego.

"Ho portato del whisky", disse Jennings, e tirò fuori una bottiglia con curve da contrabbasso. Sull'etichetta era scritto "Jura". Né ad Anton né a Shlomo diceva niente. Jennings aveva con sé anche tre bicchieri.

"È l'ultima", disse mentre l'apriva. "La tenevo da parte per un'occasione speciale." Versò e passò i bicchieri.

Shlomo non era certo un esperto di whisky scozzese, ma lo trovò molto buono. Lo finì in fretta, e ne chiese ancora.

"Sono contento che le piaccia", disse Jennings mentre gli versava una porzione più generosa della prima.

Anche Anton lo trovava buono, ma preferiva assaporarlo con calma. E poi non voleva esagerare. Natalja gli aveva detto che poteva andare a trovarla in tenda, più avanti nella notte.

Passò Nestor a chiedere se avessero bisogno di qualcosa. Jennings gli domandò dell'acqua. "Si gusta meglio il whisky, se lo si alterna a un sorso d'acqua", spiegò l'inglese.

"Funziona così in tutto l'esercito sandinista?", domandò Shlomo con un tono falsamente ingenuo.

Jennings scosse la testa. "Questo è proprio l'unico privilegio", replicò indicando la bottiglia di Jura.

"A parte la guerrigliera che ti scalda la branda", pensò Shlomo, ma tenne quella malignità per sé. Anche perché Carla non gliel'aveva certo fornita il Partito. Invece domandò: "Come c'è finito a combattere nell'esercito popolare sandinista?".

Il maggiore fece un'espressione vaga, a dire che era una storia lunga e complicata.

"Diciamo che ho una passione per la cause perse", rispose, e scoppiò a ridere.

"Be'", ribatté Shlomo, "mi sembra che qui stiate vincendo."

"Sì, è vero", disse Jennings tornando serio. "Stiamo vincendo. Ma non è semplice." Con un gesto ampio della mano abbracciò gli uomini del 5° Battaglione, già addormentati accanto ai fuochi di bivacco, oppure intenti a chiacchierare. "Questi contadini sono stati sfruttati per generazioni. I sandinisti li hanno liberati dalla dittatura della famiglia Somoza. Gli hanno dato una speranza. Ma sono contadini, non soldati. Quando sono arrivato qui, molti sapevano a malapena tenere in mano un fucile. Ora sono un'unità di combattimento efficiente. È già qualcosa."

Anton non si trattenne: "Aiutare i contadini del Nicaragua a difendere la loro rivoluzione va bene. Però lei li aiuta per conto di Brežnev".

Si pentì subito di quel commento così rude, ma era troppo tardi.

Jennings abbozzò un sorriso, a significare che non se l'era presa. Però restò in silenzio. Bevve un sorso di whisky e si accese un sigaro. Neanche a lui Brežnev piaceva molto, anche se si guardava bene dal dirlo. Certo, capiva che per Epstein fosse più difficile valutare le cose con freddezza. Lui era cecoslovacco.

Le zanzare ronzavano fameliche nel buio. Jennings soffiò del fumo nell'aria, nel tentativo consapevolmente illusorio di scacciarle.

"A volte", disse infine, "per stare dalla parte giusta, bisogna avere il coraggio di mettersi con le persone sbagliate."

Shlomo trovò che fosse un'affermazione profonda, e si servì un'altra razione di whisky.

73

Upper New York Bay, 22 settembre 1946

Appoggiato al parapetto del ponte di prima classe, l'uomo che un tempo si era chiamato Hans Lichtblau osservava la Statua della Libertà emergere dalla foschia mattutina e farsi a poco a poco concreta. Più lontano, si intravedeva la massa scura di Ellis Island, dove, prima di lui, già erano arrivate generazioni di europei, in cerca di una nuova esistenza in un nuovo mondo. Ma nel suo caso, era più corretto dire che *tornava* in cerca di una nuova esistenza, a smentire il detto secondo il quale nelle vite americane non esisterebbero secondi atti.

Dritti di prua stavano arrivando i due rimorchiatori che avrebbero aiutato il transatlantico nelle operazioni di attracco. Salutarono con le loro sirene. Il piroscafo rispose in un fischio prolungato.

"Prepararsi a sbarcare, prepararsi a sbarcare", passò ad annunciare un assistente di bordo.

I passeggeri che erano usciti per ammirare il colosso che rischiarava il mondo con la fiaccola e, più in là, il profilo torreggiante dell'isola di Manhattan, iniziarono a defluire verso le cabine. Ma Victor Huberman – così dicevano i suoi nuovi documenti – preferì rimanere fuori. Meglio godersi ancora un po' il panorama, che non pigiarsi nei corridoi in attesa del permesso di scendere. I grattacieli si avvicinavano. Si cominciava a distinguere il brulichio delle automobili e degli autobus lungo le strade. Huberman già sentiva pulsare attorno a sé il ritmo inesausto della grande città. L'odore acre della metropolitana. Lo sferragliare dalla sopraelevata. Il calore che nei giorni d'estate sale dall'asfalto e ti si appiccica addosso, togliendoti il fiato. Città che salgono verso il cielo, e che spostano sempre più in là i propri confini, divorando ogni anno nuovi ettari di terreno. Città così diverse da quelle tedesche, chiuse nelle loro mura medievali, immobili, cariche di secoli e di cultura. Eppure, Berlino non era stata poi tanto diversa da Chicago e New York. Di certo la Berlino di Weimer, ma in fondo anche quella di Adolf Hitler. Sin dall'inizio del secolo, la Germania era stato il paese più americano d'Europa. Berlino non era forse stata soprannominata la Chicago sulla Sprea? L'organizzazione scientifica del lavoro, così come le strategie delle agenzie pubblicitarie di Madison Avenue, erano state un punto di riferimento per il Partito nazionalsocialista, magari senza dirlo in modo esplicito, ma lo erano state. I progettisti della Volkswagen, l'auto del popolo che ogni cittadino del Terzo Reich avrebbe potuto permettersi, si erano ispirati al Modello T delle industrie Ford. Il romanticismo d'acciaio di cui parlava Goebbels era proprio l'incontro tra la tecnica di Henry Ford e la poesia di Richard Wagner. Il nuovo Sigfrido guidava un carro armato. Ma si trattava di un'alchimia difficile, di un composto instabile. Durante la guerra, il macchinismo privo d'anima degli americani aveva finito con il prevalere sull'esperimento nazionalsocialista. Ma in fondo, la guerra cos'altro era stata se non una faida familiare? Tedeschi d'America contro tedeschi d'Europa. Chi c'era a capo delle armate americane? Dei tedeschi, come l'ammiraglio Nimitz e il generale Eisenhower. Avevano vinto i figli degli immigrati, più forti, più ricchi. Era giusto così, erano le leggi della natura. Ma ora la battaglia continuava. Nuove divise, nuove bandiere, nuove parole d'ordine, ma era la stessa battaglia. Una battaglia senza quartiere contro i nemici di sempre. Ebrei, comunisti, negri, invertiti, tutti coloro che volevano contaminare la purezza del sangue ariano. Era una battaglia che in America infuriava ovunque, nelle campagne dèl Sud, come nelle metropoli del Nord. Victor Huberman si presentava a rapporto, pronto a prendere il suo posto in prima linea.

"Stiamo per sbarcare", avvisò ancora l'assistente di bordo.

Questa volta, Huberman accolse l'invito e si avviò verso le scale. La nave stava entrando in porto. Passò in cabina a prendere la valigia. Attraverso l'oblò, il gigantesco ponte sospeso dominava l'East River nel reticolo argenteo dei suoi tiranti. L'uomo che un tempo si era chiamato Hans Lichtblau sorrise. Era tornato a casa.

74

Dipartimento di Olancho, Honduras meridionale, 30 luglio 1982

Tre giorni di marcia attraverso la giungla. Anton aveva compiuto il viaggio quasi interamente a dorso d'asino, ma per lui si era trattato comunque di un'esperienza faticosissima, aggrappato alla sella in un dondolio ottuso e senza fine, con il tormento degli insetti e dall'umidità. Adesso che erano arrivati a destinazione, si chiedeva come fosse riuscito a farcela. Erano sdraiati sotto gli alberi da diverse ore, ore preziose per riposarsi in vista dell'attacco. Le sei compagnie che componevano il 5° Batallón de lucha irregular si erano distribuite attorno alla fortezza, andando a formare un anello. Nessuno aveva incontrato sentinelle. Evidentemente, Huberman si pensava al sicuro. In effetti, i sandinisti di solito non inseguivano i Contras in territorio honduregno. Le rare volte in cui sconfinavano, lo facevano solo di qualche chilometro. E il covo di Huberman era piuttosto all'interno.

La III Compagnia aveva messo in posizione i mortai in una radura e schierato gli osservatori per registrare il tiro. Lucio aveva preparato il Semtex insieme ai suoi guastatori. Tutto era pronto. Doveva solo arrivare il tramonto. Restarono lì, in silenzio, a gustare il piacere di quella momentanea immobilità.

Seduta al bancone rivestito di piastrelle messicane, nella grande cucina del bastione di nord-est, Melissa Blumenthal stava preparando un Martini. Per tutta la vita si era attenuta con scrupolo a un principio molto semplice: niente alcol prima del tramonto. Quel giorno, stando ai dati ufficiali del servizio meteorologico di Tegugigalpa, il sole calava sull'Honduras meridionale alle 18:18. Alle 18:15, Melissa si era messa all'opera. Era ancora alla fase preliminare. Lavorava alla scorzetta di limone, facendo bene attenzione a non andare troppo a fondo con la lama, in modo da separare la buccia dalla parte bianca sottostante. Una volta, a Parigi, un cameriere del bar del Ritz le aveva detto che il Martini andava servito con l'oliva prima di mangiare, e con il *lemon twist* dopo il pasto, per favorire la digestione. A lei però piaceva di più con il limone, non solo per la fragranza degli oli essenziali, ma anche perché trovava il *twist* più aggraziato. Quel ricciolo sottile, dal punto di vista estetico era oggettivamente superiore a una pallina verde acquattata sul fondo del bicchiere. Senza considerare che l'oliva aveva un certo volume, e quindi toglieva spazio al gin. Melissa era disposta ad accettare l'oliva solo quando, per un capriccio del momento, seguiva la scuola eterodossa dell'Harry's Bar e serviva il Martini in un tumbler. Le sembrava che l'oliva donasse a quella forma cilindrica. Si stabiliva una dialettica tra la verticalità del contenitore e la circolarità del contenuto, che trovava piacevole all'occhio. Però quel pomeriggio non si sentiva in vena di eccentricità e intendeva utilizzare le coppette da cocktail previste dal canone.

Melissa guardò soddisfatta le due spirali gialle che aveva ricavato da un profumatissimo limone di Amalfi. Nella serra, Victor ne coltivava una pianta appositamente per i loro aperitivi. Melissa lasciò le scorzette sul bancone, accanto alla bottiglia del vermouth, e si alzò per andare a prendere il resto. Ghiaccio, gin, mixing-glass, e ovviamente i bicchieri. Si alzò e udì un rumore che sulle prime non seppe identificare, ma che istintivamente l'allarmò. Una detonazione secca, cupa, subito seguita da altre.

Come stabilito dal piano d'attacco, alle 18:20 il tenente Alvaro Camino, comandate della batteria, impartì l'ordine di aprire il fuoco. I quattro mortai da 120 mm iniziarono a bersagliare il settore settentrionale della fortezza. La prima salva cadde corta, su una macchia di alberi a qualche centinaio di metri dalla cinta muraria. Via radio, gli osservatori al limitare della foresta segnalarono di allungare il tiro.

Melissa decise di lasciar perdere per un momento il suo Martini e andò alla finestra per capire che cosa stesse accadendo. Non vide nulla. Non fece neppure in tempo ad affacciarsi. La investì un turbine di fuoco e di pietre.

Alle 18:25, sul lato sud del forte, una squadra della IV Compagnia, guidata dal tenente Lucio Fuentes, strisciava fino al portone e iniziava ad applicarvi le cariche di esplosivo al plastico. Da oltre le mura, arrivava l'eco dei colpi di mortaio, insieme alle grida concitate degli uomini della guarnigione. A giudicare dalle urla, là dentro regnava il panico. Il resto degli effettivi della IV Compagnia erano appostati nella boscaglia, le armi spianate, pronti a coprire Lucio e la sua squadra. Quando in cima alle mura apparve il volto scuro di un indio, il caporale Alfonsina Cardenal, il miglior tiratore scelto di tutto il battaglione, lo centrò in piena fronte.

Il laboratorio era stato ricavato nelle segrete della fortezza. Da lì sotto, Huberman non si accorse dell'attacco fino a che un proiettile di mortaio non centrò il generatore principale, lasciandolo al buio.

Quando emerse nel cortile, si ritrovò nel caos. Urla. Calcinacci e schegge di granata che volavano falciando tutto ciò che incontravano. Uomini che cercavano di mettersi al riparo. Altri che sparavano alla cieca contro la zona della giungla da cui sembrava venire il bombardamento. Un principio di incendio in un magazzino.

Carlos correva verso di lui.

"La signora!", urlava. "La signora è stata colpita! Nella cucina!" La guardia del corpo continuava a ripetergli quelle parole, ma Huberman sembrava non capire. Tutto intorno, il suo mondo, un mondo che aveva costruito in anni di lavoro e fatica, era sul punto di implodere. Con le dita che gli tremavano, Huberman si mise in bocca una pastiglia. La buttò giù a fatica, con la poca saliva che aveva in bocca. Nel giro di qualche secondo, il tremore scomparve e la mente si fece pronta. La *señora* era stata colpita. Melissa era più giovane di lui di quindici anni. Victor aveva sempre dato per scontato che sarebbe morto per primo. Il fatto che lei potesse uscire dalla sua vita così, senza preavviso, era inconcepibile. Ma in quel momento, di cose inconcepibili ce n'erano tante. Un fischio attraversò l'aria. Huberman si gettò a terra e si coprì la testa con le mani. La granata esplose nel centro del cortile, senza danni apparenti.

"Figli di troia", biascicò Huberman tra i denti, mentre si rialzava.

"Sono i colombiani?", domandò Carlos.

Un altro proiettile attraversò il cielo che andava scurendosi. Huberman tese l'orecchio. Erano colpi di mortaio. Lo si capiva anche dagli effetti complessivamente trascurabili che producevano. I colombiani non erano così pezzenti da affrontare giorni di cammino attraverso la giungla con dei mortai sulla schiena. Sarebbero piuttosto arrivati in grande stile, a bordo di elicotteri d'assalto. Solo quei poveri merdosi dei sandinisti potevano venire fin lì con dei mortai del cazzo. Come sei quei cosini potessero scalfire le mura.

"Sono i rossi", sentenziò Huberman. "Io vado a vedere Melissa. Tu trova qualcuno che faccia partire il generatore secondario, e poi vai a chiamare Guillermo."

"Subito", rispose Carlos, e scomparve nella nuvola di polvere alzata da un'esplosione.

Huberman corse al bastione di nord-est. Entrò e salì i gradini due alla volta. Quando raggiunse la cucina, che Melissa aveva arredato personalmente, con il suo gusto impeccabile, ordinando tutto nei migliori negozi di Città del Messico e di Los Angeles, Victor la vide distesa a terra, sotto uno squarcio nella parete, dove prima c'era stata una finestra. Il dottor Wasserman era chino su di lei.

La cuoca gli andò incontro. Era in lacrime.

"Ha aperto la finestra...", singhiozzò disperata.

Huberman la ignorò e tirò dritto.

Wasserman fece un tentativo goffo di trattenerlo. Cercava di impedirgli di vedere, ma era consapevole di non avere alcun diritto di farlo. Ci provò senza troppa convinzione. Huberman vide lo stesso.

Semplicemente, al posto del bel viso di Melissa c'era una poltiglia sanguinolenta, una massa ributtante di carne, dove qua e là si indovinava un occhio, una mascella, una ciocca di capelli bruciati. Erano stati insieme per diciotto anni, avevano viaggiato, avevano fatto l'amore, avevano sperimentato qualunque tipo di sostanza stupefacente, naturale o sintetica, e soprattutto avevano parlato. La cosa che più gli sarebbe mancata di lei, già lo sapeva, era la sua conversazione. Melissa non era mai banale. Non necessariamente Victor concordava con lei, ma ciò che Melissa aveva da dire lo interessava sempre. Huberman avrebbe voluto baciarla un'ultima volta, ma non c'era nulla da baciare. Chinò la fronte sul petto di lei. Una granata si schiantò contro il fianco del bastione. Non fece neppure tremare il muro. Quei mortai da due soldi potevano giusto uccidere una donna alla finestra, una donna che aveva avuto più classe e intelligenza nell'unghia dell'alluce che tutti i sandinisti del mondo messi insieme. Ma per quanto i sandinisti fossero dei pezzenti, non potevano essere davvero così idioti da pensare di buttare giù mura di pietra spesse sei metri con dei mortai. Fu all'ora che Huberman capì, ma ormai era tardi.

Accovacciato dietro a una roccia, a qualche centinaio di metri dalla piazzaforte, Lucio fece brillare le cariche.

Il portone andò in pezzi in un boato assordante.

Jennings scattò in piedi. Nestor gli era accanto.

"Avanti!", gridò il maggiore, e si lanciò verso la breccia.

Il 5° Batallón de lucha irregular lo seguì senza esitazione.

75

Mediterraneo orientale, 12 ottobre 1947

La nave l'avevano caricata i legionari di Fort Saint-Nicolas su richiesta del prefetto, perché i portuali magrebini di Marsiglia si erano rifiutati di lavorare per i sionisti. Una mattina, sul molo erano arrivati due camion dell'esercito francese. Ne erano scesi uomini con il collo taurino e il képi bianco, che si erano subito messi a trasportare le casse nella stiva. Si diceva che tra loro ci fossero anche degli ex nazisti, ma non si verificarono incidenti di alcun genere. Anzi, i soldati si dimostrarono piuttosto gentili. C'era una ragazza paralitica che non era in grado di percorrere la passerella. Uno dei legionari l'aveva sollevata con delicatezza, come se si trattasse di un lampadario di cristallo, se l'era issata sulla schiena, e senza sforzo apparente l'aveva portata a bordo tra gli applausi. Alla fine della giornata, il bastimento, un vecchio mercantile italiano ribattezzato *Hannah Szenes* in onore della giovane combattente fucilata dai fascisti ungheresi nel 1944, era pronto a salpare.

Su come chiamare il vascello c'era stato un dibattito serrato. Qualcuno aveva proposto un nome biblico, ma l'idea non aveva riscosso grande entusiasmo. I dirigenti di Berihah erano quasi tutti socialisti atei. Preferivano omaggiare gli eroi e le eroine del Ventesimo secolo, anziché i sovrani dell'antico regno di Giudea. Hannah Szenes era stata una donna coraggiosa che aveva saputo scrollarsi di dosso secoli di Diaspora, il vero modello del nuovo ebreo che il sionismo stava forgiando. Quelli dell'Irgun erano stati persino più arditi. Avevano chiamato una nave *Ben Hecht*, dallo scrittore di Hollywood che l'aveva pagata. Non che l'aura californiana di cui era circonfuso il piroscafo l'avesse protetta dalla sfortuna. La *Ben Hecht* era stata intercettata dalla Royal Navy e tutti i suoi passeggeri internati a Cipro. Il Terzo Reich era ridotto in macerie, eppure c'erano ancora governi che volevano rinchiudere gli ebrei in campi circondati da filo spinato. Però il vento stava cambiando. Il mandato britannico in Palestina era prossimo a scadere, e ogni giorno altri ebrei raggiungevano Ertetz Israel.

Shlomo aveva provato a immaginarsi come fosse la vita di uno scrittore di Hollywood, ma non ci era riuscito. Però gli piaceva l'idea che nel mondo, oltre all'odio per il suo popolo, ci fosse anche tanta gente disposta ad aiutarlo, persino tra i *goyim*, persino tra i *goyim* di nazionalità britannica. Sulla *Hannah Szenes*, oltre a profughi provenienti da tutta Europa, viaggiavano anche due volontari. Uno era canadese, un ebreo di Montréal di origine russa. Durante la guerra era stato pilota di caccia. Le sue competenze erano particolarmente preziose per le nascenti forze armate del nascente Stato ebraico. L'altro volontario era di Liverpool. Aveva fatto lo sbarco in Normandia. Non era ebreo, però aveva partecipato alla liberazione del campo di Bergen-Belsen. Entrambi andavano in Palestina a rischiare la vita senza che nessuno glielo avesse chiesto.

Il carico stivato nella *Hannah Szenes* era di provenienza varia quanto i passeggeri. Parte delle armi erano nuove, acquistate in Francia. C'erano residuati della Wehrmacht comprati in Cecoslovacchia. E c'erano pistole e fucili spediti dalla mafia ebraica di New York. Lì, gli scaricatori non si erano opposti, anzi. Erano irlandesi, e si erano dimostrati felicissimi di dare una mano nello smantellamento dell'impero britannico. Altre armi avevano compiuto percorsi ancora più tortuosi e bizzarri, passando per il Nicaragua, dove la famiglia Somoza prendeva una percentuale sul transito della merce.

Il comandante della nave era un finlandese. Si era dichiarato simpatizzante della causa sionista, ma comunque aveva preteso un ingaggio piuttosto alto. Fino a quel momento, sembrava che Berihah avesse speso bene i propri soldi, perché il finlandese era riuscito a eludere le navi inglesi e ormai mancava poco alla meta. Ma era proprio l'ultima parte del viaggio quella più pericolosa. Per questo avevano raddoppiato le vedette.

Quando Shlomo scese dal cassero di poppa, al termine del suo turno di guardia, passò il binocolo a Yossi, che era venuto a dargli il cambio, e gli raccomandò di stare attento.

"Non ti addormentare come hai fatto ieri."

Il ragazzo avvampò di vergogna e scosse la testa.

Shlomo andò subito in cerca di Rivka. Il loro appuntamento notturno era ancora lontano, ma ogni minuto insieme a lei era prezioso. Aveva incominciato a corteggiarla a Heilbronn. Un corteggiamento goffo, da contadino che una ragazza di città non sa neanche com'è fatta. Da che aveva lasciato il Lager, era la prima volta che provava desiderio per una donna, e il desiderio era andato crescendo. Sulle prime, la ragazza si era trincerata dietro a un muro invalicabile. Rivka era più grande, ed era in cima alla gerarchia dell'*hakhshara*. Chi si credeva di essere quel pivello? Ma Rivka Berkovits era una *sabra*, e pertanto ammirava l'ostinazione. Aveva lasciato che quel bifolco polacco tirasse testate contro il muro per settimane, ma a un certo punto si era concessa. Shlomo aveva mani forti. A lei piaceva quando la stringevano.

La nave traboccava di umanità e muoversi non era semplice. Ovunque c'erano uomini, donne e bambini intenti nelle più diverse attività della vita quotidiana. Avevano alle spalle anni di esistenza precaria e raminga, e nessuno pareva particolarmente a disagio in quella promiscuità. Ma forse non era per via del passato che nessuno si lamentava delle condizioni del viaggio. Forse era il contrario, era per via del futuro. La *Hannah Szenes* li stava conducendo in un luogo dove la paura, la miseria e lo sradicamento avrebbero avuto termine, e dove loro sarebbero stati finalmente una nazione. Shlomo girò attorno a due vecchi che giocavano a backgammon in mezzo al ponte, seduti sulle gomene, rintuzzò un gruppo di monelli che si rincorrevano sbattendo contro tutto e tutti, e lambì la folla che ascoltava il solito racconto del signor Shapiro del pogrom di Kielce. Shlomo l'aveva udito tre volte, e ogni volta c'erano stati nuovi dettagli, sempre più fantasiosi. Ma per quanto il narratore potesse inventare e aggiungere, il nocciolo del racconto era assolutamente autentico. Autentico e incredibile.

4 luglio 1946. La guerra era terminata da più di un anno. In Polonia aveva avuto luogo buona parte dello sterminio. Dei tre milioni di ebrei che nel 1939 vivevano nel paese, ne erano sopravvissuti 400.000. Evidentemente, per molti polacchi erano ancora troppi. Quel giorno i *pogromchik* uccisero 42 ebrei. Il signor Shapiro fu fortunato. Rimediò giusto qualche sassata. L'accusa era antica quanto i pogrom. In città era corsa voce che i giudei avevano rapito dei bambini cattolici per versarne il sangue in una delle loro demoniache cerimonie segrete.

Gli occhi di Shlomo incontrarono quelli del signor Shapiro. Le guance mal rasate e le rughe profonde sul viso lo facevano più vecchio della sua età. Parlava a bassa voce e i suoi ascoltatori gli stavano addosso per poter sentire.

"Il figlio di Regina Fisz aveva appena tre settimane. Gli hanno sparato senza pietà insieme a sua madre."

Dalla piccola folla che circondava Shapiro salì un verso sommesso da animale ferito.

Rivka aveva ragione. Il modo migliore per vendicarsi dell'Europa era abbandonarla per sempre.

Shlomo scivolò giù per la scala che conduceva nel ventre della nave. Il metallo del mancorrente era appiccicoso e puzzava di salsedine, come quasi tutto sulla *Hannah Szenes*. Trovò Rivka in sala macchine.

I membri dell'equipaggio erano stati reclutati dal capitano, che gli aveva offerto il solito ingaggio. Ma quello non era affatto il solito viaggio. Quando i marinai avevano scoperto quanto si beccava il finlandese, avevano subito chiesto un aumento. Rivka era stata incaricata di condurre la trattativa. In quanto socialista, si sentiva a disagio. La ciurma aveva ragione da vendere. Ma come dirigente di Berihah non poteva permettersi di essere tenera.

"Te lo ripeto", stava dicendo il fuochista, un greco enorme, che fungeva da delegato sindacale. "Sotto il 10% non siamo disposti a scendere." A parte i sandali e il fazzoletto annodato attorno alla fronte, indossava unicamente un paio di calzoncini. Aveva il petto e le braccia coperte di tatuaggi. Un veliero, un'ancora, una coppia di nereidi dai seni prosperosi, e diversi nomi di ragazze, o forse di navi su cui era stato imbarcato.

Le mani infilate nelle tasche dei pantaloni, Rivka squadrava l'orco seminudo, per nulla intimorita.

"Non se ne parla, compagno. Possiamo arrivare al massimo a un aumento dell'8%."

"9", replicò il greco.

Rivka si prese qualche secondo per pensare.

"D'accordo, 9%, ma solo se raggiugiamo la Palestina. Se ci prendono, vi accontentate dell'8."

L'orco tese la mano.

Proprio mentre siglavano l'accordo, li raggiunse il fischio acuto della sirena.

"Nave in vista! Nave in vista!", gridò il secondo ufficiale nell'altoparlante.

Subito subentrò il comandate: "Marinai ai loro posti. Macchine avanti tutta!".

Il fuochista si eclissò all'istante nel suo regno di fuliggine, calore e strepiti.

Mentre Rivka si affrettava su per la scaletta, si scontrò con Shlomo che stava scendendo. Salirono insieme in coperta. I membri dell'equipaggio correvano di qua e di là. I passeggeri si sporgevano oltre le murate, scrutando il mare in ogni direzione. Il pattugliatore inglese venne avvistato quasi ovunque attorno alla *Hannah Szenes*. Ma a sud-ovest, effettivamente, c'era la sagoma di una nave, i cui fumaioli si lasciavano dietro una sottile striscia scura.

La *Hannah Szenes* aumentò la velocità, ma l'altro vascello le teneva dietro. A poco a poco, il contorno andò facendosi più netto. Tutti coloro che non avevano un incarico specifico da svolgere erano affacciati a osservare la nave che si avvicinava. Nessuno osava parlare.

All'improvviso, nell'aria echeggiò la voce esultante di Yossi. "È un mercantile turco!"

Gli occhi di tutto il piroscafo si spostarono sul cassero di poppa, dove quel ragazzo mingherlino, con il binocolo appeso a collo, si sbracciava esultante, più che per la gioia dello scampato pericolo, per l'orgoglio di esserne il messaggero.

Il bastimento fu scosso da un unico urlo di esultanza.

Shlomo e Rivka si abbracciarono. Quando si sciolsero, lei vide che Shlomo aveva gli occhi umidi.

"Perché piangi?", gli domandò con una carezza.

"Forse ce la faremo", mormorò Shlomo.

"E non sei contento?", chiese Rivka con stupore.

Shlomo taceva. Lei gli si fece vicina e scrutò in quelle pupille fosche e guardinghe.

"È per tuo padre?", azzardò Rivka.

Lo sguardo di Shlomo si accese come quello di un bambino di fronte a un illusionista che estrae un fiume di fazzoletti colorati dal taschino. Lei gli leggeva dentro. A Shlomo non era mai accaduta una cosa del genere. Era entusiasmante, ma un po' lo spaventava.

"Forse gli sarebbe piaciuto venire con noi", disse Shlomo con un tono di voce appena percettibile, fissandosi la punta delle scarpe. "Non è l'America, ma forse gli sarebbe piaciuto lo stesso."

Rivka lo strinse a sé.

"Ma lui *è* qui. Tutti i sei milioni che sono stati assassinati in Europa sono qui con noi."

Shlomo scosse la testa.

"L'ho lasciato morire."

"Che cosa avresti potuto fare?"

"Avrei potuto morire insieme a lui."

Rivka gli prese il viso tra le mani e lo guardò.

"Morire non serve a niente."

All'imbrunire, mangiarono sul ponte. Un piccolo *chassid* di sette o otto anni fissava la loro confezione di *corned beef* pieno di curiosità e di invidia. Rivka pensò che quel bambino non avrebbe mai fatto un'esperienza semplice come mangiare della carne in scatola. A meno che, con grande scandalo della propria famiglia, non avesse deciso di disfarsi del gioco della Legge. La ragazza guardò il bambino, e si augurò che nel corso della vita riuscisse a trovare la forza e l'intelligenza per ribellarsi a tradizioni arcaiche, che non avevano più motivo di esistere nel mondo moderno.

Quando venne la notte, facendo molta attenzione a non essere notati, i due amanti si nascosero in una scialuppa di salvataggio, e in quel guscio di legno, sotto la tela cerata che copriva l'imbarcazione, e li proteggeva dal freddo del mare e dallo sguardo del mondo, i loro corpi si cercarono. Shlomo non si era mai sentito così vivo come quando era da solo con Rivka.

Per un istante, la poesia fu rotta dalla necessità di infilare un preservativo. Shlomo odiava quegli affari, anche se stava diventando più abile nel maneggiarli. Non li aveva mai usati prima. Una volta, al villaggio, ne aveva sentito parlare da un amico più grande, che aveva fatto il servizio militare a Varsavia. Ma quello li descriveva come un mezzo usato dagli uomini per proteggersi dalle malattie. Rivka invece lo considerava uno strumento per evitare la gravidanza. E non era disposta a transigere. O così, o niente. Era bello anche così. Nel cuore della notte, Shlomo fece volare fuori dalla scialuppa il profilattico usato, come un gesto di vittoria. La scatola che aveva comparato a Marsiglia era finita. Sperò che in Palestina ne avrebbe trovati.

All'alba, Rivka e Shlomo si scambiarono un ultimo lungo bacio e sgusciarono fuori dalla scialuppa.

A prua, si stagliava nitido il profilo di una costa bassa, sabbiosa, sotto un cielo senza nubi.

"Siamo tornati", disse qualcuno alle loro spalle.

Shlomo si voltò. Era il signor Shapiro.

"Sì, siamo tornati", gli fece eco un ebreo ungherese.

Shlomo era consapevole dell'insensatezza di quella frase, eppure, in qualche modo, sentiva che la terra che si apriva di fronte a lui gli apparteneva, e che lui apparteneva a essa.

Siamo tornati.

76

Dipartimento di Olancho, Honduras meridionale, 30 luglio 1982

Alle 18:32, quando udì esplodere le cariche di Semtex, il tenente Alvaro Camino ordinò ai suoi uomini di cessare il fuoco.

"Muoviamoci", disse.

In base al piano elaborato dal maggiore Jennings, non appena gli altri avessero fatto irruzione nella piazzaforte, la squadra di Camino avrebbe dovuto smettere di bersagliare le mura, abbandonare i mortai nella radura, e andare a unirsi al resto del battaglione.

Camino si girò per raccogliere l'AK-47 che aveva lasciato a terra, e poco più in là vide uno dei suoi uomini che giaceva bocconi, con una freccia piantata alla base del collo.

"Ma che..."

La frase restò sospesa nell'aria. Il tenente avvertì un dolore violentissimo all'altezza dello sterno. Abbassò gli occhi e si rese conto che era stato raggiunto anche lui da una freccia. Era penetrata in profondità nella carne. Era lunga e leggera, e le piume al fondo dell'asticella ondeggiavano al vento. Incredulo, alzò lo sguardo, e si trovò davanti un guerriero indio a torso nudo, coperto di collane e colori di guerra, che lo colpì alla testa con una mazza. Il tenente crollò di schianto.

Il guerriero tirò fuori un pugnale. Il fendente alla giugulare arrivò rapido e preciso. Le gambe di Camino furono scosse da un fremito, e dalla bocca uscì un ultimo rantolo.

Tutt'intorno nella radura, altri guerrieri stavano finendo i serventi dei mortai con accette e coltelli. Gli uomini della batteria erano stati sopraffatti nel giro di pochi secondi, in un silenzio assoluto. Gli indios portavano a tracolla fucili e pistole mitragliatrici, ma non avevano sparato neppure un colpo.

Quando ebbero eliminato tutti i nemici, i guerrieri scattarono in direzione della fortezza. Correvano tra gli alberi superandosi uno con l'altro. Sarebbe potuto sembrare un gioco, se non fosse stato per il sangue che brillava sulle lame delle armi appese alle loro cinture.

Al limitare della boscaglia, si imbatterono negli osservatori che avevano diretto il fuoco dei mortai. Senza fermarsi, né dare il tempo a quei tre di comprendere cosa stesse accadendo, li investirono come uno sciame di vespe, abbattendoli con le clave e le accette in un turbine di fiotti purpurei.

Jennings e i suoi uomini si lanciarono dentro il varco aperto dall'esplosivo. Si lanciarono in una nuvola di polvere densa, sparando su qualunque ombra gli si parasse davanti. Il fuoco dei difensori era scarso. Un sandinista finì infilzato sui pali appuntiti nascosti al fondo di una bocca di lupo accanto all'ingresso, ma per il resto, quando entrarono nell'edificio, gli effettivi del 5° Battaglione registrarono solo un paio di feriti. Presero rapidamente il controllo dalla parte meridionale della fortezza.

"Tutto liscio", disse Jennings.

"Troppo liscio", rispose Carla.

L'inglese ne convenne. Anche lui diffidava delle operazioni eccessivamente facili.

Anton, Shlomo e Natalja erano stati collocati nella seconda ondata, insieme alla VI Compagnia.

"Andiamo", gridò Shlomo al suo vecchio amico. "Ci stiamo perdendo il meglio!"

Anton uscì lentamente da dietro l'albero dove era rimasto

nascosto dall'inizio della battaglia. Lasciare la sicurezza di quel tronco lo atterriva.

"Ricordati il nostro accordo", ringhiò Natalja a Shlomo. Avevano convenuto che Lichtblau sarebbe rimasto in vita fino a che non avesse risposto a tutte le domande che lei avrebbe ritenuto necessarie.

"Non temere, compagna Yakovchenko, ho buona memoria." Poi Shlomo tornò a rivolgersi ad Anton.

"Dai! Non senti che ormai hanno quasi smesso di sparare?"

Anton seguì Shlomo, Natalja, e gli uomini della VI Compagnia, come in un sogno.

Carlos si era infilato nella galleria che dalle segrete della piazza-forte conduceva al villaggio. Ma non era arrivato neppure a metà del percorso, che si era imbattuto in Guillermo Rocas, seguito da un centinaio dei suoi. Appena nella valle erano echeggiati i primi colpi, al villaggio si erano messi in allarme. Lo sciamano aveva distribuito le pillole e impartito la benedizione rituale, e i guerrieri erano partiti. Il grosso aveva imboccato il tunnel che portava alla fortezza, mentre un distaccamento di una decina di uomini aveva proceduto in superficie, incappando nella batteria di mortai.

Quando il gruppo di Rocas raggiunse la fortezza, i sandinisti la controllavano quasi per intero. A resistere c'erano soltanto un gruppo nel bastione di nord-est, sotto la guida del dottor Wasserman, e un altro nei magazzini, comandato da Lichtblau. I guerrieri saltarono fuori dalla galleria come formiche rosse e lo scontro si riaccese furibondo.

"Ora i conti tornano", disse tra sé Jennings, che aveva installato il suo comando in una piccola torre sopra il portone. Sostituì il caricatore del mitra e fece partire una raffica.

Anton, Shlomo e Natalja si erano asserragliati nell'officina meccanica, insieme a una parte della VI Compagnia. Quando erano entrati nella fortezza, sembrava che la lotta si stesse concludendo, poi però si era improvvisamente rianimata. Appostato dietro a un camion in riparazione, Shlomo sparava con l'AK-47 prendendo la mira con calma. L'agente Yakovchenko si sforzava di imitarlo, ma non riusciva a celare il proprio nervosismo. Anton invece non si preoccupava affatto di mostrarsi assolutamente terrorizzato. Eppure, a un certo punto tirò su la testa e lo vide.

Nei magazzini avevano quasi esaurito le munizioni, ed erano rimasti soltanto in quattro, di cui due feriti. Se non fosse sopraggiunto Guillermo Rocas a dare manforte, sarebbero stati costretti ad arrendersi nel giro di pochi minuti. L'arrivo di Rocas cambiava tutto. Huberman, seguito dagli altri tre, uscì allo scoperto per andare a raggiungere i rinforzi. Correva in mezzo al cortile, e non riusciva a scacciare dalla mente l'immagine del volto spappolato di Melissa. Si fermò di scatto e spianò il fucile d'assalto, in cerca di un bersaglio.

Anton lo vide, nonostante la tempesta che avvolgeva ogni cosa e ottundeva i sensi. Tutto avrebbe dovuto portalo a non cogliere quel dettaglio. Il terrore che lo serrava in una morsa. I rumori assordanti. Le ombre del tramonto. Eppure, vide quegli occhi. Il corpo era del tutto diverso. Lo ricordava giovane, prestante, mentre ora aveva davanti un vecchio. Ed era diverso l'abito. Non più una divisa nera con le mostrine d'argento, ma una strana tenuta che Anton non poteva definire in altro modo che da hippy. Eppure, gli occhi gelidi erano quelli. Li avrebbe riconosciuti ovunque.
"Là!", gridò Anton, indicando qualcosa al centro del cortile.
Anche Shlomo lo vide, e d'istinto puntò il fucile. Rapida, Natalja gli afferrò la canna e la spinse verso il basso.

Huberman raggiunse il gruppo di Rocas. Ormai i suoi uomini erano usciti tutti dalla galleria e si stavano sparpagliando per il cortile e in cima alle mura, costringendo sulla difensiva i sandinisti, che pure erano numericamente superiori.
Entrando nella fortezza, la coda della VI Compagnia era

rimasta inchiodata dal fuoco avversario. Gli uomini si erano buttati a terra e avevano preso a ingaggiare il nemico da lì.

Quando, alle loro spalle, comparve il drappello di indios che aveva fatto fuori la batteria di mortai, si trovarono al centro di un tiro incrociato e vennero spazzati via.

Vedendo i rinforzi entrare trionfalmente nella piazzaforte su un tappeto di cadaveri, gli uomini di Rocas lanciarono grida di giubilo. Tutta la fortezza echeggiava della loro gioia.

Jennings scagliò una granata contro il gruppo che era appena arrivato a dar man forte al nemico, proprio sotto di lui. La lotta si stava facendo caotica e frammentata. Le sue capacità di comando ora non andavano al di là dei pochi uomini che riusciva a raggiungere con la voce o con i gesti. Non poteva che confidare nella superiorità numerica del 5° Battaglione e nella tenacia dei suoi effettivi. In fondo era sempre così. Una volta iniziato lo scontro, le possibilità dei comandanti di condurre veramente le operazioni erano limitate. Si elaborava un piano, si cercava di prevedere il prevedibile, ma quando la partita era in corso, il caso giocava un ruolo determinante. Jennings fece segno al caporale Cardenal di far fuori la mitragliatrice pesante in cima a uno dei bastioni.

Alfonsina puntò il fucile di precisione, studiò il bersaglio attraverso il mirino telescopico, e tirò il grilletto.

L'uomo alla mitragliatrice si accasciò sopra la propria arma.

Huberman si infilò nelle segrete, diretto al laboratorio. Forse le sorti dello scontro potevano ancora essere rovesciate, ma in caso contrario, non intendeva lasciare il frutto delle sue ricerche in mano ai comunisti.

Shlomo fece per lanciarsi fuori dall'officina meccanica. Natalja lo trattenne per un braccio. Il piombo batteva furioso ogni angolo del cortile, come grandine durante un temporale estivo. L'israeliano restò dietro al camion.

E come nei temporali estivi, scavalcato il picco di massima violenza, la battaglia iniziò a perdere rapidamente d'intensità. Il 5° aveva tenuto duro. I sandinisti non si erano lasciati prendere dal panico e avevano conteso al nemico ogni palmo della fortezza. Alla lunga, la differenza numerica si era fatta sentire. Il bastione di nord-est venne espugnato. A poco a poco, gli uomini di Rocas furono cacciati dalle mura e dal cortile. Alla fine, rimase solo un manipolo di combattenti asserragliato nei magazzini dove già aveva trovato rifugio Huberman.

"Ora!", gridò Natalja.

Il terzetto uscì dal rifugio. Ormai non si sparava quasi più. Tutto il fuoco era concentrato attorno ai magazzini. Attraversarono rapidi il cortile e raggiunsero l'ingresso delle segrete.

Dal soffitto, lampade alogene mandavano una luce fioca, gialliccia. I tre procedettero con circospezione lungo la galleria. Raggiunsero un bivio. Si divisero, Shlomo a sinistra, Anton e Natalja a destra. Natalia camminava per prima, il Kalašnikov spianato davanti a sé. Anton le andava dietro. Il cunicolo procedeva dritto per un centinaio di metri, per poi svoltare a gomito. Quando girarono l'angolo, si trovarono in una grande stanza illuminata a giorno. Al fondo della stanza, Victor Huberman era chino su un bancone da laboratorio. Stava infilando provette e contenitori dentro uno zaino. Accanto al microscopio, c'era una Walther P38.

Natalja però non notò la pistola. Non aveva occhi che per Huberman. Non avrebbe saputo dire che cosa si fosse aspettata, ma certo non *quello*. Camicia di cotone indiano color zafferano, capelli raccolti in una lunga coda di cavallo, collanine. Lo scienziato nazista cui davano la caccia era una specie di santone indiano. Natalja si girò verso Anton, come a chiedergli: "Ma è proprio quello lì?".

Non fece in tempo a ricevere una risposta. Dal fondo della stanza, Huberman si era messo a sparare. Vuotò il caricatore, afferrò lo zaino e infilò la porta alle sue spalle.

Natalja si piegò in due. La stanza si faceva buia. Le mancò il respiro e si ritrovò a terra.

Sentì Anton che le prendeva la mano.

Provò a parlare, ma i pensieri le si confondevano. E le labbra si schiusero solo per far uscire un sospiro.

Anton le carezzò il volto. Le lacrime affiorarono senza che neppure se ne rendesse conto.

Avvertì un rumore di passi. Si voltò. Era Shlomo.

"Tu sei ferito?", gli chiese.

Il ceco scosse la testa.

"Dov'è andato?", domandò ancora Shlomo.

Anton indicò la porta sul fondo. Nei suoi occhi c'era una richiesta primordiale di vendetta.

Shlomo annuì e si mise a correre verso la porta.

Anton strinse a sé il corpo senza vita di Natalja e così rimase per diversi minuti. A un certo punto però, iniziò a sentire un ticchettio. Adagiò Natalja in terra e prese a ispezionare la stanza. Quel rumore gli faceva paura. L'ispezione fu breve. Sul bancone c'era un fascio di candelotti di dinamite, collegati tramite dei fili colorati a quella che sembrava una sveglia.

Epstein era terrorizzato, eppure restava immobile. L'istinto di guadagnare al più presto l'uscita cozzava con il desiderio di portare fuori Natalja. Non poteva lasciarla lì, doveva almeno seppellirla. Ma non ce l'avrebbe mai fatta a trascinare via il cadavere. Tornò a guardare il timer. Non era neppure in grado di leggerlo. Non sapeva quanto tempo avesse a disposizione. Si lanciò fuori dalla stanza. Girò l'angolo e proseguì lungo la galleria. Quando aveva quasi raggiunto il cortile, ci fu l'esplosione.

Anton era appoggiato alla parete del cunicolo. Respirava a fatica. Ancora una volta, si trovava a essere tra i sopravvissuti, senza aver fatto nulla per meritarselo. Si coprì il viso con le mani. Nelle narici aveva un odore di disinfettante. L'odore nauseabondo che stagnava nella stanza in cui, trentasette anni prima, aveva trovato i corpi di otto bambini assassinati.

77

Praga, 15 maggio 1948

Le prime pagine dei giornali erano tutte per loro, gli ebrei della Palestina. Seduto nel caffè di fronte alla facoltà di medicina dell'Università Carlo IV, Anton Epstein leggeva il resoconto della storica giornata di Tel Aviv. Al museo cittadino, il Consiglio del popolo ebraico, sotto la guida di David Ben Gurion, aveva annunciato al mondo la fondazione dello Stato di Israele. L'Unione Sovietica si apprestava a riconoscerlo. Anton sapeva che l'Urss non era sempre stata benevola verso gli ebrei, e in particolare verso i sionisti. Forse – ragionò – in quel cambio di rotta c'era l'intenzione di mettere in difficoltà gli inglesi. La dichiarazione di Tel Aviv coincideva con lo scadere del mandato britannico in Palestina. Ora, per gli inglesi sarebbe stato ancora più arduo destreggiarsi tra arabi ed ebrei. Ma qualunque fosse la ragione, Anton era contento della nuova linea. In fondo, l'idea che da qualche parte esistesse uno Stato per gli ebrei lo rassicurava.

In terza pagina, tra i pezzi di approfondimento, ce n'era uno che ricostruiva la storia dei rapporti tra la Cecoslovacchia e il movimento sionista, le cui aspirazioni il governo di Praga aveva sempre sostenuto. Nel 1927, il presidente Masaryk si era recato in Palestina, dove gli ebrei lo avevano accolto con enorme entusiasmo. Israele ancora non esisteva, e neppure sembrava prossimo a nascere. Quella specie di visita di Stato aveva riempito d'orgoglio 230.000 coloni ebrei che cercavano di costruire una nazione tra l'odio crescente degli arabi e i trabocchetti degli inglesi. Quel legame non era stato reciso dalla guerra. Appena la notizia della dichiarazione aveva raggiunto l'Europa, il sindaco di Praga aveva spedito un telegramma di congratulazioni al suo omologo di Tel Aviv. L'articolo non ne faceva menzione, ma forse era in virtù di quella tradizionale consonanza che la Cecoslovacchia era divenuta il principale fornitore di armi dei sionisti. Il primo contratto era stato firmato il 1° dicembre del 1947, quarantott'ore dopo la risoluzione dell'Onu che auspicava la partizione della Palestina in due Stati, uno per gli ebrei e l'altro per gli arabi. A partire dal febbraio 1948, l'aeroporto di Žatec, vicino a Praga, era stato messo a disposizione dell'Haganah, l'organizzazione paramilitare del partito laburista di Ben Gurion. Da Žatec decollavano aerei da trasporto pieni di fucili, mitragliatrici e munizioni, nonché caccia Spitfire e Avia S-199, che avrebbero costituito il primo nucleo dell'aviazione israeliana. La loro destinazione era la base aerea di Ekron, nel deserto del Negev.

Il resto del giornale era privo di interesse. Anton lo piegò, lo infilò nella cartella di cuoio, e uscì dal caffè. Aveva appuntamento con Anna. Dovevano andare insieme a comprare del vino e qualcosa di speciale per la cena. Quella sera avrebbero festeggiato con alcuni amici la commissione che lei aveva appena ottenuto, la sua prima. Avrebbe dipinto una grande tela per la sala conferenze del ministero dei trasporti. Locomotive e bandiere rosse. Non che Anna si sentisse particolarmente ispirata dal soggetto, ma era comunque un riconoscimento importante per una giovane artista all'inizio della carriera. E poi glielo avrebbero pagato bene. I coniugi Epstein avevano entrambi un retaggio borghese, ma della ricchezza dell'epoca prebellica non era rimasto molto. La guerra si era portata via quasi tutto, e il governo popolare della nuova Cecoslovacchia si era preso il resto. Però, nessuno dei due aveva rimpianti. Anton e Anna credevano nel futuro del loro paese.

Un sole caldo, che annunciava l'estate, splendeva sulla città vecchia. Anton si sentiva contento e camminava a grandi passi con la cartella sotto braccio. Il mondo sembrava finalmente tornato sui binari giusti. Gli venne in mente Shlomo Libowitz. Era tanto che non gli capitava di pensarci. Si augurò che fosse riuscito a raggiungere la Terra Promessa.

In alto, contro il cielo terso, volava un grosso quadrimotore. Anton non poteva saperlo, ma si trattava di un cargo per i combattenti dell'Haganah. Anton non poteva neppure sapere che, da lì a poco, la storia d'amore tra la Repubblica cecoslovacca e gli ebrei sarebbe finita. In settembre, Il'ja Èrenburg avrebbe pubblicato sulla *Pravda* un articolo che attaccava duramente il sionismo, il segnale del nuovo cambiamento di rotta deciso da Stalin. Negli anni successivi, in Urss come negli altri paesi del blocco socialista, nei tanti processi contro spie, deviazionisti e traditori di varia matrice ideologica, molti degli imputati sarebbero stati ebrei. In Cecoslovacchia, una delle vittime più in vista della repressione sarebbe stato il ministro degli esteri Vladimír Clementis, il principale artefice della vendita di armi a Israele.

Ebreo cosmopolita filo-sionista e filo-jugoslavo.

78

Dipartimento di Olancho, Honduras meridionale, 30 luglio 1982

Shlomo correva lungo la galleria. Udì l'esplosione alle sue spalle, ma non si voltò neppure. Continuò a correre. Aveva inseguito Lichtblau per mezzo mondo, l'aveva avuto nel mirino, e se l'era fatto scappare. Tutta colpa di quella puttana del KGB.

Si fermò un istante a riprendere fiato e si vergognò di quel pensiero. Non solo perché Natalja Yakovchenko era morta, ma anche perché sapeva che, se gli aveva impedito di sparare a Lichtblau, era stato unicamente perché aveva una missione da portare a termine, proprio come lui. Solo che per Shlomo la sua missione era molto più importante. Non era un incarico qualunque che poteva ricevere un qualunque agente di una qualunque organizzazione. Era qualcosa di speciale, qualcosa che Shlomo Libowitz aveva in sospeso da trentasette anni. Per trentasette anni era stato convinto che, se fosse riuscito a trovare Lichtblau e a strangolarlo, a vederlo strabuzzare gli occhi e diventare blu fino a che non gli avesse esalato in faccia l'ultimo respiro, allora i fantasmi del ghetto di Łódź e del Lager di Soldau e del castello, si sarebbero placati. Per trentasette anni Shlomo Libowitz aveva atteso quella missione. Finalmente il tempo era giunto. Però, poco prima che il Gruppo gli affidasse l'incarico, Eli era stato ucciso in Libano. Quella morte, la più vicina, la più dolorosa, non sarebbe stata esorcizzata dal volto cianotico di un vecchio nazista. Quella morte era tutta un'altra faccenda. Eppure, faceva parte dello stesso quadro. Rivka diceva che la Storia aveva giocato una beffa agli ebrei, vittime due volte del militarismo, prima quello dei tedeschi, e poi quello che loro stessi avevano creato, come una corazza, una corazza che avrebbe dovuto difenderli, ma dentro la quale stavano morendo.

Riprese a correre, il fucile ben stretto in pugno. Correva nel cunicolo, in cerca dell'uscita. Ebbe l'impressione di essere lì dentro da sempre. Da trentasette anni. Tre in meno di quelli che Mosè aveva passato a vagare nel Sinai. Fu sul punto di mettersi a ridere, ma si sforzò di non farlo perché lo avrebbe rallentato. Alla fine però, Mosè e Aronne avevano raggiunto la Terra Promessa. O forse ci era arrivato solo Aronne? Shlomo non ricordava. Affanculo il Pentateuco, aveva un criminale di guerra da assicurare alla giustizia degli uomini. Accelerò e finalmente vide l'uscita.

Huberman aveva ritenuto prudente tenersi alla larga dal villaggio. I guerrieri di Guillermo Rocas si stavano battendo per difendere il suo regno, e lui lasciava il campo di battaglia. Ma che ne sapevano quei selvaggi dei doveri di uno scienziato verso la ricerca? In ogni caso, non lo aveva notato nessuno, fatta eccezione per una donna con il suo bambino. Era al ruscello a lavare. Lui si era limitato a fare un cenno di saluto e aveva tirato dritto.

Iniziò a inoltrarsi nella giungla. Procedeva a fatica, gravato dal peso dello zaino. Non aveva un machete. Poi la vegetazione si fece meno fitta e poté andare avanti più spedito. Stava diventando buio, ma contava di riuscire a trovare la capanna dove lo sciamano sovraintendeva agli antichi riti. Huberman ci era stato diverse volte a mangiare il fungo magico. Nella capanna c'erano sempre delle provviste, perché le visite nel paese degli spiriti potevano durare anche diversi giorni. Lì avrebbe potuto attendere che i sandinisti se ne andassero. Di certo non sarebbero rimasti a lungo in territorio honduregno.

Shlomo uscì all'aperto, sudato, ansante. Si guardò attorno. C'era una donna che lavava i panni in un ruscello. Poco più in là, un bambino, immerso nell'acqua fino alle ginocchia, giocava con una piccola piroga di legno. Shlomo le si avvicinò. Lei si irrigidì, chiamò il figlio e lo strinse a sé. Shlomo cercò di apparire il meno minaccioso possibile e si mise il fucile a tracolla.

"Dov'è andato?", domandò in un tono casuale che sapeva essere assurdo.

La donna non rispose.

"Lichtblau... Huberman. Dov'è andato?" Il tono cominciava a essere meno amichevole.

Ancora nessuna risposta.

Shlomo non riusciva più a controllarsi. Lichtblau era lì da qualche parte. Quella stronza doveva dargli una traccia, altrimenti l'avrebbe perso. Con uno scatto improvviso, Shlomo sfilò la pistola dalla fondina e appoggiò la bocca dell'arma contro la fronte della donna. Il bambino scoppiò a piangere.

In vita sua, Shlomo Libowitz aveva fatto alcune cose di cui non andava molto fiero, ma una cosa simile non l'aveva mai fatta, e una parte di sé se ne vergognava. Suo padre Baruch se ne sarebbe vergognato. E anche Rivka. Ma loro non c'erano. Loro non dovevano catturare Lichtblau. Sperò che la donna cedesse. Rinnovò la domanda.

"Dove? Dove?", le gridò in faccia.

Quella allungò un braccio tremante verso un punto nella boscaglia.

Shlomo abbassò la pistola. La donna rimase immobile. Stringeva il figlio squassato dai singhiozzi, accarezzandogli il capo e sussurrandogli parole di conforto, e nel contempo fissava lo straniero con un misto di paura e di odio. Shlomo fece qualche passo nella direzione indicata dalla donna, ma poi tornò indietro e la fissò negli occhi, duro.

"Se hai mentito, ti brucio la casa."

Huberman avanzava nella giungla. Ormai non mancava molto, ne era certo. Scavalcò le enormi radici di un albero altissimo. Si fermò un istante a riposare. Schiacciò una zanzara che gli si era posata sulla guancia, si aggiustò gli spallacci dello zaino e ripartì. Il terreno iniziava a salire. Era un buon segno. La capanna si trovava in cima a un dosso. Allungò il passo e senza accorgersene si trovò dentro a una grossa pozza limacciosa. Cercò di tornare indietro, ma il fango gli serrava i polpacci. Cominciò a muoversi in modo sempre più scomposto, ma più la sua frenesia cresceva, e più quella melma densa lo frenava, trascinandolo verso il fondo. Poco più in là, tra le fronde rigogliose, Huberman ebbe l'impressione di scorgere il profilo della capanna. Lanciò un urlo, rabbioso e disperato.

Shlomo procedeva con lentezza, non solo perché era stanco e la vegetazione fitta, ma anche perché a ogni passo era colto dal dubbio circa la direzione da prendere. Ogni tanto trovava, o pensava di trovare, segni del passaggio di Lichtblau. Un'impronta. Un ramo spezzato. Erano tracce labili, che si facevano sempre più labili a mano a mano che il buio cresceva. Ma all'improvviso echeggiò un grido. E poi una voce che malediceva il destino. In tedesco. Shlomo Libowitz la seguì.

Quando arrivò alla pozza, Lichtblau era immerso nelle sabbie mobili già fino al petto. Le braccia erano ancora fuori e si agitavano nell'aria, nella ricerca disperata di qualcosa cui aggrapparsi. Era così impegnato a cercare di liberarsi, che non si accorse della comparsa dell'inseguitore. Shlomo rimase immobile a osservare la scena. Voleva godersi a pieno il momento, e fare in modo che tutto accadesse con ordine, affinché ogni singolo dettaglio gli restasse ben impresso nella memoria. Ma quando si decise a fare un passo verso la preda, si rese conto che le gambe quasi non gli reggevano. Si appoggiò a un albero. Il cuore gli batteva all'impazzata. Ebbe paura di non farcela, dopo tutta quella strada. Il bersaglio era a qualche metro di distanza, immobilizzato. Era impossibile mancarlo. Strinse forte il calcio della pistola nel palmo della mano, come a convincersi che poteva ucciderlo. Ma era l'Obersturmbannführer Hans Lichtblau? Shlomo si sforzò di guardare meglio, tra le ombre della giungla. La coda di cavallo candida raccontava un'altra storia. Però la voce che continuava a imprecare contro il mondo era quella che ricordava. Si staccò dall'albero e questa volta riuscì a farsi più vicino. Lichtblau era lì davanti. Shlomo alzò il braccio e prese la mira. Erano trentasette anni che aspettava di tirare quel colpo. *Ora non puoi fare niente per lui, ma un giorno lo vendicherai.* Era questo che aveva inteso il triangolo rosso, sul piazzale del campo di concentramento di Soldau? Tutto finiva attorno una pozza fangosa in America centrale. Ma era davvero tutto? Restò con l'arma spianata per alcuni secondi, il dito sul grilletto, teso, e alla fine abbassò il braccio.

"Ti ricordi di me?", domandò.

Huberman alzò gli occhi e lo fissò con assoluta meraviglia. Immaginò che si trattasse di una visione. Anzi, forse era tutto un sogno. L'attacco dei sandinisti. La morte di Melissa. Il fango maligno. E ora quel vecchio ebreo vestito da guerrigliero. Una rappresentazione plastica, quasi didascalica, del complotto giudaico-bolscevico. Naso adunco, labbroni sporgenti, e Kalašnikov in spalla. Non poteva essere vero. Si trattava certamente di un'allucinazione.

"In realtà mi trovo nella capanna", pensò Huberman, "e il fungo mi ha provocato il trip più brutto di tutta la mia vita."

Doveva respirare a fondo e cercare di rilassarsi. Dopo un po', tutto sarebbe scomparso.

"Succo d'arancia", disse. "In questi casi ci vuole molto succo d'arancia."

Shlomo lo guardò senza capire.

"Ti ricordi di me?", tornò a chiedergli.

"Dovrei?", rispose Lichtblau con distacco. Se quella grottesca allucinazione ci teneva a fare conversazione, va bene, avrebbe fatto conversazione.

"Forse no", concesse Shlomo. "Per te eravamo solo topi da laboratorio." E aggiunse: "Però io ero quello che ti portava le cavie. Ero la tua scimmia ammaestrata. Forse di me potresti addirittura ricordarti."

L'allucinazione parlava in un tedesco che puzzava di yiddish. Huberman ne scrutò il volto nella poca luce che filtrava tra gli alberi. Quel viso gli diceva qualcosa. Da quale recesso della sua psiche era sgusciato fuori?

"C'era anche quell'altro", disse Huberman, soprattutto a se stesso, perché non riusciva a impedirsi di trovare ridicola l'idea di parlare con quella caricatura. Le facce iniziavano a tornargli in mente. "Sì, lo studente di Medicina."

"È venuto anche lui", ribatté al volo Shlomo. "È rimasto alla fortezza."

L'allucinazione s'era portata pure l'amico. La cosa si stava facendo davvero esilarante. Huberman scoppiò a ridere.

Da quando era partito da Haifa, un mese prima, Shlomo aveva spesso fantasticato sul modo in cui avrebbe ucciso Lichtblau. Gli aveva sparato. Lo aveva strangolato. Pugnalato. Impiccato. Scagliato giù da un burrone. Lo aveva persino ammanettato, chiuso in un'automobile parcheggiata in un box, e quindi gasato con i fumi di scarico. Ma a una soluzione di quel genere proprio non aveva pensato. Sara che cosa avrebbe voluto? Probabilmente qualcosa di più cruento. In verità, a Sara niente sarebbe bastato, neppure uno scalpo pieno di sangue rappreso. E Baruch cosa avrebbe voluto? Per quella domanda, che si era posto molte volte, Shlomo non aveva una risposta. Guardò la pistola che teneva in pugno. La vendetta si compiva anche senza sparargli? Se non lo faceva, tecnicamente il bersaglio non lo eliminava lui. Sarebbe morto in un incidente, quasi per caso.

Ma in tutta la sua storia, il caso aveva giocato un ruolo significativo sin dall'inizio. Era stato un caso sopravvivere alla prigionia. Ed era stato un caso che il suo vecchio aguzzino fosse riapparso poco dopo la morte di Eli. I conti si chiudevano davvero sparando in testa all'Obersturmbannführer Hans Lichtblau, alias Victor Huberman?

Il fango ormai gli era arrivato alla gola, ma l'uomo che un tempo si era chiamato Hans Lichtblau non disperava. Aveva ancora voce.

"Ebreo Libowitz, taglia un ramo e allungalo verso di me", ordinò. "Svelto!"

Shlomo sorrise. Adesso sapeva cosa doveva fare. Infilò la pistola nella fondina, si sedette ai piedi di un albero, appoggiandosi comodamente con la schiena al tronco, e si accese un sigaro. Lichtblau sembrò provare ancora a parlare, ma invano. Shlomo se ne restò lì tranquillo, a fumare, e guardare il nazista scomparire nella melma fino all'ultima ciocca di capelli.

"*Untermensch!*", avrebbe voluto gridare Huberman, quando vide che Shlomo, anziché eseguire i suoi ordini, si accovacciava al bordo dello stagno. Ci provò, ma la bocca gli si riempì di fango. Ebbe la reazione immediata di sputarlo. Non ci riuscì. Allora tentò di aiutarsi con le mani, che però non gli rispondevano. Lo stagno lo chiudeva nella stretta dalla sua potenza primordiale. Quella melma densa gli scendeva giù per la gola e gli riempiva le narici. Huberman strabuzzò gli occhi, e fece un ultimo disperato tentativo di respirare. Riuscì solo a produrre una bolla che increspò la superficie della pozza.

Nell'ombra incerta del trapasso, forse Hans Lichtblau cercò gli elmi scintillanti delle valchirie, ma nessuna divinità guerriera scese dal cielo per condurlo nel Valhalla. Il corpo fu risucchiato sul fondo di quella pozza maleodorante, e lo spirito perì insieme alla carne.

79

Galilea, Palestina, 18 maggio 1948

Il vecchio osservava impassibile i soldati che piazzavano le mine attorno alla sua casa, quattro muri scrostati e una pianta di menta alla finestra. Valutò se portarsi via anche quella, ma il vaso era pesante e rinunciò. I suoi vicini erano già scappati quasi tutti da tempo. Molti perché avevano avuto paura, sia dei combattimenti, sia di quello che sarebbe potuto accadere dopo. Il mese prima, nel villaggio di Deir Yassin, a ovest di Gerusalemme, gli ebrei avevano ucciso a sangue freddo più di cento civili, compresi donne e bambini. Qualcuno invece era partito con la convinzione di tornare presto. Sarebbero stati via solo le poche settimane necessarie agli eserciti degli Stati arabi per ributtare a mare i sionisti. C'era anche chi pensava che senza la manodopera araba, gli ebrei non avrebbero potuto farcela, e la loro economia sarebbe collassata. Il vecchio sapeva che erano tutte idiozie. Negli anni, li aveva visti aumentare di numero. Espandere i loro insediamenti. Coltivare là dove non si era mai coltivato. Pavimentare le strade. Gli ebrei non avevano bisogno di nessuno. E per quanto riguardava gli Stati arabi, i siriani che aveva visto transitare sulla strada per Safed non gli erano sembrati molto organizzati. Tant'è che gli ebrei li avevano sbaragliati. Correva voce che la Legione Araba, che era comandata da ufficiali inglesi, si stesse battendo bene. Ma si trovava a Sud, con i giordani. In ogni caso, il vecchio non si era mosso da casa sua. Lì erano nati i suoi figli. Lì era morta sua moglie. E lì sarebbe morto anche lui. Almeno, così aveva pensato prima che i soldati entrassero nel villaggio. Quando se li era trovati davanti, la voglia di morire gli era passata. Aveva preso su le cose più preziose e lasciato i genieri al loro lavoro, preciso e definitivo.

Un aereo con la stella di David sulle ali sfrecciò a bassa quota e scomparve oltre le colline. Gli ebrei avevano persino l'aviazione. Chi pensava che gli Stati arabi potessero batterli era un illuso.

Il vecchio si caricò la sporta sulle spalle e si accodò alla colonna in marcia verso le linee siriane. C'erano anziani come lui. C'erano donne con grandi fagotti sulla testa e bambini per mano. C'erano ragazzi con gli occhi infiammati dall'umiliazione e dall'odio. I soldati li sorvegliavano a una certa distanza. Quando ci fu l'esplosione, il vecchio si sforzò di non voltarsi, per non dare agli ebrei anche quella soddisfazione, ma non riuscì a trattenersi. All'inizio vide soltanto una grande nuvola di polvere. Poi, a mano a mano che la nuvola si disperdeva nell'aria, al posto della sua casa apparve un cumulo di macerie. Il vecchio cadde in ginocchio e scoppiò a piangere. Le lacrime scorrevano sulle sue guance coperte di rughe, come pioggia su un terreno spaccato dal sole.

Uno dei soldati, un uomo giovane, massiccio, con mani forti, lo tirò su, lo aiutò a rimettersi la sporta sulla schiena, e gli fece cenno di proseguire con gli altri.

"Che lavoro di merda", disse Marc.

Dov inarcò le spalle.

"Pensa a tutti gli shtetl che hanno distrutto i tedeschi", replicò.

"Io uno shtetl non l'ho mai visto. E nemmeno tu, se per questo. Però vedo questo villaggio qui, e quello che stiamo facendo non mi piace per niente."

Marc era di Bordeaux. Dov invece era un *sabra*, nato e cresciuto in un kibbutz. Camminavano uno accanto all'altro, con il fucile spianato, a controllare che i civili uscissero dalle case e non ostacolassero gli artificieri.

Un metro più avanti camminava Shlomo Libowitz. Non prendeva parte alla conversazione. Con Marc, di certe questioni non iniziava neppure a discutere. Il francese era un buon combattente. Aveva fatto la Resistenza, e per questo Shlomo ne aveva un gran rispetto. Ma era un cacadubbi. Un vero ebreo della Diaspora. Gli ricordava Anton Epstein. Shlomo si chiese dove fosse finito quello studentello.

Entrò in una casa. Una catapecchia tutta sporca, piena di mosche. Dentro, una donna stava buttando della roba su un telo steso per terra. In un angolo, un bambino lo fissava spaventato. Shlomo abbassò il fucile e rimase sulla soglia. La donna non lo degnò di uno sguardo e continuò a fare i bagagli, se si poteva dire così. Quando ebbe finito, unì gli angoli del telo e li annodò tra loro, facendo un fagotto. Poi prese il figlio per mano. Shlomo si scansò dalla porta, e lei uscì, sempre senza guardarlo.

Marc era un ebreo della Diaspora cacadubbi, però il loro era proprio un lavoro di merda.

Shlomo tornò in strada e raggiunse i due compagni. Stavano ancora discutendo.

"Ma allora, se la pensi così, potevi restartene in Francia", diceva il *sabra*.

Questa volta fu Marc a inarcare le spalle. Tutta la sua famiglia era stata sterminata nei campi. La Palestina era l'unico luogo dove potesse andare.

"Non abbiamo diritto anche noi ad avere una patria?", lo incalzò Dov.

"Certo", rispose Marc, convinto. "Però, se per avere una patria dovevamo cacciare la gente da casa sua, allora sarebbe stato più giusto prenderci la Baviera."

Dalla gola di Shlomo sgorgò spontanea una risata. Prendersi la Baviera. Era la più stramba di tutte le idee strambe di Marc, ma era affascinante. Quello sì sarebbe stato un bel lavoro. Sbattere a calci in culo i tedeschi fuori dalle loro linde casette. Purtroppo non era all'ordine del giorno.

Un Avia S-199 passò a volo radente. Shlomo lo seguì allontanarsi verso la linea del fronte. Il profilo di quell'apparecchio lo metteva sempre a disagio. Di fatto era un Messerschmitt 109. Durante la guerra, l'Avia, la principale industria aereonautica cecoslovacca, l'aveva prodotto in quantità per la Luftwaffe. Ora, i cechi avevano ripreso a costruirlo con un nome nuovo. Il caccia guadagnò quota e scomparve sopra le colline. Doveva trattarsi di un volo di ricognizione. Avevano conquistato Safed dopo un duro combattimento casa per casa contro siriani e iracheni, che erano stati costretti a ripiegare. Ma forse si stavano riorganizzando.

"L'Onu aveva proposto un piano di partizione assolutamente equo", diceva ancora Dov. "Noi l'abbiamo accettato. Gli arabi no. Vogliono la Palestina tutta per loro. Cosa dovremmo fare secondo te?"

Shlomo emise un verso di assenso.

"Difenderci con ogni mezzo disponibile", replicò Marc. "Gli arabi capiscono solo il linguaggio della forza, e i loro capi sono inetti e corrotti."

Dov lo ascoltava con lo sguardo di superiorità di chi si sente dar ragione da qualcuno che fino a un istante prima gli dava torto.

"Però", chiosò Marc, "resta il fatto che puntare un fucile in faccia a un civile disarmato, sbatterlo fuori di casa, e magari fargliela pure saltare in aria, è roba da fascisti."

"I fascisti li avrebbero uccisi!", ribatté indignato il *sabra*.

"Se è per questo, a Deir Yassin lo abbiamo fatto", disse l'ebreo della Diaspora.

"A Deir Yassin c'erano quelli dell'Irgun."

"È ciò che dice Ben Gurion. Ma alla battaglia hanno partecipato due squadre delle nostre autoblinde, e anche una sezione di mitragliatrici."

Shlomo allungò il passo e si lasciò indietro i compagni. Quella discussione era del tutto inutile. Combattevano una guerra, una guerra per la loro sopravvivenza. E in guerra, a volte, bisogna fare delle cose schifose.

Si fermò dopo un centinaio di metri dalle ultime case del villaggio. Gli arabi marciavano in fila. Una colonna di una trentina di persone. All'improvviso, l'aria fu scossa da un boato. Degli arabi si girò soltanto un vecchio, che cadde in ginocchio e prese a singhiozzare. Shlomo si passò il fucile a tracolla e lo raggiunse. Tirò su il vecchio, lo aiutò a rimettersi la sporta sulla schiena, e gli fece cenno di proseguire insieme agli altri. Quello obbedì senza proferire verbo.

Shlomo rimase lì, a osservare gli arabi camminare verso il loro destino. Alle sue spalle, le cariche di tritolo esplodevano a intervalli regolari. A poco a poco, gli arabi divennero piccole sagome scure nella pianura e infine scomparvero, inghiottiti dal paesaggio.

80

Cordillera de Amerrisque, Nicaragua settentrionale, 5 agosto 1982

Il caporale Martinez si sedette al tavolo dell'infermeria e Duarte gli sciolse la fasciatura. Anton si chinò a controllare i punti di sutura che zigzagavano dal gomito fin quasi alla spalla, lungo lo squarcio che la scheggia di granata aveva aperto nella carne. Vi passò sopra un tampone imbevuto di alcol, e disse a Duarte di applicargli una benda pulita.

Dopo la battaglia, e per tutto il viaggio di ritorno, Anton si era occupato dei feriti. Da medico, lo aveva ritenuto suo dovere. Senza considerare che quell'impegno lo aveva aiutato a non pensare a Natalja. Ora che il battaglione era rientrato in territorio nicaraguense, il dottor Epstein aveva assunto la responsabilità del piccolo ospedale da campo del 5° Batallón de lucha irregular, coadiuvato da Duarte, un infermiere distaccato da una clinica di Managua, che fino a quel momento aveva rappresentato la totalità del personale sanitario del reparto.

Anton uscì dalla tenda e si accese una delle Gauloises di Natalja. Era una giornata di sole e la III Compagnia si stava apprestando ad andare in perlustrazione sotto la guida del maggiore Jennings. Il comando di distretto aveva segnalato una possibile infiltrazione dei Contras poco più a nord. Il resto del battaglione, al comando di Carla, sarebbe intervenuto in caso di necessità. I preparativi fervevano in tutto l'accampamento.

Ogni volta che qualcuno passava davanti all'infermeria, salutava il nuovo ufficiale medico con estremo rispetto.

A Shlomo era dispiaciuto restituire il Kalašnikov. Era una buona arma. Non come il Galil, ma era affidabile. Ed era quella con cui aveva dato l'assalto alla fortezza di Lichtblau. I sandinisti glielo avrebbero lasciato volentieri, però c'era il problema di imbarcarlo. Magari fino a Città del Messico, sul volo delle Aerolíneas Nicaragüenses, avrebbe anche potuto farcela, ma su un aereo dell'El Al non ci sarebbe mai salito. Gli tornò in mente l'ufficiale dello Shin Bet che lo aveva interrogato all'aeroporto di Tel Aviv. Sarebbe stato divertente farsi fermare al check-in con un AK-47 smontato nella valigia. Come souvenir, Shlomo aveva dovuto accontentarsi di una scatola di sigari e di una bottiglia di rum, che gli erano state consegnate la sera precedente da Jennings, con la riconoscenza di tutto il battaglione. Senza l'aiuto di Shlomo Libowitz, forse non sarebbero mai riusciti a eliminare la banda di Huberman.

Quando Shlomo era tornato alla fortezza, la battaglia era già terminata. I guerrieri di Guillermo Rocas si erano battuti per il loro re fuggiasco sino all'ultimo uomo. Solo nel bastione di nord-est i vincitori avevano avuto modo di fare dei prigionieri, qualche indios e il dottor Wasserman. Jennings aveva sempre avuto in odio i plotoni d'esecuzione, ma dopo che Anton gli ebbe sciorinato il curriculum vitae di quel tedesco, il maggiore non ebbe alcuna remora a farlo passare per le armi seduta stante. La mattina seguente avevano seppellito i morti. Avevano dato fuoco alla piantagione di coca e a ciò che restava del forte, ed erano ripartiti tra le strida degli uccelli che volavano nel fumo degli incendi. La colonna aveva proceduto senza incidenti. Né i Contras né l'esercito honduregno avevano tentato di intercettarla. Avevano varcato la frontiera nel pomeriggio del 2 di agosto. Il quartier generale si era complimentato per il successo dell'operazione. La centrale del KGB era meno soddisfatta, ma questo toccava fino a

un certo punto l'esercito popolare sandinista, e per nulla il 5°
Batallón de lucha irregular.

Il sergente Corral era arrivato per portarli indietro. La Dodge era parcheggiata insieme agli autocarri del battaglione. Shlomo buttò lo zaino nella macchina e andò in cerca di Anton. Lo trovò a fumare davanti alla tenda dell'infermeria, ai piedi di una collina spelacchiata. Si fece offrire una Gauloise, staccò il filtro e accese.

"Hai fatto i bagagli?"

"Io non vengo", disse Anton. Il tono era imbarazzato, quasi colpevole.

"Ti unisci alle brigate internazionali?", chiese Shlomo, e alla domanda fece seguire una risata.

"Non hanno un dottore."

"Non vuoi tornare nel tuo paese?"

"Un medico non ha patria."

"Un tempo avresti detto che un comunista non ha patria."

Anton fece un gesto vago, a significare che in fondo non c'era molta differenza. Quel pensiero aveva iniziato a farsi strada nella sua mente dal giorno della battaglia. Forse, laggiù, in mezzo alla giungla, il dottor Epstein poteva ancora riuscire a credere nell'umanità.

All'improvviso, Shlomo lo strinse tra le braccia.

"L'anno prossimo a Gerusalemme", sussurrò.

Anton scostò la testa e fissò Shlomo negli occhi. Non vi trovò traccia d'ironia.

"L'anno prossimo a Gerusalemme", rispose commosso.

Epstein si sciolse dall'abbraccio, guardò l'amico per un'ultima volta, poi si voltò e iniziò a risalire la collina. A mezza costa, Nestor attendeva con due asini. Uno portava le cassette del materiale sanitario. L'altro aveva una sella di cuoio per il dottore. Più in su, sulla cresta della collina, la III Compagnia era pronta a partire. In testa al reparto, si stagliava la sagoma snella di Peter Jennings, basco nero e sigaro tra i denti.

"Muoviti, compagno Epstein!", gridò allegro l'inglese. "La rivoluzione è come una bicicletta, se sta ferma cade."

Gli uomini si misero in marcia. Avviandosi verso la macchina, Shlomo li sentì cantare. Mesi dopo, mentre lui e Rivka, seduti davanti al televisore nel salotto di casa, guardavano sgomenti le immagini di corpi di uomini, donne e bambini che giacevano gli uni sugli altri, tra le macerie di un campo profughi, ammucchiati ai piedi di muri coperti di fori di proiettile, Shlomo si sarebbe ricordato di quel canto, e per un istante avrebbe desiderato essere rimasto laggiù, insieme a loro.

L'Europa centro-orientale tra il 1941 e il 1944

Mar Baltico

Lituania

•Königsberg

Prussia
orientale

Rutenia
bianca

Danzica-Prussia
occidentale

Distretto
di
Białystok

Kulmhof
(Chełmno)

Treblinka

Berlino
•

Wartheland

Varsavia

Litzmannstadt
(Łódź)

Volinia

Governatorato
Generale

Praga
•

Protettorato di
Boemia e Moravia

Slovacchia

Roman

Vienna
•

Ungheria

────── Confine del Reich tedesco

Indice

Finito di stampare per conto di Fandango Libri s.r.l.
nel mese di dicembre 2018
presso print on Web S.r.l.
Isola del Liri, Frosinone

Redazione Fandango Libri